LA VEUVE

Gil Adamson vit à Toronto. Elle est l'auteur de nombreuses nouvelles, parues dans des revues littéraires. Elle a publié deux recueils de poésie, *Primitive* et *Ashland,* ainsi qu'un recueil de nouvelles sous le titre *Help me, Jacques Cousteau.* Parmi les auteurs qui l'ont influencée, elle cite Michael Ondaatje, Raymond Carver, Richard Ford, et Mark Richard.

La Veuve est son premier roman. Il a reçu le Drummer's General Award en 2007, ainsi que le Hammet Prize for Crime-writing et le ReLit Award en 2008.

GIL ADAMSON

LA VEUVE

Traduit de l'anglais (Canada)
par LORI SAINT-MARTIN et PAUL GAGNÉ

CHRISTIAN BOURGOIS ÉDITEUR ◊

Titre original :
The Outlander

ISBN 978 2 267 02028-1

Pour Adrian, le bon père.

Le soleil soudain se couche sous le bois,
Je plains, Marie, ton doux visage.
Le soleil soudain se cache sous l'arbre,
Je vous plains, Marie, ton fils et toi.

Auteur anonyme, XIIIe siècle

Nous allons peut-être à la rencontre de Jacob et de l'ange
Nous allons peut-être à la rencontre de notre insomnie

Charles SIMIC

Première partie

Et le soleil se couche

1

C'était la nuit, et les chiens surgirent d'entre les arbres, déchaînés, hurlants. Ils jaillirent du couvert de la forêt et leurs ombres flottèrent dans un champ baigné de lune. Pendant un moment, on eût dit que la piste de la fille s'était déchirée comme une toile d'araignée, qu'elle avait été emportée par le vent ; il n'en restait que des lambeaux inutiles semés çà et là. Les chiens hésitèrent et se dispersèrent, avides. Ils avançaient lentement, les pattes raides, leur gros museau fouillant le sol.

Enfin, les hommes apparurent dans la nuit, pantelants, sans mots, épuisés par la course. D'abord le garçon à qui appartenaient les chiens, puis deux hommes, côte à côte, leurs énormes têtes rousses si semblables qu'ils devaient être jumeaux. On voyait partout le bref scintillement des lucioles et l'air était chargé de parfums : fumier, fleurs de pommiers, de poiriers. Au bout d'un moment, le chien le plus à l'ouest renifla une nouvelle piste, et bêtes et hommes s'élancèrent à sa suite.

Dans l'espoir d'effacer sa trace, la fille était entrée dans un fossé débordant d'eau de pluie, au milieu des joncs. Pendant un moment terrifiant, elle osa interrompre sa course folle, restant immobile, aux aguets, ses jupes noires retroussées. Dans le clair de lune, son beau visage était vide comme un masque, ses yeux pareils à des trous au-dessus de ses joues lisses. Dans ses oreilles, le battement s'estompa peu à peu, et elle écouta l'air de la nuit. Pas un souffle dans les arbres. Les grenouilles aux cris stridents s'étaient tues. Pas un bruit, sinon le ruissellement de ses jupes et, au loin, les chiens.

Dix-neuf ans et veuve déjà. Mary Boulton. Veuve par sa faute.

Elle était là, sous la lune petite et impitoyable. Ses chaussures s'enfonçaient dans la vase, soulevant une écume pâle. Plus de voix dans sa tête, plus de bruit, sinon les chiens. Sur le sol, le chemin qu'elle avait parcouru lui apparut, tel un sentier de lumière vive, qui se terminait dans l'eau de pluie. Elle se hissa lourdement sur le bord, où passait une route, sa jupe de deuil, taillée dans un couvre-lit et un rideau, toute raide, ses cheveux emmêlés telles des cordes sombres autour de son visage. La veuve serra son châle sur ses épaules et s'élança comme une sorcière sur la route déserte.

À l'aube, elle attendait un ferry, la tête couverte, frissonnant dans ses vêtements noirs tout mouillés. Elle ne savait pas où elle était. Elle avait simplement couru jusqu'au bout de la route, et là, il y avait un quai. Comme pour la mettre en garde, le levant embrasait la cime des arbres, tandis que le sol demeurait froid et sombre. L'ourlet de sa jupe était croûté de boue. Elle se murmurait à elle-même des mots d'amitié, son châle serré sur les oreilles, tandis qu'une autre femme, debout devant la guérite, embarrassée, s'efforçait de faire taire ses enfants. Ils épiaient tous la veuve de leurs grands yeux. Même les plus jeunes semblaient savoir qu'il ne faut pas réveiller une somnambule. Au-dessus de la rivière, de grosses hirondelles gobaient des insectes invisibles et se répondaient interminablement, sans émotion. De l'autre côté, le ferry était immobile, grand skiff plat équipé d'une cabine de pilotage à l'arrière.

En voyant la guérite, la veuve se rappela soudain qu'elle n'avait pas d'argent. Derrière elle s'étendait la longue route vide par où elle était venue. Bordée d'arbres, elle s'enfonçait bien droite avant de s'effacer en s'incurvant à gauche, là où aucun mouvement n'était encore perceptible, là où aucune silhouette humaine n'était encore en vue. Parce qu'elle avait moins peur, la veuve réfléchissait un peu mieux, et le monde autour d'elle lui paraissait plus net, plus simple. Même le vent, qui montait et retombait, gonflant son col, traçait des motifs moins alambiqués. Elle le voyait souffler, dessiner devant elle des lignes lâches ondulant à l'infini.

De l'autre côté, un garçon s'avança jusqu'au rivage et agita la main. Un des enfants lui rendit son salut. Les mains en porte-voix, le garçon hurla. Un homme lui répondit sur le même ton. En se retournant, la veuve aperçut une grande silhouette en salopette qui s'avançait sur la route, la main en l'air. Sans doute l'homme avait-il surgi d'un sentier dissimulé entre les arbres. Il déverrouilla la porte de la guérite, fit coulisser une minuscule fenêtre et appuya ses coudes de part et d'autre du guichet. La femme et les enfants s'agglutinèrent devant lui en discutant à mi-voix. La main d'un enfant, tendue vers les pièces mates posées sur le comptoir, fut repoussée d'une claque. Après avoir payé, la femme entraîna sa progéniture vers le quai. La rivière, sur laquelle le ferry peinait à présent, formait de vastes remous sirupeux. L'aube flétrissait le ciel, qui pâlissait à vue d'œil ; au-dessus du rivage et de l'étroite bande sablonneuse, des insectes planaient, pris dans le vertige du vent.

La veuve se secoua, repoussa une mèche derrière son châle et s'avança vers le guichet. À l'intérieur, le visage de raton laveur de l'homme flottait dans l'espace sombre et confiné.

— Je n'ai pas…, commença-t-elle.

Il ne dit rien, se contenta d'attendre. Sa main aux jointures lourdes et craquelées reposait devant lui.

La veuve contempla avec dégoût les ongles, pâles et enfoncés sous la peau, auréolés d'un cerne de crasse. Objets endormis au-dessus desquels on ne distinguait que l'obscurité et les yeux scrutateurs de l'homme.

— Je n'ai pas d'argent, finit-elle par articuler.

— Dans c'cas, pas d'bateau, ma p'tite dame.

La bouche de la fille s'ouvrit, sous l'effet du désespoir et de la surprise provoquée par le son d'une voix humaine.

— S'il vous plaît, il faut que je traverse. Je… dois rentrer chez moi.

— Sortie tard, hein ?

Le visage de fauve émergea un peu de l'ombre. Il fixait sur elle ses yeux petits, voilés. Comme s'il cherchait un autre sens aux paroles de la fille. Elle serra son col d'une main et attendit qu'il eût fini d'assembler des réflexions inconnues.

— Z'étiez en visite ?

L'ombre d'un sourire s'esquissa sur le visage de l'homme, qui n'était pas à proprement parler cruel. La veuve hocha la tête, le cœur affolé.

— Ta mère va s'faire du souci, pas vrai, si tu rentres pas ?

La veuve n'avait jamais connu sa mère, ce qui ne l'empêcha pas de hocher la tête avec vigueur une nouvelle fois.

L'homme eut un sourire entendu.

— Ça s'rait vraiment dommage.

Il se leva, sortit de la guérite et saisit le coude de la veuve dans sa grosse main. Ensemble, ils descendirent jusqu'à la rivière. Le ferry, qui venait d'accoster, remuait la vase en rugissant. Un voile d'eau boueuse descendait vers l'aval, où le courant mêlait le limpide et le trouble. La cheminée du ferry crachait une fumée noire aussitôt avalée par le vent. L'homme guida la fille jusqu'à la rambarde, puis il regagna la terre ferme.

Elle baissa les yeux vers les remous : dans la soupe bouillonnaient de l'eau, du bois et des bouts de poissons. Le ferry tanguait, comme pour la faire tomber par-dessus bord. Elle eut un haut-le-cœur et se dirigea vers la porte de la salle des machines. À l'intérieur, le passeur, qui avait seize ans tout au plus, se débattait avec une multitude de leviers. Au moment où le bateau se détacha du quai, puis abandonna la terre en se balançant lentement, elle ferma les yeux et pressa ses mains l'une contre l'autre. La sirène cria soudain une première fois, et encore une autre, pour saluer le guichetier resté sur le rivage. Au milieu des arbres en fleurs, il leva la main.

*

Une heure plus tard, deux hommes attendaient au bord de l'eau – des frères roux, une carabine sur le dos. De gros hommes, identiques en tous points, serrés l'un contre l'autre, muets. Ils avaient la poitrine et les bras énormes, les manches retroussées, comme deux bûcherons dans un vaudeville. Mais ce n'étaient pas des bûcherons. La pâleur de leurs visages et leurs barbes taillées avec soin prouvaient qu'ils n'étaient pas habitués aux travaux pénibles. Sans compter leurs élégantes bottes noires.

Superstitieux comme la plupart des campagnards, le guichetier se méfiait des jumeaux, détestait l'énigme qu'ils représentaient, les risques de supercherie, leur anormalité pure et simple. Il avait vu des spectacles de foire horrifiants où des jumeaux tenaient la vedette : « monstres » en bouteille et répliques en caoutchouc, siamois soudés par le souffle de l'enfer. Au milieu des badauds, comme eux scandalisé, il avait donné raison au bonimenteur : la naissance est une chose périlleuse, et la femme, sa plus grande dupe. Dans l'ombre de sa guérite, il étudia les deux frères et marqua sa désapprobation en faisant de petits bruits déplaisants avec la langue. Jumeaux ou pas, il les fit payer trop cher.

2

La veuve s'engagea sur un chemin de halage désert, la rivière à sa droite. Depuis le ferry, elle avait marché deux heures, et la journée s'annonçait déjà torride. Le soleil était si impitoyable qu'elle dut s'arrêter à l'ombre des arbres pour se rafraîchir. Une fois, elle s'assit sur une souche pour ôter la boue qui formait des croûtes au bas de ses jupes, les secoua avec vigueur. Puis elle se redressa et regarda les particules de poussière tourbillonner autour d'elle comme des fées. Même à l'ombre, le sol irradiait la chaleur du jour ; elle la sentait à travers la semelle de ses chaussures. Elle dépoussiéra son corsage, en lissa l'étoffe sombre sur son ventre vide. Elle prit garde de ne pas poser les yeux sur ses mains. Qui savait quelles marques y étaient inscrites ?

Au loin, des coqs chantaient. Elle scrutait les motifs étranges que dessinait la rivière et tentait de déduire la forme de son lit à partir des signes murmurants qui s'y inscrivaient. Son œil suivait naturellement tous les objets flottants, passait de l'un à l'autre comme pour déchiffrer un texte, observait une feuille morte, n'importe quel objet infime glissant à la surface.

Ils se lanceraient à ses trousses, la poursuivraient, même de ce côté-ci de la rivière. Elle en était certaine. Elle se releva et hâta le pas. Des chênes imposants, des buissons de sumac aux épis rouge sang poussant dans les fossés et les ravines, le matin grandiose et blanc et aride au-dessus des érables rabougris. À un tournant de la rivière, elle tomba sur une maison de pierres, et un chien couleur caramel se rua contre les planches branlantes d'une clôture. La veuve se figea dans une pose comique, la main sur la poitrine, tandis que, au milieu d'éclaboussures de bave, la bête l'injuriait dans sa langue. Une voix humaine retentit enfin dans la maison caverneuse :

— Couché, sale corniaud ! Couché, j'ai dit !

Dans le matin brûlant, la veuve poursuivit sa route d'un pas titubant. Les invectives résonnaient à ses oreilles. Elle avait toujours eu le don d'énerver les animaux. Elle montait plutôt bien, mais les chevaux ruaient, se cabraient, secouaient la tête, faisaient tout pour la désarçonner. Les animaux domestiques la toléraient à peine. Les chats regardaient n'importe quoi, sauf elle. Les oiseaux semblaient ignorer jusqu'à son existence. Ils ne voyaient pas les miettes de pain qu'elle leur lançait. Enfant, elle avait connu une fille qui se tenait sur le trottoir avec des bouts de pain sur son chapeau : les moineaux, qu'on aurait dits en papier, se posaient sur elle, se chamaillaient, se bousculaient. Avec son sourire, ses yeux écarquillés et ses bouclettes, la fille rêveuse avait des airs de poupée chic.

La veuve passait à présent devant des maisons plus grandes, et des déchets jonchaient le rivage. Le chemin de halage se fractura en deux embranchements dont l'un permettait de traverser à gué des eaux grasses qui inondaient les limites imaginaires des propriétés. L'autre partait à l'assaut d'une colline blanchâtre à l'aspect friable qui s'élevait au-dessus de la rivière, dont les méandres se perdaient au milieu d'arbres maigres. La veuve choisit le second chemin et, tenant ses jupes devant elle, grimpa en suivant les ornières. Il faisait une chaleur de plomb, et elle sentait l'étoffe noire lui serrer les épaules. Dans les eaux peu profondes, des poissons nageaient paresseusement, soulevant dans leur sillage des floraisons d'argile rougeâtre. Des tortues se séchaient sur des pierres tièdes, camouflées en pleine vue.

La veuve entendit des voix d'hommes et, plus tard, celles d'enfants, mais elle ne put se résoudre à jeter un coup d'œil en contrebas pour voir s'il y avait vraiment quelqu'un. En réalité ou en songe, on l'appelait à son passage. Ce n'étaient pas des mots. On aurait plutôt dit des accusations, des élans de nostalgie. La rivière formait en s'évasant de vastes bassins où un poisson-chat géant luttait par à-coups las contre le courant, puis se laissait glisser dans les ombres. Dans l'herbe, la veuve tomba sur une chaise sans dossier, peut-être apportée au bord de l'eau par quelqu'un qui voulait pêcher ou réfléchir ou encore admirer le coucher du soleil. Elle s'assit dans ses vêtements humides et sentit sur son ventre le fourmillement de gouttes de sueur. La bouche ouverte, essoufflée, elle retira son châle et le secoua, se mit à le débarrasser des mottes de boue et des brindilles qui s'y accrochaient.

Elle examina de près les bribes de flore prisonnières du châle. Le monde déborde de passagers clandestins. De petites graminées en fleurs, ébouriffées, qui sèchent et s'émiettent et s'éparpillent afin de se reproduire. Des teignes qui s'accrochent au dos d'un animal jusqu'au jour où elles sont grattées ou rongées. Tout chien qui trotte dans les broussailles traîne des grappes agrippées à d'autres grappes et les emporte au loin. Elle repéra les moindres fibres végétales accrochées au tissu, les arracha, les laissa tomber par terre. À ses pieds il y avait des cendres de tabac à pipe.

Son père avait fumé la pipe. Combien de fois avait-elle deviné ses déambulations nocturnes aux traces qu'il laissait dans son sillage ? L'homme paisible et mélancolique s'éloignait pour être seul dans le noir, semant derrière lui des allumettes et des éclaboussures de cendre. Pas si discret, finalement, pas si secret. La veuve se dit que les hommes faisaient exprès de laisser derrière eux ces nids faits de filaments séchés pour marquer leur présence. À cet endroit, l'herbe était piétinée, et les pieds de la chaise avaient pris racine dans le sol. Elle se balança de gauche à droite sans la déloger de ses amarres. Un gros homme, songea-t-elle, s'assoit ici pour fumer. Elle sourit, écarta les jambes et agita ses jupes pour se rafraîchir.

Des fraises, des framboises. On en trouvait sans mal, mais l'abus donnait des crampes. Elle espérait tomber bientôt sur un verger. Elle se demanda si les habitants de cette région du monde cultivaient des arbres fruitiers. Derrière certaines maisons, elle avait aperçu des poules aux longues pattes. La volaille n'avait pas de secret pour elle. Seulement, où allait-elle trouver un couteau et une marmite pour préparer sa proie ? Elle avait remarqué les poussins qui, insensibles aux dangers annoncés par son ombre, couraient après leur mère, comme si de petits fils les rattachaient à celle-ci.

Dans ses oreilles, les coups sourds reprirent de plus belle. Son pouls s'amplifia, battit douloureusement à ses tempes. Surtout ne pas penser aux bébés. Surtout ne pas penser du tout.

Sous le poids de l'appréhension, la veuve serra ses genoux dans ses mains, contempla l'eau rêveuse, retint son souffle. Y verrait-elle des silhouettes ? Elle fredonna un hymne bref dans l'espoir de les éloigner. Se balança d'avant en arrière. Une brise légère s'éleva. Petit à petit, les battements s'apaisèrent. La rivière ne fit rien du tout.

Ces moments d'égarement – parfois accompagnés de ce battement dans les oreilles, oui, mais aussi de voix étranges et déformées – étaient chez elle d'une douloureuse inévitabilité. Des non-mots, des hurlements insensés lui faisaient passer de terribles messages. Ou encore des stridulations de grillons. Ou encore des cliquètements, comme ceux d'une cuillère coincée dans un ventilateur. Elle pressait ses mains contre ses oreilles – en vain puisque les bruits venaient de l'intérieur de sa tête –, serrait les paumes pour empêcher les horreurs de jaillir d'elle et de se répandre dans la pièce. D'abord les sons, ensuite les visions. Et chaque fois, elle éprouvait le poids de la fatalité, du châtiment. Telle une femme perpétuellement tirée d'un cauchemar, effrayée à l'idée de se rendormir, de crainte que tout recommence. *Le monde est déjà devenu tout noir, et il le sera forcément de nouveau – parce que c'est à cause de toi qu'il est ainsi.* Quels revenants surgiront ? Quelle main secouera la somnambule ? Ces moments de terreur, elle le savait, étaient porteurs d'une vérité ou d'une quasi-vérité, d'une leçon qui lui était destinée. Elle supportait cet envahissement, tandis que son corps restait dans le monde, à la vue de tous, sa chair enveloppée dans des vêtements et des chaussures, vaquant à ses occupations, moteur vide, à la dérive.

Alors elle fredonnait son petit hymne, son incantation contre le déferlement des ténèbres. Parfois elle réussissait à les repousser.

Pendant le reste de la journée, la veuve pressa le pas sous la chaleur, son châle serré sur les épaules. Plus de maisons, à présent. Juste des champs traversés par des routes. Peu à peu, elle baissa le regard : elle ne voyait plus que ses bottes, projetées d'avant en arrière. À chaque foulée, elles soulevaient un petit nuage de poussière en forme de croissant. N'ayant pas fermé l'œil depuis des jours, elle se contentait de marcher, les pulsations de son souffle battant à ses oreilles en cet après-midi creux, sa vie ravalée au rang de rythme pur. Lorsque la lumière s'éteignit tout à fait, la veuve se fondit dans le noir. Le noir était le paradis et le paradis était la nuit. Elle récitait pour elle-même des incantations muettes : *Comme il était au commencement, maintenant et toujours, et pour les siècles des siècles.* Marchant lentement, elle suivait toujours la rivière. Sur la rive, les arbres se donnaient de grands airs, et les buissons baignaient dans les bassins nés de leur ombre.

À la fin, elle se trouva immobile. Depuis combien de temps était-elle là ? Légèrement vacillante, la tête vide. Au bout d'un moment, elle se glissa sous un buisson luxuriant pour dormir. Elle ne parvint qu'à rester allongée, les yeux clos, tandis que des fourmis exploraient son visage. Elle finit par ressortir de sa cachette. La lune, lampe pâle, s'accrochait au-dessus de la rivière, petite, presque pleine. Des grillons trépidaient dans l'herbe. Elle se laissa glisser jusqu'au rivage sablonneux. Près de la rivière quasi silencieuse, elle se tint debout. Puis elle s'accroupit et but l'eau froide à pleines mains.

Derrière elle s'exhala un souffle léger.

En se retournant, elle aperçut deux petites silhouettes assises côte à côte sous le surplomb argileux du rivage : deux petites filles aux yeux énormes qui se tenaient par la main.

— Salut, dit l'une d'elles d'une voix étrangement grave.

L'enfant porta un objet à sa bouche. Près de ses jointures, un point rouge s'embrasa.

La veuve eut un soupir de soulagement et posa la main sur sa poitrine pour apaiser son cœur.

— Bonté divine, les filles ! Que faites-vous encore debout à une heure pareille ? demanda-t-elle.

Les enfants échangèrent un regard, hilares, et la cigarette changea de main.

— Quelle heure est-il ? Vos parents savent-ils que vous êtes ici ?

— Oui, répondirent-elles en chœur. Tout le monde est au courant.

— J'avoue que j'ai du mal à vous croire, dit la veuve en remarquant les petites chemises de nuit d'une grande finesse, les pantoufles délicates posées sur le sable.

Des enfants aimées et choyées, seules dans le noir.

— Nous passons beaucoup de temps ici, expliqua l'autre fille en plissant les yeux pour se protéger contre la fumée. C'est notre coin à nous.

Joues rondes et lèvres pincées, regard scrutateur et glacial, imitation ridicule de l'âge adulte.

— Vous devriez être au lit, à la maison, dit la veuve.

— Toi aussi ! lança la première en riant.

— Et vous ne devriez pas fumer. C'est vilain et vous risquez de vous accoutumer.

— Ou nous risquons de finir comme toi, je suppose.

— Je ne fume pas.

— Bien sûr que si ! s'exclama l'une, et elles s'écroulèrent de rire.

Une telle impudence prit la veuve au dépourvu. Elle se fit l'effet d'une enfant cherchant à en dominer une autre sans y arriver. La veuve fumait bel et bien, mais uniquement lorsqu'elle était seule et que personne ne risquait de la voir.

— À l'occasion, quand il ne pleut pas, nous nous allongeons sur la plage, reprit la première. Pour sentir le sable. Il est encore chaud à cause du soleil.

Elles posèrent toutes les trois leurs paumes sur le sable blanc et doux, qui irradiait une chaleur délicieuse. La veuve se redressa et examina les petites têtes des filles, leurs fins bras nus dépassant de leurs chemises de nuit, la cigarette qu'elles se passaient de main en main.

— Nous nous allongeons, mais nous ne dormons pas.

La voix grave était presque celle d'un homme.

— Et c'est pour ça que nous sommes… ? entonna l'autre fille, comme s'il s'agissait d'une incantation familière.

— Fatiguées, fatiguées, toujours fatiguées, répondirent-elles en chœur.

— Dites, les filles, vous n'auriez pas… quelque chose à manger ? bredouilla la veuve. Si je pose la question, c'est que…

— Rien à manger.

— Ah bon. Je vois.

— Vous avez donc très faim ? susurra l'une en esquissant un sourire manifestement dénué d'innocence.

Dans l'esprit de la veuve, une question prit forme, un avertissement muet, tel un bourdonnement né dans une autre pièce et qui s'intensifie. Comme pour confirmer ses soupçons, l'une des enfants déclara :

— Nous sommes montées exprès pour te voir.

Il y eut un long silence. On n'entendait que l'écoulement de la rivière et le sifflement du vent dans les arbustes secs. La voix de la veuve, lorsqu'elle reprit la parole, était à peine un murmure affaibli, craintif :

— Montées d'où ?

Ensemble, elles montrèrent la rivière sombre. Leurs yeux scintillaient comme des braises.

Le cœur de la veuve bondit, cogna douloureusement dans sa gorge.

— Non, pas ça, dit-elle. Non !

Elle s'efforça de fermer les paupières pour chasser la vision, et les larmes surgirent. Une fois de plus vaincue par son imagination. Et pourtant, elle avait du mal à admettre qu'une image aussi concrète pût venir de l'intérieur de sa tête.

Rien n'avait d'importance, sinon la réalité de ces deux enfants en blanc, leurs yeux énormes rivés sur elle. L'une d'elles bougea un pied sur le sable, et la veuve l'entendit distinctement. Comme les illusions paraissaient vivantes ! Il y a de l'art dans la folie, dans sa désastreuse immédiateté. Quatre petites pantoufles dans le sable, l'orteil légèrement replié vers l'intérieur, comme un vrai pied d'enfant.

La veuve se retourna brusquement et remonta sur la rive. Au passage, elle agrippait des racines et des touffes d'herbe de ses mains tremblantes, les yeux écarquillés, terrifiés. Pendant un instant, elle aperçut les chemises de nuit blanches des filles. Puis elles disparurent.

Enfant, se souvint la veuve, elle était sortie en douce, la nuit, en compagnie d'une jeune domestique écossaise. Elle avait pris une paire de chaussures ayant appartenu à sa défunte mère. « Vas-y. Il faut que ce soit toi », avait chuchoté la fille. Dans la terre douce et humide de l'été, elles avaient creusé un trou avec leurs mains et la veuve y avait laissé tomber les chaussures.

« Que son esprit ne marche jamais », murmura la domestique avant de cracher sur elles. Il ne l'avait jamais fait. Au cours de ses dix-neuf années d'existence, la veuve avait vu de multiples apparitions, mais jamais sa mère.

Après, elle se traîna tristement pendant des heures, suivit la lune qui s'étiola et finit par se fondre dans les nuages roses de l'aube qui passaient en courant. Elle n'avait pas la moindre idée de l'endroit où elle était. Elle avait faim. Des chiens aboyaient au loin. Dans l'air humide, haut dans le ciel, elle entendit les bavardages incessants des martinets. Puis le carillon d'une église toute proche retentit.

La veuve s'arrêta. Tiens, c'était donc dimanche. Depuis quelque temps, elle ignorait jusqu'au jour de la semaine.

La veuve prit place dans la troisième rangée, près de l'allée centrale, se casa parmi les femmes aux jupes volumineuses. À sa gauche, une minuscule dame aux mines d'oiseau posa une main gantée sur son nez : la veuve puait la vase. De loin en loin, on tournait vers elle des regards curieux. Elle transpirait à profusion, la tête légère, mais elle éprouvait un vif contentement à se tortiller sur son banc. Fille d'un ancien pasteur, elle était dans son élément à l'église et elle aimait l'apparat, mais, au grand dam de sa grand-mère, elle s'était montrée insensible à l'appel de la divinité et affichait une indifférence enfantine pour tous les pères, à l'exception du sien. Elle ne priait que si on l'y forçait. Quand cela arrivait, elle ne sentait la présence d'aucune oreille attentive, ne recevait aucun conseil de sagesse en retour de ses chuchotements. Elle n'avait pas mis les pieds dans une église depuis son mariage : là où son mari et elle avaient vécu, il n'y en avait pas à proximité.

Ni de village, d'ailleurs, ni même de voisins. Mais aujourd'hui, quel débordement d'allégresse ! Elle avait l'habitude de la vie dans ce lieu, de son intimité, de la promesse d'une main secourable.

À sa droite, le Christ sérénissime se révélait dans les peintures murales. Sur l'une, il tenait son livre brandi au-dessus de la tête des enfants, des cerfs et des faons, ses minuscules pages marquées de points et de gribouillis indéchiffrables. Derrière ce groupe, de gros nuages mauves annonçaient l'orage. *Laissez venir à moi les petits enfants.* Sur une autre, des femmes s'agenouillaient aux pieds du Christ, tandis que des hommes horriblement voûtés titubaient devant les portes du temple, les articles de leur négoce jonchant la place. *Les marchands du temple.* Il y avait aussi Lazare – infortuné et affligé, à qui une voix tonitruante ordonnait de se lever. La pierre, telle la main d'un prestidigitateur, s'écartait pour révéler l'horreur : le retour à la vie. Marie en bleu, toujours en bleu, penchée, en pleine douleur. Pierre, face à ses accusateurs, renie le Christ, à côté d'un coq au plumage flamboyant. Pierre est toujours représenté en compagnie d'un coq, mais la veuve ne savait plus pourquoi. Enfin le Christ martyr, agonisant par une journée grise de grand vent. *Rédemption.* Le ciel inondé de lumière.

La veuve soupira, ravie. La petite église était un musée où régnait une ombre fraîche, imprégnée de l'odeur réconfortante de l'encens. Elle se cala sur le banc, cessa de regarder un peu partout et de jouer des coudes, et la dame oiseau marqua son soulagement en soufflant. L'orgue prit une profonde inspiration et aboya, rappelant les femmes fidèles à l'attention. Un battement d'éventails. Vers l'avant s'éleva un murmure… non, une voix d'homme. Un vieux pasteur à la voix monocorde. Depuis combien de temps parlait-il ? La veuve tendit l'oreille.

— Et la première est la charité.

La voix du pasteur du haut de la chaire était à peine

audible. Lui-même était petit, presque invisible. La veuve finit par repérer l'homme, engoncé dans sa jolie petite tour de bois. Un lutrin taillé dans le même bois foncé se dressait devant lui. Au-dessus de sa tête un dais de toile – *au cas où il pleuvrait,* avait l'habitude de plaisanter le père de la veuve. Avant même d'abandonner l'église, son père se qualifiait de diable en *chaire* et en os, de pistil en drap noir tapi dans les broussailles vertes du bon Dieu.

— La deuxième est la foi. La dernière est la charité.

Dans l'assemblée, la remarque fut accueillie par un ou deux soupirs excédés.

— Il a oublié l'espérance, dit une femme en rigolant, à gauche de la veuve.

— C'est le même sermon que la semaine dernière, siffla une autre, incrédule.

— Chuuut !

— Il se fait vieux, c'est tout. On va tous y passer.

— Un peu de silence, mesdames !

Le service suivit son cours tout en méandres, interrompu à l'occasion par les remous d'un cantique, le mouvement collectif de la congrégation s'agenouillant pour prier. La veuve était heureuse de se trouver parmi ces femmes qui se fanaient dans leurs robes du dimanche rarement lavées, heureuse d'être assise au milieu des peintures murales et des statues et des fioritures en pierre. Malgré la crasse et l'insomnie, elle avait pour elle l'aplomb de la jeunesse. La peau claire, les joues roses. Les cernes sous ses yeux lui faisaient un regard plus profond, plus limpide. Elle se leva avec les autres femmes pour chanter, le livre de cantiques devant elle, regardant le pasteur qui attendait avec impatience qu'elles aient terminé.

— Christ en vous, l'espérance de la gloire, nous proclamons la parole de Dieu.

Aux oreilles de la veuve, chaque mot était comme un rêve réconfortant, et elle chantait à pleins poumons. Inutile de consulter la page. Cet hymne, comme la plupart des autres, sans oublier les psaumes, les leçons et les prières, elle le connaissait par cœur. Néanmoins, une main se tendit et tourna la page.

— Vous n'y êtes pas.

Un chuchotement râpeux de vieille femme. Quand la veuve se retourna pour la remercier, elle rencontra un regard d'une vive intelligence où pointait une interrogation.

À la fin, l'orgue se tut jusqu'à ce que le pasteur eût trouvé refuge derrière ses barricades. Puis résonna un long braillement de notes discordantes qui lentement s'entremêlèrent, engendrèrent une procession paresseuse. Même les fidèles aux prises avec une violente sciatique trouvèrent la force de se lever. Exactement le genre de raffut qui fait fuir les invités.

Sur les marches, les gens devisaient en petits conciliabules. La veuve se faufila parmi eux, tel un spectre dans une fête, et les langues se turent. Jusqu'au minuscule pasteur bossu qui la reluqua grossièrement en rajustant son pince-nez. Dans le ciel, les pigeons battirent bruyamment des ailes tels des anges réjouis par le spectacle : une jolie fille couverte de haillons, créature ridicule avec ses vêtements taillés dans un rideau et ses cheveux en bataille, enfant déguisée en sorcière qui, après avoir dévalé les marches, traversa la cour et se hâta vers la route de terre sèche. Consciente de l'effet qu'elle avait produit, la veuve avançait tout de même d'un pas léger, rassérénée et reposée. *Les péchés restent, et pourtant le lieu de leur expiation est devant nous.*

C'était une journée humide et sans vent. Tandis que la veuve marchait, le soleil grimpait dans le ciel. Au passage des voitures et des charrettes, elle dut quitter la route et patauger là où on avait gratté et empilé la terre pour niveler la voie carrossable. L'herbe poussait sur le bourrelet ainsi formé, comme le poil sur le dos d'un chien piqué par les abeilles, et la veuve progressait péniblement de motte en touffe. Au loin, elle apercevait des maisons au bord de la rivière et, entre elles, le scintillement de l'eau. Elle vit des poulaillers, des balançoires en bois immobiles accrochées à de hautes branches, des pierres plates formant des allées et des sentiers, des clôtures en lisse, des puits et des pompes à eau posées sur des cercles de pierre dans des cours au sol inégal, au gazon trop long.

Elle tomba sur un regroupement de petites boutiques. Un épicier, un apothicaire, un photographe. Toutes fermées et sombres, le seuil fraîchement balayé. La veuve se glissa sous un auvent, suffoquée par la chaleur. Au-dessus d'elle, des chauves-souris s'accrochaient à la toile, pareilles à des cosses. Et, presque en silence, une voiture minuscule mais richement décorée, aux occupants invisibles, passa devant elle. La veuve s'attarda un moment dans l'ombre, les yeux clos, un sourire aux lèvres.

De retour sur la route, elle constata bientôt que la minuscule voiture s'était rangée sur le côté. Deux admirables chevaux attendaient. Puis la portière s'ouvrit. La voiture avait un air singulier, un air de relique – une antiquité filigranée aux poignées en laiton et à la peinture écaillée. Et dans ce sarcophage trônait la dame oiseau de l'église, le visage couvert d'un voile.

— Vous m'accompagnez, dit la voix râpeuse.

Ce n'était pas une question. La vieille femme tendit sa main gantée et fit signe à la veuve de monter.

La veuve ne bougea pas.

— Obligez-la à venir ici, Jeffrey, dit la voix.

La voiture se redressa d'un côté et un gros homme apparut tout près des chevaux. Il enfonçait sa casquette dans sa poche arrière. La veuve eut un mouvement de recul et l'homme leva les mains en signe d'apaisement.

— Vous voulez bien monter, madame ? fit-il en désignant la portière.

— Pourquoi ?

— Et pourquoi pas, je vous prie ? répondit la voix dans la voiture. Vous avez mieux à faire ?

La veuve tenait son châle devant elle comme un leurre, mais elle finit par laisser tomber les bras. Elle lécha ses lèvres sèches.

— Montez, dit la voix.

— On m'attend chez moi.

— Venez plutôt mentir ici, où il fait frais.

Elle aurait pu détaler, mais pour aller où ? Et à quoi bon ? Elle resta plantée là, indécise, jusqu'à ce qu'une nouvelle expression prît forme dans les yeux de Jeffrey. Cet air, elle le reconnaissait. *Obligez-la à venir ici.* La veuve se hâta de grimper dans la voiture. La portière se referma d'un coup sec.

Et la dame oiseau était de nouveau là, plus minuscule encore qu'à l'église. Petite reine trônant sur un banc à la dure, elle contempla la veuve. Pendant ce temps-là, Jeffrey ébranla tout l'équipage en remontant à sa place. Lentement, sans un bruit, la boîte laquée s'élança de nouveau sur la route en se balançant sur ses ressorts bien huilés. Les deux femmes gardèrent le silence. Une brise légère soufflait entre elles.

— Les âmes pieuses réunies là-bas vous ont prise pour une folle. Vous en êtes-vous rendu compte ? demanda la vieille femme.

La veuve examina les joues creuses et les lèvres ourlées de rides. Elle hocha la tête. Oui, elle le savait.

— Et à votre avis ? Vous êtes folle ?

— Non.

— Heureuse de vous l'entendre dire. Je ne peux rien pour une cinglée. Je m'appelle madame Cawthra-Elliot.

— Enchantée. Comment allez-vous ?

Cette absurde tentative de politesse fit rigoler la naine.

— Mieux que vous, apparemment. Sans doute n'ignorez-vous pas que vous dégagez une odeur pestilentielle. Vous avez grand besoin d'un bain. Heureusement, j'ai une baignoire.

De quoi manger, aussi, et plus de lits qu'il n'en faut. Vous aurez l'embarras du choix. J'ai à mon service deux femmes qui se meurent d'envie de changer des draps, et je ne leur donne jamais assez à faire.

— Merci. Vous êtes très aimable, mais… voyez-vous, je…

Aucune excuse ne venait à l'esprit de la veuve.

— Mais quoi ? Allez, je vous écoute. Vous préférez fuir comme un animal ? Vous êtes éperdue de chagrin ?

— Je suis désolée. C'est juste qu'on m'attend chez moi.

— Foutaises. Vous n'avez ni foyer ni mari. Ça saute aux yeux. Et vous êtes bien étourdie de prétendre le contraire.

La veuve se força à esquisser un sourire poli, misérable. Elle aurait donné cher pour être de retour à l'église. Aujourd'hui, elle avait brièvement connu l'espoir, mais cette femme l'avait éteint de son pouce noueux.

— Si vous pensez que j'ignore ce que vous ressentez, vous vous mettez le doigt dans l'œil. Je sais exactement où vous en êtes. Vous vous dites que c'est la fin de tout, que vous ayez été heureuse en ménage ou non. J'aimais plutôt bien mon mari. Le veuvage n'est pas un choix ; c'est la vie qui vous l'impose. Être seule est un fardeau ; être seule et vieille est un fardeau encore plus lourd.

— Laissez-moi descendre, je vous prie.

La vieille femme sembla abasourdie. Elle resta assise dans son coin sombre, la mine renfrognée. Puis elle se redressa contre le dossier dur et promena son regard à gauche et à droite, l'air de se demander ce qu'il fallait faire de cette fille improbable et sauvage.

— Je vous ai brusquée. Je le vois bien. Mais j'aimerais vraiment vous venir en aide. Disons que c'est mon devoir de chrétienne.

Soudain, elle parut très lasse et très vieille.

La veuve vit l'épuisement et l'incertitude l'emporter. Notre destin à tous, se dit-elle : le corps comme une serre effondrée, la difficulté des tâches les plus simples, parler, planifier, s'inquiéter, la respiration haletante de l'angoisse et un cœur usé.

— Voici ce que je vous propose : un endroit où dormir, quelques repas, de l'exercice, le temps de reprendre des forces. Comme je vous sens méfiante, je ne dirai à personne que vous êtes chez moi. Occupez-vous comme vous voulez. Nourrissez les poules, décrottez les vitres. Chez moi, il n'y a pas grand-chose à faire. La baraque tombe en ruine et je m'en moque. Faites ce qui vous chante. Ne dites pas oui tout de suite. Venez d'abord jeter un coup d'œil. Qui sait ? Vous vous sauverez peut-être à l'instant où la portière s'ouvrira. Je ne peux pas vous en empêcher.

Après sa tirade, la vieille femme à l'apparence de gnome afficha un air triste. Elle poussa un faible soupir, sa poitrine maigre se soulevant faiblement. Elle n'ajouta rien et la voiture poursuivit sa route sous le soleil. Bientôt, les paupières fines comme du papier se fermèrent et les mains s'apaisèrent. La veuve vit la vieille femme frêle se détendre, sans défense, s'endormir profondément. Elle s'émerveilla de constater à quelle vitesse la nature força les lèvres minces à se desserrer et les mains à s'ouvrir toutes grandes, comme pour implorer.

Dehors, la chaleur était cuisante. La veuve observait la lente succession des pelouses et des arbres desséchés, l'amoncellement bleuâtre des contreforts qui, à chaque kilomètre, se rapprochaient. Elle regardait fixement ces collines et voyait en esprit les montagnes en arrière-plan comme un genre de paradis, désert, silencieux, un endroit où s'arrêter et réfléchir.

La veuve enfouit son visage dans ses mains. La vieille femme enveloppait-elle sa bonté dans des mots chargés d'amertume ? Était-ce une femme bonne qui avait peur de se montrer telle, qui faisait la charité d'une main brutale ? La veuve ne savait pas où on l'emmenait. Peut-être allait-on la traiter comme un animal de compagnie. Ou pis encore. Mais elle ne craignait pas pour sa propre sécurité. Au contraire.

Dans la présente équation, c'était la veuve qui incarnait l'imprévisibilité, les ténèbres menaçantes. La bonne Samaritaine ne savait rien de la criminelle assise devant elle pendant qu'elle dormait, et pourtant elle continuait de dormir.

*

L'épicier sortit de sa boutique plongée dans la pénombre, les manches retroussées, et fit tourner le coude métallique qui servait à déployer l'auvent. Comme d'habitude, au bout de trois ou quatre tours de manivelle, quelques chauves-souris en tombèrent et allèrent trouver refuge dans un bosquet, de l'autre côté de la rue incendiée par le soleil.

— Satanées bestioles de merde, pesta-t-il.

C'est alors qu'il remarqua la présence de deux hommes, sur sa gauche. Côte à côte, une carabine sur le dos, ils avaient les yeux baissés vers une petite fille. L'épicier avait du mal à distinguer les traits des hommes, mais la petite attardée restait plantée là, un sourire idiot aux lèvres, fascinée par les cheveux roux des intrus, la langue pendante.

— Vous désirez, messieurs ?

L'épicier avait adopté son ton affairé coutumier.

Un homme se retourna, aussitôt imité par l'autre.

Au contraire de la petite demeurée, l'épicier fut incapable d'esquisser un sourire. Il recula même d'un pas, car les deux hommes avaient des têtes de prédateurs impitoyables, des têtes de hyènes, et ils étaient énormes.

— Nous cherchons une femme, dit l'un.

— Notre belle-sœur, précisa l'autre, exactement sur le même ton.

3

Jeffrey tenait la portière. La vieille dame et la veuve descendirent de la voiture qui tanguait et gravirent un large escalier de pierre pour pénétrer dans un vestibule sombre, où se tenaient deux servantes au visage aigri, les mains croisées sur leur tablier. La bouche pleine de « Oui, Madame » et de « Tout de suite, Madame », elles s'activèrent, s'emparèrent du châle de la vieille femme et lui apportèrent ses chaussons. L'une des domestiques était petite, aux cheveux sans couleur, le regard fuyant. C'était Emily. L'autre, grande et de forte carrure, avait le maintien d'un homme. C'était Zenta. Emily disparut dans le couloir en traînant les pieds. De lourds rideaux voilaient les fenêtres du vestibule. Pendant que Mme Cawthra-Elliot discutait de son cas, la veuve se tint dans l'ombre fraîche. Au fur et à mesure que ses yeux s'acclimataient à la pénombre, des objets surgissaient du néant. Une petite horloge faisait tic tac sur une table. Une chaise au dossier en tapisserie au petit point représentait une licorne agenouillée dans un jardin. Sous ses pieds, un tapis persan. Au-dessus de la table, un miroir convexe dans lequel la vieille femme et ses servantes apparaissaient comme sur une scène lointaine, petites et penchées à la manière de conspiratrices.

— Comment s'appelle-t-elle ? demanda Zenta.

— Bonté divine, je n'en sais rien, avoua la vieille femme.

Elle se tourna vers la veuve.

— Votre nom ?

La veuve allait répondre « Mary Boulton », mais elle se ressaisit : elle ne devait pas révéler son vrai nom.

— Madame Tower, dit-elle.

Les yeux vifs de la vieille femme inspectèrent de nouveau la veuve, comme à l'église. Une fois de plus, des soupçons glaciaux s'y ancrèrent.

— Seriez-vous en train de nous mentir, par hasard ?

— Non.

— Elle ment, décréta Zenta.

— Votre prénom, dans ce cas ?

La veuve avait des élancements dans la tête. Pas de réponse. Rien ne lui venait à l'esprit.

— Vous voyez ! s'écria Zenta sur un ton triomphant.

La veuve se dirigea vers la chaise posée près de l'escalier et s'assit juste au bord. Elle baissa la tête.

— Je vous demande pardon, dit-elle. J'ai faim et j'ai la tête qui tourne.

La déclaration provoqua une grande excitation chez les femmes. Elles s'engagèrent toutes deux dans le couloir en criant :

— Emily !

La veuve entendit la voix irritée de la vieille femme, venue de la cuisine, et une réplique bien sentie de Zenta. Une petite casserole résonna. On referma une armoire avec fracas. La veuve avisa la porte d'entrée, restée ouverte. Le jour se consumait sur le perron de pierre, où il y avait un petit tapis aux poils grossiers incrustés de boue séchée. La veuve se redressa encore une fois et se tourna vers la cuisine, où régnait un grand vacarme. Elle ne savait ni où elle était ni à quelle distance de la route elle se trouvait. Elle se leva, étourdie, vacilla. Sur la table du vestibule, elle aperçut une paire de gants, un chausse-pied, quelques enveloppes. Un bol en émail chinois contenait des clés et des pièces de monnaie. En route vers la porte, la veuve saisit une poignée de pièces. Puis elle tira la petite pochette en velours qu'elle portait sous ses vêtements, accrochée à son cou par un cordon noir, et y laissa tomber son butin, ajoutant ainsi le vol à la liste de ses crimes.

Parvenue au seuil, elle s'arrêta net car là, sur l'allée de gravier, elle vit la voiture et, à côté des chevaux, Jeffrey. Haut dans la futaie, des corneilles lançaient des appels déchirants. Sans la présence de cet homme qui faisait obstacle à sa fuite, les corneilles auraient entrevu un autre objet noir se faufiler entre les arbres.

Jeffrey lui tournait le dos. Il polissait négligemment une pièce de harnais en laiton et s'adressait à la jument, une rouanne bleue à la robe plutôt terne, aussi délicatement et raisonnablement qu'à une femme aimée. D'une main apaisante, il caressait l'épaule de l'animal, son pelage gris moucheté. Le cœur de la veuve battait. Elle sentit un écheveau de volonté se dévider en elle. Les fantomatiques projets d'évasion qu'elle venait tout juste de former s'effilochaient. Des odeurs de cuisson remontèrent jusqu'à elle, et elle eut de violents tiraillements d'estomac. Elle entendait la voix des femmes, quelque part dans la maison inconnue. Venaient-elles la chercher ? Elles n'allaient sûrement pas la laisser seule encore longtemps. Justement, une créature au pas lourd s'avançait dans le couloir.

Pourtant, la veuve n'arrivait pas à détacher les yeux de la clarté du jour, de la liberté.

— Madame Tower ! lança quelqu'un.

À ce bruit, l'homme et la bête se retournèrent. Leurs yeux allaient de gauche à droite, comme des canons de fusils [illegible] la pénombre. La veuve laissa ses genoux ployer [illegible] et, sans résistance, tomba par terre.

Jeffrey l’avait transportée à l’étage, suivi des femmes qui aboyaient des ordres. La veuve ne s’était pas évanouie ; elle n’était pas inconsciente. Par deux fois, il lui avait cogné les chevilles contre un cadre de porte et, par deux fois, elle avait rentré les pieds. Les femmes la firent asseoir sur un lit et chassèrent l’homme : la remise en état de cette épave serait une affaire strictement féminine. Elles débarrassèrent le corps de la veuve de son extravagant costume funéraire. Dans ses plis, elles découvrirent la petite bible, une édition de luxe au papier d’une grande finesse, que Zenta, sans commentaires, laissa tomber sur la table de chevet. La vieille femme feuilleta quelques pages translucides et s’arrêta. Elle examina un moment les notes dans les marges – des symboles indéchiffrables et des signes tracés d’une main maladroite.

— Bizarre, murmura-t-elle avant de poser le livre.

La veuve sirota un peu de bouillon clair dans un bol à deux anses, puis les servantes lui firent manger une tranche de pain grillé et beurré posée sur une serviette. Dès que la veuve eut soulevé le pain, Zenta s’empara de la serviette et l’examina de près, à la recherche de taches de graisse, et la fourra dans la poche de son tablier. La veuve saisit la portée du geste. À condition de faire attention, on peut utiliser les serviettes en lin pendant un mois sans les laver. On les posait sur les genoux afin de prévenir les taches désastreuses sur les jupes et les pantalons, beaucoup plus difficiles à nettoyer. Devant les mains calleuses de Zenta, la veuve eut une vision soudaine : des carrés de tissu jaunis qu’on a étendus dans l’herbe pour les faire blanchir au soleil.

Enfin, on la conduisit vers une baignoire, où Zenta la récura comme une enfant : elle lui soulevait les membres un à un et lui tirait les cheveux en la faisant pivoter pour s’assurer une meilleure prise. Les fesses de la veuve glissaient contre ’mail. L’eau éclaboussait et une brosse en bois ballottait sur les vaguelettes. La veuve ne se souvenait pas de la dernière fois qu'on l'avait lavée ainsi. Et Zenta était forte. La veuve se remémora vaguement la soumission physique, l'impuissance de l'enfance. Et ensuite l'envahissement par les mains et le visage et le corps de son mari. La façon qu'il avait de s'emparer d'elle pour assouvir son désir, de la retourner pour la prendre par-derrière, comme si elle avait été une poupée ou quelque objet invulnérable.

— En tout cas, c'est pas vrai que tu t'es évanouie. Ça, au moins, c'est clair.

Zenta lui frottait les omoplates, le cou.

— Et t'es pas la première qu'elle ramène à la maison.

— La première quoi ? demanda la veuve.

Mais, à ces mots, l'autre la saisit vivement par le bras pour l'obliger à lui faire face.

— Pas de ça, toi. J'ai horreur des je-sais-tout. Oublie jamais où t'es, petite mam'zelle.

— Oui, m'dame.

— Passe-moi la brosse.

La veuve tendit l'objet par-dessus son épaule et fut soumise à un brutal étrillage de ses cheveux, qui lui tira la peau du crâne et les sourcils. Elle dut se cramponner à deux mains au rebord de la baignoire.

— Des fois, elle exagère, c'est moi qui te l'dis. Ramener toutes sortes de déchets pour qu'on s'en occupe, moi et Emily… La charité, c'est une chose. Mais les laisser voler l'argenterie, pisser dans la cave à charbon, filer avec mon rôti du dimanche fourré sous leur veste, c'en est une autre. Devine qui est de mauvais poil quand le repas est pas servi ?

Les mains de Zenta étaient semblables à des sabots martelant une route de pierre, son souffle furieux sur la joue de la veuve.

— Et maintenant c'est à ton tour, petite mam'zelle rusée. Laisse-moi te dire une chose : si tu blesses cette vieille femme ou si t'abuses de sa bonté, c'est la damnation garantie. J'suis pas comme elle, t'sais. J'te prends pas pour une folle. J'pense même que t'es pas folle du tout.

— Je ne suis pas folle, confirma la veuve.

— D'un autre côté, pas surprenant qu'tu sois faible. Rien qu'à t'voir, j'me rends compte que t'as eu un bébé.

Elle désigna les seins douloureux et gonflés de la veuve. Ils avaient servi, puis avaient été abandonnés, et la veuve n'avait pas su remédier au désastre.

Les yeux de Zenta brillaient d'un éclat mauvais. Elle n'était pas peu fière de sa perspicacité.

— C'était quand ? À vue d'nez, j'dirais deux mois. Il est où, l'bébé ?

Il n'y eut pas de réponse, et c'était en vérité la seule réponse possible. À ce sujet, aucun mensonge n'était permis. Devant l'image qui se formait en elle, affreuse et soudaine, l'esprit de la veuve se ferma hermétiquement. Son regard croisa celui de Zenta, et là où il n'y avait rien, une attention brûlante, douloureuse, prit naissance. Zenta perçut le changement et son visage s'affaissa.

— Non ! Tu l'as pas...

Sa voix se fit douce et bizarre.

— Tu l'as perdu ?

Les longs cheveux de la veuve s'égouttaient, étalés dans son dos comme des mauvaises herbes.

— Oui.

— Il a vécu longtemps ? demanda Zenta avec une drôle d'excitation.

Que la souffrance d'autrui est précieuse ! Qu'on en a faim et soif !

La veuve baissa les yeux sur ses orteils, étalés contre la paroi de la baignoire. Pour la première fois, elle constata que, par endroits, ses ongles étaient croûtés de sang séché. Un de ses pieds portait une vilaine coupure. Elle en ignorait la cause.

Elle n'éprouvait aucune douleur, ni là ni ailleurs. A-t-il vécu longtemps ? À quelle distance d'ici ? Il y a combien de temps ?

Elle porta la main à sa bouche et mordit la chair de la paume. Elle s'attendait à un pincement de douleur. La main n'était pas engourdie. En fait, elle comprit qu'elle avait même percé la peau. Pourtant, l'élancement qui s'ensuivit était lointain, pareil à une voix plaintive flottant dans l'air. Les deux femmes contemplèrent les marques en forme de demi-cercle sur sa peau, le cerne rose qui se formait lentement.

Le gant de toilette de Zenta s'immobilisa.

— Tu peux t'lever, maintenant, dit-elle, en proie à un trouble profond. Allez, debout.

Avant le repas, un orage prit naissance du côté du levant. Des nuages obscurcissaient l'air et, près de l'horizon, apparaissaient des traînées de pluie en oblique. Partout s'étalait un voile d'humidité tout bleu. Dans la maison, il faisait frais, et les couloirs baignaient dans la pénombre. Le soir n'en finissait pas de tomber. Elles avaient mangé de bonne heure, la vieille femme seule dans la salle à manger, sans plaisir, comme si se sustenter était pour elle une corvée, la veuve dans la cuisine, assise sur un haut tabouret, son assiette sur les genoux. Manger ! Elle en était profondément reconnaissante.

Quand les plats de service revinrent, Zenta et Emily dévorèrent promptement les restes. La veuve les observait discrètement. Dans la maison de son père, les servantes avaient la même habitude. Elles commandaient un peu trop de viande chez le boucher ou faisaient cuire quelques pommes de terre supplémentaires et finissaient le tout plus tard. Une fille maigre surprise à glisser des œufs durs dans son tablier avait gémi : « De quoi je vais me nourrir, moi ? » Étant donné les gages de ces femmes, la question se posait, en effet. Son père avait conseillé l'indulgence ; sa grand-mère avait renvoyé la pauvrette. Mine de rien, la veuve regarda Emily ramasser des fragments de pomme de terre avec une cuillère de service et se les fourrer dans la bouche. Puisque la vieille mangeait comme un oiseau, il ne devait pas être facile de se nourrir ainsi. À titre d'invitée, la veuve eut droit à une assiette comble. Elle demanda un verre de vin et, à sa grande surprise, l'obtint. Malgré son air bougon, Zenta était d'avis que chacun méritait un bon repas.

Cette nuit-là, la veuve demeura éveillée dans son lit large et frais. Il lui paraissait familier, semblable à celui qu'elle avait occupé dans la maison de son père. La chambre était silencieuse, sourde comme une cloche qui ne sonne pas. Dehors, pas un souffle de vent, et il ne pleuvait toujours pas. Seulement cette lourdeur dans l'air qui ne demandait qu'à céder. Était-elle en sécurité ? Était-il prudent de rester ? La vieille femme tiendrait-elle sa promesse ? La veuve frissonna dans la chaleur. Le silence porte l'esprit à murmurer ; comme une toile vierge, un mur sombre attend l'apparition de formes imaginaires. Petite, la veuve veillait la nuit, les yeux grands ouverts dans sa chambre sans lumière, s'imaginant que les ténèbres se figeaient, ondoyaient – jeu d'ombres, en noir sur noir –, et elle attendait l'apparition d'elle ne savait quelles chimères. Drôle d'enfant qui n'avait nulle crainte de ces créatures monstrueuses qui s'agrippaient l'une l'autre, de ces formes maladives qui se gonflaient comme des boules de pâte dans le bouillon chaud. Sa seule crainte était qu'elles n'imitent ses manquements et ses péchés. Certaines nuits, elle répétait son nom, encore et encore, dans le dessein de se protéger et de se justifier.

Elle avait souvent souffert d'insomnie dans une maison de dormeurs. Son père s'assoupissait n'importe où, même assis à la table de la cuisine, s'il le voulait ; sa grand-mère, après avoir appliqué ses crèmes de beauté, emprisonné ses cheveux dans une résille et s'être bandé les yeux, ronflait bruyamment. Même les chiens gisaient comme des cadavres près de la porte, sans un tressaillement pour les trahir. Mais elle, tout à fait réveillée, arpentait la maison ou se penchait à sa fenêtre pour voir la lune monter et se faner, suivre les prédations des renards et des chats. Et plus tard, après son mariage, à l'époque où elle dormait sous une tente avec son mari et tous les autres hommes, elle s'assoyait près de l'entrée, serrait ses genoux dans ses bras, et suivait des yeux les cercles que décrivaient les loups autour du campement. Priant pour qu'ils ne hurlent pas, pour que les hommes ne se réveillent pas, ne sortent pas leurs carabines.

Dans la cabane, pendant que son mari dormait et que la neige de la fin du printemps s'infiltrait sous la porte et, sur le sol, tourbillonnait comme du sucre, elle restait éveillée, penchée sur le bébé qui respirait avec peine.

La veuve se redressa, presque en larmes, et quitta le lit, les mains devant elle. Vite, elle gagna le palier et descendit l'escalier à tâtons. Dans le salon, elle trouva les portes-fenêtres, les ouvrit et sortit, prise de panique, hébétée. Derrière les collines, des éclairs explosaient, les colorant d'argent. Elle ferma les yeux et vit une image burinée sous ses paupières, une lune taillée au poinçon. *Où comptes-tu aller, en sous-vêtements, pieds nus et rêvant à moitié ?*

Enfin, de lointains coups de tonnerre résonnèrent, chevauchant le ciel, rugissant, et la veuve retourna dans la maison.

Elle passa les deux après-midi suivants à jeter un coup d'œil dans les différentes pièces. S'il n'y avait personne, elle entrait à pas feutrés et regardait à gauche et à droite. Elle se familiarisa ainsi avec la maison, les habitudes et la vie intime de ses occupantes. Dans la bibliothèque de la vieille femme, elle étudia le sous-main et vit des sommes inconcevables inscrites en creux le long de la bordure inférieure. La chambre de la vieille femme était aussi spartiate que celle d'une nonne : deux lits d'une personne séparés par une table de chevet, rien d'autre. Ses rares effets féminins étaient entassés dans la vaste garde-robe, au fond de laquelle reposaient les affaires de son défunt mari. Des deux lits, un seul semblait avoir accueilli un corps, et c'était celui du mari – à présent jauni et poussiéreux.

Emily, apparemment, était une artiste du dimanche. Au milieu des cardigans et des couvertures roulées en boule, le sol était jonché de dessins au crayon : des filles coiffées d'un bonnet, des garçons enfonçant des bâtons dans les vagues.

La chambre de Zenta avait une odeur étrange et désagréable, celle du parfum éventé. Un message en laborieux points de croix était accroché au-dessus du lit – la veuve l'examina d'un œil expert et constata mille petits accrocs. *Bénissez cette maison Seigneur.* Son père avait souvent levé les yeux au ciel en lisant les supplications que les femmes adressaient à Dieu dans l'espoir d'obtenir Sa Grâce. « Adressez-vous plutôt aux grenouilles au fond du puits », disait-il, et la grand-mère soufflait comme un bœuf et maugréait. Pour la taquiner, il avait un jour menacé de broder son propre message : *Punissez cette maison.* « Et aucune des bonnes femmes que vous recevez pour le thé ne le saura, car elles ne savent pas lire. »

Il était loin de se douter que sa propre fille, à strictement parler, ne savait pas lire. Elle lisait comme d'autres s'y prennent pour résoudre une équation, petit à petit, les résultats partiels gardés en mémoire, la réponse ne se révélant qu'au bout d'un long effort. Quand elle était petite, on ne lui avait jamais demandé d'écrire. Ses petites mains, habituées aux travaux d'aiguille, formaient des rangées de lettres brodées ; elle écoutait une jeune servante chanter la chanson de l'alphabet ; à l'église, elle voyait son père poser des carrés noirs, chacun portant une lettre, sur un panneau. L-U-C. Elle suspectait que les mots se révélaient d'un seul coup aux yeux d'autres personnes, entièrement formés et reconnaissables, non pas désordonnés, mais aussi familiers qu'un visage. Pour elle, ils n'étaient qu'une série de lettres aussi mornes et plates que les wagons d'un train. Les mots déchiffrés au son, une lettre à la fois, les sons parfois dénués de sens. *Oignon. Œillet.* Reprends depuis le début. Essaie encore une fois.

On ne lui demandait que de lire une page de la Bible, et encore pas souvent. Elle se fiait à sa mémoire et avait mis au point une méthode pour marquer les pages et s'en souvenir. De cette façon, elle avait réussi à cacher ses lacunes. S'il fallait lire à voix haute un passage de sa propre bible, entonner un cantique ou réciter avec les autres paroissiens les réponses de l'office, elle s'en tirait convenablement. Qu'aurait dit son père, s'il avait su ?

La veuve étudia de plus près les lettres brodées par Zenta. Elle s'efforça d'aplatir un B trop saillant, mais c'était peine perdue. Elle tendit l'oreille, au cas où l'une des femmes s'approcherait. Rien. Elle se mit donc à fouiller dans la garde-robe de la servante. Les pantoufles de Zenta, bien que laides et usées, lui allaient à la perfection. Les jupes, plutôt courtes, s'arrêtaient au-dessus des chevilles, mais c'était vrai pour toutes les servantes : impossible d'apporter des plateaux à l'étage en jupe trop longue.

La veuve passa en revue les petites boîtes, les sacs en tissu et les paquets emballés que renfermait la garde-robe de Zenta, devinant les mystères féminins qu'ils dissimulaient. Elle-même en avait possédé une grande quantité. Lorsque, dans la cabane qu'elle partageait avec son mari tout neuf, elle avait déballé son trousseau, les robes aux boutons recouverts de soie lui avaient fait l'effet de vestiges d'un monde disparu. Dans la chambre humide, elle avait contemplé ces vêtements comme si son corps les habitait toujours. Elle se voyait poser en tenue de fête, écouter son père, assise près d'une lampe, ou encore emmitouflée sous une couverture à bord d'un traîneau, la nuit, une lanterne se balançant derrière elle. Elle comprit immédiatement ce qu'elle devait faire. Elle remballa son ancien moi et se confectionna des vêtements simples et grossiers, adaptés à sa nouvelle existence.

Et voilà qu'elle fouillait la garde-robe d'une servante, essayait ses pantoufles. Quel choc aurait son père, s'il la voyait ! Elle arrivait presque à faire surgir son visage perplexe, interrogateur. Dire qu'il avait cru dur comme fer que l'existence tenait de l'alchimie, cru qu'on pouvait prévoir le destin d'une personne jusqu'à son dernier souffle, à condition de reconnaître l'interaction des humains pour ce qu'elle était vraiment : une collusion entre la physique et la chimie.

Comment, dans ce cas, expliquer ceci ? Quelle boule de billard l'avait donc fait dévier de sa course et aboutir dans cette maison décrépite ? Son père aurait-il pu imaginer sa fille courant dans les champs, des chiens à ses trousses ? Ou son gendre en train de gesticuler sur le sol de la cabane, baignant dans son propre sang, tandis que sa fille l'observait ? Aurait-il pu imaginer la petite tombe ? L'enfant à l'agonie, son souffle fléchissant ? Les nuages et jusqu'à l'air auraient dû l'annoncer, cette crise. Elle aurait dû lui apparaître en rêve, dans toute sa fureur. Et pourtant, il n'y avait eu ni avertissement ni remède. Tout était parti de cette petite dévastation. Alchimie, physique, prophétie : les ténèbres avaient tout effacé.

Ils seraient bientôt là, les frères de son mari. Elle le sentait presque dans l'air. Les fidèles bavarderaient et la nouvelle de son arrivée se propagerait comme un feu de brousse, portée par des langues malveillantes. Ils la retrouveraient forcément. Et pourtant, elle ne pouvait pas fuir à la faveur de la nuit comme elle l'avait fait l'autre fois, sans réfléchir. Elle devait élaborer un plan, subrepticement, et se munir des objets indispensables. Elle fit glisser son pied dans l'une des bottes de Zenta.

Ce soir-là, elle croisa Mme Cawthra-Elliot dans le couloir sombre. La dame oiseau lui fit l'effet d'un djinn frêle surgi de l'obscurité. La veuve avait réintégré ses habits noirs, propres désormais.

— Allez chercher votre bible. Puis venez me rejoindre au salon.

C'était, à n'en pas douter, un ordre.

— Vous me ferez la lecture.

Quelques minutes plus tard, la veuve franchit la porte du salon. Malgré l'exquise douceur de la nuit d'août, un feu nourri flamboyait dans l'âtre. Assise tout près, la vieille femme faisait tourner un liquide ambré dans un verre.

— Assoyez-vous, fit-elle. Je vous sers à boire.

La vieille femme se dirigea vers une table et déboucha une carafe de cristal. À côté, il y avait un saladier rempli d'énormes morceaux de glace qu'Emily avait brutalement détachés de la glacière. Chacun était d'une transparence parfaite et beaucoup trop gros pour flotter. La veuve remarqua que la vieille femme la servait, comme si elles étaient entre égales. Un verre tintant à la main, elles prirent place près du feu. La veuve lissa sa robe sur ses genoux et huma le scotch.

— Je n'ai pas l'habitude de boire, dit-elle.

— Vous vous y ferez. À l'usage, vous vous apercevrez que l'alcool a des effets bénéfiques. À entendre certaines personnes, on pourrait croire que c'est du poison. Pour les femmes, en tout cas.

Soudain songeuse, la vieille femme caressa le bras rembourré du canapé :

— Je ne suis pas de celles qui croient que les femmes ne peuvent pas vivre comme les hommes, vous savez. Nous ne sommes pas si différents, eux et nous. Boire n'est pas plus préjudiciable pour nous que pour eux. Pas plus qu'une ou deux années d'études à l'université, comme j'en ai moi-même fait l'expérience. Évidemment, mon mari avait coutume de dire que les hommes sont plus forts et, à ce titre, doivent se charger des travaux lourds. Foutaises. Voilà ce que je pense. Prenez Zenta, par exemple. Cette femme n'aurait aucun mal à lancer un cheval par-dessus une clôture.

La veuve s'esclaffa et se couvrit la bouche pour dissimuler son hilarité. La vieille femme rit :

— C'est la vérité, non ?

— En effet. Elle me fait un peu peur, Zenta.

— À votre place, j'aurais peur aussi.

La vieille femme contempla le foyer :

— C'est une femme mauvaise. Et futée. Pour une raison que j'ignore, elle vous déteste plus encore que les autres personnes que j'ai ramenées à la maison.

Dans l'âtre, le feu s'effondra en sifflant, inondant la pièce d'une clarté nouvelle. Attirés par la lumière vive, des papillons de nuit entraient par la porte de devant. Le calme était surnaturel.

— D'où viens-tu, ma chère ? demanda la vieille femme de but en blanc.

La question fit sursauter la veuve. N'ayant pas encore mis au point une histoire crédible, elle resta figée. Il aurait peut-être suffi d'un mensonge pour tout arrêter, pour qu'elle s'enveloppe dans un brouillard terne et se fasse oublier. Mais à présent, impossible de revenir en arrière : elle avait gardé le silence trop longtemps pour ne pas attiser les soupçons. C'était sans issue. Elle ne put que se fermer comme une huître. Pendant un moment, les deux femmes se tinrent assises côte à côte sur le canapé massif, en proie au malaise.

— Tu peux au moins me dire où tu es née ?

La voix de la vieille femme gardait une surprenante douceur.

Pourtant, aucun mensonge ne vint à l'esprit de la veuve. La vieille femme poursuivit simplement :

— Moi, je suis née à Dauphin. Tu connais ? Non ? Ça ne m'étonne pas. Autrefois, nous mettions une semaine pour faire le voyage jusqu'à Winnipeg. En voiture à bœufs. Winnipeg m'apparaissait comme une grande ville. Tu te rends compte ? Nous avions une centaine d'arpents de terre, un équipage de bœufs, une grande maison – pour l'époque, en tout cas – et une grange. Mon père était médecin et mon oncle cultivait la terre. Nous habitions tous la même maison. J'ai partagé le lit de ma sœur jusqu'à quinze ans. Après, j'ai dû jouer les somnambules pour qu'on me donne un lit à moi. C'était vilain, je sais bien, mais je ne pouvais pas faire autrement. Nous n'avions pas de toilettes. Pas de plomberie du tout, en fait. En hiver, on faisait fondre de la neige pour avoir de l'eau.

Dans la cabane, la veuve avait elle aussi fait fondre de la neige. Elle en gardait encore le goût dans sa bouche. Il en fallait des pelletées pour obtenir quelques tasses d'eau. Elle voyait la marmite sur le poêle à bois, la vapeur luxuriante qui s'élevait dans l'air glacial, les briques de neige qui glissaient sur les parois en sifflant et en fondant. Dans un panier, les caleçons longs de son mari, qu'il fallait laver. Le bébé, presque silencieux, n'avait besoin de rien, ne demandait rien ; il avait fini de pleurer, et sa vie s'éteignait peu à peu. Et son mari, attablé, avalait un bol de soupe. Il fredonnait. La veuve porta le verre à ses lèvres d'une main hésitante, puis le posa.

— Pendant un moment, continua la vieille femme, nous avons dormi tous les huit sur une plate-forme soutenue par des poutres. Pour plus d'intimité, nous étions séparés par des couvertures. Comme j'étais au bout, l'homme engagé dormait à côté de moi. Je l'entendais respirer. Il avait un petit chien qui essayait de me mordre chaque fois que je me retournais. C'était un chien méchant. Il s'appelait Grenadier. Si mes souvenirs sont bons, il était d'une couleur affreuse, comme celle du tabac.

La veuve se rendit compte qu'elle n'écoutait qu'à moitié. Elle leva les yeux sur sa bienfaitrice, s'attendant à la trouver perdue dans ses pensées, elle aussi. Non, pourtant. Le visage sauvage la fixait avec intensité, et les yeux de la vieille femme allaient de gauche à droite, comme si elle lisait. Elle parlait à seule fin d'observer la veuve à sa guise.

— Pendant une grande partie de l'hiver, il faisait noir et froid. Après nos corvées, nous, les femmes, passions beaucoup de temps au lit, juste pour nous tenir au chaud. Nous nous assoyions ensemble, les draps remontés sous le menton, les chiens couchés à nos pieds, les chats sous les couvertures. Nous avions tous des puces. C'était comme ça.

« Un printemps, nous sommes allés à Winnipeg pour acheter un poêle neuf. Nous avions une voiture et deux énormes bœufs qui, ensemble, pouvaient tirer presque une tonne. Ils portaient des noms ridicules : Maxwell et Minnie. J'étais terrorisée à l'idée que l'un d'eux me marche dessus et me tue. Quand ils passaient près de vous, la terre tremblait. Mon père avait acheté ces monstres à un type des environs de Russell. C'étaient des bêtes douces, incroyablement stupides, à l'énorme tête laineuse. Ils avaient l'air préhistoriques. Une fois, nous avons cheminé lentement, de l'aube jusqu'à la nuit tombée. Pas de lune, rien pour nous indiquer la voie, mais nous faisions tous confiance à mon père. Nous nous sommes couchés sous un amas de couvertures, la lune était toute voilée par la brume. C'était beau, tu sais. Alors je me suis endormie. À mon réveil, branle-bas de combat. Mes parents criaient, les autres filles criaient et la voiture bondissait comme si le sol lui-même se déchirait. J'ai compris que nous roulions à vive allure au milieu des arbres, comme si les bœufs avaient complètement perdu la tête. J'ai eu toutes les peines du monde à accrocher ma sœur cadette et à me cramponner avec elle au fond de la voiture.

— Qu'est-ce que c'était ? demanda la veuve.

Devant le succès de son récit, la dame oiseau sourit.

— Là, j'ai risqué un coup d'œil par-dessus la ridelle et je me suis aperçue que les bœufs fonçaient vers une toute petite lumière. Une maison, peut-être. Au début, je n'aurais pu jurer de rien. Puis j'ai compris qu'il s'agissait d'une grange. Il y avait une ferme isolée au milieu d'un champ glacé, entourée d'une forêt dénuée du moindre sentier, et les bœufs l'avaient trouvée. En fait, ils rentraient chez eux. C'était la ferme du type qui les avait vendus à mon père. Sans lune pour le guider, mon père s'était laissé déporter vers Russell. Les bœufs avaient senti la proximité de leur foyer et ils avaient mis le cap sur lui. Alléchés par la promesse d'un peu d'avoine, deux bœufs peuvent courir vite. C'est le bon sens même, non ?

« Le fermier et sa femme étaient gentils, bien qu'un peu puérils. Ils nous ont hébergés pour la nuit et ils ont nourri nos bêtes. La femme nous a donné des gâteaux secs et elle a raconté des histoires de fantômes à ma sœur qui n'a pas eu peur, mais a passé la nuit à réfléchir aux mystères de la mort. Elle refusait de me laisser dormir. Je ne savais pas quoi faire pour lui fermer le clapet. En fin de compte, je me suis dressée dans le lit et j'ai sifflé entre mes dents : « Pourquoi tu crèves pas, toi ? Comme ça, je pourrais dormir un peu ! » Le matin venu, le chat bien-aimé de ma mère avait disparu. Pendant presque une heure, nous l'avons cherché. Puis un miaulement plaintif a retenti et nous l'avons trouvé entre les deux matelas de nos hôtes. L'épouse avait voulu le garder. Je me souviens de ses larmes lorsque ma mère a emporté l'animal affaibli et misérable dans le matin glacial et l'a remis dans sa cage.

— Votre mère gardait son chat dans une cage ?

— Ça te paraît bizarre ? Ce l'était sans doute. Mais pour t'expliquer la psyché de ma mère, il faudrait y passer la nuit. Et encore, je ne suis pas du tout certaine d'y arriver.

La dame oiseau était assise près du feu, le dos droit, son verre presque terminé. L'évocation de sa mère sembla la diminuer, l'orienter sur une voie plus triste.

— Je me souviens seulement du froid, dit-elle, de la neige qui s'accumulait contre les portes. Mon père montait sur le toit pour le déneiger. Même au printemps, c'était insupportable. Un jour, on a envoyé ma sœur jouer dehors, alors qu'il lui manquait un gant. Elle a pleuré pour qu'on la laisse rentrer, mais ma mère a fait la sourde oreille. À cette époque-là, vois-tu, les enfants devaient prendre l'air, que ça leur plaise ou non. Elle a eu des engelures : en fait, sa main était presque gelée de part en part. Après, ses doigts n'ont jamais grandi comme il fallait.

La vieille femme traça une ligne près de la première phalange de ses doigts.

— Ils se sont arrêtés là.

— Elle a eu mal ?

— À cause des engelures ? Bien sûr. Surtout lorsque la chair a commencé à dégeler.

— Non, je voulais parler du corps qui grandit et des doigts qui ne suivent pas.

— Non. En fait… je n'en sais rien.

La vieille femme sourit :

— Drôle de question.

La veuve prit une petite gorgée de scotch et sentit descendre la lente brûlure.

— Tu peux me faire la lecture maintenant.

La vieille femme parlait de moins en moins fort. Elle donnait l'impression de s'être encore ratatinée, comme si elle n'était plus qu'une version miniature de son être déjà petit, assise de façon presque immatérielle sur les coussins du canapé.

Docile, la veuve posa son verre et prit sa bible. Elle l'ouvrit – au hasard, aurait-on dit, même si elle avait choisi la page à dessein – et elle commença à lire d'une voix sonore, sans fioritures : « De Sion l'Éternel rugit, de Jérusalem il fait entendre sa voix. Les pâturages des bergers sont dans le deuil, et le sommet du Carmel est desséché. » La récitation se poursuivit.

La dame oiseau s'efforça de dissimuler sa fascination, mais elle n'y arrivait pas. Par-dessus le bras de la veuve, elle examinait le livre. La page était couverte de signes et d'enluminures, de symboles et d'images étranges. La veuve lisait par secousses, d'une voix haletante. Elle regardait le livre de loin en loin, comme un navigateur consulte une carte ; de toute évidence, elle citait le reste de mémoire. D'une voix rêveuse, elle continua sa récitation bien apprise, grâce à une mémoire infaillible. Admirable prestation en vérité. On aurait dit un moineau qui plonge et s'élève, se repose en plein vol, sans réfléchir, infatigable. Peu à peu, un doute prit forme dans l'esprit de la vieille femme. Cette pupille déjouait ses prévisions, suivait des chemins inconnus et tortueux. La vieille femme se détourna et laissa la veuve babiller tout son soûl. « Entrez par la porte étroite. Large, en effet, et spacieux est le chemin qui mène à la perdition, et il en est beaucoup qui s'y engagent ; mais étroite est la porte et resserré le chemin qui mène à la Vie, et il en est peu qui le trouvent. »

Plus tard, Emily apporta du chocolat chaud. La vieille femme bondit et la réprimanda :

— Pas maintenant, Emily, pas maintenant.

La récitation se poursuivit donc sans encombre, jusqu'au moment où les symboles bizarres se tarirent et où la mémoire de la veuve flancha, et la leçon mourut de façon absurde, et le livre fut refermé.

*

Au matin, ils remontèrent l'allée sous l'enchevêtrement des grands chênes, marchant dans les ornières, leur carabine sur le dos. Les graines des pissenlits d'août voltigeaient sur leur chemin, comme si la nature elle-même, envoûtante, espérait les détourner de leur mission et, par la force du rêve, les entraîner au milieu des arbres. Ils continuèrent malgré tout, piétinant les touffes d'herbe, déchirant les toiles d'araignée, leurs visages identiques, vigilants et graves. Ils virent d'abord la grange, vaste bâtiment au bois nu pourvu de deux portes massives laissées ouvertes, au toit en tôle et aux avant-toits ornés de filigranes de bois. Tout en haut, une petite coupole observait leur progression. Ils apercevaient la maison, à présent, mais ils bifurquèrent vers la grange parce qu'elle était plus proche.

Lorsque la porte s'assombrit, voilée, eût-on dit, par le passage de gros nuages, Jeffrey triait de vieilles brides dans une stalle. Levant les yeux, il aperçut les silhouettes de deux hommes de grande taille, debout côte à côte. Ils étaient armés. Lentement, Jeffrey retira sa casquette et la tint dans ses mains, hésitant ; puis, sa décision prise, il la fourra dans sa poche arrière. Il ne dit rien, ne bougea pas. Attendit. Il avait l'habitude d'attendre. Peu à peu, les deux hommes, jusque-là raides et immobiles comme des statues, commencèrent à remuer et à s'agiter, aiguillonnés et irrités par le doute, qui les poussa à s'avancer dans l'obscurité de la grange, chaussés de leurs belles bottes noires. Deux chevaux, leur long visage suspendu au-dessus de la porte de leur stalle, les regardèrent s'approcher de l'air candide et curieux commun à tous les chevaux, même les insoumis.

Ce que vit Jeffrey, ce fut deux hommes qui se ressemblaient comme des jumeaux. Et pourtant, au bout d'un moment, il comprit qu'ils n'étaient pas du tout semblables. À ses yeux, l'un était un second et un suiveur, identique à l'autre par la taille et la carrure, peut-être, et certainement par la carnation, mais loin d'être son égal. C'était un subordonné relégué dans l'ombre, une copie pas tout à fait fidèle de l'original. Comme pour confirmer l'impression de Jeffrey, l'autre prit la parole.

— Nous cherchons une fille. On nous a dit qu'elle était passée par ici. Votre dame l'a peut-être recueillie.

— Je n'ai pas de dame, répondit Jeffrey.

Les deux rouquins s'avancèrent. Il avait vu juste : l'un avait fait le premier pas et l'autre avait suivi.

Le problème, c'étaient leurs yeux, il s'en rendait compte à présent. Au-delà du masque sévère et brutal de leurs visages et de leur taille imposante, ils avaient le regard fourbe. Évidemment, les gens avaient parlé, avaient jacassé sans pouvoir s'arrêter, sous l'emprise de ces yeux-là. Les habitants du village, d'ordinaire fermés et méfiants devant les étrangers, s'étaient métamorphosés en idiots bavards. Cet éclat, on le retrouve d'habitude dans l'œil d'un homme petit, méchant et plein de ressentiment à cause de sa petite taille. Chez un géant, chez des géants à plus forte raison, il fait doublement peur.

— Qui est-ce, dans ce cas ?

— Qui ça ?

— La femme de la maison.

— Ma patronne. Qu'est-ce que vous lui voulez ?

— Nous vous l'avons déjà dit. Nous cherchons une fille.

— Qu'est-ce qu'on vous a raconté, au juste ? Qu'elle était ici ?

— Que c'était possible. Que votre dame a l'habitude de recueillir des canards boiteux.

Jeffrey comprit que l'homme avait utilisé les mots « votre dame » à dessein.

— Si la fille est ici, nous devons en être informés.

— Vous n'avez pas l'air d'être de la police, répondit Jeffrey en examinant leurs beaux vêtements et leurs barbes bien taillées.

— Nous avons un mandat, si c'est à ça que vous voulez en venir. Vous l'avez vue, oui ou non ?

L'un des chevaux se mit à trépigner dans sa stalle sèche en secouant la tête. Le visage de Jeffrey enregistra le mouvement, comme s'il disait : *Je suis d'accord. Débarrassons-nous d'eux.*

— Elle n'a recueilli personne depuis des semaines, dit Jeffrey. C'est vrai qu'il lui arrive de recevoir des indigents, des canards boiteux, comme vous dites, des personnes qui ont besoin d'un coup de main. Mais nous n'avons pas vu de fille. Si vous voulez bien m'excuser, maintenant…

Devant la porte, les deux hommes bougèrent imperceptiblement, semblèrent presque se gonfler, formant un obstacle colossal. Jeffrey avait beau être fort, il ne pouvait pas tenir tête à ces deux-là.

— Je vous demande de quitter le domaine, ajouta-t-il avec fermeté.

Un long moment de tension s'ensuivit. Enfin, les hommes tournèrent les talons. Depuis la cour, le second jumeau, la copie, lança :

— C'est notre belle-sœur. Ça change quelque chose ?

— Non.

— Et le fait qu'elle a tué notre frère ? ajouta le premier.

Jeffrey tendit les mains en signe d'apaisement :

— Je suis navré.

Il avait prononcé les mots sur le ton qu'il adoptait avec les bouchers, les charrons et les mendiants à qui il refusait l'aumône, celui qu'il prenait avec la vieille femme pour lui dire qu'elle ne pouvait pas récupérer tel ou tel objet avant qu'il ne fût réparé, celui qu'il avait employé cent fois auprès de cent interlocuteurs différents. Comme on tire sur le mors d'un cheval récalcitrant, un seul coup sec qui veut dire *non.* Mais, dès ce moment, tout fut perdu, car ça changeait effectivement quelque chose. La fille qui était montée dans la voiture, la fille qui avait passé les deux dernières nuits sous le toit de la vieille femme bienveillante, la fille ténébreuse et furtive qu'il avait prise dans ses bras et transportée à l'étage était une meurtrière. Ça changeait tout, même. Et les hommes le virent dans ses yeux aussi sûrement que s'il avait ouvert la bouche. Comme tous les autres, Jeffrey leur avait donné ce qu'ils voulaient.

4

Ce matin-là, debout à la fenêtre de la bibliothèque, la veuve faisait sauter un presse-papier en verre bleu dans sa main. Elle avait entendu un étrange frottement venu du dehors. Elle tendit l'oreille. Et voilà que ça recommençait. Elle se pencha à la fenêtre et baissa les yeux. La tête d'Emily apparut, à peine visible au-delà des lierres emmêlés. Elle tourna, tourna de nouveau, disparut. Puis sa tête revint. Emily dansait toute seule dans le jardin, les bras tendus devant elle, bien raides, comme s'ils s'accrochaient au cou d'un partenaire. La veuve observa la tête ballottante – le cavalier imaginaire était-il un gentleman ou une autre fille ?

— Vous voilà enfin ! aboya une voix derrière elle.

La veuve sursauta. Zenta fonçait vers elle d'un air déterminé et satisfait. La veuve crut la fessée inévitable, mais la servante se contenta de l'agripper par le bras et de l'entraîner au rez-de-chaussée.

— Le moment est venu de vous rendre utile, petite mam'zelle. Fini de rôder comme un chat. J'ai dit à Madame que vous aviez écornifié dans nos chambres, que vous aviez fouillé dans nos objets personnels. Absolument ! « Elle se croit tout permis, celle-là », que je lui ai dit. « Mettez-la au travail », qu'elle m'a répondu. Et c'est ce que j'vas faire.

Elles descendirent à la cave, un lieu humide, à l'odeur

douceâtre, qui ouvrait sur d'autres pièces. Un antique poêle à bois sommeillait contre un mur. Dans un autre réduit, on voyait un garde-manger vide aux tablettes en ardoise et des comptoirs surmontés d'armoires vitrées dans lesquelles étaient empilés des services de porcelaine richement ornés : l'un or et pêche aux tons criards, un autre tirant sur le vert, un dernier d'un bleu très foncé. Une soupière dont le contenu aurait pu rassasier un peloton d'infanterie occupait sa propre armoire. Une barbiche de poussière poisseuse pendait tout autour, pareille à des coraux en forme de plume. Zenta poussa la veuve dans un débarras et lui ordonna de ne pas bouger, tandis qu'elle-même cherchait, parmi un assemblage hétéroclite d'articles de nettoyage, un balai particulier. Elle finit par le déterrer, un raté, un gredin, un échevelé dont les brindilles manquaient ou partaient dans toutes les directions. On aurait dit la chevelure d'un illuminé.

Zenta se pencha, son haleine laiteuse contre la joue de la veuve.

— J'vas t'en trouver du travail, moi, rusée petite mam'zelle, dit-elle en souriant d'un air malicieux.

La veuve dut ainsi balayer la cour à fond : au fou, on demande de balayer la plage. Autrefois, c'était une esplanade grandiose et impérieuse qui surplombait les jardins manucurés. Comme la maison, elle baignait désormais dans une sorte de chaos magnifique. Sur les côtés, de la boue lessivée par l'eau de pluie et des débris transportés par le vent s'étaient accumulés dans des rigoles et des sillons profonds. Entre les pierres plates à demi soulevées, de jeunes plants et des touffes ligneuses dressaient la tête et s'entremêlaient ; leurs pousses suivaient un schéma vaguement géométrique de lignes vertes brisées, tel un labyrinthe pour souris. Sur les moindres surfaces, on voyait des formes d'hélice : les fossiles gluants de graines d'érable. Des scarabées morts depuis longtemps se dissimulaient dans le terreau. Des araignées tendaient leurs toiles entre les roses semées par les caprices du vent.

Armée de son balai usé, la veuve s'attela vaillamment à la tâche. Après les corvées que son mari lui avait imposées et la sévérité de maîtresse d'école qu'avait affichée sa grand-mère, elle savait se montrer aussi docile qu'un chien. La peau calleuse de ses mains en disait long à ce sujet, sans parler de son dos solide. Satisfaite de ses progrès, la veuve réduisit le vieux balai à l'état de moignon.

Le soir, elle prit de nouveau son repas dans la cuisine, où elle eut droit à un reste de soupe. Elle s'était fait une écharde, qu'elle tâchait d'extraire de sa paume. À travers les portes épaisses, elle entendit la voix de la vieille femme, un murmure à peine, puis un grognement de la part de Zenta, qui servait à table. Du pouce, Emily, penchée au-dessus d'une bassine, vérifia la température de l'eau. De temps en temps, elle jetait un coup d'œil prudent en direction de la veuve. Sur le poêle, une bouilloire chauffait, et le métal, en se dilatant, laissait entendre de gais craquements.

— A… Avez-vous…

La voix d'Emily était timide, spectrale, à peine plus qu'un murmure plaintif. Si les yeux pâles de la fille ne l'avaient pas fixée, la veuve aurait pu croire qu'elle n'avait rien dit.

— Hein ?

— Je… je voulais vous demander… Êtes-vous allée à l'école ?

— Non, répondit fermement la veuve. Jamais.

— Mais, mademoiselle, vous savez lire !

— C'est ma grand-mère qui m'a appris, dit la veuve en s'attaquant de nouveau à l'écharde.

— Ah bon, répondit l'autre tristement. C'était seulement vot'grand-mère. Moi, j'ai toujours eu envie d'aller à l'école. Même que j'ai prié pour ça. On dit que c'est mauvais pour nous, mais je m'en moque bien.

La grand-mère de la veuve était elle-même convaincue des effets délétères de l'instruction – un trop grand afflux de sang à la tête risquait d'endommager le système reproducteur des femmes. Comme preuve de ses dires, elle invoquait l'exemple de femmes sans enfants ayant fréquenté l'université. « Et pourquoi n'ont-elles pas d'enfants ? demandait-elle. Parce qu'elles en sont incapables. » Étant donné qu'aucun membre de la famille – la grand-mère pas plus que les autres – n'avait rencontré de femme diplômée, la veuve avait retenu la leçon, jamais mise en doute, en compagnie d'autres affirmations de la même farine : les fantômes déclenchent la combustion spontanée de leurs victimes (le monde des esprits châtie ainsi les pécheurs) ; le sel qu'on jette par-dessus son épaule gauche aboutit dans l'œil du Malin ; les phrénologues savent repérer les futurs criminels dès l'enfance pour que ceux-ci prennent le chemin de la maison de redressement avant d'avoir eu le temps de causer du tort ; l'aiglefin doit son nom à sa ressemblance avec l'aigle, dont il a aussi les serres. Avec le recul, la veuve n'arrivait pas à voir quel mal il y aurait à ce qu'une fille comme Emily sût lire. Pour elle, en fait, l'angoisse, c'étaient les demi-mesures, la conscience qu'elle avait de son ignorance.

— Si seulement je pouvais aller à l'école et être avec d'autres filles de mon âge… Des fois, je rêve que j'suis à l'école et tout l'monde me connaît. Pour sûr, il y a la lecture. Si je voulais, je pourrais lire tous les livres qui sont dans la bibliothèque de Madame. Mais ce serait surtout pour l'amitié, la vie avec les autres. Je pense que c'est vraiment beau et… et important et…

À force de bredouiller, la fille finit par se taire, paralysée par l'embarras après sa longue tirade. Elle retourna vite au travail, comme si elle n'avait pas desserré les lèvres, plongea une rôtissoire dans l'eau et se mit à la gratter vigoureusement. Sous la surface retentit un grincement sourd : la pauvre fille s'efforçait en vain de détacher le magma collant.

— Qu'est-ce que vous faites, au nom du ciel ? demanda la veuve. Laissez d'abord tremper !

Piquée au vif, Emily s'éloigna de la bassine. Deux traits rouges se formèrent sur ses joues. Elle s'adossa au plan de travail, les mains cramponnées derrière elle, le dos voûté. On aurait dit une enfant s'efforçant d'adopter une posture désinvolte. Dans le calme qui s'ensuivit, la veuve avala lentement sa soupe en examinant cette curieuse fille. Elle avait quinze ans tout au plus. Elle ne savait rien de la vie, on ne lui avait jamais permis de découvrir le monde. Bref, une jeune femme presque identique à l'enfant qu'elle avait été. Peu à peu, devant le malaise grandissant de la fille, la veuve devina la source du problème : Zenta ne croyait pas aux vertus du trempage. La méthode de Zenta, autant dire la seule, consistait à frotter frénétiquement pendant que l'eau était chaude, car il ne fallait surtout pas gaspiller l'eau chaude. L'espoir de Zenta était d'écorcher le monde à force de le récurer. La veuve, en revanche, avait ordonné à Emily d'arrêter et, pour une raison quelconque, la pauvre simplette avait obéi. Elles étaient donc dans l'impasse. Tôt ou tard, les pas de Zenta retentiraient lourdement, et elle franchirait les portes de la cuisine. Quelle calamité s'abattrait alors sur la tête d'Emily ? La veuve sentit un pincement de pitié, maternel et donc dangereux.

— En tout cas, dit-elle gaiement, cette écharde va me rendre folle. Mieux vaudrait peut-être que je fasse tremper ma main.

Sur ces mots, elle descendit du tabouret, s'approcha de la bassine et se mit au travail. Des particules brunes tourbillonnèrent dans l'eau, tandis que, sous l'effet de la brosse, de la graisse et des croûtes se détachaient de la rôtissoire. Elle gratta les bords du bout des ongles. Du coin de l'œil, elle apercevait la fille, paralysée par l'incrédulité.

Zenta fit son entrée dans la pièce, et la veuve entendit sa voix assourdissante :

— Emily, pourquoi tu…

Puis, à la vue de la veuve attelée à sa tâche, elle dit sur un ton plus posé et plus approbateur :

— Futée, va.

La veuve était debout, au pied de son lit; elle s'y laissa retomber, s'y vautra. Une fois apaisés les grincements des ressorts, la pièce baignait dans le silence, même si les deux fenêtres étaient ouvertes. Aucun souffle n'y transportait les parfums de la nuit. Aucun chien n'aboyait. Sur la table de chevet, une bougie qu'on aurait dite pétrifiée. La vieille femme et ses servantes dormaient, et la veuve s'était livrée à ses prédations nocturnes, avait parcouru les pièces désertes, ouvrant les tiroirs et les armoires précautionneusement, sans bruit : ainsi, le contenu donnait une sorte d'avertissement avant de bouger, produisait un demi-son avant le son proprement dit. Tout ce qu'elle touchait était d'abord un son ou, pour peu qu'elle fît preuve d'une grande retenue, une absence de son. La vieille maison, pareille à une énorme créature vivante, semblait elle aussi endormie. Pendant la journée, elle grinçait et craquait comme tout ce qui est âgé. Au milieu des ténèbres, elle reposait sur ses fondations dans une immobilité absolue. Et la veuve était allongée sur son lit, réveillée, les oreilles pleines de l'écho du silence. Dans une main, elle tenait une alliance qui n'était pas à elle. Elle l'avait dénichée au fond de l'un des tiroirs encombrés du secrétaire de la vieille femme.

Elle était étendue avec l'alliance à la main depuis elle ne savait combien de temps, le petit anneau tiède et doré au creux de sa paume, objet mince aux bords presque tranchants, aussi léger qu'une mèche de cheveux après des années de loyaux services. Rejeté au bout du compte.

Elle examina son propre annulaire, dépourvu du moindre ornement. Aucune empreinte, aucune marque ne trahissait la présence de l'alliance qu'elle avait un jour portée. Elle n'avait pas été mariée assez longtemps pour en afficher les signes visibles.

Et pourtant, elle était là, serrant dans sa main la bague d'une autre. Bon, c'était de l'or, et on ne s'apercevrait pas de sa disparition, du moins pas dans l'immédiat. Quand la vieille femme l'avait-elle portée pour la dernière fois ? Pour quelles raisons la dame oiseau l'avait-elle arrachée de son doigt et cachée dans un tiroir ? La veuve l'avait trouvée au milieu d'un amas de bouts de ficelle et de crayons à moitié rongés. *J'aimais plutôt bien mon mari.* Peut-être sa présence perpétuelle avait-elle usé sa propriétaire, à la manière d'un rappel irritant : voici celle que tu étais – qui es-tu à présent ? Peut-être aussi l'objet s'était-il lesté d'un poids sans commune mesure avec sa taille, chargé de la solennité et de la lourdeur qui viennent à la fin de tout, une fois évanouies la joie et la naïveté du début ? Les veuves finissent-elles toutes par retirer leur alliance ? Le font-elles rapidement, pour se défendre, tel l'alpiniste qui, pour éviter d'être entraîné à son tour, coupe la corde qui le retient à son compagnon en difficulté ?

Quelque part, une porte se referma sourdement. La veuve n'entendit pas le bruit mat ; elle le perçut plutôt à travers le matelas. Elle attendit. Un autre bruit, encore plus étouffé. Silence. Puis des pas dans l'escalier, des pas bien réels, discrets et furtifs, mais rapides, deux marches à la fois. Elle avait roulé sur le dos et s'était pétrifiée dans une position rappelant celle du crabe, à moitié assise, immobile pour mieux écouter. Les bottes – oui, c'étaient des bottes, elle distinguait le martèlement des talons – s'avancèrent rapidement dans le couloir, d'un pas résolu.

Et Jeffrey entra dans sa chambre. Il entra sans hésitation, attrapa la poignée et referma avec soin. La veuve bondit et se tassa dans un coin comme un chat. Sans faire de bruit, l'alliance tomba par terre et roula sous le lit.

— Vous allez me foutre le camp d'ici, siffla-t-il entre ses dents.

Lentement, la bougie posée à côté de la veuve cessa de vaciller. Dans sa lueur, les yeux de la veuve brillaient comme des pépites d'or. Elle comprit aussitôt, sut qu'ils l'avaient retrouvée, le vit à la sombre rage qui marquait le visage de l'homme.

— C'étaient eux ? chuchota-t-elle.

— Écoutez-moi bien ! Demain, vous faites vos adieux. Elle vous donnera à manger et je ne sais quoi encore, puis vous vous en irez. Si vous vous attardez, je vous dénonce.

La veuve secoua la tête.

— Je ne sais pas où aller, dit-elle.

— Je m'en fiche.

Il la contempla un long moment d'un air furieux.

— Emportez vos problèmes ailleurs.

Elle hocha faiblement la tête.

— Et ne lui parlez surtout pas de ce que vous avez fait. Pas un mot, vous m'entendez ? Contrairement à vous, cette vieille femme n'a jamais fait de mal à une mouche.

Il sortit à reculons et referma la porte sur elle.

La veuve était seule dans la grange. Il faisait nuit, mais elle n'avait pas osé allumer une lanterne. Elle n'attendrait pas le matin. Ce serait trop risqué. Elle posa par terre le fruit de ses larcins avant d'entrer dans la stalle de la jument agitée, qu'elle s'efforça de calmer. Un sabot enfonça un manteau de fourrure dans la paille noircie par l'urine.

L'autre cheval, un petit hongre bai, n'avait même pas laissé la veuve s'approcher, mais la rouanne était moins jeune et plus calme. La veuve avait réussi à s'avancer près de son cou, puis elle l'avait laissée frémir, se retourner, frôler les cloisons de la stalle étroite. La tête dressée, la bête soufflait dans le visage de la veuve. Sans trop savoir pourquoi, mais sentant d'instinct que les animaux doivent apprivoiser leurs odeurs respectives, elle frotta vigoureusement sa chevelure et pressa sa main contre le visage et le museau de la jument. Puis la veuve fit passer un licou sur sa tête. Fourrant son pouce dans la bouche de l'animal, elle le promena le long de la gencive jusqu'aux barres et força l'animal à ouvrir tout grand pour y glisser le mors. Elle rabattit le reste de l'attirail sur les oreilles raides, tira la tête agitée vers le bas et fixa la sous-gorge. Quand elle était petite, on se chargeait de ce travail pour elle, la petite Mary, la fille du maître, l'enfant qui mangeait des bonbons à califourchon sur un cheval à bascule. Surprise de se souvenir des gestes, elle fit un pas en arrière, émerveillée. Serait-ce la première d'une série de petites révélations, d'illuminations au milieu de ces vastes ténèbres, comme celle de l'amnésique qui se demande « Est-ce que je sais jouer du piano ? » et se met à jouer aussitôt ?

Sur la porte de la stalle, elle prit une couverture et une selle anglaise, qu'elle posa sur le dos du cheval. La sangle pendait mollement, hors d'atteinte. Peu rassurée à l'idée d'approcher la tête des sabots inconnus, la veuve souleva la bande de cuir du bout d'une de ses bottes, celles de Zenta, et boucla la sous-ventrière. Elle se redressa pour admirer son ouvrage. Cependant, la jument souffla et la sangle se desserra. Si la veuve tentait de monter maintenant, la selle se renverserait sous le ventre de l'animal. Lorsqu'elle voulut recommencer, elle s'aperçut que la jument n'avait que retenu son souffle et que la sangle était tendue. C'était un mystère. Ayant été dupée, elle se demanda comment procéder. Après quelques tentatives infructueuses, elle se souvint : des coups de genou répétés dans le ventre obligeraient la jument à souffler. Ainsi, la sous-ventrière pourrait être serrée. Finalement, là, dans la stalle, la veuve grimpa sur le dos de l'animal en lui murmurant des mots caressants. En réponse, la bête hocha la tête et tira sur les rênes, curieusement passive à présent qu'elle était sellée. La veuve la fit sortir de la stalle, à reculons, puis elle l'orienta vers la porte en se penchant pour éviter les poutres. Dehors, le cheval et l'être humain contemplèrent la nuit.

La maison se trouvait à une certaine distance de la grange. Un sentier ornemental en pierres pâles reliait les deux bâtiments. Une ferme d'aristocrates comme elle en avait déjà vu beaucoup. Une serre, une bibliothèque, un salon, une grange. Un potager, peut-être, où la dame de la maison faisait pousser des laitues et des carottes. La veuve connaissait l'architecture des maisons héritées comme celle-ci et le genre de vie qu'on y menait. Et elle était convaincue que le malheur était la fin probable de cette maison, de toutes les grandes maisons. Les enfants meurent, s'en vont ou refusent d'avoir des enfants à leur tour, l'un contracte un mauvais mariage, l'autre tombe malade, la jeune épouse se révèle stérile, le vieil homme joue et perd sans retenue, on ne donne plus de soirées, les domestiques partent les uns après les autres, le lierre envahit les fenêtres, des oiseaux nichent un peu partout, des pièces sont condamnées. À la mort de Mme Cawthra-Elliot, ses domestiques videraient la maison, garderaient ce qui leur plairait et condamneraient les portes.

La veuve mit pied à terre, attacha le licou à l'une des grosses charnières de la porte et partit à la recherche d'objets utiles. Dans un coin de la sellerie, il y avait une paire de vieilles sacoches piquées de taches de pourriture blanche qui s'émiettaient comme du sel. Dans une autre pièce, elle ne trouva qu'un traîneau à cheval délabré, une épée jouet en bois sculpté et un garde-feu calciné sur lequel une urne était peinte. Au cours des deux journées qu'elle avait passées à la maison, la veuve n'avait observé aucune trace d'enfants, ni petits ni grands. Elle avait trouvé le mari défunt ou plutôt un très grand portrait de lui en uniforme militaire. Malgré ses traits acérés, il posait sur le peu de vie qu'il lui restait un regard d'une étrange douceur. Sous le portrait, la vieille femme avait placé une table sur laquelle étaient réunies les possessions du disparu, épaves de masculinité disposées comme dans un reliquaire. Un reliquaire relégué dans le coin d'une pièce inutilisée. *J'aimais plutôt bien mon mari.*

Au cours de sa première nuit d'explorations nocturnes, la veuve avait découvert cette pièce et subtilisé une minuscule épinglette en forme d'étoile. Elle la trouvait jolie. Elle l'avait fixée à sa chemise de nuit et s'était admirée dans la glace. Il y avait aussi une petite boîte renfermant un calepin et un crayon. Elle avait chipé quelques articles qui lui semblaient utiles, y compris le calepin et le crayon, ainsi qu'une courte baïonnette à l'aspect meurtrier, serrée dans une gaine. À la pensée des poules qu'elle avait croisées sur sa route et de ses besoins futurs, elle se mit en quête d'une marmite.

Tous ces objets encombraient les sacoches aux rabats raidis par l'âge. Elle lança derrière la selle le manteau de fourrure volé et accrocha à son épaule un sac à main en soie orné de perles. Puis elle monta de nouveau, retroussa ses jupes et s'éloigna de la grange, silhouette folle s'avançant dans la nuit. Du côté de la maison, un chien aboya, un jappement bref et haut perché, interrogateur. Elle tendit l'oreille, à l'affût des mouvements nocturnes. Le chien arriva en trottant de côté, curieux, et décrivit un cercle autour de la rouanne bleue, qui ne broncha pas. La jument et la femme poursuivirent leur route, tandis que le chien poussait de petits gémissements. La veuve faisait marcher la jument au pas sur le sentier gravelé et serrait les sacoches pour empêcher le contenu de tinter. Dans la maison, aucune lumière, ni bougie ni gaz. Ses murs recouverts de lierre défilèrent, puis disparurent. La veuve et la jument traversèrent un petit champ et s'approchèrent des deux arbres imposants qu'elle avait aperçus depuis la fenêtre de sa chambre. Ils avaient semblé courtauds, alors qu'ils étaient énormes, coiffés de vastes frondaisons. Les feuilles filtraient les lueurs de la lune. En passant dessous, la veuve et sa monture furent zébrées, effacées, puis reprirent leur forme initiale.

Bientôt, elles arrivèrent à une clôture. Devant elles s'ouvrait un autre champ obscur. La veuve força la jument à décrire un cercle, puis, d'un brutal coup de talon, la fit s'élancer au petit galop. Juste avant la clôture, elle talonna de nouveau les flancs de l'animal. Au même moment, le chien s'esquiva. Elles s'élancèrent, atterrirent gauchement et trottèrent sur une brève distance ; les objets volés s'entrechoquaient et la rouanne frissonnait sous l'effet de la surprise. Le chien s'enfuit sans demander son reste. La veuve serra les rênes. Deux cœurs battant. Elle n'avait donc pas non plus oublié comment il fallait faire pour sauter à cheval.

Puis la femme et la jument s'enfoncèrent dans le champ sombre et disparurent, laissant derrière elles la maison où on les avait gardées et soignées.

*

Avant le petit déjeuner, la vieille femme se planta sur le pas de sa porte, ses petites mains noueuses serrées l'une contre l'autre, l'air furieux. Derrière elle, Zenta et Emily se recroquevillaient, apeurées. Les trois femmes fixaient les hommes à la barbe rousse qui attendaient sur les marches, leur carabine sur le dos, tels des chasseurs.

— Je vous répète, dit la vieille femme en s'efforçant d'affecter une sévérité dont elle était dépourvue, que vous vous trompez de maison.

Sous leurs regards froids et graves, elle se tassa lentement, sa lèvre tremblante désormais muette.

— Vous avez le choix, dit l'un. Vous pouvez nous aider ou voir ce qui vous attend si vous refusez. Bon, où est-elle ?

Ses yeux se posèrent sur Emily, clairement l'élément le plus faible des trois.

5

Aux environs de minuit, la veuve avait renoncé à deviner l'heure qu'il était. La lune allait et venait, voilée par des nuages qui couraient à toute allure. La jeune femme avait fait galoper le cheval chaque fois qu'elle avait pu, le long d'une route dégagée ou dans un sentier à travers champs. Au loin, des maisons se dressaient, réduites à deux dimensions sous la lueur de la lune. Debout ou allongées, enveloppées dans leur propre ombre, des vaches les regardaient passer en ruminant. Aux limites de ce qui lui fit l'impression d'un petit bourg, la veuve croisa un taureau solitaire enfermé dans un enclos, qui la regarda s'éloigner. Par-dessus son épaule, elle observa la lourde créature, sa tête basse, son large dos scintillant sous les étoiles.

Dans l'obscurité profonde, elle faisait avancer la jument au pas et s'arrêtait souvent pour s'orienter. Dans le noir absolu, des coqs s'égosillaient. Le long d'une clôture, elle descendit et attacha le cheval. Les jupes remontées sur les hanches, elle s'accroupit et urina dans l'herbe sèche. Puis elle remonta en selle et reprit sa route.

À l'aube, le ciel s'éclaircit et elle se rendit compte qu'elle était au pied des montagnes qu'elle avait aperçues trois jours auparavant, bleues et voilées, depuis la voiture de la vieille femme. Dès l'instant où la veuve avait posé les yeux sur elles,

elles étaient devenues son objectif. Elles se dressaient juste là, devant, tel un monument, gage de liberté, repaire idéal. L'horizon se colorait de rose, mais le ciel au-dessus de la veuve était bleu étoilé. Elle entendit la détonation d'une carabine, au loin, et la jument dressa les oreilles, tandis que l'explosion ricochait et que les collines, en guise de réponse eût-on dit, grommelaient. D'après la direction du bruit, la veuve se dit qu'elle avait déjà entrepris l'ascension des contreforts et que le village se trouvait plus bas, à une certaine distance. Elle continua, aux aguets, mais il n'y eut plus de coups de feu.

La cavalière et la jument entrèrent dans un épais bosquet ; une fois de plus, elles s'enfoncèrent dans l'obscurité, presque aveugles. La veuve mit pied à terre, posa les sacoches sur le sol et, assise sur un lit de mousse, fouilla à l'intérieur. En ce lieu, ses mains faisaient office d'yeux. La jument arrachait de l'herbe et mâchait, grincement paresseux sur sa droite. Bientôt, elle trouva une allumette et, dans sa lueur, aperçut le sol de la forêt, au relief étrange, maléfique. Elle vit ses propres jupes et le cheval debout au-dessus d'elle, ses pupilles contractées, puis la flamme mourut et les ténèbres se refermèrent sur elle. Depuis son enfance, pas très lointaine au fond, la veuve se posait des questions sur l'existence des gnomes et des lutins aux dents pointues. C'était son père qui lui avait mis ces bêtises dans la tête. Quand il rentrait tard, bien gris, il réveillait parfois sa fille. Malgré les protestations de la grand-mère, il entraînait la petite dans le jardin sombre, où elle titubait en rêvant encore à moitié. Il lui saisissait le bras et, du bout du doigt, lui montrait les minuscules créatures cachées çà et là, immobiles dans les feuillages. Comportement pour le moins invraisemblable de la part d'un homme d'une telle nature et d'une telle éducation, ex-pasteur anglican, dont le col était désormais plié et rangé dans son tiroir à chaussettes.

Avait-il eu vent du crime de sa fille ? La veuve éprouva un regret lancinant ; elle savait qu'elle ne pourrait pas rentrer chez elle, auprès de lui et de sa grand-mère, pas après cela. Cette maison n'était plus la sienne, et elle n'y serait pas en sécurité. Même si elle savait comment s'y rendre, le chemin le plus discret qui soit, ils n'accepteraient jamais de lui donner asile.

La veuve s'empara d'une pipe, qu'elle avait eu la précaution de bourrer de tabac, et se mit à fumer dans l'obscurité. Elle avait pris cette pipe dans le reliquaire du vieil homme. C'était un objet ancien, coûteux. Le fourneau surdimensionné était sculpté en tête de cerf ; les bois formaient un couvercle à charnière. Elle inspira une bouffée aromatique et, dans un soupir, la laissa s'enfuir.

Pendant deux jours, la veuve et sa jument grimpèrent les contreforts de montagnes dont les cimes étaient auréolées de neiges impossibles. La chaleur accablante s'atténua et l'air prit une agréable douceur. Le matin, un épais brouillard montait du sol, s'évaporant en volutes spectrales. La veuve était fascinée : ici, un pipeau de berger, là, une main de femme s'élevant vers le ciel. Elle vit un troupeau de formes vaporeuses embrouiller la surface d'un petit marécage forestier, qui lui rendit une singulière image du supplice auquel son esprit était soumis. Des voix. Des furies éphémères qui mourraient aux premiers rayons du soleil ; mais puissantes tant qu'elles duraient, et redoutables.

Au crépuscule du premier jour, elle tomba sur un appentis de bois pourri, en appui sur une paroi de pierre mousseuse. À chacune de ses extrémités ouvertes, on avait accroché des toiles grossières dont le bas était mangé par la moisissure. Elle appela. Pas de réponse. Elle s'approcha donc à pas furtifs et remonta un des rabats : son regard se posa sur des couvertures en décomposition et un amas de journaux noircis, comme rongés par les rats. Nul ne se leva pour lui souhaiter la bienvenue. Aucun signe de vie. Dans un coin, une page de journal pliée avait été soulignée en noir et les lignes avaient débordé les unes sur les autres. Si la veuve n'avait pas fermé l'œil depuis deux jours, cela faisait longtemps qu'elle n'avait pas dormi plus de quelques heures d'affilée. Et là, un abri s'offrait à elle, au crépuscule, vestige d'humanité parmi les arbres. Et pourtant, elle quitta ce terrier comme s'il se fût agi d'un tas de compost grouillant de vermine. Elle s'essuya les mains sur sa robe. Autour de la masure, elle trouva d'autres déchets. Des cuillères, un portefeuille vide, un gant, encore des journaux à moitié ensevelis sous les aiguilles de pin et le terreau, jamais bien loin de l'appentis. Telle une archéologue, elle déterra une pitoyable existence humaine. Celle d'un homme, lui sembla-t-il ; mais un éventuel poursuivant ne risquait-il pas d'en venir à la même conclusion en examinant ses traces à elle ? Elle se remit en selle et reprit sa route.

Le même soir, elle s'octroya un peu de repos. À son réveil, toute la lumière s'était évanouie. La nuit était si sombre qu'elle crut à la présence d'un voile entre ses yeux et le reste du monde. Il était inconcevable que l'aveuglement fût si absolu. Aucun bruit, sinon le souffle du vent dans les arbres. Sur sa gauche, le cheval respirait. Et loin au-dessus, les lents craquements des branches de pin. Qu'elle eût moins peur du noir que des créatures surgies de sa propre tête, c'était là l'une des bénédictions de sa toute jeune vie. En fait, elle adorait la nuit. Malgré tout, là, au milieu des arbres, retentissait l'appel de choses inconnues. De petits grattements à gauche… ou devant ? Elle avait ôté la selle du cheval. Elle s'était étendue, la selle lui servant d'oreiller. La jument souffla. La veuve se dit que la bête la préviendrait de l'approche d'un prédateur. Elle ignorait qu'un cheval voit beaucoup moins bien qu'un homme. L'animal n'a pour lui que son odorat, et encore, tout dépend du vent. Pendant cette longue nuit, la veuve écouta les mouvements de la jument en évitant de se demander comment elle la retrouverait dans le noir si, d'aventure, quelque chose surgissait d'entre les arbres et fonçait vers elles.

Le matin se leva dans une forte odeur d'humidité, le soleil était une tache brûlante dans le ciel, la terre fumait. La veuve se releva et constata que ses jupes étaient trempées. Elle se pencha et les essora, mais elles demeuraient lourdes. Lorsqu'elle enfourcha le cheval, elles lui léchèrent froidement les mollets. La veuve et la jument firent route au milieu de bosquets de trembles. Sur des troncs enfumés, à des hauteurs incroyables, presque au niveau de sa taille, la veuve, à califourchon sur sa monture, vit les marques de griffes laissées par des ours. Des lambeaux d'écorce fins comme du papier jonchaient le sol.

Le lendemain matin, l'air fraîchit. La veuve escaladait la chaîne de montagnes, un jour à la fois. Elle méditait, bercée par les craquements cadencés de la selle et les bruits de succion des sabots foulant les feuilles mouillées. Par moments, elle devait mettre pied à terre pour libérer la jument d'un enchevêtrement de pruches ou d'un corral de pins morts, abattus. Elle avait peur de tourner en rond ou même de revenir sur ses pas.

Elle s'enfonça dans des creux et des ravines pour s'élever de nouveau, le long des crêtes et à travers des clairières qui embaumaient la menthe. La veuve s'arrêtait souvent pour laisser paître la rouanne bleue, qui engraissait. À force de fréquenter des pâturages alpins en apparence cultivés, si verts qu'ils faisaient songer au paradis, elle semblait prendre des forces. Les chèvres formaient des points blancs sur la paroi des falaises abruptes, accompagnées de leurs petits qui s'élançaient maladroitement sur le terrain accidenté. La veuve suivait leurs bonds des yeux.

Elle prit un bain éclair dans un ruisseau glacé et l'eau lui brûla la peau, lui lacéra les nerfs. Douloureuse purification. Là où c'était possible, elle utilisa ses cheveux pour se sécher, car elle n'osait pas se servir de ses vêtements, et le manteau de fourrure de la vieille femme glissait sur sa peau sans rien absorber. Nue, elle fit les cent pas sous le soleil, les dents serrées, les bras refermés. Devant elle, la jument paissait en vagabondant à gauche et à droite. La veuve avait complètement oublié la couverture de la selle. Bien que raide et graisseuse, elle l'aurait peut-être réchauffée. Elle ne savait comment entraver un cheval, mais, en suivant son intuition, elle avait noué les rênes à l'une des pattes de devant, ce qui permettait à l'animal de se pencher pour manger, mais ni de galoper ni de fuir à l'approche de la cavalière. À l'aide de touffes de mousse sèches et rudes, elle tenta en vain d'étriller le cheval. Puis elle utilisa la baïonnette du vieil homme pour déloger les cailloux de la fourchette de ses sabots. Au moins, cela, elle ne l'avait pas oublié.

Elle grignota son pain moisi et ses fruits blets. Les arbustes regorgeaient de baies, mais elle n'osait pas manger d'aliments qu'elle ne reconnaissait pas, et rien ne lui était familier. Elle débusqua des lapins, qu'elle prenait désormais pour des repas sur pattes, mais ne put mettre au point de stratagème pour les capturer. Elle aperçut un aigle, quelques renards bien gras et, au crépuscule, des hiboux gris qui glissaient sans bruit en agitant leurs ailes immenses. En essayant d'enfiler le manteau de fourrure, elle comprit à quel point la vieille femme était minuscule. Elle coupa sa jupe au milieu, devant et derrière. Frissonnante et nue, l'aiguille à la main, elle se confectionna un pantalon bouffant noir. À cheval, ses genoux ne seraient donc plus exposés. L'inconvénient, c'était qu'il lui faudrait se dénuder pour se soulager.

Dans la nuit glaciale, afin de préserver leur chaleur à toutes les deux, elle devait s'arracher à son sommeil léger pour faire marcher la jument. Leurs souffles parallèles laissaient dans leur sillage des signes en braille qui ne voulaient rien dire.

Le quatrième jour, la jument huma l'air follement et se planta au bord d'un pâturage à pic, électrisée. Au début, la veuve ne comprit pas l'objet d'une telle terreur, puis elle le vit.

Un grizzly vieux et massif se tenait à la lisière des arbres, mais la jument ne l'avait pas encore repéré. Terrorisée, la veuve fixa l'animal de l'autre côté du pré, qui secouait la tête de gauche à droite, en apparence tout aussi incrédule qu'elle. Brun clair, luisant et gras, il était bien plus gros qu'elle ne l'aurait cru possible. L'ombre d'un nuage tout entier passa lentement entre elle et l'ours. Le soleil pénétra l'herbe profonde et les fleurs sauvages. La veuve s'accrocha à sa monture dansante. La jument soufflait en tremblant, incapable d'apercevoir l'objet de sa frayeur. Et puis l'ours se volatilisa tout bonnement dans les ténèbres de la forêt. La veuve poursuivit en priant. *De Sion l'Éternel rugit. Ainsi parle l'Éternel.*

Partout, des arbres. Et le soleil au-dessus. Un souffle de vent dans les hautes branches, la moindre aiguille de pin, la moindre feuille de l'été agitée. La veuve, qui se reposait sur un rocher au milieu d'une clairière, retira ses bottes. La selle était accrochée de guingois à une branche. Elle marcha dans la boue molle en se frottant le visage des deux mains dans l'espoir de chasser les idées noires. Pendant toute la matinée, elle avait été assaillie par des souvenirs intempestifs, moqueurs. Rien à voir avec les fantômes habituels. C'était différent, un catalogue de lieux et de choses qui tous lui inspirèrent, fugitivement, une profonde nostalgie. Un coin de rue familier, une rampe brisée dans la maison de son père, un journal mouillé couvert d'épluchures de pommes de terre dans la cuisine. Solitaires, ces souvenirs, et pourtant saturés de présence humaine, à la manière d'un repas encore fumant devant lequel personne n'est attablé. Quelque chose venait, un message – chaque réminiscence sculptant sa propre silhouette. Elle les repoussa, se débattit, pareille au nageur qui ne doit pas se reposer mais se repose quand même, puis refait surface en crachotant. Des moineaux ternes se faisaient la guerre autour des empreintes profondes que ses pieds avaient creusées dans la vase. La jument s'ébroua comme un chien et les oiseaux s'envolèrent.

La veuve était dans les montagnes depuis six jours et six nuits, seule, et elle n'avait toujours aucune idée de l'endroit où elle se trouvait. Pourtant, elle n'avait pas peur. Seulement, elle restait sur le qui-vive. La menace venait toujours de l'intérieur : l'épuisement, les pensées malsaines, l'ignorance, la faim. Quand elle était enfant, on avait dû l'éloigner d'un cheval nerveux qui risquait de la blesser ; l'homme engagé l'avait secouée par les épaules en criant : « Cherches-tu à me faire renvoyer ? » Et pourtant, c'était un rêve dans lequel ses mains s'étaient détachées de ses poignets qui avait failli la rendre folle de terreur. Cet été-là, on avait transporté son lit dans la véranda, où il faisait plus frais. Quand elle s'était réveillée en criant de toutes ses forces, les oiseaux installés près de la porte avaient volé en tous sens dans leur palais en osier. Des pas d'adulte avaient résonné dans le couloir, accourant vers son lit, dans lequel elle était assise, raide et hurlante, les bras tendus devant elle, contemplant ses mains qui lui semblaient toujours manquer. Toute la journée du lendemain, elle avait été en proie à une horreur profonde : elle se décomposait, se dissolvait, son corps était incapable de demeurer entier. C'était la faute des rêves. Ils étaient l'épicentre de sa peur, un ver lové dans son cœur, et l'espoir pourrissait dans ses anneaux noirs d'où surgissaient les visions honnies – les ténèbres de son esprit. Et pourtant, elle était là, seule dans la nature sauvage, étrangement heureuse.

C'était un matin doux, radieux. En plein soleil, l'air était tiède sur sa peau nue, tandis que, sous le couvert des arbres, l'haleine de la jument formait de la vapeur. Un froid arctique se tapissait à la limite des ombres et soufflait en rafales des profondeurs de la forêt. Les jambes tendues devant elle, la veuve contemplait ses orteils blanc et bleu. La boue apaisait la plante de ses pieds et elle les fit glisser d'avant en arrière.

Elle observait les moineaux d'un air sombre, en imagina un en train de rôtir sur le feu, repas à peine plus gros que son pouce, crépitant et sifflant dans sa maigre réserve de graisse. À cette altitude, il n'y avait apparemment plus de petites baies ; si elle en dénichait, elles étaient ratatinées, blanches et amères. Chez la vieille femme, elle n'avait trouvé ni fusil ni carabine. Comment tuer un petit animal ? Comment capturer un oiseau ? Elle avait arrêté la jument à côté des moindres ruisseaux, avait épié leurs eaux claires à la recherche de poissons, de menu fretin, n'importe quoi qui fût en vie. Elle n'avait rien vu, jamais.

Sa volonté était inébranlable, mais elle était dépourvue des connaissances qui lui auraient facilité la vie. On l'avait préparée à une autre existence, et son esprit engourdi ressassait interminablement des leçons inutiles : les sonates et les études, l'art de composer un menu, les trousseaux, les tournures ou les faux culs, si désuets à présent. Se coucher à neuf heures. Les tranches de pain grillé refroidissant sur la table dans leur râtelier en métal. Peau d'albâtre et parasols. Des filles pleurant à Noël faute d'avoir reçu les cadeaux espérés. Manger, boire, engraisser. Redouter de prendre froid. Les vieilles femmes se méfiaient de l'air humide de l'été. La mort ne venait pas ainsi, ne rôdait pas dans les arbres. On mourait d'apoplexie. Du cancer. Par pendaison publique. Son oncle, connu pour son tempérament colérique, était tombé sur le tapis de son salon en se tenant la gorge, terrassé par une facture d'épicier exorbitante.

Vers midi, elle avait essuyé la boue de ses pieds et de ses mollets et remis ses bottes. À la gauche de la jument, elle caressa le long cou de la bête et monta. Le cheval et sa cavalière allaient lentement. De la vapeur montait des épaules ondulantes de la bête, frôlait les genoux de la veuve, mais celle-ci frissonnait, même quand les flaques luisaient ardemment sous le soleil. De grands et de petits animaux avaient tracé des sentiers entre les arbres. Plus ils étaient petits, plus ils étaient nombreux, et plus les sillons étaient profonds. La veuve avait découvert ces routes naturelles un soir, alors que les ombres grandissantes les mettaient en évidence. Le rouge du couchant avait épuré la matière, les conifères semblaient argentés et plats tant leurs lignes étaient nettes, et soudain les herbes froissées avaient révélé ces sentiers, ces itinéraires, lignes sinueuses nées de l'habitude, qui lui avaient échappé jusque-là. Des rigoles et des sillons par où les souris contournaient les rochers et les troncs. Le trajet qu'empruntaient les écureuils pour aller d'un pin à l'autre en bondissant avant de disparaître dans un dernier saut. Les érosions plus larges, plus subtiles, où des sabots et des ventres s'étaient faufilés, où des babines molles avaient arraché les feuilles. En l'absence de toute carte humaine, la veuve, cherchant à échapper au danger incarné par ses semblables, avait fait bifurquer sa monture et s'était engagée dans ces rivières spectrales, s'enfonçant de plus en plus profondément dans une nature profonde, totalement étrangère.

Au crépuscule, la lumière se faisait aussi diaphane et froide que l'air. Pas un bruit, pas un écho. Juste les pas de la jument assourdis par un épais tapis de branches de cèdre. Aucune ombre. Le monde était d'une netteté impossible. *Pour les siècles des siècles.* La jument posa son sabot sur une vieille souche pourrie, et un craquement étouffé remonta des feuilles et des herbes accumulées au fil des saisons. Montée sur la jument, la veuve courbait l'échine. La faim ou la fatigue ? Elle ne faisait plus la différence. Elle mit pied à terre, tituba sur ses pieds engourdis et se laissa tomber lourdement, les jambes croisées, les rênes toujours à la main. Les pommes de pin. Les pommes de pin se mangeaient-elles ?

L'air gris se teinta de bleu, le vent fit bruisser les feuilles pour leur souhaiter bonne nuit. Bientôt, elle vit des choses inexplicables. Éberluée, elle regarda des silhouettes de nains ou peut-être d'enfants courir derrière les arbres ou flotter, les bras en l'air comme s'ils étaient dans l'eau. La jument parut détecter certains mouvements, elle aussi, suivant de ses yeux mouchetés un objet filant à la hauteur de ses genoux. Il y avait quelque chose ? La veuve tendit la main. Non, rien.

Lorsque la nuit tomba pour de bon, la jeune femme attacha le cheval à une branche, lui retira sa selle et s'assit sous un arbre en serrant les genoux pour écouter autour d'elle les murmures dans l'obscurité. Comme dans un roman gothique, les pins craquaient dans la nuit. Le vent sifflait et déplaçait des millions d'aiguilles. Et un bruit se répétait, un bruit qu'elle mit longtemps à reconnaître, celui de la jument qui tirait sur les rênes. Toute la nuit, elle tira ainsi pour se pencher et manger l'herbe près de ses sabots. La veuve restait éveillée, l'oreille tendue, sans comprendre le sens de la lutte. Le soleil se leva sur la femme et le cheval, créatures pitoyables qui baissaient la tête à la manière de condamnées exténuées.

Lorsqu'elles repartirent, la veuve mit le cap sur les hauteurs. Dans son esprit désorienté, elle se demanda si c'était le nord. Le nord était-il en haut ? En réalité, la veuve était égarée. N'avait-elle pas basculé dans un autre monde ? Sa compréhension du territoire était si limitée qu'elle n'aurait pas été surprise d'apercevoir l'océan. *Une femme bien née ne connaît ni la géographie ni la politique.* Même son père avait été de cet avis. Elle tenta de se représenter la carte que son mari avait accrochée sur le mur de la cabane, mais cette image n'entretenait aucun rapport avec le monde qu'elle découvrait autour d'elle. Chacun des États américains avait sa couleur, tous bien ordonnés, comme dans une boîte de bonbons. Le Canada lui-même n'était qu'un vaste espace vide composé de territoires circonscrits, chacun doté d'un nom, sans plus. Assiniboine. Keewatin. Alberta. En rose, comme tout ce qui était britannique. Un après-midi de l'été précédent, la veuve s'était plantée devant la carte, une main sur la hanche, et l'avait contemplée tristement en s'efforçant de deviner le lieu de sa naissance, celui où son père dormait, peut-être, ou s'attablait pour le petit déjeuner en manches de chemise. Elle parcourut du regard les pépites bleues des lacs reliés entre eux et crut en reconnaître un. Sans villes ni frontières, sans lignes indiquant l'endroit d'où elle était venue ni celui où elle se trouvait, la veuve avait examiné le Canada et y avait vu la même chose que tout le monde. Un grenier. Un lieu vacant. Un trou dans le monde.

Comment savoir ce qu'il y avait là-bas ? Une forêt éternelle, mouillée et silencieuse comme celle-ci ? La jument se frayait un chemin au milieu des fougères et des drageons de trembles qui lui arrivaient aux genoux, son épaule s'affaissant lorsque des racines pourries se désintégraient sous ses pas ou qu'un de ses sabots glissait sur la mousse. L'animal avançait lentement, pesamment, arrachait des fougères au passage. De loin en loin, un filet d'eau glacée descendait des hauteurs et courait parmi les herbes aplaties. De petites flaques se formaient dans les empreintes laissées par les sabots de la jument.

La veuve regardait autour d'elle avec la lucidité vacillante de l'inanition. Lucidité et désastreuse exultation. En plein ce à quoi aspirait la religion, comprit-elle : la grandeur d'un esprit que la dissolution avait creusé. *Et mon cœur est blessé au-dedans de moi. Je m'en vais comme l'ombre à son déclin.* Pas une âme dans le monde ne savait où elle était, et cette certitude la mettait en joie.

La veuve se pencha pour éviter une branche et faillit tomber. Elle grogna d'un air faussement amusé dans l'espoir de se leurrer elle-même. *Fatiguée, fatiguée, toujours fatiguée.* Elle frissonna tandis que tombait une neige spectrale et que, au-dessus d'elle, les étoiles chancelaient. Son esprit tournait dans sa vasque sombre, cherchant en vain une meilleure façon de voir. Les arbres ondulaient dans le vent comme des roseaux dans un courant vif, et ses pensées folles, venues de nulle part, s'immobilisèrent pour les observer. Le monde était immense, sans fin, au contraire de la veuve enfermée dans son corps. Elle était seule et perdue, les faibles pleurs de son bébé résonnaient dans ses oreilles.

Elle se frotta le visage et, sans descendre de cheval, sortit la pipe de la poche de son manteau, la fourra dans sa bouche et en aspira le parfum d'encens éventé. Pas question de gaspiller une allumette. Cette idée l'apaisa, et elle laissa l'interminable forêt s'ouvrir devant elle et l'avaler. La nuit tombait rapidement et les ombres balayaient la chaîne de montagnes tout entière. Les constellations surgirent dans un troupeau vaporeux, mais la veuve, effondrée sur sa selle sous les frondaisons dégoulinantes, ne vit rien. *Quoi ?* dit-elle. *Viens ici,* dit-elle.

En sursaut, elle se réveilla et constata que la nuit était enfin tombée. La jument, qui s'était depuis longtemps arrêtée d'elle-même, dormait debout, la tête pendante. La veuve descendit, toute raide, et s'immobilisa, le dos voûté sous le poids de la faiblesse, presque inconsciente. Dans son corps, elle ne sentait rien, sinon un chapelet de muscles inflexibles le long de son dos. Un vent nocturne soufflait follement dans les hautes frondaisons et pourtant aucun souffle ne descendait jusqu'à elle. Elle se tint bien droite, puis fit pivoter son tronc à gauche et à droite, sentit le tremblement des moindres faisceaux de muscles. Un peu plus tard, elle se réveilla de nouveau. Elle se roulait sur le sol à la recherche d'une position plus confortable, la tête sur la selle, les jambes remontées sous la poitrine.

Depuis qu'elle avait cessé de manger, elle avait été incapable de trouver le sommeil. Ses pieds et ses mains brûlaient, et la brûlure s'immisçait dans ses rêves, les consumait. Elle sentait bien qu'il n'y avait personne près d'elle, pas de poissons dans les ruisseaux, pas d'animaux, pas de voix. La jument était aussi immobile qu'une statue d'argile. Que de l'eau et du vent haut dans le ciel. La veuve sentait le poids de son existence, les efforts infinis que coûte la vie. Elle avait essayé de manger de l'herbe, le centre mou des pommes de pin, de froides racines blanches qu'elle avait déterrées en s'aidant du talon de ses bottes. Chaque tentative s'était soldée par des nausées ou des vomissements, et son estomac s'était endormi, vidé. Sans savoir quoi faire pour se sauver, elle gisait, immobile et fébrile, tandis que, autour d'elle, des fougères comestibles ondulaient et que les boutons durs des églantiers exhalaient un parfum inconnu. En pleine abondance, elle crevait de faim.

Des silhouettes noires sillonnaient les ténèbres, et d'immenses créatures s'arrêtèrent et penchèrent sur elle leur tête décorée de bois. La veuve se redressa, aussi faible qu'une enfant, la bouche grande ouverte. *Venez ici, chevaux,* dit-elle. *Venez.* Des nuages bas l'emportèrent avec eux, son corps s'accrochait aux branches des arbres, rampait sur le sol. Elle rêva, ne rêva pas. Elle se couvrit le visage, s'imaginant qu'il tombait de la neige, des aiguilles d'étoiles. *Je ne suis pas un personnage de conte. Et tu n'as rien d'un prince. Je refuse de mourir pour toi.* Elle tenait un objet vivant dans sa main. C'était son autre main.

Les silhouettes sombres s'éloignèrent en silence, comme si on les pourchassait. Et puis des monstres véloces se lancèrent à leurs trousses, et leurs aboiements étaient horribles. Un vent froid parcourait la veuve comme un courant électrique. Ses pieds et ses mains étaient en feu.

6

Au matin, la veuve s'assit bien droite parmi les branches tombées. Au-dessus d'elle, la forêt s'était immobilisée. La selle et les sacoches reposaient à une certaine distance. Nulle trace de la jument. À partir de sa couche, la veuve risqua de courtes incursions à gauche et à droite, mais il était évident que la bête avait disparu. Avaient-elles été visitées par des loups ? La veuve avait vu des loups courir en songe. Mais elle avait aussi rêvé que sa grand-mère la tirait par la cheville sur une pelouse. Là où elle était, la lumière zébrait les arbres, et sa chaleur lui procurait un pur plaisir. Elle frotta son visage et ses bras engourdis. Pas un bruit. Bizarre que son cœur battît encore et que sa respiration continuât d'elle-même. Elle mit la selle à sécher sur une branche, tout en sachant qu'elle ne s'en servirait plus. Le pelage gris moucheté, les oreilles foncées et les flancs ondulant entre ses cuisses. Le cerveau de la veuve avait beau voguer à la dérive, sa situation lui apparaissait clairement. Sans cheval, ses pérégrinations sinueuses seraient plus lentes, et elle ne pourrait plus compter sur la vigilance de l'animal. Ses chances de survie étaient quasi nulles. La selle serait un reliquaire consacré non pas à l'animal enfui, mais bien à elle-même, au fait qu'elle avait existé.

Elle abandonna ses affaires et se mit à errer au hasard. Des toiles d'araignée lui effleuraient le visage, mais elle ne les repoussait pas. Elle laissait plutôt les araignées s'accrocher à elle, faire un bout de chemin avant de se laisser tomber. Des faisceaux, des colonnes de soleil descendaient jusqu'à elle. Une fois, en levant les yeux, elle aperçut la lune, haute et pâle dans le matin bleu. Petite rigolote, va, qui fait seulement semblant d'être partie. La veuve n'était plus qu'une enfant idiote perdue dans la forêt. C'est avec une joie idiote, donc, qu'elle tomba sur les traces de son cheval et se pencha jusqu'au sol pour examiner les empreintes profondes et inégales laissées par l'animal, qui avait couru, avait changé de direction une fois, puis une autre et encore une autre. D'autres chevaux avaient couru avec lui, puis ils s'étaient dispersés au milieu des arbres, pourchassés par des chiens. Pas des chiens, se rappela la veuve. Une meute de loups aux trousses des chevaux.

La veuve suivit les pistes jusqu'à une carcasse, celle d'un cerf mulet de grande taille. Il gisait, les sabots tournés vers elle. À dix mètres, elle voyait le sang qui remplissait les empreintes laissées dans la boue, la gorge et le ventre ouverts de la bête, les entrailles répandues sur le sol. Une patte de guingois.

Elle fit aussitôt demi-tour et s'enfuit en titubant avec un sens de l'orientation qui l'aurait peut-être étonnée si elle avait encore été en mesure d'éprouver de la surprise, se faufila au milieu des arbres, repoussa les branches, finit par tomber sur son maigre bagage, tira la baïonnette de sa gaine, se retourna, repartit aussitôt d'un pas trébuchant.

Devant la carcasse, un loup solitaire attendait l'humain à bout de souffle, cette hâve retardataire résolue à prendre part au festin, arme à la main. La veuve s'adressa au loup d'une voix affectueuse, mais tout son être et l'éclat vide de ses yeux racontaient une autre histoire. Le pelage brun-gris de l'animal se hérissa devant l'horrible fumet qu'elle dégageait. La veuve était une aberration de la nature, déplacée, pâle et empestant l'humanité. Par mesure de précaution, le loup fit quelques pas en arrière, puis souleva son museau et respira une fois de plus l'immonde créature qui lui faisait face. La veuve s'approcha de la carcasse, les moindres fibres de son corps animées par la nécessité. Sans attendre de la voir planter son couteau dans la cuisse de l'animal, le loup s'éloigna en bondissant.

Des moineaux traversèrent en criant les buissons, à la manière de lutins immatériels. La veuve ferma les yeux. Devant elle brûlait le petit feu qu'elle avait allumé et qu'elle entretenait depuis des heures. Le ventre plein, elle tira de nouveau sur sa pipe et souffla une aromatique fumée blanche, soulevant un signal qui se perdit parmi les pins hérissés. Seul le feu la préoccupait : aller chercher des feuilles et du bois sec, tisonner lorsque les flammes fléchissaient. Accroupie comme un golem dans le périmètre tiède, elle méditait, les yeux rivés sur le feu. La graisse qu'elle avait laissée sur la viande du cerf sifflait en tombant sur les braises et soulevait des flammes explosives. Lorsque le vent tournait, la veuve déplaçait la petite tente branlante qu'elle avait improvisée à l'aide de branches vertes pour faire tenir la chair. Au-dessus s'élevait une fumée grasse dans laquelle elle disparaissait presque entièrement.

Elle avait avalé un morceau de chair crue, sombre et violacée, de la taille d'une balle de golf. Souple, dense et riche, la viande dégageait un parfum vulgaire. Tout de suite après les inévitables vomissements, elle s'était remise à manger. Elle eut l'impression de repousser une mort qui n'était qu'à quelques heures. Toute la matinée, son ventre malmené s'était rebellé. À cela, elle s'attendait. Phénomène plus étrange, des douleurs passagères envahirent ses membres. Un mal oppressant lui vrilla l'épaule gauche, comme si un vautour y enfonçait les serres. Les tendons de ses mâchoires se raidirent et la douleur remonta jusque dans son crâne, puis s'apaisa. Chaque épisode ne durait que quelques minutes. Son corps cherchait des forces, explorait des territoires abandonnés. Assise, la veuve, squelettique et accrochée au tuyau de sa pipe, subit ces manifestations, les genoux remontés sous le menton.

La voici, songea-t-elle tristement, la voici donc, la mariée, la mère revêtue de son tablier ou faisant gaiement la conversation, assise bien droite à la table du dîner. Ces mains avaient manié la binette, retourné la terre d'un petit potager, tenu une carabine et manqué la cible si souvent que son mari n'avait pu cacher sa consternation ; ces mains avaient soulevé des carcasses de faisans pour les examiner de près, leurs têtes ballant comme des pendentifs, leurs yeux mi-clos. Elle rajusta sa position et couvrit son visage crasseux. Allez-vous-en, allez-vous-en. Le souvenir : mouche persistante qui pique et repique au même endroit. Elle chercha les allumettes dans les sacoches et s'appliqua à mettre le feu à une nouvelle ration de tabac.

Elle voulut s'allonger les pieds devant, comme elle l'avait fait quelques jours auparavant dans une forêt verte fréquentée par les fées. Son cheval était alors à ses côtés, dans le noir, et seules les histoires de fantômes qu'elle se racontait avaient le pouvoir de lui faire peur. À présent, son ventre était si contracté et si tendu qu'elle n'arrivait pas à se coucher confortablement. Elle dut se résoudre à se tenir accroupie.

Plus tard, elle se leva, encore faible, et partit à la recherche de bois sec. Là, dans un sous-bois luxuriant, poussaient des plantes que, dans un élan de joie, elle reconnut comme comestibles. Des crosses de fougères. De petites pousses vertes enroulées, cachées au milieu des frondes, et qui ont un goût de beurre lorsqu'on fait griller la dentelle qui les borde. Penchée et tremblante, la veuve cueillit toutes les crosses qu'elle voyait, les serra contre sa poitrine comme des joyaux et récupéra celles qu'elle laissait échapper – jusqu'à ce que, en se redressant, elle se rendît compte qu'il y en avait partout autour d'elle, une mer infinie. Comment avait-elle pu ne pas les voir ? Était-ce la chance qui lui portait chance, ou avait-elle enfin trouvé l'énergie de lutter pour sa survie ? L'ombre immense d'un oiseau traversa le ciel, mais en levant les yeux la veuve ne vit qu'une échancrure dans les conifères et, au-dessus, une blancheur uniforme. Elle resta le regard tourné vers le ciel, le bouton de la pipe serré entre les molaires.

Quand elle était petite, son père fumait une minuscule pipe en bois d'ébène. Noire et lisse et portée à s'éteindre à cause de sa finesse. C'était, se rendait-elle compte à présent, un objet légèrement prétentieux. Mais il n'était pas sans affectation, son père. Il laissait parfois sa fille bourrer le fourneau, utiliser le gros bout d'un tee pour aplatir la pincée de tabac et la partie pointue pour déloger la résine et la cendre. Il jetait un coup d'œil pour voir si l'une des femmes de la maison risquait de la remarquer, posait les pieds sur l'antique pare-feu, croisait les jambes aux chevilles et adoptait un air pensif.

Il expliquait à sa fille les propriétés du feu, la nature vile et maléfique de la foudre et les nouvelles théories entourant la maîtrise du courant électrique.

« Il y a une exposition à Londres, lui avait-il dit un jour, où un millier d'ampoules de verre s'allument ensemble, et la nuit devient aussi lumineuse que le jour. » Dans l'esprit des gens, avait-il expliqué, l'électricité est un liquide, comme l'eau. Elle risque de fuir. Le surplus d'énergie fait crépiter les cheveux des femmes et, dans les avenues éclairées, les chevaux refusent d'attendre tranquillement : toujours harnachés aux voitures vides, ils s'enfuient en courant, les yeux affolés.

« Mais, avait-il ajouté, lorsque les faux culs ont remplacé les robes à cerceau, les chevaux, prétendent certains, ont été pris de panique. Les accidents de la circulation nuisent au commerce. Auriez-vous donc l'obligeance, mesdames, de vous habiller convenablement ? »

La bêtise amusait son père et il en voyait partout des illustrations. Il affectait un intérêt pour la science, mais si elle revêtait sans doute pour lui une certaine importance, son babillage avait surtout pour but d'irriter les imbéciles de son entourage, qu'il jugeait abrutis par la religion. En tant qu'ex-pasteur anglican, il maîtrisait beaucoup mieux les Écritures que ses éventuels contradicteurs, même la pieuse grand-mère de la veuve, qui lisait chaque soir une page ou deux de la Bible avant de s'endormir – les Évangiles prisés pour leur effet légèrement soporifique, les tribulations sans fin de Job, dont le sort demeurait en suspens, réservées comme somnifère pour les cas désespérés. Son père, en revanche, avait l'habitude de tapoter sa bible, posée près de son lit, jamais poussiéreuse, mais toujours à la même place exactement, et de s'écrier : « Ça, c'est une bonne histoire ! » Il n'accompagnait pas ses frères et sa mère à l'église. Il ne s'était jamais rendu sur la tombe de sa femme, comme le reste de la famille le faisait une fois par mois, pour contempler la pierre de marbre rose. La veuve avait vu sa grand-mère se pencher pour y enlever les saletés d'une chiquenaude. À grands frais, on y avait fait sceller une photographie, sertie dans un cadre en étain. L'image s'était presque entièrement effacée. D'où l'effet comique. Mère, épouse et bru – à présent, un blanc lourd de sens.

En compagnie des autres endeuillés à la mine grave, elle se tenait devant la tombe de sa mère en s'efforçant d'oblitérer le souvenir de son père qui, un beau soir du mois bien arrosé ayant suivi les funérailles, avait décrit en termes cliniques l'état dans lequel se trouvait vraisemblablement le corps magnifique de sa défunte bien-aimée. Se reposait-elle dans le sein du Christ ? Que non. Elle ne dormait pas. Mais l'autre horrible processus... Notre passage ici-bas est aussi involontaire que le péristaltisme, dit-il, et la vie elle-même procède d'une effroyable digestion. Aux yeux de son père, le problème résidait dans l'enfermement de la vie entre deux bornes inévitables : le mouvement, une fois lancé, doit s'arrêter. Aucun réconfort, ni au début ni à la fin. Pas de paradis, pas de sauveur. Juste l'arrêt de toute chose et la décomposition.

« Pourquoi faire semblant qu'il y a autre chose ? » avait-il demandé à sa mère. Elle avait secoué la tête et déclaré avoir pitié de son fils, que la douleur rendait morbide.

« Ah ! je vois, avait-il riposté. La mort n'a donc rien de morbide ? Qu'il doit être réconfortant de se raconter des histoires pareilles avant de s'endormir, Mère ! Qu'il doit être consolant de s'agglutiner autour d'une pierre comme des idiots ! »

Sa foi, lorsqu'elle l'avait abandonné, n'avait rien laissé. Pas de point de vue opposé. Pas de point de vue du tout.

À l'heure du coucher, la grand-mère avait chuchoté à l'oreille de la petite : « Le désespoir est un péché, Mary, et un pasteur désespéré est la plus pitoyable des créatures de la Terre. » Les mains douces lui caressaient la joue, le bracelet à breloques cliquetait. « Ne perds pas espoir en ton père, avait-elle ajouté, espère toujours son retour », comme s'il avait lui aussi basculé dans un ailleurs. La veuve se souvenait de son père, des années plus tard, après qu'il eut traversé le pire. Il était assis dans le jardin, la nuit, reconnaissable uniquement à la lueur de sa petite pipe, caldeira miniature aux lèvres de carmin. Invisible dans l'obscurité avec ses habits de deuil et ses cheveux noirs. Après la mort de sa femme, il n'avait jamais plus porté que du noir.

La veuve restait assise, plongée dans ses souvenirs inopinés comme dans un puits. Les rappels du passé inspirent un respect mêlé de crainte. Seule dans une clairière, sans rien autour d'elle, sinon les mouvements vifs des moineaux. Aucun bruit, sinon le souffle du vent. Un ciel blanc et sec, en apparence immobile, s'étendait au-dessus de sa tête. Ce n'était pas l'azur, mais ce n'étaient pas des nuages – uniquement un vide lumineux. *Dieu n'est-il pas au plus haut des cieux ? Vois comme est haute la voûte des étoiles !* Ils lui revenaient sans crier gare, ces fragments futiles glanés à l'école du dimanche.

Elle se leva, une douleur au ventre, rangea sa blague à tabac et sa pipe, qu'elle eut soin d'entortiller dans un linge. Elle posa les sacoches et son sac à main sous la jupe d'un conifère, puis elle décrocha la selle et la couverture de la branche où elle les avait laissées, les étriers ballant, et les déposa à leur tour sur le tapis d'aiguilles de pin. Ensuite, elle retira ses vêtements. Le cul à l'air, pâle et titubante, elle s'enfonça dans les arbres. Assise sur un tronc mort, elle excréta une boue douloureuse et intermittente.

Ce soir-là, elle se glissa en soupirant sous la tente de branches et s'y recroquevilla, en compagnie de ses maigres possessions, le manteau de fourrure en guise de couverture. Pendant cette nuit d'été solitaire, la neige, dans l'obscurité alpine, saupoudra les herbes et les feuilles. Près du feu éteint, la viande se couvrit de givre ; le sol était trempé, auréolé de neige. Mais la veuve dormit la joue posée sur le petit sac en satin qu'elle avait volé, une mèche de cheveux longuement suçotée dans sa bouche ouverte.

C'est ainsi que William Moreland la découvrit. Il avait suivi ce qu'il savait être l'odeur d'une pipe, s'attendant à tomber sur quelques hommes. Il s'était approché prudemment, contre le vent, au cas où il y aurait des chiens. Il ne trouva qu'une fille.

Moreland trôna longtemps au-dessus de l'étrangère plongée dans ses rêves, les mains sur les hanches, un pistolet à la ceinture.

7

À son réveil, elle trouva l'homme accroupi de l'autre côté de la clairière.

— Tu ne fais pas partie du Service forestier, au moins ? demanda-t-il.

La veuve le fixa, à moitié assise. Impossible qu'il fût là pour de vrai, c'était évident. Elle essaya donc de détourner les yeux, d'effacer la vision. Mais il refusait obstinément de disparaître. Elle toussa, fit courir une main sur son visage ensommeillé. Il était encore là. Donc elle s'assit et tenta de s'expliquer la présence de cet être humain, en ce lieu, au milieu de nulle part. Un douloureux mélange de panique et de gratitude bouillonnait en elle. Était-elle en sécurité ou non ? Elle n'aurait pu jurer de rien.

Il était plutôt petit, soigné, avec d'énormes moustaches à l'ancienne. Il avait remonté les manches de sa chemise jusqu'aux coudes, malgré le froid, et des bretelles retenaient son pantalon. Ses cheveux avaient l'éclat gras, gage de bonne santé, qu'on observe chez les Indiennes. Ses joues étaient rose vif – comme celles d'un enfant qui a couru.

— T'es toute seule ? demanda-t-il.

Il lui parlait du ton qu'on emprunte pour s'adresser à une demeurée. Elle ne bougeait pas, ne disait rien. Il s'approcha d'elle et elle s'éloigna à quatre pattes, mais il continua d'avancer. Ce n'est que lorsqu'il posa la main sur elle qu'elle éprouva un véritable élan de panique. Elle ne rêvait pas, c'était la réalité, et elle ne voyait pas où la conduirait ce coup du destin. L'homme s'efforça de relever la veuve, mais ses jambes se dérobaient sous elle. Elle se laissa choir lourdement, étourdie. Sa main tremblait dans celle de l'homme. Il regardait vers le haut de la montagne, comme pour en mesurer la dénivellation. Il passa en revue les affaires de la veuve, grossiers débris qui jonchaient le sol autour d'elle.

— Et hop ! cria-t-il.

Puis, sourd aux hurlements de la veuve, il la chargea sur son épaule.

Le premier soir, elle resta allongée dans la tente de l'homme, seule, fébrile et agitée, tandis qu'il montait la garde près du feu. C'est du moins ce qu'il avait déclaré en tapotant son pistolet – il la protégerait contre les « intrus ». La veuve dodelinait de la tête et elle avait le souffle court à cause de l'épuisement, mais, en parcourant la forêt des yeux, elle s'était interrogée sur les intrus en question... De qui pouvait-il bien s'agir ? Le campement de l'homme était rudimentaire, comme celui d'un chasseur ayant entrepris une brève expédition, et son matériel était usé et décrépit, vieux de plusieurs années. Des raquettes étaient accrochées à une branche ; à une autre pendait un miroir de rasage. Sur une souche reposait un chapeau si informe et si taché de sueur et de pluie qu'il aurait pu passer pour un gros caillou de rivière. L'homme avait dit s'appeler William Moreland et vivre dans les montagnes depuis neuf ans. Il ne précisa pas pourquoi il y avait élu domicile.

Il lui avait donné à manger et lui avait lavé le visage avec de la neige qu'il avait fait fondre dans une marmite. Sous l'effet de l'eau chaude et du gant de toilette qui sentait le moisi, la peau de la veuve piquait. L'homme faisait preuve à son endroit d'une extraordinaire délicatesse. Elle ferma les yeux et s'efforça de retenir ses larmes. Il avait jeté les crosses de fougères, dit-il, parce qu'à trop en manger, on risque de s'empoisonner. Et la viande du cerf dont elle s'était repue était peut-être saine, mais elle risquait aussi de la tuer : tout dépendait de la maladie dont l'animal était mort. Comment, en effet, une maigrichonne comme la veuve aurait-elle pu se procurer de la viande, sinon en tombant sur la carcasse d'une bête emportée par un mal quelconque ? Pour les loups, il n'était pas au courant.

— T'as mangé de la viande crue ? demanda-t-il d'une voix sonore devant le visage absent de la veuve.

Elle ne voyait que le mouvement de sa bouche. La maladie, la peur, le choc. Elle était à l'orée, à l'horizon de la conscience, dans une pénombre à la lumière vacillante.

Le deuxième soir, elle se réveilla et le trouva couché à côté d'elle, aussi immobile qu'une momie, les mains croisées sur le ventre, les yeux grands ouverts. Toutes les couvertures étaient empilées sur elle. Lorsqu'elle se tourna pour mieux voir son visage, il se dressa et sortit de la tente à toute vitesse, comme si un essaim d'abeilles le poursuivait. Allongée, la veuve écouta le vent qui soufflait dans les arbres et son bienfaiteur qui faisait les cent pas sur le sol gelé. Ils étaient en haute altitude : l'air était raréfié, les oiseaux peu nombreux, et la glace assourdissait le gargouillis des ruisseaux de montagne. C'était l'été ; pourtant, au matin, le campement de l'homme était saupoudré de neige. Elle fondait sous le soleil, mais s'accumulait dans l'ombre en vaguelettes sèches qui, sous ses semelles, s'émiettaient comme de la meringue. La veuve passait presque tout son temps dans la tente à observer l'homme. Elle était réveillée, à présent, et parfaitement consciente de sa situation. Devant un désastre d'une telle ampleur, comme on en trouve dans les contes orientaux, sa grand-mère eût frissonné de joie. C'était, aurait-elle déclaré, un « grave péril ». Et pourtant, la vieille femme aurait probablement pardonné la brusquerie conjugale de John, la façon qu'il avait de lancer sa femme sur le lit avec insistance et de la pénétrer avec une force qui la laissait incrédule. Son premier assaut furieux avait été le pire, car il attendait depuis longtemps. Elle-même était parfaitement ignorante et nullement préparée à ce qu'il y ait du sang. À présent, elle épiait William Moreland d'un œil inquiet. Il préparait du café. Il était plus petit que John, mais il se déplaçait plus discrètement, les manches roulées, insensible au froid.

Lorsqu'il fut parti à la chasse, elle se secoua et explora le minuscule campement, inspecta les moindres possessions de l'homme. Elle trouva ses propres affaires au milieu des siennes. Elle décida de les empiler dans la tente. La selle, évidemment, était restée au pied de la montagne. Elle découvrit un poêlon sur le manche duquel étaient burinés les mots « Bureau du gardien du parc national ». Ni tabac ni pipe. Des chaussettes reprisées si souvent qu'elles se composaient de fil au moins pour moitié. Des papiers et un calepin dans lequel l'homme avait noté ses réflexions – presque toutes, observa-t-elle, concernaient les bienfaits de la solitude ou la grandeur de la nature. Comme à son habitude, elle les déchiffra avec peine, un mot à la fois, prononça les phrases à voix haute et les répéta pour les apprendre par cœur, ses lèvres remuant comme celles d'un enfant. À partir de ces bribes d'information, elle se fit une drôle d'idée de la vie de cet homme.

Il avait le cœur tendre : « Ce soir, j'ai vu une brume blanche épaisse se dissiper lentement et révéler les superbes montagnes vertes qui entourent Canyon Station. » Il tenait des propos humoristiques sur Dieu : « Pendant presque vingt-huit jours, le Grand Directeur des Éléments s'est amusé à faire la vie dure aux misérables terriens que nous sommes. Pour ma part, je suis presque convaincu qu'il a mis au point une manette lui permettant de passer de la pluie à la neige. »

Et tout laissait croire qu'il avait passé les dernières années dans l'Idaho ou le Montana, où il fréquentait assidûment les tours d'observation et les postes de gardes forestiers déserts : « Pendant qu'il gravit les marches qui conduisent à la petite cabine juchée sur quatre hauts poteaux en cèdre, à près de vingt mètres de hauteur, l'observateur, devant le spectacle impressionnant qui s'offre à lui, est étrangement grisé par les émanations entêtantes que dégage le superbe tableau créé par la nature. »

C'était donc un homme qui ne souffrait pas de la solitude, passait ses journées comme il l'entendait, se croyait en communion si totale avec la nature que les cerfs mangeaient dans sa main et se laissaient caresser la tête. Apparemment, Moreland était aussi un voleur invétéré. Parce qu'il pillait systématiquement leurs cabanes, les rangers des États-Unis avaient émis un mandat d'arrestation contre lui. « Quatre hommes dormaient à l'étage. J'ai tiré de l'aventure une bonne paire de bottes, la majeure partie d'un sac d'avoine, du lard, une carabine plutôt médiocre et deux pantalons. » Dans d'autres stations, il s'était procuré des cartes géographiques, des jumelles, du tabac à chiquer, des allumettes, des sacs de couchage – tout ce dont rêvait ou avait besoin un homme vivant dans la forêt. « J'ai emprunté quinze unités de tir – surtout des cartouches, mais aussi quelques balles de pistolet. De l'huile de girofle pour ma dent cariée. Quel soulagement ! »

Une fois, les rangers, en débarquant à l'improviste dans une cabane, avaient trouvé son repas encore fumant sur la table. Le journal intime faisait état d'une poursuite, d'hommes bien équipés chaussés de raquettes ou montés sur des chevaux qui s'étaient lancés aux trousses de leur proie dans le clair de lune. Mais Moreland, trop rapide pour eux, avait disparu dans les bois, tel un djinn. Ses techniques d'évasion sortaient tout droit d'un livre d'aventures destiné aux garçons. Il ôtait ses bottes et, à l'aide de longs bâtons, faisait des traces pour laisser croire à ses poursuivants qu'il avait changé de direction. Il marchait à reculons. Il grimpait aux arbres. Prenant toujours les pisteurs de vitesse, Moreland était un homme traqué, certes, mais il évoluait dans un monde dont il connaissait les moindres recoins, les moindres cachettes. Pour y avoir vécu seul, sans répit, il maîtrisait mieux que quiconque la subtile physiologie des forêts, des rivières et de la neige.

« Je suis descendu abattre quelques arbres au bord de la rivière et ensuite j'ai jeté les billes dans l'eau pour laisser croire aux rangers que j'avais fabriqué une sorte de radeau. Ensuite, j'ai enlevé mes bottes et j'ai gravi la montagne en marchant dans un ru de la largeur de mon pied. J'ai ainsi réussi à les semer. »

« À la station d'Oakland River, j'ai mis la main sur une bonne égoïne et sur un peu de café. Au mur, j'ai vu une affiche me concernant. On me nomme le "Coureur des crêtes", ce qui n'est pas trop mal, vu qu'on aurait très bien pu m'appeler "ce salaud". Pour eux, je suis un véritable poison, et ils sont impatients de se débarrasser de moi. »

La veuve referma le petit calepin et demeura songeuse au milieu des cèdres et des broussailles. Elle continua de réfléchir en ravivant le feu et sa bouche rêvait les mots à répétition. *Ces superbes montagnes vertes.* Au retour du Coureur des crêtes, qui tenait dans sa main les pattes maigrelettes d'un lapin étranglé, laissant pendre le corps tout mou, elle était de nouveau dans la tente, tel un blaireau dans sa tanière.

— Ah ! fit-il en souriant. Z'êtes toujours là ?

L'après-midi, pendant que le ragoût de lapin mijotait, il dormit sur un ciré, en plein soleil, les bras derrière la tête. Et, pendant la nuit, il veilla sur elle.

Le troisième jour, elle nota un changement dans son comportement. Il regardait sans cesse de son côté – elle vit dans ses yeux un éclat rusé, résolu. La certitude de ce qui l'attendait la plongea dans un état de panique. Il la prendrait de force. Elle se souvint que son mari l'avait fait souvent, avec une énergie si vorace qu'il était sourd aux grognements de sa femme qui se débattait, à ses tentatives de rectifier sa position ou de le repousser; son corps dur et lourd la meurtrissait. Examinant William Moreland, la veuve soupesa ses chances de lui échapper ou de le repousser. Découragée, elle s'enfonça un peu plus profondément dans l'ombre de la tente.

En fin de compte, il traversa bel et bien la clairière, mais, au lieu d'entrer dans la tente, il tira une souche bien droite devant les rabats ouverts et s'assit tranquillement, les mains sur les genoux, un sourire aux lèvres. Le temps était d'une douceur inhabituelle. De la poche de sa chemise, il sortit une petite liasse de papiers. C'étaient des coupures de journaux et il les feuilleta, un peu comme on étudie des cartes à jouer. Il donnait l'impression d'en chercher une en particulier. L'ayant trouvée, il se mit à lire d'une voix appliquée d'écolier :

— « Un incendie s'est déclaré dans la bibliothèque de l'université de Smithburg. L'immeuble a été entièrement détruit par les flammes. Le feu serait l'œuvre de pyromanes ayant une dent contre les livres. »

Il attendit en lui souriant largement.

La veuve n'arrivait pas à saisir le sens de ce préambule, à supposer que c'en fût un.

Au bout d'un moment, le Coureur des crêtes passa à une autre coupure :

— « Des clients du barbier Hoglund ont dû se précipiter dans la rue pour modérer les transports de deux paroissiennes bien connues de tous, Mlle Pike et Mlle Case, qui administraient une correction sévère au facteur. Le passage à tabac a duré un certain temps. La victime, John P. Berry, refuse de porter plainte et admet avoir calomnié les deux dames à de nombreuses occasions. »

La veuve se rapprocha un peu plus et s'installa confortablement, toujours incertaine des intentions de l'homme.

— Je l'aime bien, celle-là, dit Moreland.

Pendant la lecture de la coupure suivante, le mot « dissociée » le fit hésiter.

« Le docteur Joquish, éminent citoyen de Turo, soutient que son âme s'est récemment... dissociée de son corps et qu'elle est montée au ciel, où elle a pris contact et conversé avec une chèvre. Il prétend se souvenir des circonstances en détail. Ce récit préoccupe au plus haut point les membres de sa famille et la faculté de l'université où il enseigne. Le docteur, connu pour la force de ses convictions, refuse de se rétracter. »

Visiblement amusé, Moreland jeta un coup d'œil à son public. Décontenancée, la veuve se contenta de le regarder, bouche bée. Il passa à une autre coupure.

— « Le tribunal du comté a condamné Victoria Green, citoyenne d'Olander, à verser une caution de 500 dollars. On l'accusait d'avoir utilisé le service postal pour envoyer du matériel obscène. Elle avoue avoir en effet fait parvenir à son voisin une lettre ordurière sous prétexte qu'il aurait ruiné ses rosiers. »

Constatant l'apparition d'un demi-sourire sur le visage de la veuve, l'homme chercha immédiatement une autre coupure, tirant de la liasse des bouts de papier pliés et les y remettant jusqu'à ce qu'il l'eût trouvée. Il dut faire très attention à la page jaunie et maintes fois dépliée.

— « Le docteur J. M. Keeler a surpris Jacob Neuhanssen, ci-devant fermier à Durham Falls, au moment où il tentait de se pendre à un arbre devant chez lui. Le médecin s'est précipité pour couper la corde, mais Neuhanssen s'est cassé la jambe en tombant au sol. Comme le fermier était incapable de bouger, le médecin a couru chercher sa voiture dans l'intention de conduire le malheureux à son cabinet. Dans sa hâte, Keeler a roulé sur Neuhanssen, le tuant sur le coup. Aucune accusation ne sera portée contre le médecin. »

Cette fois, la veuve s'esclaffa. Moreland fourra les papiers dans sa poche, clairement satisfait de son travail. Il se frotta les mains vigoureusement et se leva.

— Nous recommencerons plus tard, promit-il.

Puis il alla s'allonger sous le soleil, son chapeau sur les yeux. La veuve resta assise devant la porte de la tente, éberluée. Un grand sourire s'attardait sur ses lèvres. Elle étudia le profil de Moreland et y vit le même sourire.

La nuit suivante, la veuve le trouva une fois de plus allongé près d'elle. Elle se tint immobile, au chaud sous les couvertures. Les mains sur le ventre, il était le portrait même de la quiétude, mais, au bout d'un moment, la veuve vit son cœur battre violemment sous sa chemise.

— William, dit-elle.

Au son de sa voix, il bondit et s'élança vers la porte.

— Reste, dit-elle en agrippant le dos de sa chemise, qui sortit de son pantalon. Reste là. Couche toi et dors. Pas de discussion.

Elle étendit sur lui une de ses couvertures. Et ils demeurèrent allongés tous les deux, habillés de pied en cap à cause du froid de la montagne, d'abord sans dormir, puis, au bout d'un moment, en sommeillant légèrement. Lorsqu'elle dut sortir pour faire pipi, elle constata que leur haleine avait formé de la glace à l'intérieur de la tente. Au contact de sa main, elle tinta comme du verre et disparut ; la chaleur de sa peau la faisait presque s'évaporer.

Les jours suivants, il la força à sortir de la tente afin de l'initier au maniement de la carabine. Elle savait déjà tirer, mais elle prenait plaisir à entendre la voix de l'homme. Ils n'utilisaient pas de munitions, car Moreland ne pouvait pas se permettre de les gaspiller – et pourtant, ils constataient tous les deux qu'elle ne savait pas viser. C'était une arme calibrée pour la chasse au gros gibier, expliqua-t-il, pas du tout indiquée pour les lapins.

— À moins d'avoir envie de tout petits morceaux.

Il lui enseigna aussi l'art de tendre un piège convenable. Mais les lapins, apparemment en mesure de reconnaître un piège amateur, semblaient éviter ceux de la veuve.

Il la fit marcher pour lui redonner des forces. Ensemble, ils arpentèrent le versant escarpé sous leur campement, où les frondaisons étaient si denses que l'air paraissait immobile et l'écorce luisante de givre. Ils s'assirent dans une clairière où un brouillard épais et froid se déplaçait comme un nuage. Et d'ailleurs c'en était peut-être un. Un ruisseau d'eau glacée gargouillait à proximité. William arracha des boutons d'églantier à un arbuste encore en fleur et les mangea. Il lui parla de sa vie. Grâce à ses lectures clandestines, elle en connaissait déjà des bribes. Il avait été élevé dans les forêts de l'Idaho par un père indulgent et souvent absent. Il était d'avis que la plupart des gens avaient avantage à vivre seuls. La vie en société, soutint-il, est source d'angoisse et de dépression. Il avait trente-cinq ans, du moins c'est ce qu'il lui semblait, mais la vie en plein air l'avait considérablement vieilli. Il avait occupé un ou deux emplois, mais chacune de ces aventures s'était soldée par des poursuites judiciaires. Un été, il avait travaillé pour le compte d'une société forestière du Montana. Tous les jours, il inspectait le long chenal en bois qui descendait de la montagne au milieu des souches et des débris forestiers. En route vers la rivière, des billots y tournoyaient en s'entrechoquant. En cas de blocage, il grimpait sur le tas et plantait son crochet dans le billot coupable jusqu'à ce qu'il fût dégagé. Son travail consistait à prévenir l'accumulation de débris dans le chenal et à l'enduire de goudron pour empêcher les fuites. L'emploi lui plaisait bien. Cependant, il avait fait une cour assidue à une cuisinière déjà pourvue d'un galant. Comme la fille n'avait jamais vraiment repoussé William, une querelle avait éclaté. Son rival avait des amis ; pas lui. Dans le campement, il n'était nulle part le bienvenu.

Il prit l'habitude de porter un pistolet. En fin de compte, il s'en servit pour faire un trou dans la porte de la baraque où logeait le type en question, et on le congédia. Ayant compris qu'il avait intérêt à disparaître, il passa l'hiver à une quinzaine de kilomètres du campement, dans une cabane désaffectée, à moitié en ruine, appartenant à la société. Personne n'eut l'idée de venir l'y chercher.

Plus tard, il travailla pour le compte d'une autre société forestière de l'Idaho : il fabriquait les bâtons de dynamite utilisés pour dessoucher, versait du TNT dans des gaines en papier et fixait les mèches. La poudre tachait ses doigts de noir. La nuit, ils lui faisaient mal. L'odeur de la poudre imprégnait ses narines et lui donnait des picotements. Il avait de la poussière dans les cheveux et les vêtements. Avec les allumettes et le feu en général, il prenait d'infinies précautions. Bientôt, il fut promu au rang de dynamiteur et autorisé à dessoucher. Il apprit à creuser des trous dans les racines massives, sous la surface plane et annelée, aussi lisse qu'une nappe, à forer en oblique au creux des racines et à laisser tomber dans le noir les bombes déjà sifflantes.

— Un des gars s'est fait prendre de vitesse, dit-il à la veuve. Le sol s'est soulevé et lui a cassé les deux jambes. Moi, je suis rapide sur les miennes.

Le Coureur des crêtes perdit aussi cet emploi-là lorsque quelqu'un, pas lui, fit sauter la scierie en dynamitant une poutre maîtresse. Le bâtiment s'était incliné sur le côté, comme un gâteau de noces raté. Sans travail et donc sans argent, les hommes se livrèrent à des conjectures d'ivrognes. Évidemment, Moreland était le suspect idéal. Furtif, reclus, querelleur et armé d'un pistolet, le Coureur des crêtes huma le vent de l'opinion et jugea opportun de disparaître.

Vers le milieu de cet hiver-là, il était aussi près de la faillite qu'un homme des bois peut l'être : ses bottes étaient dans un état lamentable, ses réserves épuisées. Et il n'avait plus de munitions. Rien de ce qu'il possédait n'était sec et il en était ainsi depuis des semaines. La moisissure s'installait partout. C'est uniquement pour cette raison qu'il avait été capturé, expliqua-t-il à la veuve – la malchance l'avait ralenti. Horner et Roark, les détectives retenus à grands frais par le directeur du Service forestier, désormais fou de rage, avaient découvert une piste et l'avaient remontée jusqu'à sa source. Pendant quatre semaines, ils avaient traqué Moreland sans succès, ses empreintes disparaissant ou s'arrêtant sans raison. Les deux hommes en étaient presque venus à croire que le Coureur des crêtes n'existait pas vraiment. Ils avaient donc été ébahis de l'apercevoir du haut d'un monticule. C'était comme s'ils étaient tombés sur un lutin en chair et en os. Moreland avait établi son campement dans une dénivellation, caché à la vue. Il était assis dans le crépuscule, tout près d'un feu volontairement modeste. S'ils ne l'avaient pas cherché, ils auraient peut-être passé tout droit, sans remarquer sa présence. La carabine à la main, ils s'étaient approchés de lui, l'un par le nord, l'autre par le sud, et le Coureur des crêtes ne les avait pas entendus venir. Jusqu'au moment où Horner, s'emmêlant dans ses propres raquettes, avait piqué du nez et dévalé la pente en poussant la neige devant lui. Au bas de la côte, il en avait par-dessus la tête. Avant que le Coureur n'eût eu le temps de réagir, Roark, arrivé par-derrière, lui mit le canon de sa carabine dans l'oreille.

— Il y a longtemps que vous me cherchez, mes jolis, non ?

— Oui, monsieur, confirma Roark.

— Vous ne seriez pas d'accord pour me laisser filer, par hasard ?

— N'y compte pas.

Ils le conduisirent dans une cabane où il s'était introduit en douce en mai de l'année précédente. En les voyant se débattre avec le cadenas tout rouillé, il éclata de rire. À la fin, ils rirent eux aussi. Ils lui donnèrent à manger et lui fournirent même quelques vêtements neufs. Les chaussettes du Coureur des crêtes étaient si miteuses qu'il pouvait les enfiler indifféremment par l'un ou l'autre bout. Ses ravisseurs brandirent ces objets et s'en émerveillèrent. Moreland n'était pas du tout conforme à l'idée qu'ils s'étaient faite de lui. Au lieu du rustre délinquant auquel ils s'attendaient, ils avaient trouvé un homme poli, bien élevé. Ils s'étonnèrent aussi de sa modeste stature. Dans leur esprit, le Coureur des crêtes avait acquis les dimensions d'un titan. Assis tranquillement, il avala du porridge fumant, de la venaison séchée et des noix ; il but du café. Il demanda du pain frit dans la graisse et Roark en prépara pour lui. Ils lui trouvèrent aussi une paire de bottes dépareillées – elles étaient de la même marque et de la même pointure, mais de couleurs différentes. Le Coureur des crêtes s'en déclara néanmoins ravi. Il parcourut la cabane à grandes enjambées, les bras tendus.

— Regardez, les gars. Un vrai dandy !

Il couchait menotté dans le lit de camp où il avait dormi quelques mois auparavant. Quand il se leva ce matin-là, cependant, il ne fit pas le lit, ne rangea pas et n'emporta rien avec lui en partant.

Son avocat lui dit que les débats seraient enflammés. D'un côté, les haltes de rangers devaient, selon le gouvernement américain, servir de refuge aux voyageurs perdus ; à ce titre, elles devaient être correctement approvisionnées et jamais verrouillées. De l'autre, il était difficile de croire que Moreland était perdu. Vingt-sept fois ? En cour, son avocat le dépeignit comme un individualiste – comme tous les hommes le sont ou ont le droit de l'être. Et il présenta le Service forestier comme un organe vital de l'État, corrompu par une pourriture qui avait pris naissance dans le bureau du directeur.

Individualiste dans l'âme ou malheureux de sa situation, le procureur, en revanche, choisit de s'appesantir sur les coûts de la chasse à l'homme. Cela l'obligea à produire des livres de comptes et des registres, à évoquer d'autres détails soporifiques. Les hommes du jury se mirent à le détester. En fin de compte, c'est l'utilisation de cadenas par les rangers qui fit pencher la balance en faveur de Moreland. Sans oublier l'indéniable charme affiché par le Coureur des crêtes à la barre des témoins. On avait affaire à un homme aimable, bien nourri et reposé. À petites doses, il appréciait même le commerce de ses semblables. Il était étonné par les changements qui s'étaient produits au cours des dernières années. Il admira autant les robes bien coupées que portaient les femmes réunies au balcon que les moustaches du juge. S'il avait su que la prison était aussi confortable, dit-il à ces messieurs du jury, il se serait rendu beaucoup plus tôt. Même le magistrat éclata de rire.

Le procès, cependant, s'éternisa. À la fin, Moreland perdit sa belle équanimité. On ne se fait pas ermite pour rien, dit-il à la veuve. Dans sa cellule, il tournait en rond comme un chien et se plaignait de manquer d'air. Il ne pouvait ni manger ni dormir. Il avait l'estomac noué par l'angoisse, et rien n'y faisait. Il tentait de se montrer courtois, plaisantait avec ses geôliers, mais ses yeux le trahissaient. On aurait dit qu'une sorte de bourdonnement de plus en plus strident s'échappait de ses lèvres, et il commença à porter sur les nerfs de tous les intéressés. Dans un geste dénotant un grave manque de jugement de la part des services correctionnels, on laissa le Coureur des crêtes arpenter les couloirs du palais de justice, mais il rentra vite dans sa cellule, comme s'il avait les Furies à ses trousses. À quoi bon ? dit-il. Il semblait incapable de se replier sur lui-même pour trouver la solitude, comme le faisaient d'autres détenus. Faute d'entraînement, peut-être. L'horrible vérité, cependant, c'est qu'il avait connu une autre vie, une vie plus ample.

— Je suis incapable de me fermer au monde, avoua-t-il à la veuve, de la même façon que je ne peux me passer d'air.

Il fit donc les cent pas dans sa cellule à la porte ouverte, accroché à ses dernières bribes de patience, jusqu'au jour où ses geôliers lui souhaitèrent bonne chance en lui tapant l'épaule. En réalité, ils pensaient autant à eux-mêmes qu'à lui.

De retour après dix minutes, le jury acquitta l'accusé. William Moreland était libre. Au bas des marches du palais de justice, le Coureur des crêtes s'en fut une fois de plus, marcha en ligne droite en direction des limites de la ville. Une ou deux voitures passèrent à côté de lui, les occupants curieux de voir le célèbre petit étranger aux habits neufs trop grands pour lui et aux bottes désassorties. Plus pauvre encore qu'auparavant, il n'avait en tout et pour tout que les vêtements qu'il portait, car le reste avait été confisqué ou jeté. Son avocat lui avait tendu deux dollars, mais le Coureur des crêtes avait regardé les billets de banque dans sa main comme s'il se fût agi de babioles bonnes à amuser les enfants. Le lendemain après-midi, sur le sentier qui longe la rivière Clearwater, il croisa deux employés du Service forestier, occupés à l'érection d'un pare-feu. Il bavarda un moment avec eux et leur apprit qui il était. Les hommes, incapables de dissimuler leur émotion, lui cédèrent leur casse-croûte et lui demandèrent où il allait.

— Je suis venu voir si les montagnes sont aussi belles que dans mon souvenir, dit-il, ou si j'ai tout imaginé. Je n'ai pas l'intention de m'attarder par ici.

Il entra dans la première station de rangers qu'il trouva, constitua des provisions, mit le cap sur le nord et entra au Canada.

— On me croit sans doute mort, conclut-il. C'était il y a neuf ans. En 1890.

La veuve réfléchit un instant.

— Treize ans, tu veux dire.

— Treize ans ?

Moreland eut un mouvement de recul :

— En quelle année sommes-nous ?

— Mille neuf cent trois.

Il resta assis une seconde de plus, puis il se leva et cala ses mains dans ses poches. Des corneilles nichées dans les hauteurs se chamaillaient de leur voix rauque. Il marqua un long silence avant de reprendre la parole :

— J'ai raté le tournant du siècle.

8

Cet après-midi-là, ils descendirent le long des éboulis – le Coureur des crêtes tenait la veuve par le coude –, puis ils marchèrent au bord d'une rivière et s'arrêtèrent au milieu des roses sauvages. Des basses terres montait une brise douce et tiède. La veuve cueillit un bouton d'églantier et le mangea, comme elle avait vu l'homme le faire. C'était sec et presque sucré. Elle se baissa pour caresser les fleurs rose pâle à la tête penchée. L'altitude change tout, se dit-elle.

Au bout d'un moment, ils s'assirent ensemble, paisiblement. Lui l'interrogeait du regard de temps en temps, comme s'il attendait qu'elle lui fît à son tour le récit de sa vie. Qu'aurait-elle pu lui raconter? Qu'aurait-elle pu avouer? Rien du tout. Elle laissa son esprit vagabonder jusqu'au bas des montagnes, où il faisait sûrement plus chaud, au-delà des contreforts, dans les plaines et les fermes, où des hommes en sueur se penchaient sur leur labeur, où des vaches agitaient leur queue tachée de bouse pour éloigner les mouches. Les femmes s'éventaient. Sa grand-mère s'octroyait sa sieste du milieu de l'après-midi, une bible ouverte mais oubliée sur la poitrine. Et son père, dans son cabinet, étouffait dans son costume noir. Sur le mur, les diplômes jumeaux: droit et divinité. Parce qu'elle connaissait son père, la veuve savait qu'il avait les pieds sur son bureau et qu'il fumait la pipe. Il préparait des contrats, et encore, pas souvent. Les brûlants affrontements des tribunaux, très peu pour lui. Il avait quelques clients, uniquement des gens qu'il aimait bien, car il avait épousé une fille riche et de santé fragile. Pour lui, le travail était purement un caprice, une distraction ayant pour but de l'empêcher de penser à sa défunte épouse, dont le nom résonnait comme un sort jeté au reste de sa vie, « l'interminable et vaine plaisanterie », ainsi qu'il le disait lui-même.

Était-il au courant ? Savait-il ce que sa fille, la petite Mary si tranquille, avait fait ? La nouvelle le consternerait. Elle en était certaine. Il était désormais le père d'une meurtrière. Droit et divinité. Les gens diraient qu'il avait échoué sur les deux tableaux. D'un air contrit, elle examina le Coureur des crêtes en se demandant si elle devait tout lui dire. Mais comment parler d'une existence dont le souvenir même est incertain ?

De sa mère, la veuve conservait quelques images fugaces : les doigts longs et effilés, le front blanc et lisse malgré le malheur qui y était inscrit, les chemises de nuit blanches qui succédaient aux chemises de nuit blanches, les flacons de médicaments et un bol en porcelaine, une porte close, le silence de la maison, des pieds aux veines bleues ballant au-dessus du plancher, de faibles soupirs et une tête baissée. Sa mère, lui semblait-il, n'avait été rien de plus. Peut-être, longtemps auparavant, s'était-elle parfois tirée du lit ; peut-être avait-elle fait quelques pas dans le jardin. Dans un passé inimaginable, cette femme avait eu la force de donner naissance à un enfant. Mais c'est l'événement le plus intense qui colore le souvenir et, dans ce cas, c'était donc sa mort.

L'invalide devait garder le lit ; le lupus monopolisait toute son attention. Alors la petite fille devint une espionne. Elle épiait la chambre sombre de sa mère, où rien ne bougeait, sinon les rideaux tirés, pareils à des spectres. Les orteils minces dressés sous les couvertures. Les pantoufles posées par terre, en prévision d'une promenade que sa mère ne ferait jamais. Une voix flétrie qui soupirait, murmurait, implorait on ne savait qui. *Mais qu'est-ce que j'ai donc fait de mal?* L'odeur douceâtre de la maladie qui s'infiltrait dans le couloir où la petite fille se tenait, aussi immobile qu'une panthère, surveillant la main qui flottait au-dessus des draps, celle qui ne l'avait jamais touchée, ne lui avait jamais caressé les cheveux. *Ah!* soupirait la voix douce, *que c'est pénible.*

Quelquefois, Mary s'assoyait dans le couloir, devant la porte de la malade, les mains jointes sur les genoux, comme si elles étaient ensemble, toutes les deux – la fillette silencieuse occupée à écouter la voix désespérée de sa mère qui lui parvenait de l'autre pièce, à la manière d'une confession, des soupirs qui n'étaient destinés qu'à elle : *Il est toujours si sûr. Comment peut-il être aussi catégorique?* Puis un demi-soupir, empreint de lassitude.

Et pourtant, lorsque quelqu'un entrait dans la chambre – la grand-mère de la petite fille, par exemple, debout près du lit, ses hanches lourdes ceintes d'un tablier blanc, ou son père, assis sur le lit et qui embrassait les mains fines de sa femme –, il n'y avait aucune manifestation de cette nature. Jamais elle ne s'apitoyait sur son sort. Uniquement des tentatives de gaies conversations, un bien-être théâtral, une fiction commode : elle reprendrait des forces et se lèverait bientôt. La petite fille entendait cela aussi, comme un spectre tapi dans l'ombre. Et sa grand-mère, en sortant de la pièce à grandes enjambées, l'attrapait.

— Allez, ouste, disait-elle. Va jouer, maintenant.

La fin arriva en silence. Dans la chambre de l'invalide, on avait volontairement arrêté l'horloge pour l'empêcher de livrer une concurrence bavarde et syncopée aux dernières respirations de la mourante. Une domestique sanglotait dans un long couloir. Un corbillard s'avançait lentement dans une avenue bordée d'arbres sous la lourde cloche d'un soleil d'été, tandis que les membres du cortège funèbre marchaient derrière.

La veuve se leva lentement et chassa les brindilles qui parsemaient son pantalon noir et bouffant.

Ces souvenirs profondément enfouis remontaient des ténèbres, l'envahissaient en vagues irrépressibles, cognaient dans ses oreilles. En se retournant, elle aperçut un objet couleur fumée qui s'avançait entre les arbres sans se presser, tête baissée, en paissant.

— Mon cheval ! s'écria-t-elle en le montrant du doigt.

— Où ça ?

— Là !

— Où ?

Le Coureur des crêtes se leva à son tour :

— Qu'est-ce que tu vois, toi ?

La jument redressa sa lourde tête et regarda la veuve droit dans les yeux, sans cesser de mâchouiller. De courtes brindilles de foin blond tombèrent de sa bouche qui se contorsionnait. C'était impossible. Il n'y avait pas de foin dans les montagnes. Le cheval s'approcha, secoua sa crinière et se remit à paître en agitant la queue tout doucement. La veuve entendit le bruit des sabots, respira l'odeur du pelage mouillé. Le rêve flottait juste là, d'une saisissante réalité. La veuve se laissa durement tomber, incapable d'ouvrir la bouche. Des larmes coulaient sur ses joues. Elle était impuissante à repousser les fantômes.

William Moreland vint s'asseoir près d'elle. Elle sentit la tiédeur de sa cuisse contre la sienne. Après un moment, il lui prit la main.

— Ce sont des choses qui arrivent, dit-il. J'ai des visions, moi aussi.

— Comme quoi ? demanda-t-elle, sceptique.

— Des fois, je me vois moi-même, répondit-il en riant.

C'est vrai, je me vois. Un jour, je me suis vu tout nu. Je m'en serais bien passé, crois-moi.

La veuve parvint à esquisser un sourire exténué.

— Tu crois que tu pourrais apprendre à les chasser de ton esprit ? demanda-t-il. Tu pourrais les ignorer ?

— Non, fit-elle.

Puis, après un moment de réflexion, elle se ravisa :

— Peut-être.

Après cet événement, l'homme se donna pour mission de lui remonter le moral. La joie, se dit-il, passait par les leçons. Il ne laissa plus la veuve se cloîtrer dans la tente. À force de cajoleries, il finit par la convaincre de mettre des raquettes et elle arpenta le campement d'un pas pesant, sans grâce. Même les lourdes bottes de Zenta étaient à peine assez grosses pour les lanières en cuir. Et les raquettes lui semblaient presque incompatibles avec le mouvement. Elle constata qu'elle ne pouvait avancer qu'en droite ligne. Chaque fois qu'elle tentait de changer de direction, elle perdait l'équilibre et se mettait à chanceler en battant des bras, et l'homme accourait pour l'empêcher de tomber. Elle trouvait inconcevable qu'il eût pu courir en raquettes, dans le noir, vif comme un cerf, et échapper à ses poursuivants. Elle examina son visage souriant et se dit qu'il était un être normal, pas si différent d'elle. Elle avait accompli un exploit comparable – croirait-il qu'elle avait réussi à échapper à des limiers ? Une chose était sûre : chaussée de raquettes, elle ne sèmerait personne. Elle parcourut les environs de la tente de la démarche chaloupée d'un ivrogne et finit par se laisser tomber contre un arbre, hilare.

— Une vraie apparition ! dit-il. Une nymphe aux ailes de fée !

— Tais-toi !

— L'incarnation de la grâce et de la beauté !

— Je vais te faire taire, moi !

Et, se remettant à l'ouvrage, elle se lança lourdement à ses trousses.

Étape par étape, ils se rapprochèrent l'un de l'autre dans la tente. D'abord, ils disposèrent les couvertures de manière à en profiter tous les deux. Tout se fit dans le respect des convenances. Chacun regardait monter la respiration de l'autre – lui, elle, de petites bouffées blanches. Elle fut la première à se retourner pour le regarder. Sa main fut la première à se faufiler sous les couvertures râpeuses, où elle trouva la jambe de l'homme, la couture élimée de son pantalon. Elle effleura de ses jointures le long muscle de sa cuisse qu'elle devinait sous l'étoffe. Il roula à son tour, prit la main de la veuve dans la sienne et la posa contre sa poitrine, où son cœur battait à se rompre. Il lui embrassa les doigts. Ils restèrent immobiles, comme s'ils n'avaient aucune envie d'aller plus loin, puis la communion entre eux s'intensifia imperceptiblement. Le vent sifflait dans les arbres. Il glissa le bras sous la taille de la veuve, suivit d'une main le contour de son dos, explora le galbe de son épaule. Ils se collèrent l'un à l'autre et elle plaqua sa bouche contre la gorge de l'homme. Elle sentit son souffle sous ses lèvres, ses vêtements de veuve à l'étoffe grossière se retrousser, s'emmêler sous les couvertures.

Il se pressa contre elle, avec force cette fois, contre sa cuisse élastique, remua, se pressa encore. La veuve sentait son sang battre férocement dans ses oreilles. Elle ferma les yeux, retint sa respiration. Il la retourna sur le dos et son genou se glissa entre les siens. Elle était un fétu ballotté par l'eau, au bord de la cataracte, doux instant avant la chute, le grondement du tonnerre.

— Non ! fit-elle soudain en essayant de se relever.

Se croyant rejeté, le Coureur des crêtes recula précipitamment. Surgissant des couvertures comme un diable, elle essaya de remonter ses jupes avant de se rappeler qu'elle les avait converties en pantalon. Elle entreprit de déboutonner son corsage. Ayant enfin compris, il l'aida de ses doigts tremblants. Ils se débattaient tous les deux contre la multitude de minuscules boutons. Penchée dans l'espace restreint, elle tira le vêtement vers le bas, se tortilla pour dégager ses jambes et se laissa tomber sur lui en l'embrassant. Il avait ôté son pantalon.

La veuve avait le vertige. Combien de temps leur avait-il fallu pour en arriver là ? Était-ce ce qu'elle voulait depuis le premier jour ? Elle s'en moquait, s'en moquerait toujours, et donc elle le toucha et il se raidit au contact de sa main. Elle se prépara à le prendre en elle.

— Attends, murmura-t-il en détachant sa main. Comme ça. Si je reste à l'extérieur, pas de danger que tu tombes enceinte.

Il ne la pénétra pas. Il la plaça plutôt sur lui, tout humide entre les cuisses, et la fit glisser de haut en bas le long de son torse, de haut en bas, les mains sur ses hanches pour la guider. Elle acquiesça, le regarda la regarder. Le battement de la toile et, entre eux, le curieux bruit de succion, pareil à celui d'un baiser. Et sur son visage à lui, une furie magnifique. Son mari ne l'avait jamais regardée, n'avait jamais ouvert les yeux. Le visage enfoui dans les cheveux de sa femme, il n'était, de son point de vue à elle, qu'une épaule qui allait et venait. Là, elle voyait le visage de l'homme, ses pupilles dilatées dans le noir, elle voyait sa joie contagieuse. Elle sentit aussitôt quelque chose.

— Doucement, chuchota-t-il.

Elle ne ralentit pas. Elle allait et venait, au-dessus de lui, étonnée par la montée du plaisir.

— Attends, fit-il, attends !

Mais elle se balança encore plus vite, à la poursuite d'une sensation fugace et nouvelle, d'une voix dans le vent, traqua comme on le fait en rêve, chassa à l'aveuglette, devinant d'instinct de quel côté se tourner, pourchassant une luciole dans l'obscurité.

Il gémit et, attrapant les genoux de la femme, gicla sur son propre ventre, gicla et s'affaissa. Il s'affaissa, immobile – mais elle, elle flottait toujours, impuissante, inassouvie. Elle se balança de nouveau, insistante, comme une enfant contrariée, mais la sensation avait disparu. Le silence pesait dans le petit univers sombre de la tente. Entre eux, le liquide tiède refroidit. Elle sentit les cuisses de son partenaire se couvrir de chair de poule. De la vapeur montait de ses épaules, ses cheveux battaient ses seins : la veuve, accroupie sur lui d'un air sombre, foudroya William Moreland du regard.

— Mary, fit-il d'une voix suppliante en direction de la silhouette spectrale, Mary… Je t'avais pourtant dit d'y aller doucement.

Longtemps, ils s'affrontèrent au milieu des couvertures, et la veuve embrassait le visage de Moreland. Au lever du jour, ils sortirent de la tente, privés de sommeil et affamés. Ils se débarbouillèrent et elle prépara le repas pendant qu'il se rasait. Le petit camp était silencieux, et la veuve souriait avec aisance. Elle observait l'homme à la dérobée, admirait le mouvement de ses mains. Elle en oubliait la cuillère en métal, qui planait au-dessus de la marmite.

Plus tard, à la manière de vieux croulants assis auprès d'un bon feu, les deux ermites entreprirent de comparer les tempêtes auxquelles ils avaient survécu. Les récits du Coureur des crêtes étaient plus épiques, car, au moment des intempéries qu'il décrivait, il était sans toit. Il se souvenait d'un soir d'été venteux, impétueux, au cours duquel la foudre était tombée d'un ciel moucheté. Un seul rugissement titanesque, d'une proximité assourdissante, l'avait laissé bafouillant de surprise. Quelques minutes plus tard, il avait aperçu, au nord de son campement, une lueur dansante au milieu des branches. Là où la foudre avait frappé, un arbre s'était embrasé, suivi de plusieurs autres. Lui qui avait érigé l'évasion en véritable forme d'art avait eu toutes les peines du monde à lever le camp assez vite pour devancer les flammes. Après avoir rempli ses sacs à toute vitesse, il avait pris ses jambes à son cou, tel un Berbère affolé, ses possessions s'entrechoquant sur son dos. Certains soirs, les aurores boréales donnaient l'impression de le poursuivre de leurs attentions, de s'attarder sur lui à la façon d'une amoureuse, se déployant avec une sorte de doux grondement. Il lui parla du milieu de l'été au bord des lacs de l'Idaho, quand les poissons d'argent, les moustiques et les mouches noires, véritable fléau, sortaient par vagues et vrombissaient dans l'air à la manière d'éruptions surgies de quelque fissure infernale. Pour lui, les saisons étaient comme des passants sur la route ; chacune avait son caractère, ses réflexions et ses messages. Il y avait eu une vague de froid, aux environs de Noël, lui semblait-il. Porter tous ses vêtements jusqu'au dernier n'avait pas suffi. Sur sa tête et ses épaules, il avait mis sa tente, qui lui faisait comme une robe de moine géante. Il s'était dirigé vers le sud, mais le froid l'avait suivi. Il devait écorcher et vider sur place les animaux qu'il abattait. Sinon, à son retour au camp, ils étaient déjà gelés et durs comme des marteaux. Un lapin pris au piège, raide comme une barre de fer. Le Coureur des crêtes avait dansé pour se réchauffer, cogné la tête sans vie contre son genou, paré les coups d'un escrimeur imaginaire, utilisé le lapin mort comme fleuret. Il avait rêvé de tuer un animal de grande taille afin de réchauffer ses mains engourdies dans les entrailles fumantes, juste une fois, mais les cerfs et les élans avaient gagné le sud, au-delà de la chaîne de montagnes. Enfin, le temps s'était adouci et la neige avait commencé à tomber doucement, jour et nuit, elle lui arrivait à la poitrine, il y en avait jusqu'à sept mètres de profondeur dans les ravines et les coulées, des lames de neige plus hautes que lui, qu'il escaladait en raquettes, comme la fourmi s'attaque à l'ascension du bout d'une botte. De la neige dans ses poumons, sur ses lèvres bleuies, de la neige poussée par le vent furieux qui traversait la toile de sa tente. Au matin, des cristaux scintillaient dans l'air. Dans ce froid extrême, il vit le danger et la beauté à parts égales, à la façon d'une promesse faite à lui seul, d'une confirmation silencieuse du divin.

La veuve l'écoutait, fascinée. Les récits du Coureur des crêtes étaient choisis avec soin, polis par l'art du conteur, mais cette fille constituait un auditoire idéal et ses yeux brillaient sombrement à la lueur du feu. En elle se lisait la dévotion.

— Je te trouve très courageux, dit-elle sur un ton solennel. Je donnerais beaucoup pour être comme toi.

— Bah, fit-il, ravi. Le courage n'y est pour rien.

À son tour, elle lui parla des grêlons de la taille du poing d'un homme qui avaient déchiré les arbres et tambouriné sur le toit de la cabane. Dans la cheminée, ils avaient fondu en sifflant et agonisé dans le feu, qu'ils éteignirent. Alors de l'eau noircie par la suie s'était répandue partout et la veuve s'était démenée comme une folle pour l'éponger. Comme le sol était en terre battue et qu'il n'y avait qu'une vieille bâche de chariot étendue dans la chambre, la veuve vivait dans la hantise de la boue. John et elle avaient posé un seau dans l'âtre et, toute la nuit, ils l'avaient entendu résonner comme un crachoir. La tempête fut suivie d'un calme surnaturel. La cour était jonchée de débris luisants, tandis que, au loin, des vaches blessées hurlaient. Cette nuit-là, l'unique fenêtre de la cabane fut fracassée. Elle ne fut d'ailleurs jamais remplacée. John se contenta de la boucher en y clouant des planches taillées à la main. C'est ainsi que la lumière fut bannie de l'intérieur humide, exception faite de celle qui filtrait par la porte. John finit par admettre qu'il n'avait pas d'argent pour acheter une autre vitre. Sa femme lui rendit sa bague de fiançailles. Pourtant, pas de carreau. Le bijou fut simplement englouti dans le puits sans fond des dettes de son mari. Elle se demanda s'il fallait s'adresser aux deux frères de John, Jude et Julian, qui possédaient les lots voisins, mais elle les voyait rarement, et ils ne s'étaient jamais montrés amicaux ni serviables… Là, la veuve interrompit son récit et sombra dans un silence tendu.

— Ici, murmura le Coureur des crêtes, on n'a pas de maudites dettes, c'est déjà ça.

La veuve eut un rire étranglé, puis elle soupira.

Qu'il eût besoin de se reposer entre deux coïts était un mystère pour la veuve, car elle-même se passait volontiers de tels intervalles. Le matin, elle l'empêchait de préparer le café en le couvrant de baisers. S'il signifiait son intention de partir lever ses pièges, elle l'entraînait dans la tente. Elle se tracassait pour les chaussettes miteuses de son amant, promettait de lui confectionner des habits neufs, peut-être même un manteau de cuir. Elle lui demanda où ils iraient ensuite, quels endroits ils visiteraient, comme s'ils formaient un couple distingué en vacances. Peu importe où ils iraient, ils ne se sépareraient jamais. L'ombre d'une irritation passait sur le visage de l'homme et se dissipait aussitôt.

Par un bel après-midi, ils étaient allongés ensemble, presque endormis, bras et jambes emmêlés, les cuisses de la veuve gluantes de semence, tandis que les ombres des feuilles tremblotaient au-dessus de la tente. Dehors, le miroir de rasage oscillait doucement, secoué par une faible brise, et balayait le campement d'une paresseuse lueur ovale. Une tache claire qui bondissait et une bande de lumière dans laquelle dansaient des poussières et des insectes. Son souffle à lui dans ses cheveux à elle, son pouls visible à la saignée de ses bras. Elle se retourna et le poussa sur le dos, puis elle posa la tête sur sa poitrine pour en entendre la source grondante. Un nombre incalculable de mois d'insomnie s'évapora dans un soupir, dans cette bouche qui s'abandonnait et dans les battements de ce cœur-là.

Plus tard, il s'assit, nu, à l'entrée de la tente, les pieds de la veuve sur les genoux. Il flattait les poils de sa jambe, promenait sa main sur le duvet. Il saisit son mollet, soupesa le muscle.

— Ça ferait un bon gigot, dit-il.

Elle lui assena un léger coup de pied dans l'abdomen.

— Tu as déjà fait ça ? demanda-t-elle.

— Quoi ? répondit-il. Menacer de dévorer une fille ?

Les yeux de la veuve étaient indéchiffrables.

— Qui était-elle ?

— Hum, voyons voir. Elle avait de beaux grands yeux bruns, des cils très longs. Et elle était plus grande que moi.

Il avait un air narquois. Elle comprit donc qu'il plaisantait.

— Elle n'était pas très bavarde, d'accord, mais elle savait écouter.

— Bon, c'était qui ?

— Ma vache, une vieille Jersey, dit-il en souriant.

Elle ne rit pas. Elle rejeta plutôt la blague en soupirant, puis s'assit soudain, en appui sur ses mains, et le fixa d'un air morose. Le sourire de l'homme s'effaça quand elle plongea en lui un regard étrange, insondable.

— John couchait avec d'autres filles, dit-elle. Au moins deux, à ma connaissance. Comme j'étais sa femme, je ne savais probablement pas tout.

— John, répéta-t-il, comme pour goûter le prénom.

— Il en avait peut-être plusieurs autres. Je ne le saurai jamais.

— Possible. Certains hommes sont ainsi.

— Pourquoi ? D'où leur vient ce besoin ?

— Comment ça, pourquoi ?

— Je ne lui ai jamais rien refusé, dit-elle d'une voix dure, car il lui avait beaucoup coûté de se donner, et elle regrettait sa générosité. Je trimais dur pour lui. Mais je faisais tout de travers. Mes moindres gestes lui déplaisaient. Des fois, je m'imaginais que j'étais une de ces filles. Dans mon esprit, elles ne me ressemblaient pas du tout, et je leur donnais un nom. Je me demandais s'il était avec elles comme avec moi.

— Si les hommes se comportent de cette façon, c'est parce que les femmes les laissent faire.

— Peut-être.

— Et s'il était au courant pour nous deux, il serait fâché ?

— Non. Il est mort.

Le visage du Coureur des crêtes laissa voir sa surprise, mais pas à cause de la nouvelle – la veuve savait que c'était le ton neutre sur lequel elle avait fait sa déclaration, l'absence de regret qu'il trahissait, qui l'avait pris au dépourvu. Ils restèrent assis en silence, tandis que se déroulait entre eux une étrange conversation muette. Son visage à lui posait des questions ; son visage à elle y répondait. Puis, petit à petit, ils recommencèrent l'un et l'autre à sourire. Quelques taches de lumière allégèrent la tristesse de la veuve.

— Quand je pense à toutes ces femmes, dit-elle en se rallongeant. Elles ne lui ont servi à rien. Il ne savait pas du tout s'y prendre.

La veuve se réveilla à l'aube. Elle s'étira, bâilla et repoussa les cheveux qui lui barraient le visage. Au-dessus d'elle, la toile douce de la tente laissait entrer à flots une lumière dorée. Les silhouettes des arbres ondulaient dans des rayons de clarté… Elle sentit l'arôme du tabac à pipe. Elle se redressa d'un coup, sortit de la tente en toute hâte, nue, et traversa la clairière jusqu'à l'endroit où le Coureur des crêtes, assis sur une souche, fumait la pipe qu'il lui avait prise. Elle la lui arracha.

— Diable…, marmonna-t-elle en essuyant la salive du tuyau. Diable d'homme !

— Allons, allons, fit-il d'une voix caressante. N'avons-nous pas parlé de la notion de propriété et de la tyrannie de…

— Non.

— Mais chérie…

— Quand je dis non, c'est non.

Vivement inquiète, elle tapota le fourneau pour voir comment l'homme l'avait bourré, puis fourra le tuyau dans sa bouche.

— Elle est à moi, cette pipe, dit-elle, les dents serrées.

Elle tourna les talons et courut vers la tente, les fesses rosies par le froid. Ses pieds martelaient la boue gelée.

— Si jamais je m'en allais, dit-il, je m'arrangerais pour emporter cette pipe.

Elle s'arrêta et se retourna vers lui, interdite.

— Tu pourrais me quitter ? demanda-t-elle.

— Jamais, dit-il.

Deux jours plus tard, le Coureur des crêtes était parti.

*

Ils traversèrent la rue poussiéreuse en oblique, épaule contre épaule, et montèrent sur le trottoir en balançant leurs longues jambes. Une seconde plus tard, les deux frères entraient au bureau du télégraphe. Une ou deux filles les regardèrent d'un air ébahi, tandis que les autres s'affairaient sur leur machine. Avec effort, le vénérable directeur se leva de son fauteuil, tremblant, les yeux fuyants, comme si les deux clients s'apprêtaient à dévaliser son établissement.

— Les fiches sont de ce côté, messieurs.

Les frères se tournèrent vers le comptoir fixé au mur.

Peu à peu, le bureau sombra dans le silence, les autres télégraphistes ayant cessé de taper sur leur appareil, tandis que la génératrice posée au milieu de la pièce produisait un bourdonnement léger. Entre les deux hommes, il y avait une sorte de connivence de mouvements : l'un baissait la tête, l'autre suivait. Ils remplirent la fiche, se retournèrent, s'avancèrent vers le guichet. Le directeur sourit d'un air flegmatique, affecta une amabilité toute mercantile. Les frères l'ignorèrent et parcoururent des yeux la liste des tarifs.

Enfin, l'un d'eux posa un gros doigt sur un chiffre.

— Là, fit-il.

Et son frère fit résonner une pièce sur le comptoir.

Le vieil homme sourit et s'inclina, prit la fiche et la pièce.

— Merci, messieurs. Au plaisir de vous revoir.

Il continua de sourire en hochant la tête :

— Nous nous en occupons tout de suite.

Mais les deux hommes ne bougèrent pas – ils tenaient à être témoins de l'expédition du message. Soudain, un des appareils se mit à crépiter, à émettre une série de clics codés. La voix métallique d'un télégraphiste inconnu.

Le vieux sursauta et courut vers la plus jeune des filles.

— Pas d'erreurs, je vous prie, dit-il d'un ton féroce en posant la fiche devant elle. Le message était destiné à un magistrat de Toronto.

Père,

L'avons trouvée et perdue stop Chaîne de montagnes infranchissable stop

Engageons guide stop

La télégraphiste posa ses doigts sur le marteau et commença.

9

Un aigle solitaire décrivait des cercles paresseux, à l'affût de quelque invisible curiosité. Debout à la lisière du campement, la veuve frissonna. Deux ou trois centimètres de neige mouillée recouvraient toute chose. Ses bottes aussi étaient mouillées. L'air était si limpide qu'elle apercevait à travers les arbres une lointaine chaîne de montagnes. Crénelées de neige, elles formaient une palissade qui courait vers le néant. L'aigle aux ailes noires flottait au-dessus de la veuve ; il penchait sa tête pâle pour l'observer. Puis il disparut dans la masse verte indistincte des arbres, aussitôt suivi de moineaux minuscules. Pépiant d'un air triomphant, ils se lancèrent à la poursuite du monstre, comme si c'étaient eux qui l'avaient fait fuir. À la façon des membres d'un comité de vigilance qui regardent le bandit traverser la ville et passer son chemin. La veuve suivit leur progression, blême, les yeux vides. Puis il n'y eut plus qu'un ciel blanc uni.

Ce matin-là, au retour de la tournée de ses pièges, elle avait trouvé le campement non seulement désert, mais abandonné. Elle était restée à la limite du périmètre, clignant des yeux d'un air incrédule, plus choquée par l'absence de William Moreland qu'elle ne l'avait été par son apparition soudaine, planté au-dessus d'elle, les mains sur les hanches, au moment où elle allait rendre l'âme. C'était son départ qui était inconcevable. Il avait empilé les affaires de la veuve sur une souche afin de les garder au sec. En fin de compte, il lui avait laissé la pipe. La tente était partie, le feu éteint, plus rien n'était accroché aux arbres ni aux cordes tendues entre ceux-ci. Il lui avait laissé des vivres, de la viande de lapin, un peu de café et une lettre expliquant son inévitable fuite. Elle contenait tant de déclarations d'amour que la veuve se demanda un moment si elle n'était pas destinée à une autre.

Assise, fin seule, au moment où le soleil se couchait, ses cheveux imprégnés de gouttelettes de pluie, elle relut chaque mot avec une incrédulité muette. Cette fois, sa bouche demeura immobile. C'était comme s'il chuchotait à son oreille des propos vides de sens : *Amour… adoration… union de deux esprits.* Puis, à la fin : *Je ne peux pas rester. Un homme solitaire ne peut pas changer à ce point, c'est trop lui demander.*

Trop, oui. C'était trop. Nul signe de lui. Pourtant, lorsqu'elle regarda autour du campement, il était partout. Leurs traces criblaient le sol inégal, celles de William dans les siennes, les siennes dans celles de William.

Que c'était cruel, maintenant qu'elle l'avait vu vraiment, qu'elle l'avait touché. Il avait été réel et non un fantasme tout gris se glissant entre les arbres, un petit halètement de solitude issu de son esprit affligé. Plutôt un visage magnifique et une voix plus que familière, une voix burinée dans ses os. Le Coureur des crêtes était parti, et les mains de la veuve conservaient un peu de son odeur.

Elle retourna la feuille. Une brève injonction : *Va vers l'ouest.*

De quel côté était l'ouest ? Au moins, elle savait une chose : le soleil se lève à l'est et se couche à l'ouest. Elle leva les yeux : pas de soleil. Des arbres se soulevaient, formaient une spirale sombre au-dessus d'elle : au-delà, la pluie tombait en aiguilles noires. Il n'y avait ni ouest, ni nord, ni terre sous ses pieds. Tourné vers le ciel, son visage ruisselait, les paupières closes. Un énorme sanglot la secoua. Elle plia la lettre et la glissa sous ses vêtements pour la garder au sec, même si le papier emporta la pluie avec lui et se couvrit de taches d'humidité contre son sein. D'un pas titubant, elle se dirigea vers le lit qu'ils avaient partagé, le creux où leur tente s'était élevée. Elle n'alluma pas de feu. Elle se coucha sur le tapis d'aiguilles, une fois de plus enveloppée dans le manteau de fourrure.

L'air se refroidit et s'immobilisa. La neige qui tombait entre les cèdres la couvrit, couvrit tout le reste, jusqu'à ce que le monde nocturne ne fût plus que neige et elle-même à peine une ondulation dans ce monde.

*

L'après-midi suivant, la veuve, de rocher en rocher, descendait en suivant le cours tout en méandres d'un ruisseau. Depuis deux jours, elle éternuait souvent, respirait avec difficulté. Elle avançait lentement, et son dos lui faisait mal. De temps à autre, elle devait serrer ses sacoches contre elle et se pencher pour cracher, mais pas avant d'avoir regardé à gauche et à droite, comme si elle risquait de scandaliser les voisins. De la mousse tapissait les pierres de la rivière ; emprisonnées dans les fibres vertes, des gouttelettes luisaient même dans l'ombre. La pente était abrupte et parfois la veuve perdait pied sur la terre friable, et son bras libre faisait des moulinets. Le sifflement d'une chute lui parvint bien avant qu'elle la vît devant elle : le cours d'eau s'incurvait juste au bord du précipice, là où la pierre, la terre et l'herbe sombraient pour former une falaise abrupte. Penchée au-dessus de l'abîme, la veuve vit l'écume blanche cascader en paliers. Sur la paroi rocheuse échancrée, un pâle arc-en-ciel se dessinait. Loin en dessous, elle entrevit une prairie. Des fleurs mauves tapissaient la lointaine surface verte.

Pour descendre, la veuve devait trouver un autre chemin. Elle remonta le courant sur une courte distance, puis, brusquement, s'assit et pleura, le visage enfoui dans les mains. Lorsqu'elle eut terminé, elle resta assise un moment, le nez complètement bouché, les yeux baissés, perdus dans le vide. Puis, accroupie comme un chien, elle but goulûment à même le ruisseau. Ensuite elle enleva ses bottes et y trempa les pieds. Une curieuse sensation cuisante dans les orteils… Pourtant, l'eau, à la hauteur de ses chevilles, était glacée. Intriguée, elle sortit son pied gauche et l'examina. La peau de son talon, toute jaune, semblait avoir épaissi, et il y avait un cerne rouge autour. Les ongles étaient foncés. Son pied droit était tout aussi mal en point. Ses pieds étaient-ils gelés ? En partie ? Elle frotta doucement la peau cireuse. C'était comme si elle la frottait avec du sable. Et pourtant, lorsqu'elle se leva pour exécuter quelques pas, ses pieds ne lui semblèrent pas en plus piteux état que le reste de sa personne. Quelques-uns de ses muscles lui faisaient mal, ses poumons lui faisaient mal. À cause du poids de l'attirail qu'elle trimballait, ses épaules délicates étaient particulièrement sensibles. En remontant le ruisseau, elle arracha quelques boutons d'églantier et les mit dans sa poche. La viande du lapin se faisandait, et la veuve ne savait pas combien de temps elle tiendrait.

À mi-chemin du versant, elle s'arrêta pour déposer ses sacs et agita le tissu foncé de son pantalon pour se rafraîchir un peu. Pendant la descente, le parfum de la prairie monta jusqu'à elle par bouffées. Ses genoux tremblaient sous l'effort. Elle n'éternuait plus, mais elle toussait et crachait de grosses boulettes de mucosités jaunâtres. C'est en se penchant pour expectorer de la sorte qu'elle aperçut une silhouette dans la prairie, tout en bas. L'homme était coiffé d'un chapeau léger à large bord. Assis sur un cheval, il tenait une autre monture par la bride. Il levait les yeux. La regardait-il ? L'avait-il vue ? Au fond des poumons de la veuve, une sorte de sifflement troua le silence. Nul autre son. La silhouette demeurait immobile. Elle eut l'impression qu'un des chevaux s'efforçait de se débarrasser des mouches qui bourdonnaient autour de ses flancs en ruant, mais ils étaient si loin qu'elle n'aurait pu jurer de rien.

Sans savoir pourquoi, la veuve se laissa choir soudain et s'écrasa sur le sol comme une araignée. Son souffle rapide soulevait la poussière. Un affleurement rocheux se dressait entre elle et l'homme. Pendant quelques minutes, elle n'osa pas regarder par-dessus. Lorsqu'elle s'y décida enfin, la silhouette avait disparu. La veuve s'assit, les yeux révulsés. Elle n'avait pas encore songé à ce qu'elle ferait lorsqu'elle se trouverait de nouveau en compagnie de ses semblables. Tout lui vint d'un coup : les paroissiens se rendant à la messe, les rues, les maisons, les charrettes, les détonations des carabines des chasseurs de lapins dans les champs. La police.

Elle prit son visage dans ses mains crasseuses. Elle ne pouvait pas remonter dans la montagne, inutile d'y penser, pas plus qu'elle ne pouvait rentrer chez elle – pas chez son père et encore moins à la cabane. Elle se figea, les doigts pressés contre les yeux, et vit une fois de plus la porte de la cabane et le linge qui séchait sur la corde, comme si tout était normal. Les arbres d'une immobilité totale à la fin du jour. Par la porte ouverte, elle avait observé sa propre maison assombrie. Elle était restée seule dans la clairière, l'air d'attendre qu'un bruit vînt de l'intérieur, peut-être quelqu'un qui l'appellerait par son nom. Mais elle savait qu'aucun son ne viendrait jamais.

La veuve réunit son barda et se hâta le long du sentier sur ses jambes tremblantes, choisissant les embranchements qui l'éloigneraient du cavalier.

Moins d'une demi-heure plus tard, elle déboucha dans une clairière. La vaste prairie tapissée de fleurs mauves se déployait devant elle, et l'homme à cheval la regardait. Elle fit un pas en arrière, comme si elle espérait disparaître avant qu'il ne l'eût aperçue. Mais c'était peine perdue. Il avait suivi sa progression et était venu l'attendre à l'endroit où il savait qu'elle déboucherait. Il était indien et, sur une selle très rudimentaire, montait un énorme cheval bai couvert de cicatrices. Deux nattes barraient le devant de sa chemise verte, et son visage était voilé par le bord large et inégal d'un chapeau de feutre. Il avait une expression de curiosité amusée qui révéla à la veuve l'image qu'elle projetait : une fille aux cheveux en broussaille et au visage crasseux, chargée de sacoches sentant le moisi, une fille au sac à main en soie taché de boue et aux bottes déchirées. Elle tenait le manteau de fourrure contre sa hanche, comme un paquet de linge sale. L'autre cheval de l'homme, tiré par le licou, hennit doucement en la voyant. La bouche de la veuve s'ouvrit toute grande.

— Mais c'est mon cheval ! cria-t-elle d'une voix enrouée, grinçante.

Et c'était en effet la petite rouanne, affamée et ensellée, beaucoup moins resplendissante que son double imaginaire, qui posait sur la veuve ses étranges yeux mouchetés. Elle n'avait encore jamais remarqué les yeux mouchetés de l'animal.

L'homme ne dit rien et son visage demeura impassible. Il fit pivoter les deux chevaux et s'engagea dans la prairie.

— Attendez ! dit-elle.

Mais il n'attendit pas.

— Eh ! Oh ! Vous ! Vous comprenez ce que je vous dis ? Lâchez mon cheval !

La petite troupe poursuivit son chemin dans les herbes ensoleillées. Les queues des chevaux soulevaient de minuscules insectes tapis dans les fleurs. La veuve leur emboîta le pas en vacillant.

— Voleur ! cria-t-elle. Revenez !

Ils la distançaient rapidement.

— Lâchez les rênes ! hurla-t-elle, désespérée.

À sa grande surprise, il obtempéra. Mais la jument continua à le suivre, frôlant de la tête la croupe du cheval qui la précédait. De loin en loin, les rênes ballantes sur le cou, elle se retournait vers la veuve qui peinait au milieu des hautes herbes.

Le soir venu, l'homme alluma un feu, se prépara du café et fit sauter de la viande dans un poêlon. La veuve s'assit à une certaine distance, l'air mauvais, torturée par les délicieuses odeurs de cuisson. Il ne la regarda pas et ne lui adressa pas la parole. En revanche, où qu'il allât dans le petit campement, observa-t-elle, il avait soin de ne jamais lui tourner le dos. Elle avait récupéré sa jument avec un minimum de difficultés. L'homme avait entravé les jambes antérieures de l'animal. À l'approche de la veuve, la jument recula et se mit hors d'atteinte en secouant la tête. À la fin, elle se laissa capturer, et la veuve caressa sa tête et gazouilla dans son visage. Elle l'étrilla avec de l'herbe et des brindilles, mais les résultats furent peu concluants : en fait, elle ne réussit qu'à salir le pelage gris. Elle jeta un coup d'œil au cheval de l'homme, dont le pelage scintillait. Il avait dû faire marcher les bêtes dans une rivière.

Lorsque la lumière du jour eut disparu, elle s'approcha du feu, petit à petit. L'homme était allongé, la tête sur sa selle posée par terre, les doigts croisés sur son ventre. Elle apercevait sous le chapeau ses yeux qui l'étudiaient, moins amusés qu'avant. Un détail le tracassait. L'avait-il vue tousser, cracher ? Évidemment. Sans doute la surveillait-il depuis plus longtemps, depuis qu'elle s'était dressée au bord de la chute. Prise d'un embarras incompréhensible, elle évita son regard. L'idée d'avoir déambulé comme un troll au-dessus de la chute, tandis qu'on l'observait… L'idée l'horrifiait. Elle allait se réfugier dans l'obscurité lorsque résonna la voix de l'homme.

— Comment as-tu été séparée de ton cheval ?

À sa grande stupéfaction, elle l'avait compris. En fait, elle n'avait décelé aucun accent. Elle mit un certain temps à répondre. Pas question d'avouer à cet étranger qu'elle avait perdu la tête avant de perdre sa monture. Elle opta donc pour l'explication la plus plausible.

— C'est la faute des loups, dit-elle.

Il opina du bonnet.

— La vérité, c'est que je ne sais pas pourquoi je t'ai attendue. Je devrais être rentré depuis des jours. La curiosité, j'imagine. Je pensais tomber sur un homme.

À ses pieds, le feu siffla en s'embrasant. Dans la lueur des flammes, la veuve vit la semelle de ses bottes, aux coutures impeccables.

— Tu viens de Frank ? demanda-t-il.

Elle garda le silence.

— De Sparwood ?

Elle secoua la tête.

— Bon, d'accord. D'où tu viens, alors ?

Il s'appuya sur un coude. Hélas, elle avait maintenant droit à toute son attention. L'esprit embrouillé de la veuve s'éloigna à pas maladroits de la vérité. Un Indien pouvait-il la faire mettre en prison ? Probablement. Cet homme en aurait-il envie ? Difficile à dire. Elle mentit et cita le nom de la plus grande ville qui se trouvait près de la sienne. Bizarrement, il parut choqué.

— Granum ? Tu veux dire que tu es passée par ce col ? s'écria-t-il en montrant les arbres sombres derrière elle.

— Quel col ? demanda-t-elle.

— Les montagnes, là-bas. Tu les as traversées ?

Elle fit signe que oui.

— Eh ben, je n'en reviens pas.

Il souriait largement.

— J'ai hâte de voir la tête que fera ma femme en apprenant qu'une stupide fille blanche a franchi ce col…

Il rit avant de se recoucher.

Elle s'assit en tailleur, les coudes sur les genoux, les joues enflammées par la colère. Il se souciait d'elle comme d'une guigne. À ses yeux, elle n'était que le sujet d'une histoire plaisante à raconter. Il ne lui avait pas proposé de partager sa viande. Et elle se ferait tailler en morceaux plutôt que de lui en demander. Le feu s'affaissa brusquement, provoquant l'explosion d'une couronne de lucioles infernales. La veuve jeta une autre branche sur la masse incandescente et lança à l'homme un regard mauvais. L'écorce verte fumait. La chaleur était délicieuse. À chaque respiration, ses poumons malades la faisaient souffrir.

Lorsqu'il reprit la parole, sa voix était déjà barbouillée de sommeil.

— Elle ne me croira jamais, dit-il.

Le vent s'éleva dans les arbres au-dessus d'eux. Les flammes tourmentaient les pieds de la veuve, malgré ses bottes trempées, et elle déplaça ses jambes dans le noir. La brise charriait une odeur nauséabonde, celle, elle s'en rendit compte soudain, de la viande de lapin qui pourrissait dans ses sacs. Elle avait beau être répugnante, l'estomac de la veuve gronda. Sur ce plateau, il faisait plus chaud, même au milieu des arbres, même si la terre humide mouillait ses vêtements. À cette altitude, c'était l'été. Allongée dans le noir, la respiration sifflante, elle sentit une délicieuse fatigue l'envahir.

À son réveil, la veuve constata qu'elle s'était éloignée du feu, dont les flammes avaient été ravivées. Sur les braises, on avait posé une cafetière qui penchait un peu, et de la vapeur s'échappait du petit bec tranchant. Elle était seule dans la clairière. Elle contempla le feu pendant un certain temps avant de fouiller dans ses sacoches et d'en tirer une tasse en fer-blanc dans laquelle elle versa un peu de café. Elle remua le liquide bouillant avec une brindille et souffla dessus jusqu'à ce qu'il fût buvable. L'homme revint. De toute évidence, il avait fait sa toilette matinale. Il avait noué ses cheveux foncés, et une torsade lui battait le dos. Il ne portait pas de chemise, et l'eau qui lui dégoulinait sur le corps avait noirci la ceinture de son pantalon. Elle détourna les yeux, car elle avait toujours eu horreur de voir des hommes se balader torse nu. Quand son mari ôtait sa chemise pour couper du bois ou travailler sur le toit de la cabane, elle voyait dans ce geste un signe d'orgueil, de vanité, une sorte de provocation. *Toi, ma femme, tu ne peux pas – mais moi je peux.* Elle se souvint de l'amusement manifesté par son père le jour où elle avait apostrophé un garçon engagé.

« Pourquoi ne pas enlever aussi ton pantalon, pendant que tu y es ? avait-elle lancé. Pourquoi ne pas sauter sur place comme un vieux singe sale ? » Et son père avait éclaté de rire à la vue du garçon rouge de honte.

La veuve posa sa tasse par terre et s'engagea entre les arbres.

— La rivière est de l'autre côté, dit l'homme.

Elle changea de cap.

C'était un torrent de montagne large et peu profond, parsemé de pierres, qui serpentait au milieu de buttes glaciaires. Les herbes inclinées qui poussaient jusqu'au bord s'agitaient dans le courant, comme si elles se noyaient. La veuve se lava le visage et les pieds. Un mince nuage blanc s'étirait au-dessus des pics, et des pins parfaitement alignés s'élevaient jusqu'au ciel. Le veuve fut secouée d'une toux creuse, gargouillante, et elle cracha. Accroupie parmi des touffes d'herbes aquatiques, les pieds en équilibre sur des pierres branlantes, elle urina. Après, elle se nettoya en faisant la grimace, car l'eau était mortellement glacée. Au bord de la rivière au courant vif, elle contempla les montagnes qui se dressaient de l'autre côté de la prairie. William Moreland était là quelque part, caché dans le brouillard.

Elle s'était crue seule, mais il s'était approché d'elle dans son sommeil. Il aurait pu passer près d'elle à pas furtifs, la laisser dormir, mourir. Il avait plutôt attendu. Il admit avoir passé toute cette première nuit à épier son visage endormi. « Tu avais une petite mèche de cheveux dans la bouche », avait-il dit. À cette seule évocation, le cœur de la veuve se serra. Intolérable. Elle sentait encore son odeur, entendait encore sa voix douce dans ses oreilles. La tente où ils dormaient, leurs membres emmêlés, sa bouche à elle contre le bras de l'homme… Les yeux de la veuve se gonflèrent de larmes furieuses, et elle se mit à sangloter. *Détourne-toi de lui, fais comme lui.*

Mais comment ? Comment s'y était-il pris ?

Lorsqu'elle revint au campement, les yeux rougis, l'homme, habillé convenablement, avait tressé ses cheveux. Il lui tendit des boulettes de pâte cuite, très dures. Elle en mordit une. Il fallait mâcher sans relâche, mais les petites bouchées, qui renfermaient des baies, étaient délicieuses.

— Je peux avoir un peu de viande… s'il vous plaît ? demanda-t-elle.

Il désigna une pierre sur laquelle il avait déposé un morceau de viande noircie, déjà pris d'assaut par les fourmis. Le visage de l'homme indiquait que l'offrande était là depuis un certain temps. Comment avait-elle pu ne pas s'en apercevoir ? Elle se jeta sur la viande, chassa les insectes.

— Je vais te conduire à Frank, dit-il.

— À qui ?

— C'est une petite ville. De là, tu pourras rentrer chez toi.

Il la regarda avaler le reste de sa viande, si vite qu'elle en eut le hoquet.

— Ou non. Ça dépend de toi.

Ils firent leurs bagages et elle lança les sacoches sur le dos de la jument. Elle n'avait plus de selle. En l'absence d'une courroie à laquelle fixer les sacs, elle devrait les garder devant elle pour les empêcher de tomber. Sans selle, elle ne réussit pas à monter sur le dos de la bête. Elle eut beau sauter et se démener, rien n'y fit. Après l'avoir observée pendant un moment d'un air inexpressif, l'homme mit pied à terre pour venir l'aider. Une fois qu'elle fut installée, il prit un peu de recul et étudia la position de la veuve. Il ne parut pas rassuré.

— Tu es sûre que c'est ton cheval ? demanda-t-il en posant un doigt possessif sur l'une des rênes.

— Bien sûr que oui. Je vous l'ai déjà dit.

— Tu ne montes pas très bien.

Elle le foudroya du regard et tira sur les rênes. Il sembla encore plus contrarié ; son visage s'assombrit. Il s'empara du licou et entraîna la rouanne jusqu'à une pruche, au bord de la clairière.

— Tu vois ça ? demanda-t-il en désignant une marque dans l'écorce.

Il y avait une multitude de cicatrices sur l'arbre.

— Quoi ?

— Ça, espèce de femme stupide. Ça !

Du bout du doigt, il tapotait la petite entaille. Faite au canif, peut-être, comme elle s'en rendait compte à présent. Un Y évasé ou peut-être un T.

— C'est un symbole pégane. Et notre feu de camp, là-bas ? Je l'ai allumé sur un des leurs.

— Et vous, vous n'êtes pas pégane, je suppose ?

— Encore heureux pour toi.

Elle finit par comprendre où il voulait en venir. Il ne lui faisait pas confiance, ne la croyait pas capable de le suivre jusqu'à un abri sûr, craignait qu'elle ne le ralentît, qu'elle ne lui coûtât la vie. Comme s'il avait lu dans ses pensées, il dit :

— Suis-moi. Sinon, je te plante là.

Sur ces mots, il tourna les talons et grimpa sur son cheval. Ensemble, ils s'engagèrent dans la prairie lumineuse. Sans selle, le dos de la rouanne malaxait le bassin de la veuve d'une façon qui serait bientôt douloureuse. Elle avait passé des jours sans avaler d'aliments solides, et son ventre avait du mal à digérer ceux qu'elle venait de prendre. Et pourtant, elle se sentait bien reposée. Elle examina le dos de l'Indien, la croupe de son cheval à la queue qui se balançait – et dont les crins ondulaient comme les cheveux d'une fille. Elle se rendit compte que l'homme aurait pu lui prendre son cheval et toutes ses affaires, l'abandonner dans les montagnes. Il ne l'avait pas fait, c'était déjà quelque chose. Mais, de toute évidence, sa présence lui pesait, et il s'en voulait sans doute d'avoir cédé à la curiosité. Si elle décidait de changer de direction, il ne ferait rien pour la retenir. De cela, elle était convaincue. Sans savoir comment s'y prendre, la veuve eut envie de se faire pardonner.

— Comment vous appelez-vous ? lança-t-elle.

Il garda le silence. Ils gravirent un monticule et redescendirent au trot. Pendant l'ascension, les chevaux balançaient leur cou à chaque pas.

— Ça vous ennuierait de me dire quel genre d'Indien vous êtes ?

La rouanne tendit le cou pour attraper une touffe d'herbe et la veuve tira sur les rênes.

— Vous pouvez au moins me dire votre nom, non ?

— Et le tien ? répondit-il.

— Justine, dit-elle.

C'était le nom d'une fille qu'elle avait connue autrefois. Le silence d'un côté, le mensonge de l'autre ; une fois de plus, il avait eu le dessus sur elle. Elle fit courir ses doigts dans ses cheveux, consternée. Ils continuèrent de longer le ruisseau. Des hirondelles effleuraient les herbes et frôlaient la surface de l'eau, où elles capturaient des insectes. Partout vrombissaient des abeilles. L'homme se laissa fléchir et ralentit un peu l'allure. Les chevaux avançaient presque en parallèle, mais il donnait des signes d'impatience, comme si la veuve était incapable de faire marcher sa monture au pas.

— Vous savez que je viens de Granum, dit-elle. Vous savez d'où je suis. Pourquoi ne pas me parler de vous ?

— Crow.

Il secoua sa tête coiffée du chapeau moucheté.

— Je suis un Indien crow. Nous disons Absarokeh. Ma mère est née de l'autre côté de la colline qu'on voit là-bas.

Elle attendit la suite, mais le visage de l'homme resta fermé.

— Où êtes-vous né, vous ?

— À Baltimore, répondit-il.

Sur ces mots, il donna un coup de talon et le cheval bai partit au trot. L'audience était terminée.

*

À midi, le Coureur des crêtes, accroupi à l'abri d'un cèdre immense, attendait, armé de la patience du chasseur, les yeux grands ouverts, tandis que, autour de lui, le vent soufflait. Les herbes nageaient, les arbres s'inclinaient en craquant. Dans les frondaisons, un sifflement résonnait. Sur le versant de la montagne, il était la seule chose immobile.

De son poste d'observation, il voyait la clairière, son ancien campement et le cercle de pierres froides où il avait fait du feu. Du mouvement partout qui annonçait une présence humaine, peut-être un petit objet ballotté près du sol, et elle qui courait derrière... mais non. Aucune odeur, sinon celle du froid et des pins, aucune voix. Lui restait là, serrant les courroies en cuir de son sac. Il chuchotait, ses lèvres articulant des mots à demi, des ombres d'explications, des excuses muettes défilaient sur son visage.

Après de longues minutes, il se leva et délesta ses épaules du lourd fardeau de son sac, qu'il posa contre un arbre. Et puis, comme s'il montait sur scène, son visage s'illumina faussement ; il ajusta son pantalon et entra dans la clairière. William Moreland resta seul, les mains ballant sur les côtés. Évidemment, elle était partie et avait tout emporté, le moindre objet utile, le moindre accessoire susceptible d'adoucir son existence. Il avait pris ses affaires, elle avait pris les siennes. Tout ce qui restait, c'étaient les vestiges d'un campement.

Laisser de tels témoignages, que le premier ranger venu déchiffrerait aussitôt, était contraire à ses habitudes. Il était parti avec trop de précipitation. Et il y avait trop de traces à dissimuler. Les innombrables empreintes, le nid d'aiguilles de pin en forme de tente, le trou dans le cèdre où il avait accroché son miroir à un clou, objet qu'il avait ensuite arraché et emporté avec lui, les brûlures laissées sur un tronc par la corde de la tente, les petites flaques de café et d'eau de pluie, à présent gelées… et la forme d'un pied de femme nu moulée dans la vase, parfaitement préservée.

Il se pencha sur ce fossile, l'empreinte des petits orteils brouillée par le mouvement, le contour du pied net et givré. Il avait tenu ce pied dans sa main. Parfait et tiède. Il ferma les yeux, luttant contre une sensation indicible. Puis il s'empara des pierres calcinées et, à deux mains, les jeta au milieu des arbres, une à la fois.

Il effacerait tout. Absolument tout.

10

Cet après-midi-là, la veuve, à la suite de son compagnon, traversa un bosquet de pommiers maigres et envahis par les lierres dans une ferme abandonnée. Elle chercha des bâtiments, mais n'en trouva pas. Pas de maison, pas de grange. Pas l'ombre d'une présence humaine. De l'entreprise ne subsistait que ce verger à la beauté fanée dont elle traversait les rangs. La jument avançait d'un pas lourd, la veuve avachie sur son dos nu. Un parfum flottait dans l'air et le sol était grêlé de fruits tombés, couche après couche, année après année. Sous les sabots des chevaux, ils faisaient un bruit de succion. Les pommes pourries grouillaient de guêpes ivres.

Le paysage qui défilait sous ses yeux comme une procession la réconfortait, et la veuve fut heureuse de constater que la forêt, les amas de pierres et les éboulis semblaient se déployer avec majesté, moins rapides et moins vertigineux qu'avant. Une fois de plus, elle se trouvait à la remorque d'un homme dont la volonté se substituait à la sienne, de la même façon qu'elle avait suivi son mari dans un coin perdu à bord de leur voiture à bœufs brinquebalante. Elle se souvint de ses manches de chemise blanches, de son veston noir tout propre posé sur ses genoux.

Tout avait été si facile. Sans comprendre qu'elle s'était engagée à quoi que ce soit, elle avait simplement accompagné

John Boulton dans une nouvelle vie. Derrière les jeunes mariés se suivaient quelques cavaliers et une autre voiture tirée par de lourds chevaux, et les conducteurs, juchés sur des boîtes et des casiers qui oscillaient follement au gré des cahots, étaient des hommes vieux et rudes. Ils juraient, s'excusaient auprès d'elle, juraient, s'excusaient. Le soir, ils campaient et elle entrait seule dans leur grande tente et éteignait tout de suite la lanterne pour économiser l'huile, puis elle s'allongeait dans le noir et écoutait les hommes parler. Il fallait saisir les mots pour comprendre qu'ils se disputaient, puisque aucun d'eux n'élevait jamais la voix. L'accusation la plus féroce dont elle eut vent se formula ainsi : « Il y a eu beaucoup de ça par ici. » Un long silence irrité avait accueilli la déclaration, mais personne ne l'avait contestée, quel qu'eût été le sens de « ça ».

Parfois, l'un d'eux chantait, en général sans accompagnement. Revenait souvent une chanson larmoyante à propos d'un enfant abandonné par ses parents cruels et finalement dévoré par les loups, dont le mièvre refrain provoquait chaque fois des éclats de rire. Plus tard, la veuve entendait les hommes ronfler, murmurer dans leur sommeil. Lorsqu'elle se réveillait, le matin, le plus vieux avait déjà préparé le petit déjeuner. Il lui apportait son repas et l'encourageait à manger, comme si elle était sa propre fille. N'ayant jamais eu droit à de telles attentions, elle ne savait pas y répondre, surtout de la part d'un vieux chnoque tout ratatiné.

Qu'un campement tout entier pût être rangé dans la voiture et fixé au dos des chevaux à une telle vitesse était proprement incroyable. Les bœufs piétinaient pendant qu'on les attachait au joug. Les hommes sifflaient. Puis ils se remettaient en marche, à la manière d'un train imprévisible et grinçant. Parfois, le sentier qu'ils suivaient se dispersait en s'estompant, comme de l'eau renversée, et les chariots s'arrêtaient. Son mari descendait de son siège, tandis que les autres attendaient, et il faisait quelques pas pour examiner les environs, dans l'espoir de retrouver le chemin de ses terres. À ces moments, en proie au désarroi, la veuve regardait le territoire perdu où ils se tenaient en habits de voyage et se demandait quel atome de souvenir ou de logique s'infiltrait dans l'esprit de son mari, ce qui pouvait bien, au nom du ciel, lui indiquer la direction à suivre. Où la conduisait-il ? Que représentait à ses yeux un tel vide ?

Il lui avait promis une « maison confortable » entourée de centaines d'hectares de terrain. Sur place, il n'y avait toutefois pas de maison. Que de basses fondations carrées au milieu desquelles des journaliers avaient monté leur tente. Les jeunes mariés dressèrent la leur au milieu des arbres. Deux mois s'étaient écoulés avant qu'ils aient un toit sur la tête, un peu d'intimité et un semblant de lit.

Et voilà que tout recommençait. Même cheminement solennel au milieu de nulle part à destination d'un avenir inconnu. Seulement, elle était désormais veuve, sans enfant, abandonnée par son amant et d'une maigreur fantomatique dans ses vêtements noirs et ses bottes volées, lancée sur les traces d'un étranger. Ensemble, ils avaient obligé leur monture à enjamber des arbres renversés, le ruisseau sur leur gauche et, au loin, les parois chauves creusées par la rivière qui avait donné naissance au col. La veuve apercevait désormais des signes d'activité humaine : des crottes de cheval desséchées, vieilles de quelques jours à peine et déjà envahies par les insectes fouisseurs. Elle vit les empreintes de chevaux non ferrés, des sentiers tracés par des cavaliers au milieu des hautes herbes et, enfin, la carcasse à demi rongée d'un écureuil jetée dans la poussière par quelque chien et aussitôt oubliée.

Du monde. La veuve obligea la jument à s'arrêter et réfléchit un moment au centre de tous ces signes, inquiète.

Puis, sur sa droite, elle aperçut un bosquet de hêtres, spectraux contre la sombre forêt alpine en arrière-plan. Et là, au milieu des arbres, aussi blancs que s'ils étaient eux-mêmes faits d'écorce, des tipis formaient une lâche congrégation. Des silhouettes vagues allaient et venaient dans l'ombre projetée par les tentes. Des chiens couraient à gauche et à droite en jappant. Dans l'herbe, des sentiers s'éloignaient du campement, à la manière des rayons d'une roue. La veuve discernait des voies plus larges par où des voitures pouvaient passer. La plupart conduisaient à la rivière, qui se rapprochait avant de reprendre sa course vers la vallée.

— Reste là, ordonna son compagnon.

— Je viens avec vous.

— Reste là, j'ai dit.

Il mit pied à terre, prit ses sacoches, s'approcha de la veuve et déposa sa charge près des sabots de la jument. Du bout du museau, la bête souffla contre le rabat, tandis qu'il fouillait dans le sac, d'où il tira une autre boulette de pain dur. Il la tendit à la veuve et le cheval se tordit le cou en faisant un pas de côté, comme s'il espérait en avoir lui aussi.

— Tu vois où sont les chiens ?

— Oui.

— Ne t'avance pas plus loin.

— Et pourquoi, je vous prie ?

Au lieu de répondre, il remonta sur son cheval.

— Vous êtes fou ou quoi ? râla-t-elle.

Elle descendit à son tour et prit position sur ses jambes arquées et tremblantes. Elle le vit galoper jusqu'à la rivière et engager son cheval dans l'eau, qui lui arrivait aux genoux. Puis il fit bifurquer l'animal et, ensemble, ils filèrent vers le village au milieu d'une explosion de gouttelettes, en évitant soigneusement de s'approcher de la veuve. Les rênes à la main, elle retint son souffle, inquiète.

Il croyait qu'elle lui porterait malheur. De toute évidence, il avait eu soin de laver les sabots de son cheval pour prémunir le campement contre la contagion.

Le vent courait sur les herbes, main visible de quelque force indifférente qui les traversait, sa petite histoire et elle. La malchance ou autre chose ? Elle songea à son père qui, même s'il avait renoncé à ses fonctions de pasteur, laissait tremper sa main dans le tiède bain d'oiseaux trônant à l'entrée de la chapelle latérale de toutes les églises et qui renfermait de l'eau qu'il disait non bénite.

— À quoi ça sert si elle n'est pas bénite ? lui avait-elle demandé.

— C'est l'habitude, lui avait-il répondu en souriant.

Et elle avait su qu'il lui mentait. Le geste, cependant, traduisait bel et bien une habitude profondément ancrée. La main de son père se glissait dans l'eau de façon presque amoureuse, hésitait à en ressortir. Il imprégnait le geste d'un sens qui allait au-delà de sa vocation religieuse, même si elle n'aurait su préciser lequel. Sa grand-mère ne s'embarrassait pas de tels scrupules.

— Tu te couvres de tous les côtés, avait-elle dit, au cas où tu te serais trompé – ce qui est effectivement le cas. Tu espères avoir de la chance.

Son père s'était contenté de rire.

— Foutaises ! avait-il ajouté. La chance, c'est le dada des joueurs et des vieilles mystiques.

— Mystique, moi ? Parce que je refuse de te suivre dans ta misérable conception du monde ? Bon, très bien.

La grand-mère de la veuve était d'avis qu'il n'y avait rien de plus séduisant que l'inconnu, tel qu'il se révèle dans les séances de spiritisme, dans l'art ou dans le code indéchiffrable des lignes de la main. Il s'écrivait dans les feuilles de thé et les cartes – toutes imprégnées d'espoir chrétien, car elles appartenaient à Dieu, qu'il était toujours possible d'implorer. Son père, cependant, croyait que l'erreur résidait justement dans le fait de demander, dans le besoin puéril d'obtenir des réponses alors qu'il n'y en avait pas.

À l'époque, Mary ne savait pas lequel des deux avait raison et, à présent, elle n'était pas plus avancée. Tout le monde était d'avis que les lamentations de son père étaient excessives, sa douleur sans commune mesure avec la blessure. Mais aujourd'hui, seule au milieu des herbes hautes, toute à son propre chagrin, la veuve n'en était plus si sûre.

Elle vit alors une silhouette s'avancer vers elle, celle d'une jeune Indienne, vêtue d'une robe courte et d'un pantalon, qui marchait lentement en prenant le chemin le plus long. Le vent faisait voleter ses cheveux autour de son visage et elle choisissait avec soin l'endroit où elle posait les pieds. Elle avait le visage rond et la peau lisse. Ses pieds étaient recouverts de mocassins de cuir décorés de perles et d'autres petits objets brillants. Pendant un moment, elle examina la veuve d'un œil critique qu'elle ne se donna nullement la peine de dissimuler. Puis elle se mit à parler. Elle tendit la main, gesticula. Devant le silence de la veuve, la fille s'approcha, toucha le tissu poussiéreux de ses vêtements noirs, recommença à parler sur un ton grave. La veuve avait beau écouter, elle ne comprenait rien. Finalement, la fille tira sur les vêtements miteux de la veuve, qui poussa un cri, porta les mains à son cou et lâcha les rênes. La jument s'éloigna aussitôt pour paître. On aurait dit que sa propriétaire, par un effet de magnétisme naturel, la repoussait. Les deux femmes se dévisagèrent un moment, d'un air incertain, sans rien dire. Puis le visage de l'Indienne perdit lentement toute expression. Quel qu'eût été son plan, il avait échoué. Il n'y avait plus rien à faire.

À midi, la veuve dormait dans la laîche au bord de la rivière. La fille s'assit à une certaine distance, dans l'herbe haute jusqu'aux épaules, où elle s'ennuyait ferme. Son cou dessinait une courbe langoureuse ; elle ne tournait pas tout à fait le dos à celle qu'on l'avait chargée de surveiller.

Un peu plus tard, la veuve fut tirée du sommeil par un doux murmure, loin au-dessus de sa tête. Il lui sembla venir des confins de sa mémoire, empreint d'une autorité matriarcale. Elle ouvrit les yeux – et eut un mouvement de recul à la vue d'une femme blanche qui la regardait. La veuve eut soudain une conscience aiguë d'elle-même, sentit la moiteur de son corps emmailloté dans ses vêtements de deuil. La femme avait un beau visage carré. Elle était couverte de la tête aux pieds de ce qui avait l'apparence de peaux de daim et tenait à la main quelques objets enveloppés dans un linge blanc. Soulevée par la brise, une mèche blonde, échappant à son bandeau de cuir, auréola sa tête.

— Bonjour, dit la femme. Je m'appelle Helen. Je suis la femme d'Henry.

La veuve se redressa en rectifiant l'alignement de ses vêtements.

— Henry ? bredouilla-t-elle.

— C'est lui qui vous a ramenée ici. Il ne vous a pas dit son nom ?

Non.

— Incroyable ! C'est l'homme le plus méfiant que je connaisse. Ne dites jamais votre nom. Ne gardez pas tout votre argent au même endroit. Ne vous assoyez jamais sous un pin mort. Et j'en passe.

Elle sourit à la veuve.

— Comment vous appelez-vous ?

— Justine, mentit-elle.

— Vous avez faim ?

— Il… Henry m'a donné un peu de pain. Mais j'ai été longtemps dans ces montagnes.

— Il me l'a dit, oui. Je ne l'ai pas cru. À vous voir, je suis prête à changer d'idée. Combien de temps êtes-vous restée là-haut ?

— J'ai… Je pense avoir perdu le compte des jours.

— C'est normal. Vous ne saviez pas comment vous nourrir. Vous ne saviez pas où vous alliez. J'ai raison ?

La veuve fit signe que oui. Car c'était la plus stricte vérité. Sans William Moreland, sans le rêve qu'elle avait fait de lui, elle ne serait sûrement plus en vie.

— Vous étiez en fuite ? demanda la femme d'une voix douce.

— Oui, répondit la veuve.

Le regard vif et pénétrant de la femme la mettait au supplice.

Helen examina les vêtements noirs de la veuve sans poser d'autres questions. Elles auraient pu être taillées dans la même étoffe, ces deux femmes aux vêtements cousus grossièrement. Mais l'une était très différente de l'autre, ainsi qu'elles s'en rendaient compte toutes les deux.

— Bon, fit Helen en se secouant, voici déjà de quoi vous sustenter un peu. Ce n'est pas grand-chose, mais je suis certaine que vous réussirez à l'avaler.

Elles s'assirent dans l'herbe et Helen déballa une sorte de bonnet du genre de ceux que portaient les servantes. Un simple couvre-chef blanc, désormais utilisé comme chiffon. À l'intérieur, il y avait des quartiers de pomme, de la viande fumée, d'autres boulettes de pain et une poignée de toutes petites baies séchées. La viande était si dure que la veuve devait la serrer entre ses dents et tirer, comme un chien. La chair collait à ses molaires, pareille à de vieux bonbons au caramel. Les deux femmes mangèrent ensemble en se passant la nourriture.

— Vous êtes mariée ? demanda Helen.

— Je l'ai été.

— Je suis désolée, fit Helen en secouant la tête tristement. Vous êtes toute seule, à présent.

Helen avait une magnifique peau dorée et de longs doigts. Sur une jointure, une épaisse cicatrice blanche courait. Elle mâchait bruyamment en faisant claquer ses lèvres. Contre toute logique, ce comportement offensa la veuve, qui se dit que sa bienfaitrice était retournée à la sauvagerie.

— D'où venez-nous ? demanda-t-elle.

— Je suis originaire de Baltimore. Mon père était éleveur. En fait, ajouta Helen en riant, il l'est sans doute toujours. Il doit être encore de ce monde.

— C'est là que vous avez rencontré Henry ?

— Oui. Au début, je me piquais de connaître les chevaux. Puis il est arrivé au ranch sur une bête magnifique. Je n'en avais jamais vu de pareille.

— Ce vieux bai ?

— Mais non ! Si vous aviez vu cette jument, vous l'auriez sûrement remarquée. On nous l'a volée il y a deux ans. J'étais dans tous mes états !

Helen tritura quelques brins d'herbe et fit avec ses dents un bruit de succion grossier.

— Henry sait où elle est, mais il serait… imprudent de la reprendre.

La veuve déglutit avec difficulté, soupira.

— C'est délicieux, dit-elle avant de se jeter sur un autre morceau.

Helen s'efforça de contenir son sourire.

— Bon, vous permettez que je vous donne un petit conseil ?

La veuve mâchait avec délibération un morceau de pain ramolli. Elle haussa les sourcils.

— À votre arrivée à Frank, si vous décidez de vous y rendre, filez tout droit chez M. Bonnycastle. Les gens l'appellent le révérend ou, pour faire les malins, Bonny. C'est une sorte de pasteur, entre autres choses. Dans ce vil endroit, c'est le seul homme en qui vous puissiez avoir confiance. Frank est une ville infâme. J'y ai habité brièvement. Henry était parti et je n'ai pas été… C'était dur pour moi, à cause de sa sœur, qui m'en voulait. Sa mère n'était pas folle de joie à l'idée de m'accueillir non plus. De toute façon, c'est tout ce que je sais sur Frank.

La veuve hocha la tête.

— Bonnycastle, répéta-t-elle pour consigner le nom dans sa mémoire.

Elle avait mangé la quasi-totalité de la viande et du pain.

— Pourquoi êtes-vous venue ici ? demanda-t-elle à sa compagne.

— Parce que c'était la volonté de Dieu.

La déclaration plongea la veuve dans la perplexité. Comme si on lui cachait une information capitale sans laquelle elle ne comprendrait jamais rien à rien. Sans doute son visage trahissait-il son désarroi, car Helen tenta une nouvelle fois de s'expliquer.

— J'ai eu le coup de foudre, dit-elle. Au premier coup d'œil, ou presque. Il y a des évidences auxquelles on ne peut pas échapper. Quand l'occasion se présente, on n'a pas le choix. Les bébés, par exemple. On ne peut pas voir un bébé sans avoir envie de le prendre dans ses bras, non ?

— Non, concéda la veuve.

Sa gorge se serra. Dans sa bouche, des baies séchées tournaient, formaient une pâte sucrée. Elle-même n'avait pas su tenir son bébé dans ses bras, son petit garçon à la peau plissée qui sentait le moisi et rageait faiblement. D'un œil torve, la sage-femme l'avait regardée essayer de donner le sein.

— T'es pas douée, avait statué la femme, sans toutefois offrir son aide.

Elle était restée assise, l'air renfrogné, tandis que les glapissements du nourrisson tranchaient l'air comme des poignards.

La compagne de la veuve continua de papoter gaiement.

— Vous savez ce que c'est. On n'y échappe pas. C'est comme le temps qu'il fait, une blessure ou… la pluie, poursuivit Helen. Inutile de faire comme s'il ne pleuvait pas.

La veuve hocha la tête. Elle avait passé des nuits roulée en boule contre le tronc mince d'un cèdre, à tenter d'ignorer les gouttes et le sifflement de la pluie qui traversait des millions d'aiguilles, d'ignorer l'humidité du sol qui s'infiltrait dans ses vêtements. Non, ici, la pluie faisait bel et bien sentir sa présence. On n'y coupait pas. Pas de canapé devant le feu qui rugit dans l'âtre. Pas de pierre brûlante glissée entre les draps de lin pour vous garder les pieds au chaud à l'heure du coucher. Sa grand-mère refusait de laisser qui que ce fût prendre un bain, laver la vaisselle, toucher une poignée de porte ou polir de l'argenterie pendant un orage, car l'eau ou l'argenterie risquaient d'attirer la foudre. Mary avait alors eu l'impression que tout ce dont elle avait envie était interdit, pour son propre bien. Son père et elle se plaignaient souvent de l'ennui.

— Allez vous coucher, disait la vieille femme en se croyant très futée.

— J'irais bien, répliquait le père de la veuve, mais il y a des ressorts en métal dans mon lit !

La grand-mère finissait par se laisser fléchir et autorisait quelqu'un à préparer du thé – « mais, de grâce, suppliait-elle, éloignez-vous du poêle ». Étonnant, le peu qu'on savait sur les éléments à cette époque. Devant une fenêtre maculée par l'eau de pluie, la veuve avait vu les grands chênes secouer leurs têtes. On faisait du feu pour chasser l'humidité. Les filles se plaignaient : « Voyez comme mes cheveux se rebellent ! »

Et elle était là, assise en tailleur dans les hautes herbes, sous le soleil et le regard ouvertement scrutateur d'une inconnue. La veuve se rendit compte qu'elle avait peut-être réfléchi à voix haute. Elle s'était parlé à elle-même ! Peut-être ses souvenirs avaient-ils fui, comme une conversation s'échappe par une fenêtre ouverte. Et pourtant, Helen semblait aussi à l'aise en compagnie de la veuve qu'elle l'aurait été en présence d'une enfant qui babillait toute seule en jouant. Son sourire était sincère, dénué de toute expression, sauf la curiosité.

— Comment avez-vous rencontré votre mari, si ce n'est pas trop indiscret ?

À cette question, la veuve pouvait répondre, car c'était comme un conte qu'elle aurait entendu de la bouche de quelqu'un d'autre – comme si John avait été un autre homme et elle une autre fille, ce qui était peut-être plus vrai qu'il n'y paraissait à première vue. Elle raconta donc l'histoire de cette autre fille, récit vieux d'à peine deux ans. Les cheveux foncés de la veuve battaient au vent, et ceux d'Helen aussi, comme si les deux femmes étaient des plantes sous-marines agitées par le courant angoissé d'une rivière.

Mary avait rencontré John à l'occasion d'une fête à laquelle elle assistait en compagnie de sa grand-mère. Ironie du sort, ni John ni elle n'avaient vraiment participé aux festivités. Sur la pelouse, des filles jouaient au fer à cheval, tandis que des garçons se moquaient ou lançaient des conseils. Pendant ce temps-là, Mary, terrée à l'intérieur, tentait de se rendre invisible. Sa grand-mère lui avait ordonné de sortir, de s'éloigner de la phalange de vieilles filles et de grands-mères. Mécontente de voir son autorité contestée, la vieille femme avait entraîné sa petite-fille dans le vestibule et lui avait sifflé au visage :

— Sors, petite mademoiselle, et va t'amuser avec les jeunes !

— Mais je ne les aime pas. Je n'en aime aucun !

— Et si tu as la moindre jugeote, tu feras tout particulièrement attention aux Cartwright.

— Grand-maman ! protesta Mary.

Mais elle fut poussée dans la cour par la porte de côté. Elle s'attarda un moment dans l'ombre, les mains croisées, puis se laissa dériver vers la clôture, d'où elle contempla la route en rêvant d'être ailleurs. Elle ne savait pas briller dans les soirées. Sa grand-mère en était presque folle d'embarras et de frustration. Après le dîner, lorsqu'ils s'assoyaient dans le jardin plongé dans la pénombre, la vieille femme se plaignait d'elle à son père, qui fumait sa pipe.

— Elle était la plus jolie, comme toujours, dit-elle un soir. Je ne sais pas ce qu'elle a. Sans parler de toi. Je crois que c'est toi qui encourages ses mauvais penchants.

— C'est vous qui la forcez toujours à assister à ces misérables réceptions où il y a trop de monde, Mère. Elle est plus à l'aise en petit comité. Vous ne l'aviez pas remarqué ?

— Dans les fêtes en plein air, ses chances sont meilleures. Il y a plus de jeunes gens, issus de familles respectables. Je te répète que les possibilités sont plus intéressantes.

— Pas si elle se ferme comme une huître.

— En tout cas, tu ne fais rien pour arranger les choses. Mais même si elle ne desserre pas les lèvres, on peut toujours espérer. Je me demande si elle le fait exprès pour se montrer désagréable avec les garçons. Parfois, le regard de Mary suffirait à tailler du verre. Comme le tien, d'ailleurs.

— Le mien ? dit son père en riant.

— Elle traite ces garçons comme s'ils étaient de sales cabots – non, elle les traite moins bien, puisqu'elle a certains égards pour les chiens – et je sais d'où ça lui vient.

— Admettez tout de même qu'il y a une ressemblance entre les chiens et ces blancs-becs.

— Je ne suis pas d'accord. Et si tu avais un fils, tu verrais les choses autrement. La mère de Mary était beaucoup moins jolie que sa fille, et elle a quand même fait un bon mariage.

— Merci.

— Quelle malédiction pour moi si je la laisse devenir vieille fille et gâcher sa vie ! Pourquoi refuse-t-elle de sourire et de se montrer charmante comme les autres filles ?

— Elle le fera un jour, quand elle en verra l'intérêt.

— Elle a déjà dix-huit ans. Si elle attend encore longtemps, il n'y aura plus d'intérêt du tout.

La discussion se poursuivit sur le même ton. Mary défrayait la conversation, une sorte de projet en cours. Elle s'habitua à entendre parler d'elle sans ménagement. Peu à peu, elle prit à ses propres yeux l'allure d'un récit, d'une histoire dont personne ne connaissait encore le dénouement. Elle-même était curieuse de savoir ce qui arriverait à cette jeune misanthrope. L'idée que sa petite-fille fût condamnée à une vie de célibat semblait plonger sa grand-mère dans une terreur élémentaire, qui devint contagieuse. À son tour, son père perdit son équanimité. Cette année-là, la famille avait embauché une servante en âge de se marier, et les petites parures et les bouquets que son « bon ami » faisait pleuvoir sur elle énervaient tout le monde.

— C'est qui, celui-là ? avait demandé son père à la fille en se penchant pour examiner de plus près le pendentif qu'elle portait autour du cou.

Dans l'ovale, un personnage à la tête de chèvre levait la main en signe de bénédiction.

— Saint Antoine, monsieur.

Son père s'était esclaffé.

— Merveilleux, mais lequel ? Antoine le saint patron des femmes stériles ou Antoine l'ermite ?

Les machinations prénuptiales paraissaient l'irriter tout autant qu'elles plongeaient sa fille dans un ennui mortel.

Sans pendentif et malheureuse, Mary s'était donc laissé traîner à une autre réception, où on l'avait réprimandée et envoyée faire la bonne petite fille. Maussade, elle s'appuya sur la clôture, à la manière d'un garçon manqué, pour contempler les champs, où les chevaux déambulaient sans se presser, broutaient et grattaient du sabot des objets invisibles. Derrière elle, les filles poussaient des cris stridents, ricanaient, et elle se serra contre la clôture comme si le bruit la repoussait. C'est alors qu'elle vit l'homme vêtu d'un costume clair venir vers elle. Lorsqu'il arriva à sa hauteur, elle constata qu'il était grand, élégant dans son chapeau et son complet d'été, qu'il avait un visage beau et solennel, des cheveux roussâtres. Il s'arrêta dans le petit nuage de poussière pâle soulevé par ses pas, ôta son couvre-chef et s'inclina. C'était un geste excessif, théâtral, presque insolent, qu'elle eut du mal à interpréter.

— Mademoiselle, fit-il.

Elle hocha la tête, l'air mi-renfrogné.

— John Boulton, dit-il en se recoiffant.

Le visage de Mary se détendit quelque peu.

— Enchantée, répondit-elle machinalement.

— Vous ne m'avez pas dit votre nom.

— Si ma mère me voyait en train de vous faire la conversation, elle ne serait pas contente du tout.

Le mensonge la secoua. Pourquoi une telle déclaration ? John Boulton promena son regard sur la vaste pelouse, la multitude des garçons et des filles. Il parut se livrer à un rapide calcul. Il revint à Mary, apparemment plus heureux qu'avant de la connaître. Comme s'il préférait lui aussi les grands espaces et qu'il était lui aussi un solitaire dans l'âme.

Plus tard, elle se demanderait dans quelle mesure il avait été attiré par son attitude solitaire à elle. Elle était convaincue que cela avait compté. Il avait trouvé une fille qui supportait bien le calme et l'isolement, une fille qui ne recherchait pas la compagnie de ses semblables et s'en passait même volontiers. Dans une cabane en rondins, loin de tout, elle serait beaucoup plus à son aise que ces filles gaies et rieuses qui déambulaient sur la pelouse en se tenant la main, échangeaient des ragots à voix basse ou couraient se réfugier dans les bras de leur mère en hurlant d'excitation.

Par la suite, la veuve comprit, aussi sûrement qu'elle connaissait son mari, qu'il avait pris sa décision là, sur-le-champ, qu'il avait vu en elle le meilleur et le seul parti possible. Comme tous les joueurs, il se fiait à son intuition, au péril de sa vie, du reste. Voilà sans doute l'unique raison pour laquelle, le lendemain matin, il vint à l'église et prit place devant Mary et sa grand-mère, un peu sur la gauche. Superbement vêtu, il avait le visage hâlé par le travail en plein air, et une montre de gousset en or de belle facture brillait à sa taille. Sur le parvis, il sourit à Mary d'un air entendu et se présenta à sa grand-mère. Il était, dit-il, homme d'affaires et propriétaire terrien. Son père, un magistrat, lui avait cédé un vaste domaine à défricher, et il s'apprêtait à aller l'inspecter. Devant une telle aubaine, la grand-mère, sidérée, faillit perdre pied.

Et c'est ainsi que John commença à faire la cour à Mary. Pour elle, ce fut comme entrer dans l'eau et laisser le courant l'emporter, de plus en plus vite, vers une cataracte invisible et rugissante, loin de son père et de la maison de son enfance, de tout ce qu'elle avait connu jusque-là. Quand John lui demanda si elle voulait l'épouser, elle déclara qu'elle allait y réfléchir, mais ils connaissaient déjà tous deux la réponse. En partant, elle serait libre de changer, d'être quelqu'un d'autre. Souvent, la nuit, elle enfonçait son visage sous les couvertures et pleurait sans retenue, sans comprendre pourquoi, d'ailleurs, car sa nouvelle situation était aussi source de passion, de délices inhabituelles.

Elle continua d'« y réfléchir », et John donnait des signes d'impatience de plus en plus palpables. De façon détournée et polie, les bonnes lui conseillaient de cesser de se faire prier. Lorsqu'elle exprima des doutes, affirmant qu'il y avait des aspects de la personnalité de John qui lui déplaisaient, sa grand-mère répondit :

— Ne t'en fais pas. Tu apprendras à aimer ton mari comme j'ai appris à aimer le mien et ta mère le sien. Au début, tout va de travers.

Lorsque, la fois suivante, John l'interrogea de nouveau, elle finit par dire oui. Il tapa dans ses mains avec enthousiasme.

— À la bonne heure ! s'écria-t-il.

Puis il l'embrassa, et le souvenir de ce contact la fit frissonner pendant un long moment d'ébahissement. Le mariage, qui eut lieu dans l'ancienne église de son père, fut présidé par un autre pasteur. Assis près de l'allée centrale, son père, petit et discret, vit l'usurpateur s'acquitter de sa tâche avec efficacité – une cérémonie rapide et simple à laquelle assistèrent tous ceux que l'événement pouvait intéresser. Il n'y eut pas de réception. On avait assez lambiné. John était pressé de prendre la route.

Plus tard, ce jour-là, tandis que la locomotive en gare tournait au ralenti, Mary serra son père et sa grand-mère dans ses bras. Elle pleura au milieu de ses malles, de ses valises en cuir, de ses boîtes et de ses cageots en bois. Son père avait l'air gêné, presque coupable. Peut-être son expression indiquait-elle qu'il n'était pas prêt à un changement d'une telle ampleur ou encore que sa fille ne l'était pas. Elle avait dix-neuf ans, son nouveau mari trente-cinq. Mais il était trop tard pour reculer.

— Y aura-t-il de la place pour tout ce barda ? demanda-t-elle.

Sous ses yeux, sa vie tout entière était entassée dans un fourgon à bagages.

— Là où nous allons, ce n'est pas l'espace qui manque, dit John. Attends de voir.

Lorsque le train se mit en branle, Mary, comme grisée par la promesse d'une transformation, éprouva une joie inexplicable. Cet inconnu, ce propriétaire terrien à l'assurance contagieuse, était désormais son mari. Il lui appartenait. Elle seule avait le droit de l'embrasser, de toucher ses cheveux. D'autres filles avaient assisté à la cérémonie d'un air méprisant. Après, elles avaient flirté avec John, brandissant leurs charmes dans l'intention de diminuer ceux de Mary. C'est du moins ce qu'elle avait soupçonné. Et les mystérieux conseils féminins que lui avait prodigués sa grand-mère à propos de la sexualité, presque incompréhensibles à force d'être obliques, avaient produit leur effet. Chaque fois qu'elle se tournait vers son mari, elle avait du mal à respirer. Impatience ou terreur ? C'était sans importance.

Le soir de leur lune de miel, la jeune mariée attendit, étendue tout habillée sur leur couchette. Le train tanguait doucement. Le marié ne vint pas. Il passa la nuit à jouer aux cartes et perdit cinquante dollars ainsi que sa montre.

11

Henry apparut avant la tombée de la nuit. Il tenait la bride de son cheval et, de l'autre main, pressait une deuxième selle contre sa hanche. Helen saisit la main de la veuve et dit :

— Vous n'oublierez pas ce que j'ai dit à propos du révérend Bonnycastle, n'est-ce pas ? Ne le quittez pas d'une semelle.

— Oui, madame.

Helen s'avança vers son mari et conféra avec lui pendant un moment. Puis elle se retourna et, sans dire au revoir, se dirigea vers le village.

Henry fit un signe de tête à la veuve. La jument le laissa s'approcher et, en louchant, la tête tournée, le vit poser sur son dos une mince couverture, puis une selle aux étriers rudimentaires, accrochés à des lanières en cuir brut torsadées. Il caressa le cou de l'animal et la jument hocha la tête en soufflant.

Henry et la veuve montèrent et suivirent pendant une heure ou deux un sentier qui longeait la rivière. Il finit par disparaître et ils coupèrent à travers bois. Des branches de pin et de sapin les effleuraient au passage. Presque immédiatement, ils perçurent une odeur de fumée. Curieux, les chevaux dressèrent l'oreille.

La veuve entendit le premier sifflement. Et puis, sans crier gare, une pluie de flèches s'abattit sur eux. Un objet de petite taille passa en chantant, suivi de nombreux autres, qui remplirent l'air de nouveaux sifflements. L'événement était si étranger au monde de la veuve qu'elle s'imagina que des oiseaux tombaient du ciel et s'incrustaient, tels de petits suicidés, dans le sol, dans les troncs des arbres. Penché, Henry armait sa carabine, tandis que la monture de la veuve, déroutée, tournait sur elle-même. De profil par rapport aux assaillants, elle battait le sol de ses jambes antérieures. Poussant un cri, la veuve cacha sa tête le long du cou de la jument. Il y eut un instant de silence, puis un bruit sourd, et la veuve sentit un objet lui frapper le mollet, juste sous le genou. Une vibration glacée descendit jusqu'à son pied.

En baissant les yeux, elle vit un tube pâle saillir de son mollet. La petite jument fit quelques pas de côté et pivota, tandis que les détonations de la carabine crépitaient et se réverbéraient sur les collines avoisinantes. Mary tendit la main vers l'objet fiché dans sa jambe, mais il se mit à plier et à chatoyer, et elle perdit à moitié connaissance, mollement affalée sur la jument, qui, prenant enfin le parti de fuir, se dirigeait vaguement vers la rivière.

Une minute plus tard, Henry était de retour, trottant sur son énorme cheval bai. Il avait avec lui un deuxième jeune étalon, dépourvu de selle, qui se cabrait et ruait dans l'espoir d'échapper à la main de l'homme. Ce dernier lui parla d'une voix caressante, mais la bête ne se laissa pas fléchir. C'était sans doute un cheval dressé depuis peu, car une fine lanière pendait à sa mâchoire inférieure, liée à un caveçon, et l'animal paniqué tirait dessus. Henry le lâcha et l'animal se perdit dans les arbres. L'homme poussa un soupir en le voyant s'éloigner. Puis, d'un air las, il mit pied à terre et vint jeter un coup d'œil à la jambe blessée de la veuve.

Il repoussa le tissu noir et examina l'endroit où la flèche était entrée. Penchée de vertigineuse façon, la veuve voyait tout, elle aussi. Un tube court, sans ailerons, saillait d'un bourrelet de chair qui bleuissait à vue d'œil. D'un côté du mollet, il n'y avait pas de sang, mais, de l'autre, la tête de flèche en métal, à l'endroit où elle avait transpercé la chair, était écarlate. Tout au bout, on voyait des particules d'une matière ressemblant à de la laine mouillée. La tête de la veuve rebondit, sa conscience vacilla. L'empoignant par le haut du bras, Henry la fit descendre, insensible à son cri de douleur. Assise, à bout de souffle, elle le foudroya du regard, les pupilles si dilatées que ses yeux semblaient presque noirs.

— Ne me touchez pas ! siffla-t-elle.

— Je n'en ai pas l'intention.

— Ils ont essayé de nous tuer !

— Non. Ils veulent seulement que nous prenions un autre chemin, et c'est exactement ce que nous allons faire.

Il s'assit en face d'elle et étudia de près la tige de la flèche, souffla sur l'endroit où le bois s'était cassé.

— La flèche a ricoché sur un obstacle. Un arbre, peut-être, dit-il d'une voix qui trahissait un certain soulagement.

Il se pencha tout bas et examina le dessous de son mollet. Puis il se redressa et la dévisagea d'un air qu'elle n'arriva pas à traduire, un air légèrement imbécile, comme s'il se payait sa tête.

— Tu veux que je te dise pourquoi tu as de la chance ? demanda-t-il.

Elle allait ouvrir la bouche et dire « Pourquoi ? » lorsqu'il agrippa la tête de la flèche et tira. En sortant, le mince tube bleu produisit un petit son aigu, comme celui d'un doigt qu'on fait glisser sur une vitre. Elle se mit à crier, mais il y eut dans ses oreilles une sorte d'afflux bruyant et le monde commença à s'éloigner en tournoyant. Elle s'évanouit, le menton contre la poitrine, et s'affala sur le sol.

La douleur la réveilla. Henry, la tirant par le collet, l'obligea à s'asseoir. Elle dodelina un peu de la tête, puis, tout à fait réveillée, regarda autour d'elle, désorientée.

— Reste comme ça, ordonna-t-il.

Puis il se concentra sur la tête de flèche, dont les pointes latérales s'étaient enfoncées dans sa paume lorsqu'il l'avait empoignée. Précautionneusement, il entreprit de les extraire en grimaçant, les doigts tremblants. Lorsqu'il eut fini, il jeta la flèche dans les herbes et pressa contre sa bouche les petites blessures.

La veuve examina sa jambe. Son cœur cognait d'horrible manière. Quelques gouttes de sang s'échappaient du petit trou obscène, comme la sève d'un érable.

— Mon Dieu, soupira-t-elle.

— La blessure n'est pas assez grave pour nous obliger à rebrousser chemin, décréta l'Indien.

Puis il alla chercher de l'eau à la rivière.

Plus tard, après l'avoir laissée se reposer un moment et boire un peu, Henry la fit boiter jusqu'à son cheval et s'asseoir sur la selle. Il emprunta un sentier qui longeait la rivière dans le crépuscule. Des chauves-souris surgirent au-dessus de leurs têtes, volèrent au ras de l'eau, effleurèrent la cime des arbres. Les cavaliers évitèrent les arbres, eux aussi. Puis les chauves-souris s'évanouirent, comme si un souffle les avait emportées. Au bout de quelques minutes, elles furent remplacées par des engoulevents qui descendaient en piqué, tels des acrobates, dans la maigre lumière. L'air portait des effluves de neige. Ils arrêtèrent leurs chevaux dans l'eau glacée et les laissèrent boire. À côté du gros cheval, la jument avait l'air d'un jouet, sa tête laide dressée, aux aguets. Ils reprirent leur route, la veuve ballottée sur sa selle, telle une ivrogne. Il lui suggéra de lâcher les rênes et de se cramponner au pommeau de la selle pour éviter de tomber. Après un long moment, elle suivit son conseil. La jument avançait comme une mule dont la veuve aurait été la lourde charge.

La lumière s'éteignit tout à fait. Henry s'arrêta et le bruit des sabots sur les éboulis du rivage se tut. Dans la nuit, la respiration des chevaux semblait courte et creuse. La veuve sentit les mains d'Henry autour de sa taille et se laissa glisser jusqu'au sol. Avec une seule jambe valide, elle s'assit lourdement en poussant un cri de douleur et resta dans cette position, aveugle, tandis qu'il emmenait les chevaux. De petits fragments de froid heurtèrent ses joues : des grains de neige tombant des hauteurs désertes. Henry dessellait les chevaux. Elle entendit le raclement de sangles qu'on desserre, le choc des étriers contre les pierres, non loin d'elle. Les chevaux s'agitèrent comme des chiens en soufflant, heureux d'être débarrassés de la selle. La veuve entendit Henry panser les animaux avec les couvertures, puis les secouer une à la fois, près de ses oreilles.

— C'est la tienne, dit-il en tapant du pied.

La plus proche. Elle roula dessus, les bras croisés sur la poitrine, et dormit sur les pierres, dormit malgré les hurlements de la blessure. Au milieu de la nuit, elle tira la couverture sur elle, s'en enveloppa de la tête aux pieds. Son haleine était brûlante comme une fournaise.

— Réveille-toi.

La voix de l'homme résonna dans la nuit avec une légère note interrogative – dans le cauchemar de la veuve, il croyait qu'elle était morte, qu'elle était passée de vie à trépas pendant la nuit. Un cadavre enveloppé dans un linceul, bon pour la rivière, tandis que, à l'intérieur, se tapissait un spectre rusé et rêveur. Elle perdit de nouveau connaissance. Puis une botte la poussa.

— Debout.

Accroupis près du feu dans le calme d'avant l'aube, ils prirent du café et du pain *bannock.* Puis ils sellèrent les chevaux. La veuve s'acquitta lentement de sa tâche. Ils enfourchèrent leur monture et amorcèrent leur ascension en suivant la crête la plus élevée. Lorsqu'ils glissaient sur les pierres, les sabots ferrés de la jument lançaient des étincelles. Au-dessus d'eux, le ciel matinal flamboyait, découpé par le liséré noir d'encre des chaînes de montagnes qui les encerclaient comme une cuvette ; tout ce qu'il y avait dedans était noir et ils étaient invisibles. La veuve examinait les parois rocheuses dans l'espoir de reconnaître un détail, n'importe lequel. Le col qu'elle avait franchi ou même un sommet familier. Mais tout était étrange et noir. Dans la lumière de plus en plus vive, l'air se réchauffa rapidement. Des arbres tombait une fine buée qui, sur le sol parsemé de cailloux, traçait des affluents pareils à une rivière grise. Les jambes antérieures des chevaux y pataugeaient.

À midi, il pleuvait et ils montaient tout droit. Henry allait parfois à pied, tirait les chevaux par les rênes dans les virages en épingle, puis remontait pour poursuivre l'ascension. Les deux cavaliers étaient penchés sur leur monture. La pluie était fine et légère, presque immatérielle, soufflée par le vent. Elle s'engouffrait sous le chapeau d'Henry. Son visage ruisselait, tout luisant.

Ils arrivèrent à Frank au milieu de l'après-midi et s'engagèrent dans la rue principale, des chiens amicaux dans leur sillage. Il s'agissait moins d'une ville que d'une confédération de campements séparés par des monticules et des fissures dans le sol, des amas anarchiques de billes de bois noircies par les intempéries, empilées jusqu'à des hauteurs vertigineuses. Des bâtiments jouxtaient des tentes qui jouxtaient des formes hybrides des deux, sans éclairage ni peinture, faites de planches taillées à la main, certaines calfeutrées à l'aide de boue ou de mousse, si bien que leurs murs inclinés avaient un aspect rayé, touffu. Les fenêtres étaient rares, presque inexistantes. Devant une tente, quelqu'un avait mis une salopette à sécher, geste futile dans le crachin. De ses jambes dégoulinait une boue rouge foncé.

— C'est une ville, ça ? demanda la veuve, incrédule. Où sont les gens ?

— Les gens ?

Sur sa selle, Henry se tourna vers elle :

— Les hommes, dit-il en appuyant sur le mot, sont sous terre. Dans la mine.

Ils arrivèrent en face d'une singulière porte basse taillée dans le flanc de la montagne. Une bouche d'aération, à peine plus grande que l'entrée d'une maison de poupée. Levant les yeux vers le sommet, la veuve en distingua deux autres, taillées discrètement dans le roc blanc et soigneusement encadrées de bois noir. Elles faisaient un peu plus de un mètre de haut, comme si un gnome aux allures de dandy risquait d'en sortir pour saluer le lever du jour. On voyait aussi trois entrées de puits, mais elles étaient désertes. Nulle trace d'hommes, où que ce fût. À ce moment, les chevaux franchirent le sommet d'un escarpement rocheux et les voyageurs aperçurent au loin le chevalement gris et menaçant, devant la gueule sombre duquel quelques silhouettes humaines gesticulaient, se penchaient, se hâtaient. La veuve eut l'impression qu'ils étaient passés de vastes étendues sauvages à un terrain dévasté.

Le chevalement, structure en forme de boîte à laquelle d'autres boîtes plus petites se greffaient, faisait presque penser à un élévateur à grain. La veuve fixa la scène avec horreur. Tout n'était que ruine et désolation, et le bâtiment constituait l'épicentre de la destruction. Piétiné, boueux, ruisselant, le sol était creusé d'ornières, jonché de débris. Des montagnes de poussier gris s'élevaient çà et là, résidus de l'exploitation du charbon, gravats argentés déversés par les wagonnets, au milieu desquels la veuve distinguait des éclats de charbon. Certains de ces tertres fumaient à mesure que le charbon se consumait. Sous la pluie, des ruisselets de fumée s'élevaient dans le ciel en tire-bouchonnant. L'air était saturé de leur odeur. Et de celles du pin, de la pluie et de la boue. Les chevaux enjambèrent avec précaution les rails étroits par où circulaient les wagonnets qui, au sortir de la mine, filaient entre les arbres vers quelque destination invisible.

Mais cette vaste laideur donna l'impression de passer en un éclair, telle une épidémie maîtrisée ou une comète de petite taille. Bientôt, ils cheminaient de nouveau au milieu des arbres, et même les chiens gardaient le silence, comme s'ils avaient été touchés eux aussi et qu'ils réfléchissaient aux ravages causés par l'homme. Sans le sentier tout simple qu'ils suivaient, la veuve eût pu se croire à des kilomètres de toute ville.

Le révérend Angus Lorne Bonnycastle, lorsqu'ils le trouvèrent, était juché sur la charpente squelettique de l'église qu'il construisait. On aurait dit le croquis d'une cathédrale faite d'allumettes et surmontée d'un petit homme vêtu de noir. Seul, un genou posé sur une poutre, il tapait du marteau, ce qui ne l'empêcha pas d'entendre les sabots des chevaux. Voyant Henry, il agita la main avec enthousiasme, laissa tomber son marteau, perdit pied et atterrit sur le dos. Il s'en fallut de peu qu'il ne tombât du sommet. La veuve poussa un petit cri et Henry se couvrit la bouche, en proie à une terreur sincère. Finalement, la silhouette rétablit son équilibre, se redressa et agita de nouveau la main. Entre ses doigts, Henry murmura :

— Doux Jésus.

*

Le Coureur des crêtes poursuivit son chemin, sa besace remontée sur les épaules, éperdu de désir en pleine nature. Déserteur au milieu de la verdure, égaré et quasi aveuglé par l'insomnie, car chaque souffle des arbres semblait annoncer le retour de Mary. Le mouvement du soleil, le moindre craquement dans les broussailles le réveillait. Il se redressait, les yeux exorbités, un sourire piteux aux lèvres, un mensonge en gestation dans la bouche. Et puis plus rien. Elle ne venait pas. Comment aurait-il pu en être autrement ? Alors il se levait et continuait en regardant derrière lui, comme un voleur. Il avait volé quelque chose, et il en était conscient.

Et là, au moment où les ombres déjà longues glissaient sur le sol, il s'arrêta net et retint son souffle. Un objet irrégulier gisait par terre, à quelques pas de lui. Une main sans doigts. Une épaule momifiée. Il était tombé par hasard sur un voyageur comme lui. La forme d'un homme clairement imprimée dans les herbes. Et moins de deux mètres plus loin, le crâne retourné, dépourvu de mâchoires, avec son petit amphithéâtre de dents. Le Coureur des crêtes resta immobile, les yeux presque fermés, une main sur le visage, comme si la puanteur régnait encore en ce lieu. Mais ce n'était pas le cas, et son compagnon à la peau tannée comme du cuir était à présent aussi indigène qu'un arbre abattu.

La plaisanterie était cruelle – moins pour l'autre homme, c'était l'évidence même, que pour Moreland. Même ici, la solitude était impossible : le monde était un carnaval désaxé où le grotesque risquait à tout moment de lui sauter au visage en ricanant comme un diable – où des filles sauvages et perdues l'appelaient, où des hommes morts préfiguraient le destin qui l'attendait sans doute. Il contourna la masse creuse et pressa le pas sans faire de bruit, comme si quelque esprit invisible, suspendu dans les arbres, l'épiait. Puis il reprit son ascension. Ni vers le nord, ni vers l'ouest, mais vers le haut, toujours plus haut, en direction des sommets. Loin de l'homme, loin de la femme. Loin de la vie elle-même.

DEUXIÈME PARTIE

Lucioles dans la nuit

12

Tous les matins, la veuve préparait le petit déjeuner du révérend sur un poêle à bois antique et volumineux, aussi chaud qu'une forge et qui fumait par tous ses joints mal soudés. Il était juché sur des briques pâles, et le tuyau barbouillé de suie montait tout droit, traversait le plafond, chauffait l'unique pièce aménagée à l'étage et se terminait par un entonnoir noirci et fumant qui faisait saillie sur le toit. Elle préparait du pain et des gâteaux secs, du café, du lard salé, du bœuf séché et du porridge aux myrtilles.

Depuis une semaine qu'elle était là, elle s'était adaptée aux habitudes du révérend, qui se levait longtemps avant l'aube. Assise, les lourdes couvertures remontées sur ses seins, l'haleine froide de la forêt soufflant dans son dos nu, elle sentait le parfum de la pipe du révérend, qu'il fumait sur une souche, dans le noir. La fumée… Elle lui faisait penser à William Moreland, à sa bouche qui parlait, à la douceur qui, à chaque mot, explosait en bouffées de fumée, à sa main accrochée au tuyau, à ses manches roulées jusqu'au coude. La veuve soupirait, fermait les yeux, respirait l'odeur.

À l'étage, le révérend dormait d'un côté de la pièce et elle de l'autre, un rideau suspendu entre eux. De taille réduite, le lit, d'une bizarre conception navale, était encastré : tête et pied très hauts, côtés montants destinés à retenir le dormeur.

Sur le bois, laqué d'une main experte, courait un singulier motif où dominaient les pétales : des fleurs chevauchaient des fleurs, se fracturaient, répandant des larmes un peu partout. La veuve suivait les guirlandes du bout de l'index. C'était un lit de reine, lesté de couvertures et de peaux bariolées, sur lesquelles était posée une couverture de soie noire en loques, couvre-lit chinois sur lequel des oiseaux s'élançaient de branches impossibles, chaque plume d'un réalisme délirant, chaque bec semblable à une graine jaune cousue dans le tissu. Au contact de cette parure, dont elle pressait l'étoffe lisse contre sa joue, la veuve songeait à la chambre paisible de sa grand-mère, au lit vaste et moelleux et à la vieille femme qui y somnolait. À côté du nouveau lit de la veuve, il y avait une fenêtre, peut-être arrachée à un wagon de chemin de fer, prélevée tout entière et sertie dans le mur, où son cadre d'acier couvert d'égratignures était retenu par une rangée de rivets rouillés. C'est là qu'elle dormait : le révérend, lui, se contentait d'une simple paillasse. Quand elle avait vu qu'il lui avait attribué le seul lit de la maisonnée, la veuve s'était récriée. Il avait répondu simplement :

— De toute façon, ce lit n'a jamais été à moi.

Il planta dans le mur des clous pour les vêtements de la veuve.

— Quel luxe, pour une femme habituée à dormir dans la forêt ! avait-il dit en souriant pour s'excuser.

Sa maison était à l'image de son église : vaguement bancale, à peine esquissée, construite par ses soins, sans niveau, sans outils adéquats, sans une heure d'initiation préalable à l'art du menuisier. On y eût cherché en vain une seule ligne droite. Au milieu des cèdres droits, ses planchers arqués comme des hamacs et ses pauvres murs de guingois lui donnaient l'air d'un ivrogne titubant. Elle ne tenait debout que par la grâce d'un excès de clous. Lorsque la veuve descendait les marches en boitant sur sa jambe blessée, l'escalier se balançait à la manière d'un pont suspendu. À moins de précautions extraordinaires, son arrivée était annoncée par les pleurs des joints mal ajustés.

Le révérend Bonnycastle passait une grande partie de ses journées à construire son église. Il tapait bravement du marteau sur les planches gauchies et noircies qu'il tirait des piles de matériaux abandonnés qui jonchaient la ville, lesquelles, disait-il, dataient de l'époque où Frank n'était encore qu'un camp de bûcherons. Et pourtant, l'église n'avait ni toit ni murs. Elle n'était qu'un simple squelette. De près, la composition, avec ses joints qui formaient des angles aléatoires, était anarchique, fascinante. De loin, cependant, l'effet était presque comique. Les mineurs qui remontaient la colline s'arrêtaient pour regarder, les mains dans les poches. De tous les hommes vivant à Frank, le révérend était sans doute le moins doué pour la construction.

Après le petit déjeuner, à la demande de la veuve, ils s'assoyaient à table, l'un en face de l'autre, pour lire des passages de la Bible, exactement comme elle l'avait fait avec son père. Lire pour le révérend procurait à la veuve un plaisir puéril, cela lui était si familier.

— « De Sion l'Éternel rugit, de Jérusalem il fait entendre sa voix. Les pâturages des bergers sont dans le deuil, et le sommet du Carmel est desséché. »

Souriant et poli, le révérend écoutait les récitations de la veuve, mais un ennui qu'il s'efforçait de dissimuler sapait peu à peu son attention. Au bout de quelques jours, les lectures prirent fin.

La veuve avait une prédilection pour certains textes, des choses étranges comme le Livre d'Amos, et elle y revenait souvent. Elle refusait de lire la bible du révérend, s'en tenait à la sienne, et il ne lui posa pas de questions. Il se borna à se dire heureux qu'une bible fît partie de ses maigres possessions. Il avait pris sur la table le livre à la reliure tachée.

Cadeau d'un père à sa fille encore nourrisson. Sur bon nombre de pages cornées, la veuve avait rempli les marges de dessins et de symboles impénétrables. Il s'agissait dans certains cas de codes abscons. D'autres avaient des formes apparemment reconnaissables. Le révérend fit courir son doigt sur un nuage minuscule, une porte, deux femmes penchées sur une étoile. Il continua de feuilleter le livre. Un poing dans un cœur. En le refermant, il posa sur sa compagne un regard interrogateur, mais ne dit rien.

Un hâle approfondissait le teint foncé du révérend. Il avait les cheveux et les yeux presque noirs, et il portait un complet noir recouvert d'un long manteau. La veuve remarqua qu'il n'avait pas de col clérical et ne semblait pas posséder de soutane. Son père avait souvent porté une soutane à trente-trois boutons, un pour chaque année de vie du Christ. Elle se rendait toutefois compte que, en ce lieu, le pantalon était plus indiqué. Les cheveux du révérend, d'une longueur vaguement égale, étaient coupés d'une main malhabile, peut-être aux cisailles, et il arborait une barbiche anarchique, laquelle n'avait été à la mode ni de son temps ni de celui de la veuve. L'index de sa main gauche manquait à l'appel, et la jointure formait une sorte de nœud sous la peau.

Avec la veuve, il se montrait cérémonieux à l'excès, presque prude, même lorsque, le premier jour, il avait nettoyé et pansé sa blessure. Il s'était acquitté de la tâche avec d'infinies précautions, n'exposant que le muscle enflé et ensanglanté de sa jambe. Il tira des douzaines d'échardes de la plaie, y appliqua un chiffon imbibé de whisky et tint la main de la blessée pendant qu'elle soufflait et gémissait de douleur.

— Comment vous appelez-vous ? lui avait-il demandé en examinant son travail, comme s'il s'adressait au trou laissé par la flèche.

— Madame Boulton, siffla-t-elle entre ses dents. Mary Boulton.

— Appelez-moi Bonny, dit-il.

Elle avait baissé les yeux sur leurs mains emmêlées, puis elle s'était affaissée, son front poisseux contre les genoux. Égarée par la douleur, affaiblie, elle avait dit la vérité. Son nom de femme mariée. Quel malheur son étourderie allait-elle provoquer ?

En altitude, les nuits étaient froides – une neige de fin d'été tombait des étoiles et tournoyait entre les arbres. Le premier soir, pour se garder au chaud, la veuve avait bouché la fenêtre à l'aide d'un sac épais, en ayant soin de bien rentrer les bords. Le révérend parlait dans son sommeil, un babillage intermittent, et la paille sèche de son matelas se déplaçait dans un bruit de froissement. Blottie sous les couvertures, la veuve écoutait le vent nocturne dans les cèdres. Toute aux errances de son esprit, elle ne dormait pas. En mettant une distance suffisante entre leurs crimes et eux, se disait-elle, même les damnés finissent peut-être par retrouver le sommeil. Elle l'espérait, en tout cas. Des souvenirs, des gestes, la voix indifférente de son mari. L'écho des gémissements de son bébé, sa respiration laborieuse la tourmentaient. Elle s'enveloppa de ses bras, se tourna sur le côté et ferma les paupières pour contenir ses larmes. Attends, attends, et elles passeront, et peut-être que plus rien ne montera en toi.

Longtemps avant l'aube, une toux sourde, sous sa fenêtre, la fit sursauter. Elle s'assit, à moitié endormie, et vit des hommes, des dizaines d'hommes, silhouettes voûtées et silencieuses, défiler sous la lune par groupes de deux ou trois. Des mineurs en route vers la mine. Ils avançaient en traînant les pieds, toussaient, marmonnaient à l'occasion, mais, devant la maison du révérend, ils se firent silencieux. Çà et là, elle distinguait la lueur dansante d'une lampe frontale au carbure ou la braise d'une cigarette au bout d'un bras invisible. Sur leurs épaules, ils trimballaient des pioches et des foreuses, et leurs silhouettes passèrent en titubant, monstrueuses dans la lueur blême de la lune. La veuve, l'esprit embrouillé, crut d'abord avoir affaire à des trolls sortis tout droit d'un spectacle d'ombres chinoises. Et lorsque les acteurs eurent fini de défiler, elle ne vit plus que la route sombre, comme une scène déserte, et elle attendit le tableau suivant, où bientôt un diable ou peut-être une sorcière surgirait dans la lumière artificielle du projecteur et leur emboîterait le pas en dansant.

Pendant deux jours, elle alla de sieste en sieste à la manière d'un oiseau. Elle repoussait les couvertures, se penchait sur l'étoffe gluante qui enveloppait son mollet, tirait sur la laine mince pour exposer le trou hideux, le bourrelet de chair qui encerclait un bouchon noir et vitreux. Elle nettoyait sa jambe en grimaçant et lavait le pansement. Puis elle parcourait la maison en clopinant tandis que le révérend bâtissait son église.

La cuisine était bien ordonnée et, ô merveille ! pratique et parfaitement équipée. On aurait dit que la dame de la maison venait de s'absenter pour un jour ou deux. Une planche à pain reposait à la verticale à côté de la grande marmite en fer-blanc pour la soupe. Du bout de l'ongle, la veuve souleva une poussière floconneuse. Un rouleau à pâte, des poêlons de diverses tailles, une boîte à cigares remplie de couteaux, de cuillères et de louches, des boîtes galvanisées renfermant de la farine, de la crème de tartre, du sel, de la cannelle.

De la cannelle ! Elle ouvrit le petit pot en verre, l'approcha de son nez et respira à fond le parfum riche, presque ecclésiastique. Soudain, elle était de retour chez son père et suivait pas à pas la vieille cuisinière, léchait une spatule couverte de pâte de pain d'épice. Elle se souvint de la farine tamisée dans le grand bol en céramique, où elle formait des pics parfaits, du sel et du sucre qui parsemaient les sommets, et enfin de l'infime cuillerée de cannelle ajoutée aux autres ingrédients, petite révolution dans toute cette blancheur. Elle remit le pot à sa place et poursuivit son inspection, éperdue d'admiration. Près de la porte de derrière se trouvaient quatre paires de ciseaux, de lourdes cisailles et, à côté, un fusil de petit calibre flambant neuf. Il y avait aussi quelques lampes à huile et une antique lampe-tempête, toute craquelée.

Dans une malle posée près du lit du révérend, elle trouva un sac de soie regorgeant de trésors : des bobines de fil de multiples couleurs, du fil à broder, trois peignes de tailles variées, une lisière d'œillets et de crochets, des dés à coudre et des pièces d'étoffe de teintes diverses. Elle regarda de plus près – quelques cheveux blonds scintillaient au milieu du désordre. En fouillant davantage, elle dénicha une robe, presque à la dernière mode et conçue pour une femme de grande taille. La veuve palpa la fine dentelle du col, reconnut l'habileté du travail, un passé opulent. Elle tira un peu sur cet objet intrigant et posa le corsage sur le bord rugueux de la malle. Une tache d'encre à la hauteur du poignet droit, le tissu imprégné de poussière. La robe avait été si souvent portée que le corps de la femme disparue se devinait encore. Sur le tissu foncé, une tache plus pâle, autour du sternum, un creux laissant deviner la présence d'un lourd collier. Une croix, sans doute.

Vers le milieu de la matinée, Mary s'interrompait et tendait l'oreille. Un son mystérieux, légère plainte poussée par une voix de soprano, parvenait jusqu'à elle. Elle inclinait la tête, certaine que cela venait du nord… non, de l'est, peut-être. Parfois, elle allait se poster au pied de l'escalier et regardait en haut. Elle finit par poser la question au révérend. C'était, expliqua-t-il, le train qui franchissait le col, au fond de la vallée, pour venir chercher le charbon.

Avant la tombée de la nuit, des rafales secouaient invariablement les arbres. La veuve avait observé le même phénomène dans la cabane. Comme si le monde s'éteignait dans un souffle avant d'épouser la parfaite immobilité de la nuit. Phénomène troublant qu'on interprétait à tort comme un mauvais présage. À moins qu'il ne le fût effectivement, car c'est souvent à ce moment-là que son mari rentrait, silhouette floue dans la pénombre, ombre voûtée retrouvant son foyer à contrecœur. Le révérend, en revanche, rentrait tôt, allumait les lampes, parlait gaiement, bâillait, bâillait et bâillait, repoussant le sommeil. Et lorsqu'ils montaient se coucher, chacun dans son lit, il lui souhaitait bonne nuit à quelques reprises, oubliant chaque fois qu'il l'avait déjà fait, la voix empâtée par le sommeil.

— Bonne nuit, madame Boulton.

— Bonne nuit, Bonny, répondait-elle.

Puis elle se préparait à épier les ombres pendant des heures.

Un matin, la veuve se réveilla au son d'une échauffourée sur le sentier poussiéreux qui traversait les arbres, juste à côté de la maison. L'air était frais et sec. Sa jambe l'élançait terriblement. Du bout des doigts, elle la palpa délicatement : l'enflure et la raideur avaient un peu diminué, même si la douleur persistait. Faiblement, elle s'extirpa des couvertures, s'avança furtivement pour jeter un coup d'œil à la fenêtre. Sur la route se tenait le révérend Bonnycastle, en manches de chemise. Il baissait les yeux sur un jeune homme assis par terre, à côté de son chapeau.

— Bon, fit le révérend en tendant la main, lève-toi.

— Vous allez encore me taper dessus.

— Debout.

Bonny tendit le bras au garçon, qui, s'y accrochant prudemment, se releva. Les deux hommes reculèrent d'un pas et se mirent en position de combat, comme des boxeurs. La veuve cligna des yeux, éberluée. Sur la terre souple, les deux silhouettes tournaient l'une autour de l'autre. Puis le révérend se rua sur le garçon. Ils lançaient des coups, les esquivaient, luttant au corps à corps en grognant, semblables à des ours, leurs bottes soulevant une poussière pâle. Le jeune homme repoussa son adversaire, décocha un coup puissant qui rata la cible, et faillit tomber.

— Bien ! dit le révérend, enthousiaste.

Puis il assomma de nouveau le garçon, qui s'écroula. Sur ce, il tourna les talons et se dirigea vers la maison. La veuve dévala l'escalier. Elle avait mal dans tout le corps, et sa jambe la faisait horriblement souffrir. Pourtant, elle posa le pied sur la dernière marche au moment précis où le révérend entrait par la porte de devant. Il était en train de déplier ses manches.

— Leçon biblique, dit-il en souriant.

Puis il se dirigea vers la cuisine.

Par la porte ouverte, la veuve aperçut le garçon. Debout, il dépoussiérait son chapeau. Il le posa ensuite sur sa tête et jeta à la maison, et peut-être aussi à la veuve, à supposer qu'il l'eût aperçue, un regard repentant. Puis il s'engagea sur la route.

Pour la veuve, faire la cuisine relevait du défi. Il n'y avait pas de viande de bœuf fraîche, car les carcasses, même enterrées, auraient attiré les ours. Les martres, les renards ou le froid auraient eu raison d'éventuelles poules. Ils mangeaient donc de la viande sauvage – du cerf ou de l'écureuil mijoté pendant des heures, accompagné de pommes de terre farineuses et d'oignons sauvages, du lièvre rôti ou à la broche et parfois de la chèvre de montagne, qu'il fallait mâcher inlassablement. Le bœuf, quand il y en avait, était visqueux, salé ou fumé. Il venait toujours dans des barils au fond couvert d'une sorte de limon aqueux. Des gâteaux secs et du porridge salé. Des myrtilles, des framboises, des fraises. À cause de l'altitude, elles étaient ratatinées et avaient un goût prononcé. Le seul véritable réconfort venait du pain, des miches aromatiques parfaites qui sortaient du four à bois, parcourues de veines dorées. Mais pas de beurre.

Chaque midi, elle préparait le déjeuner du révérend et le lui apportait à l'église dans un bol fumant qu'elle serrait sous son manteau.

— Madame Boulton ! s'écriait-il joyeusement en la voyant venir.

Un beau jour, elle s'aventura lentement à travers un éboulis, contourna des cèdres géants, des branches tombées et des monticules de sciure et d'aiguilles pourries depuis longtemps. Affublée de son pantalon improvisé et du manteau en peau de bison du révérend, elle ressemblait à un troll idiot à la démarche traînante. Lui, perché sur le squelette de sa drôle d'église, agita follement la main, comme s'il craignait qu'elle ne donnât son repas à quelqu'un d'autre, puis, sans enlever ses grappins, descendit par la poutre du coin le plus éloigné, agile comme un singe. Il accueillait chaque repas comme un prix remporté dans une foire.

— C'est froid, dit-elle en ouvrant les pans du manteau.

— Absolument pas ! protesta-t-il en attaquant le ragoût avec un appétit théâtral.

Ils s'assirent sur le promontoire où se trouverait bientôt l'autel.

— Où sont les bancs ? demanda-t-elle.

— Je m'attaquerai à l'intérieur dès que j'aurai terminé le toit et les murs.

Sagement assise, la veuve promena son regard sur les planches inégales du sol. À ses pieds, elle vit un maillet de fabrication artisanale. Elle écouta la mastication du révérend. Elle sentait son odeur, de sueur et de bois mélangés, et un autre parfum plus complexe. Elle examina rapidement son visage, les muscles de ses joues, en plein travail. Il sourit sans la regarder. Au-dessus de leurs têtes, des nuages filaient vers l'ouest, les hauts cèdres ployant derrière eux.

— S'il y avait des bancs, les gens assisteraient peut-être aux services, dit-elle.

Il cessa de mâcher. Regarda autour de lui. Ensemble, ils organisèrent des bancs imaginaires en rangées. Il tourna la tête vers l'emplacement du futur autel. Un service en plein air. Rien au-dessus, sinon les chevrons et les cieux.

— Vous avez sans doute raison, dit-il avant de recommencer à mâcher.

Des feuilles mortes balayaient le sol. Plus tard, cet après-midi-là, il entreprit la construction de bancs rudimentaires, non poncés, sur lesquels les hommes s'assoiraient.

De retour à la cabane, la veuve trouva le poêle éteint. Il était froid et mettrait des heures à rougeoyer de nouveau. Elle n'avait rien d'une experte en la matière. Chez son père, une autre s'était toujours chargée de telles corvées – une cuisinière, des servantes et, plus tard, quand sa mère fut au plus mal, des infirmières. Plus tard encore, John avait tenté de lui enseigner l'art d'entretenir un feu. Il avait sa méthode, ses préférences au sujet du petit bois, une approche infaillible. Chacun avait la sienne. La veuve arrivait à entretenir le feu pendant qu'elle cuisinait, mais, ensuite, elle oubliait. La tête ailleurs, elle ne réagissait pas au bruit du bois qui s'affaisse, à la baisse de la température. Bientôt, le poêle était froid. Le gaspillage du précieux bois d'allumage avait irrité son mari au plus haut point.

— Quelle mauvaise ménagère tu es, Mary, lui avait-il dit un jour.

L'un des reproches dont il avait l'habitude de l'abreuver ; mais c'était, en l'occurrence, rigoureusement exact. Dans cette nouvelle cuisine où régnaient des arômes délicieux, mais où, à cause du froid, tout se couvrait de moiteur, elle assena un coup de pied au poêle en jurant comme l'aurait fait un homme.

*

Tôt le matin, dans le frémissement des trembles de montagne, trois cavaliers apparurent. Ils franchirent un escarpement en file indienne. Les chevaux soufflaient, car ils étaient lourdement chargés, et les hommes, grands et forts. L'un d'eux avait un peu d'avance sur les deux autres. C'était le pisteur, un type plus très jeune coiffé d'un chapeau impeccable et d'un long ciré qui s'arrêtait fréquemment pour regarder en contrebas ou, avec une langueur arthritique, mettait pied à terre pour observer de plus près quelque indice ou signe invisible qu'il retournait du bout de sa botte. Puis, de peine et de misère, il remontait sur son cheval et poursuivait sa route. Pendant deux jours, ils avaient suivi une trajectoire erratique à flanc de montagne, refait le bizarre parcours de la veuve dans la forêt sauvage. On aurait dit celui d'une souris trottinant à gauche et à droite, légère, presque sans but, et le vieil homme lisait sans rien dire les signes de son déclin : l'épuisement, la confusion, les étapes dans des endroits humides ou exposés, les mauvais choix.

Et il voyait à présent l'empreinte d'un corps gravée dans les aiguilles, sous les rameaux d'un pin, semblable à un ange tracé dans la neige, preuve qu'elle avait dormi là. Son cheval était resté un peu plus loin, comme en témoignait l'usure de l'écorce à l'endroit où les rênes avaient été attachées, un peu trop haut, et la bête avait tiré et tiré encore pour atteindre l'herbe à ses pieds. Tout cela, le vieux pisteur le comprit d'un coup en agitant ses grosses moustaches d'un air pensif.

Les deux rouquins se rangèrent derrière lui. Leurs chevaux se poussaient l'un l'autre avec affection, car les trois bêtes appartenaient au vieil homme. Seuls ces deux géants étaient des étrangers dans ce monde. Ils baissèrent les yeux à la recherche de signes de leur proie, mais ne virent rien ; ils scrutèrent la forêt, en vain. Le vieil homme rajusta son chapeau.

— Qu'allez-vous faire de cette dame le jour où je vous l'aurai retrouvée, les garçons ?

— Ça ne vous concerne pas, répondit l'un d'eux.

Le pisteur les dévisagea encore un moment. Lui-même n'avait pas peur d'eux, mais il comprenait sans mal qu'on fût intimidé en leur présence. Ils avaient quelque chose d'animal. L'un dominait – les yeux calmes, la voix posée, il ouvrait toujours la bouche le premier. Le vieil homme avait appris à les différencier de loin, simplement en observant leurs gestes. Un jeu d'enfant. Mais qui était Julian ? Qui était Jude ? Il se contentait de dire « les garçons ». Surtout parce que l'expression leur déplaisait.

— Vous vous rendez compte que nous allons la retrouver morte, n'est-ce pas ? fit-il.

Ils ne dirent rien. Mais il lut la réponse sur leurs visages : l'un s'en moquait éperdument, l'autre pas.

Le pisteur ricana, fit tourner son cheval et se remit en route.

13

L'air se réchauffait d'heure en heure, et le feuillage laissait filtrer des colonnes de lumière, douces, indistinctes. Mary, installée sur les marches, les genoux contre la poitrine, vint tenir compagnie au révérend pendant qu'il fumait sa pipe. Elle frottait sa jambe endolorie. Il bourra le fourneau à l'aide d'un clou galvanisé bon à rien d'autre. Après, il glissa le clou dans un trou poli par l'usage dans la souche sur laquelle il était assis. La fumée resta suspendue dans l'air, puis enveloppa son visage. La veuve connaissait la marque – Orford, un tabac médiocre, amer, qui moisissait facilement. À propos d'un homme qu'il haïssait, son père, affichant une mine narquoise, disait : « C'est un fumeur d'Orford. Un partisan de la modération en toutes choses, le bon sens y compris. »

Un lointain grondement parcourut les collines. L'homme et la jeune fille levèrent les yeux. L'orage ayant fui en direction du col, le ciel était limpide. La veuve se releva avec peine et entra dans la maison. En ressortant, elle avait à la main sa blague à tabac et sa pipe. Elle se mit au travail, bourra le fourneau, pressa fermement le tabac avec le pouce, vérifia la succion.

Le révérend observa le rituel avec une admiration voilée, remarqua le tuyau recourbé, le foyer sculpté en tête de cerf, les bois qui formaient un couvercle à charnière.

— Jolie pipe, commenta-t-il.

— Je l'ai volée, dit brutalement Mary.

Elle l'alluma et lui tendit la blague en lui lançant un regard oblique, comme pour le mettre au défi de se récrier. Mais il fit celui qui n'avait rien entendu. Ils fumèrent en silence. Le révérend approcha de son visage la blague usée par le temps et respira à fond le compost aromatique qui s'y trouvait.

— C'est beaucoup mieux que votre Orford, déclara-t-elle.

— À qui le dites-vous, concéda-t-il.

— Allez, Bonny, servez-vous, fit-elle en agitant la main en direction de la blague.

Il sourit avec enthousiasme, vida sa pipe, étouffa la braise du talon de sa botte et bourra le fourneau avec le tabac de la veuve.

Un bras sur les genoux, elle contemplait les cèdres en pensant au révérend Bonnycastle, dont l'ami Henry l'avait trouvée errant dans la montagne, sans son cheval, complètement perdue. Et le révérend l'avait accueillie chez lui sans un mot, l'avait nourrie, soignée. Au fil des semaines, Mary avait vu de nombreuses questions indiscrètes se former sur le visage de son hôte. Elle s'était préparée à subir un interrogatoire qui n'était jamais venu. Il avait simplement gardé sa curiosité pour lui. Elle avait droit à ses secrets. Elle se rendit compte qu'elle pouvait faire confiance à cet homme. Soudain, elle lui fut immensément reconnaissante. En même temps, elle eut un pincement de regret. Car, de toute sa vie, qui d'autre avait agi de la sorte envers elle ?

Parfois, l'affligé ne connaît pas son malheur, l'ombre qui s'avance par-derrière, à pas feutrés. C'est ce qui était arrivé à Mary. Bien sûr, il y avait des causes à son mécontentement, il y en a toujours. On se dit : Je suis malheureux, je suis insatisfait de ceci ou de cela. Mais de telles réflexions sont comme un portrait du chagrin et non comme le chagrin lui-même. Puis le malheur s'abat sur vous, silencieux et féroce, et les raisons n'ont plus la moindre importance.

Son mari était entré dans la cabane d'un pas lourd, ses bottes couvertes de neige fraîche. Il ne faisait pas encore noir. Elle s'était tournée lentement, lourde à cause de son gros ventre, une cuillère à la main, surprise de voir un invité entrer chez elle à l'improviste – et elle s'était rendu compte que c'était son propre mari.

— C'est toi, lança-t-elle bêtement.

— En effet, répondit-il.

Elle comprit immédiatement qu'un changement s'était produit en lui. Il semblait joyeux, souriait d'un air presque coquet. Dans la main de Mary, la cuillère s'immobilisa. Elle demanda tout de go :

— Qu'est-ce qu'il y a ?

— C'est-à-dire ?

— Pourquoi souris-tu, John ?

— Bonté divine, dit-il en riant. Celle-là, c'est la meilleure. Un homme n'a plus le droit de sourire chez lui, maintenant ? Je suis heureux d'être à la maison, c'est tout.

Elle ne l'avait encore jamais entendu tenir de tels propos. Il avait répondu avec légèreté, mais sans la regarder, tout excité. Il avait l'air plus grand, plus robuste qu'au cours des derniers mois. Le bonheur le rendait beau – c'est ainsi, se souvint-elle, qu'il lui était apparu la première fois. Peu à peu, un sourire reconnaissant se forma sur le visage de Mary et elle recommença à remuer le contenu de la marmite en vacillant un peu, à cause de la fatigue.

— Le dîner n'est pas prêt, dit-elle. Je ne t'attendais pas si tôt.

— Rien ne presse, dit-il en frottant ses mains contre ses cuisses.

Elle le vit entrer dans la chambre, se coucher sur le lit, en salopette, les bras repliés derrière la tête. Il contempla le plafond en souriant. Un homme comblé qui s'était trompé de maison.

— Dis, Mary, tu crois que ton père accepterait de se séparer du vieux canapé en soie si nous l'envoyions prendre ?

— Quoi ?

— Le long canapé vert, tu sais bien.

— Je... Je ne sais pas. Pourquoi cette question ?

— Il est assez grand pour que nous puissions nous y allonger tous les deux, tu ne crois pas ? À part le lit, dit-il en tapotant le vieux matelas à ressorts, nous n'avons aucun endroit où nous étendre.

Elle ne dit rien, car le ménage n'avait d'argent pour rien, et encore moins pour envoyer prendre un vieux meuble à des centaines de kilomètres. Elle jeta un coup d'œil aux gâteaux secs en train de cuire dans le four caverneux et, en se penchant, entendit son mari fredonner à travers la porte, à travers le ventre en fer du poêle à bois, trille assourdi qu'elle sentait dans ses joues. Partout, John faisait sentir sa présence.

À table, il parla, parla interminablement sans jamais la gratifier d'un regard. Elle eut même l'impression qu'il évitait de poser les yeux sur elle. Il débordait d'idées et de projets, tous au-dessus de leurs moyens, et donc condamnés à rester lettre morte. Elle avait l'habitude de manger en silence avec son mari, d'où son étonnement. Presque aussitôt, le cœur de Mary se desserra. La joie de John était contagieuse, et elle se mit à rire, à consentir à ses chimères.

Ce soir-là, John la prit comme il le faisait toujours, qu'elle fût enceinte ou non. Peu à peu, il se fit inhabituellement doux et ardent, comme s'il cherchait à lui faire plaisir. En général, il était un amant silencieux. Cette fois, cependant, il poussa un soupir, un « a » – unique non-mot dont l'incongruité plongea Mary dans une vive inquiétude. C'était comme si John jouait un rôle – non pas pour le bénéfice de sa femme, mais plutôt pour celui d'un observateur, comme s'il croyait qu'il y avait quelqu'un d'autre dans la pièce et qu'il tenait à ce qu'on le crût heureux.

Au matin, il fut pris d'une profonde mélancolie. On aurait dit un homme qui, après avoir bu et ri toute la nuit, avait dégrisé et était bourrelé de remords. Affligée par ce renversement soudain, Mary ne sut comment réagir. Grave et silencieux, il finit par poser ses coudes sur la table et la fixer pendant qu'elle se hâtait de lui servir son petit déjeuner. Bizarrement, Mary se sentit apaisée par ce retour à la normale : le matin, comme il la regardait s'acquitter de son mieux des corvées qui incombent à une femme mariée, il respirait le mécontentement. La grand-mère de Mary l'en aurait tenue pour responsable. Peu douée pour les tâches domestiques, Mary se jugeait sévèrement. Qu'elle eût à peine dix-neuf ans n'y changeait rien. Pas plus que le fait qu'on l'avait préparée à un tout autre genre de vie. Elle était convaincue de porter sur elle ou en elle une sorte de tare qui engendrait la déception. Sa grand-mère avait l'habitude de lui répéter : « Cesse d'être une enfant aussi triste. Tâche donc d'être aussi jolie au-dedans qu'au-dehors. » Telles étaient les réflexions qui lui meublaient l'esprit tandis qu'elle allait et venait gauchement, posait les plats avec fracas sur la table.

Dès que John eut franchi le seuil, une énergie nerveuse s'empara d'elle. Elle ne tenait pas en place. Elle s'acquitta de ses corvées matinales avec une patience toute bovine, ne s'arrêtant que pour s'appuyer sur le balai, les yeux clos, une main sur son ventre énorme. La chambre était en désordre, les tiroirs en fouillis. Sur la commode se trouvait le petit coffre dans lequel elle conservait ce qui lui restait de ses bijoux et de ses objets familiers. Elle y jeta un coup d'œil : le couvercle était soulevé, le contenu en pagaille. Son cœur se serra à l'idée qu'elle eût pu le laisser ainsi sans s'en souvenir, comme cela lui arrivait de plus en plus souvent. Chaque fois, elle était désemparée. Ces passages à vide étaient brefs mais violents, un peu comme le moment de désorientation qu'on connaît parfois au réveil. Jusqu'à ce qu'elle constate la disparition d'un peigne, elle n'aurait jamais pensé que John eût pu fouiller dans le coffre. Elle en vérifia une fois de plus le contenu, puis chercha partout dans la cabane. L'objet avait disparu. John, comprit-elle enfin, l'avait pris. C'était un simple peigne incrusté, une babiole sans valeur.

Au début, bien sûr, elle ne comprit pas ce qu'il voulait faire d'un peigne insignifiant, d'un objet auquel seule une fille aurait pu accorder de l'importance. Et la lumière se fit enfin. Après tout, il suffisait de se remémorer la scène : son exubérance, sa douceur. Au lit, il avait vu non pas sa femme enceinte et vannée, mais une autre fille, et il l'avait serrée dans ses bras plus tendrement que sa femme, il avait soupiré contre elle, son imagination remplissant les vides.

Ce fut le premier bouleversement, le petit écueil douloureux qui la força à adapter ses pensées à la vérité. Les premiers germes de sa folie et de son désespoir.

Avec le recul, la veuve se dit que c'était aussi le premier de la série de pas qui l'avaient conduite jusqu'ici.

Ce jour-là, une fois leurs pipes terminées, le révérend ne se rendit pas à l'église comme à son habitude. Ensemble, ils traversèrent le bouquet d'arbres qui les séparait de la petite ville, où se trouvait le comptoir commercial. Bonny portait un sac en toile sur son épaule, et la veuve serrait ses sacoches contre son ventre, à la manière d'un manchon. Ils marchaient à l'unisson, tels de sinistres jumeaux affublés d'une longue culotte noire, le révérend coiffé de son chapeau foncé, dont le feutre montrait de profondes traces d'usure. Au milieu des arbres et des billots en décomposition, ils avançaient avec précaution sur des plaques de mousse de la taille d'hommes endormis. Sur les troncs des cèdres, les champignons sauvages formaient de minuscules escaliers en éventail, et les branches laissaient tomber sur eux une pluie de conte de fées.

La veuve suivait son hôte de son étrange démarche boiteuse, posait les pieds dans ses traces. Chaque fois, le sol spongieux de la forêt cédait légèrement ; le révérend s'enfonçait profondément, elle beaucoup moins. Après leur passage, leurs empreintes s'effaçaient, la mousse, les aiguilles et les feuilles se décompressaient peu à peu, les infimes filaments se redressaient.

— Un renard ! dit-il brusquement. Un renard brun.

En suivant son regard, la veuve ne vit qu'une faible ondulation dans les broussailles. Ils attendirent. L'animal en fuite ne fit aucun bruit, comme si, terré dans sa cachette, il attendait lui aussi, aux aguets. Le révérend fit passer le sac dans son autre main. La veuve entendait la respiration bizarrement syncopée de son compagnon.

— Vous me portez chance, dit-il. Voir un renard est de bon augure et ça ne m'arrive jamais. Aux autres oui, mais pas à moi.

Il lui sourit, le cœur léger, se retourna et poursuivit sa route. La veuve s'autorisa à le croire – il était sincèrement convaincu d'avoir trouvé en elle une sorte de porte-bonheur.

Ils sortirent enfin de la forêt et s'aventurèrent à travers les scories de la mine. Sous leurs pas, de profondes rigoles d'eau de pluie gargouillaient vers l'aval, accumulaient de la vase et brillaient gaiement dans les trous. Le révérend prit la main de la veuve pour l'aider à garder son équilibre. L'un à la suite de l'autre, ils bondirent de rocher en rocher en essayant de garder les pieds au sec. Puis il la libéra. La veuve le suivit tant bien que mal, un sourire rêveur aux lèvres.

Le comptoir n'était qu'une vaste fondation en bois sur laquelle s'élevait une toile cirée, comme on en voit dans les foires. Les montants, équarris à hauteur d'homme, tenaient lieu de murs, et le toit était percé d'une cheminée fermée par un couvercle surmonté d'un petit drapeau rouge. La cheminée laissait échapper une fine fumée bleutée. Le drapeau, l'obscur *Red Ensign,* même pas officiel, y pendouillait en permanence, sorte de langue paralysée par une pourriture nauséabonde, vieille de plusieurs années. Au-dessus de la porte trônait un écriteau sur lequel le mot « McEcherns » avait sans doute été écrit en lettres rouges et dorées. Les insectes foreurs s'en étaient donné à cœur joie et on ne lisait plus que « MEEEherns ».

Le plancher de l'édifice leur arrivait aux genoux, et il n'y avait pas de marches. Le révérend et la veuve durent donc y grimper. Ils passèrent au milieu de chaises renversées et de bouteilles d'alcool remplies d'eau de pluie. Dans la tente, il faisait sombre, et l'air humide empestait les peaux fumées.

— Mac ? fit le révérend.

Aucune réponse ne vint des coins obscurs.

— Mac ! hurla-t-il.

Loin à l'extérieur, un « 'jour » retentit.

Près de la porte s'élevait une pile de peaux plus haute que la veuve. Elle s'en approcha et vit qu'il s'agissait surtout de peaux de bisons, épaisses et lourdes, pliées comme des couvertures. Il y avait aussi des peaux de vaches : noires, blondes, café, certaines recouvertes de leur pelage d'hiver, d'autres lisses comme le dos d'un chien de chasse. Presque cachées, quelques peaux de daims et de chamois, roulées en tube et empilées comme des rondins. Elle vit aussi des peaux de lapins rangées dans une caisse en bois. On s'en servait pour confectionner des moufles ou doubler les capuchons. Elle les examina pendant un moment. Puis elle caressa l'épaisse fourrure d'une épaule de loup, fit glisser une patte vide entre ses doigts jusqu'à l'endroit où le membre avait été sectionné. Les bords raidis des orbites, le W inégal de la gueule. Elle retourna la peau et découvrit un énorme trou de projectile. Calibre beaucoup trop gros pour un loup. Quelqu'un était parti à la chasse à l'ours et avait plutôt débusqué un loup. La veuve se dit que la bête avait dû être soulevée de terre par la force de l'impact. Elle planta deux doigts dans les poils et les promena dans la douceur.

— On ne l'a pas manqué, celui-là, dit le révérend par-dessus son épaule.

Ils entendirent des bruits de pas et, quelques instants plus tard, un homme minuscule franchit prestement le seuil. Il boutonnait sa braguette.

— Toutes mes excuses ! dit-il. J'étais sorti voir le temps qu'il fait.

McEchern avait une curieuse voix de soprano et, dans la pénombre de la tente, son corps semblait raccourci d'impossible façon, comme s'il marchait dans une tranchée et qu'on le voyait seulement depuis la taille. La veuve s'approcha pour mieux l'examiner. Elle se plaça à côté du révérend, déjà appuyé sur la longue planche qui faisait office de bureau, de bar et de comptoir. Elle comprit que l'homme était un nain, haut d'un mètre vingt tout au plus. Le menton orné d'une barbe à la mode, il portait un chapeau melon et avait les yeux bleu pâle. Il sourit à la veuve, sans toutefois se découvrir. Derrière lui se trouvaient une pile de livres plus ou moins moisis, une vieille carabine accrochée à un clou par le pontet et une belle rangée de bouteilles vides – souvenir de ce qu'on avait consommé sur place, peut-être, ou étalage de la marchandise proposée.

— Depuis combien de temps te caches-tu dans ma boutique ? demanda McEchern.

— Des heures et des heures, répondit le révérend. Je crains même d'y avoir pris racine.

— Allons donc, dit McEchern en souriant.

— Tu n'as pas peur de te faire voler ? demanda le révérend en souriant à son tour.

— Pff, penses-tu. Je saurais exactement qui a fait le coup et je n'aurais qu'à aller l'écorcher…

— Comment t'y prendrais-tu ?

— Facile. Comment sait-on quel animal est venu fouiller dans son garde-manger ? Il suffit de voir ce qu'il a pris. Je connais les fumeurs et les buveurs. Je connais les drogués. Je connais ceux qui aiment les sucreries. Et la plupart de ces garçons refuseraient de voler ne serait-ce qu'un bout de bois, même à la pointe du fusil. Alors la liste des suspects est plutôt restreinte.

— Et si on te volait une scie, par exemple ?

— Dans ce cas, je saurais que c'est toi le coupable. Maintenant, ça suffit. À qui ai-je l'honneur ? demanda-t-il.

Avec une solennité que la veuve jugea sincère, le révérend la présenta.

— Madame Boulton, voici Charles McEchern, commerçant, artiste de music-hall…

— … gentleman, ajouta le nain en bombant le torse.

— N'exagérons rien. Mac est entre autres le trafiquant de drogues local.

Une main sur la poitrine, McEchern fit comme s'il était bouche bée.

— Apothicaire, corrigea-t-il au bout d'un moment.

Au-dessus du bureau, le visage amusé du petit homme la fixait, sans rien trahir de ses véritables pensées.

— J'ai de quoi guérir tous les maux. Sinon, je vous procurerai le nécessaire. Le seul hic, c'est que vous risquez d'attendre un mois.

Il se tourna abruptement vers le révérend :

— Et les Américains ? Quand les attends-tu ?

— Bientôt. Dans quelques jours, peut-être.

— Combien de chevaux auront-ils ?

— Je n'en suis pas sûr. Peut-être une douzaine. Tu arriveras à les…

— Je prendrai tout. Cette fois-ci, il y a plus d'acheteurs, surtout des Indiens. Alors ils partiront tout de suite pour le nord.

La réponse parut satisfaire le révérend. Il sourit gaiement et tapota l'épaule du nain.

— Une petite goutte ? proposa McEchern.

Le révérend, qui semblait faire des calculs dans sa tête, s'éloigna dans l'obscurité de la tente en remuant les lèvres. Si la veuve s'était demandé quel type de commerce pouvait bien garder le révérend à flot – et la question lui avait traversé l'esprit –, elle avait à présent un début de réponse : les Américains l'approvisionnaient en chevaux volés.

Sous le coude du nain, il y avait une vitrine au verre épais dans laquelle étaient rangés toutes sortes d'objets insolites. Une montre de poche, un fer à cheval en argent monogrammé, une bible en cuir aux coins dorés et un pistolet. La veuve fixa la crosse usée de l'arme, là où les lettres COLT étaient calligraphiées en caractères italiques. Le lourd barillet, le long canon.

McEchern l'observa en silence, puis affecta un air de grande perspicacité.

— Je parie, madame, que vous êtes une lectrice assidue des Saintes Écritures, dit-il.

De toute évidence, il s'était mépris sur l'objet de l'intérêt de la veuve.

— Ah ça, c'est sûr, dit une voix en provenance du coin le plus éloigné de la tente. Tu devrais l'entendre.

La veuve rougit furieusement. Les louanges étaient dangereuses, indésirables. Elles risquaient de l'obliger à se donner en spectacle, exploit qu'elle ne pouvait accomplir qu'à l'aide de sa propre bible couverte de hiéroglyphes. Les yeux ronds et clairs du propriétaire de l'établissement ne la lâchaient pas. C'était un petit homme futé, elle le sentit tout de suite, car il avait remarqué son malaise et passait en revue diverses explications possibles. Elle s'éloigna rapidement et s'affaira au milieu des tablettes, où se trouvaient le sel, la levure chimique et les cageots de pommes séchées. De gros sacs de farine gisaient à ses pieds, ainsi que des boîtes de thé toutes cabossées.

14

Par un jour de grand vent, le fou apparut sur un cheval qui filait à vive allure. Il portait un uniforme décoloré – celui de la police montée du Nord-Ouest. Il venait du même côté que la veuve, des profondeurs du pays des Indiens, auquel le col donnait accès. Le cheval fonçait sur les pierres, son pelage blanchi par la sueur, ses maigres flancs labourés par les éperons, couverts de sang séché. Le cavalier et sa monture passèrent en coup de vent devant le chevalement, où les ouvriers, maussades, étaient penchés sur leur gamelle. Saisis, ils levèrent les yeux. L'homme avait disparu. Un ou deux mineurs suivirent l'équipage d'un pas lent.

Au galop, le possédé fonça sur le magasin de McEchern. Soudain, le cheval, au milieu d'éclaboussures de gravier, se déroba et, sans conviction, fit quelques pas de côté, choisissant une autre direction, même si, pour son maître et lui, toutes les directions se valaient. Le nain rangeait des bouteilles sur la plate-forme lorsque, bouche bée, il les vit venir : l'animal aux yeux larmoyants et au pelage croûté, le cavalier penché sur son cou, les coudes en l'air, comme s'il parcourait les rivages de l'enfer en pourchassant l'esprit malin. Il avait les yeux noirs et, de toute évidence, était en plein délire. Sur son dos, l'uniforme moisi n'était plus qu'une ombre, et un casque bosselé emprisonnait ses cheveux crasseux. Il n'émettait aucun son, même si sa bouche se tordait d'horrible façon, comme s'il mâchait l'air. À la différence des mineurs, McEchern ne fut pas médusé. Au contraire, réagissant avec une surprenante célérité, il fit un bond de côté et disparut dans l'obscurité de sa tente. Lorsqu'il en ressortit, la carabine à la main, le mirage était passé.

L'homme et sa monture poursuivirent leur route vers l'amont par à-coups incertains, longèrent des tentes, piétinèrent le linge mis à sécher et firent ricocher des cailloux sur les murs de cabanes à moitié terminées, attirant dans leur sillage des spectateurs éberlués. Finalement, c'est l'église qui décida le cavalier à tirer sur les rênes. Le cheval incrédule comprit qu'ils allaient enfin s'arrêter. Qui sait ce qui avait fléchi le cavalier ? Le bâtiment lui-même, coquille vide, ou la vue d'un homme en noir, coiffé d'un chapeau noir, armé d'un énorme marteau à chanfrein, debout sur le toit de l'église inachevée, qui baissait les yeux sur eux, une main tendue en signe d'intercession divine ? *Stop.* Les curieux qui gravissaient la côte à la suite du cirque ambulant furent témoins de la scène : le révérend n'avait eu qu'à tendre la main pour mettre un terme à la folle chevauchée.

En fait, ainsi que le révérend l'avoua plus tard, il était sûr que le fou poursuivrait sa route et que le cheval, toute prudence oubliée, se jetterait contre l'une des poutres chancelantes et ferait s'écrouler tout l'édifice. La vérité, c'est qu'il avait tendu la main pour amortir sa chute.

À présent, le fou et son misérable cheval étaient entourés d'une foule de plus en plus dense. L'homme tournait à gauche et à droite sa tête juchée sur un cou maigre, en proie à une panique folle, comme s'il était assiégé par les loups. Le cheval soufflait, sa respiration pareille au râle creux et profond du mourant. Doucement, des hommes s'approchèrent pour prendre les rênes et apaiser l'animal qui dansait sur place.

— Du calme, du calme, dit un type en s'adressant non pas au cheval, mais au cavalier.

Le fou poussa un cri indistinct en portant à sa gorge ses poings tremblants. Il fixait les arbres, la cime des pins où le vent sifflait. Porteuses d'insinuations secrètes, des feuilles de peupliers – claires, foncées, claires, foncées – clignotaient.

— Qu'est-ce qu'il a ?

— Regardez son cheval. Il a failli le crever.

Clopin-clopant, la veuve se mêla à la foule. Le révérend, chaussé de ses bottes à crampons, se laissa glisser sur une des poutres extérieures et vint se planter près du cou de l'animal. Il posa la main sur le cuir en décomposition de la botte de policier. C'était un geste d'une étrange tendresse, fait de la main à l'index manquant, comme si le révérend disait : « Fais-moi confiance. Nous sommes tous deux membres de la confrérie des estropiés. » Il secoua la jambe décharnée et, lentement, le cavalier terrorisé détourna son attention du message des arbres. Ses yeux énormes se fixèrent sur le visage aimable du révérend. Il laissa échapper un sanglot.

— Descends de ce pauvre cheval, Arthur, dit le révérend, et suis-moi.

À force de cajoleries, on avait fini par convaincre le fou de mettre pied à terre, et l'homme et la bête restèrent là, les jambes tremblantes, vacillantes, les yeux vitreux. Le révérend se dirigea vers sa maison et le fou le suivit, doux comme un agneau.

On fit entrer le cheval dans l'église vide, sans l'attacher. Sa tête pendait au milieu des bancs grossiers, et il avait le pelage strié de taches de sueur, comme autant de lignes de marée, les lèvres barbouillées d'écume séchée, les yeux aussi ternes que le granit. Autour de lui s'agglutinait une congrégation d'hommes soucieux qui, en se frottant le menton, évaluaient ses chances de s'en sortir. Il fallait éviter de le nourrir. Les chevaux n'ont pas la faculté de roter ni de vomir et tout ce qui se corrompt dans leur ventre reste à l'intérieur. Un simple nœud dans les intestins peut leur être fatal. Va pour l'eau. Mais fallait-il qu'elle soit tiède ? froide ? En fin de compte, on donna à l'animal un chiffon imbibé d'eau. Une main hésitante poussa le linge à l'intérieur de sa joue, mais il refusa de sucer. Le chiffon tomba par terre. Enfin, un type particulièrement futé s'écria :

— Une couverture !

Les hommes coururent en tous sens pour aller chercher l'objet.

Arthur Elwell – car, apprit la veuve, c'est ainsi que le fou s'appelait – était presque aussi mal en point. Cadavre aux yeux caves, il était assis dans la cuisine du révérend, les omoplates, tranchantes comme des lames de rasoir, visibles sous l'étoffe de son uniforme, les mains nouées sous le menton comme celles d'une vieille femme affolée. Ses mâchoires remuaient sans arrêt. Quelque part en lui, le fou parlait, car, à chacune de ses respirations, des mots à peine audibles jaillissaient, tandis que d'autres étaient avalés. La veuve se tenait près de la porte, sans un bruit.

— Donne-moi tes bottes, dit le révérend, agenouillé devant l'homme.

La jambe maigre se leva et, dans un craquement de rotule, resta en l'air, tremblante. Le révérend imprima une légère torsion à la hauteur du talon et des orteils, et la botte glissa en produisant un bruit sourd de succion. Le pied jaune sans chaussette se posa lentement sur le sol et y demeura immobile, aussi exsangue qu'une chose morte échouée sur une plage. La deuxième botte suivit.

— Bonny, croassa la voix avant de s'éteindre.

La tête du fou s'affaissa et il la secoua tristement. C'était indiscutablement sa façon toute personnelle de présenter des excuses. Sur ses genoux, ses mains se tordaient, et ses yeux, à l'expression affligée, se portèrent vers la fenêtre embuée, derrière laquelle le vent soufflait toujours.

— Raconte ton histoire à madame Boulton, Arthur, dit le révérend. Elle ne te connaît pas.

— Madame Boulton ? répéta Arthur avant de déglutir avec difficulté.

— Là, fit le révérend en indiquant la veuve terrifiée d'un geste de la tête.

Elle lutta contre l'envie de s'enfuir en courant. Qu'il était périlleux de se laisser transpercer par ce terrible regard ! D'observer cette bouche blanche et rouge grande ouverte, la langue qui roulait à l'intérieur. De laisser ce fou lui adresser la parole – quelle humiliation ! – et lui transmettre ses pensées contaminées, répandre sa maladie. L'homme assis devant elle la dénonçait, elle, dénonçait sa folie, tel le lépreux qui, à l'embouchure de sa caverne, vous met en garde : *Ne me touchez pas. Sinon, le mal poussera ses racines en vous.*

Le révérend rangea près de la porte les bottes flasques d'Arthur. Puis il se retourna en souriant et saisit la veuve par ses épaules toutes raides – c'était la deuxième fois qu'il la touchait – et la guida vers une chaise.

— Assoyez-vous, ordonna-t-il. Ça lui fera du bien. Et l'histoire vaut d'être entendue.

Il se dirigea vers le poêle et prépara du thé. Silence. Le vent faisait grincer les bardeaux et gémir les joints ajourés de la maison. La veuve osait à peine respirer. Elle et Arthur restaient assis, tous deux terrorisés.

— Pardon, mademoiselle, dit le fou.

— Tout va bien, mentit-elle. Allez-y. J'ai hâte de vous entendre.

Et Arthur, sans autre forme d'encouragement, se mit à parler. Les mots, empreints d'un calme chez lui inhabituel, lui venaient sans effort, comme s'il avait appris son texte par cœur ou qu'il récitait un psaume, afin de conjurer les ténèbres. Au début, il marquait des pauses, invitant les membres de son auditoire à faire des commentaires, eût-on dit, mais ils gardèrent l'un et l'autre le silence. Le révérend ne tourna même pas la tête. Alors le fou continua à parler. Au bout d'un moment, le récit se dévidait tout seul, porté par une voix posée et sèche, comme si l'homme se racontait à lui-même qui il était.

Il avait grandi à l'hôtel, dans une vaste enfilade de chambres, au milieu de huit frères et sœurs, gais et brillants, et d'une armée de gouvernantes qui couraient derrière eux pour tout nettoyer à mesure. Sa mère était directrice des Dames auxiliaires de la légion canadienne. En manteau de fourrure et bas de soie, elle se rendait sans cesse dans des hôpitaux où, en compagnie d'autres dames, elle visitait les diverses salles en s'inquiétant du confort des paillasses. Le père d'Arthur, homme politique, passait beaucoup de temps dans sa bibliothèque à discuter d'affaires publiques avec des collègues, tout en faisant sauter sur son genou l'un ou l'autre de ses rejetons. Il y eut des soirées à l'occasion desquelles Arthur joua les maîtres d'hôtel. Les invités s'esclaffaient et lui ébouriffaient les cheveux. Il y eut d'innombrables jouets, thés de cinq heures, gâteaux et séances de patinage sur la rivière. À l'occasion d'une de ces sorties, la glace avait cédé, et quatre jeunes couples s'étaient noyés. Arthur, qui était là avec les autres, avait vu les malheureux se débattre et crier en tentant de s'agripper au bord qui s'effritait, mais il ne se souvenait de rien. Une servante l'avait entraîné, raide comme une poupée, et assis dans un traîneau, le visage enfoui dans les mains. Pendant des heures, il avait refusé de desserrer les dents. L'histoire passa à la légende familiale – la journée perdue d'Arthur. Sa sœur, jouant les servantes, le prenait par la taille : « Pauvre chou, disait-elle en le serrant fort. Pauvre petite poule mouillée. »

À quinze ans, Arthur se rendit compte que les autres n'entendaient pas comme lui des voix, que leurs têtes étaient pour l'essentiel silencieuses. Avec le temps, le phénomène l'intrigua de plus en plus : il voyait la cuisinière fouiller dans les armoires, où elle ne trouvait ni sujets de distraction, ni appels troublants, ni exigences pénibles. Il prit l'habitude de lire parce que, pour une raison qu'il ignorait, il n'entendait rien en lisant.

À cause du manque de sommeil, il devint blême. Son père, à la façon de tous les hommes accomplis et actifs, préconisa un régime draconien. Gymnastique, course à pied et, enfin, entraînement militaire. On envoya Arthur dans une académie, où on devait faire de lui un officier. Garçon petit, étrange et troublé, il ne trouva qu'un seul visage amical dans tout l'établissement, celui d'Angus Lorne Bonnycastle. Que son nouvel ami sût se battre y était peut-être aussi pour quelque chose.

— Je m'accrochai à Bonny – je savais où était mon intérêt.

Le révérend s'esclaffa.

Entre les semestres, il rentrait chez lui, un peu plus grand, un peu plus dérangé et, pour faire contrepoids, un peu plus maître de lui-même. Pendant les bruyants repas familiaux, il racontait les exploits des autres garçons. Interrogé sur les siens, Arthur prenait un air énigmatique, comme s'il était lui-même le maître du jeu, ce qui était loin de la vérité. Quand Arthur fut en âge, son père décida qu'il irait dans l'Ouest et s'enrôlerait dans la police montée du Nord-Ouest. Il agit de la même manière avec tous ses fils – l'architecture pour celui-ci, les affaires pour celui-là. Un après-midi, Arthur, âgé de dix-huit ans et nouvellement officier, prit un train en direction du couchant. En nuages noirs, la fumée de la locomotive passait devant sa fenêtre, tandis que les autres recrues dormaient ou jouaient aux cartes. Une fois de plus, il se trouvait seul parmi les hommes.

Le train s'arrêta à Maple Creek et à Fort Macleod. Chaque fois, quelques garçons descendirent. Arthur Elwell et les autres furent stationnés dans un petit avant-poste appelé

Strike Him in the Back[1], non loin de Batoche[2], où avait eu lieu le désastre. Arthur atterrit donc au milieu d'une plaine balayée par le vent avec une malle remplie de livres et un ou deux calepins. La vie y était marquée par des tâches et des exercices réguliers, de brèves escarmouches avec des trafiquants de whisky et, de loin en loin, une petite bande d'Indiens. De nombreux habitants de la région saluèrent avec joie l'arrivée de la police ; d'autres furent moins enthousiastes. Les mécontents organisaient de vaines expéditions guerrières auxquelles participaient deux ou trois hommes. En général, les morts restaient à l'endroit où ils étaient tombés pendant un jour ou deux, avant que des proches ne vinssent les récupérer, taches de couleur dans les herbes sèches et folles, sous le vent incessant et troublant, un orage se profilant à l'horizon.

Un soir que s'attardait la lumière du crépuscule, Arthur, posté près de la porte du campement, sa carabine à l'épaule, observait deux cadavres – l'un d'eux étant un homme qu'il avait lui-même abattu –, dont le vent gonflait les chemises. Il discerna ainsi un mouvement, un geste saccadé, puis, contre toute attente, l'homme se leva. Le spectre se mit debout, plié à la taille, les mains sur sa blessure mortelle, et se dirigea en titubant vers les arbres – ni mort ni vivant. Au dernier instant, il tourna vers Arthur sa face terrible. De la couleur de la cendre, elle était sillonnée de larmes.

La folie d'Arthur s'aggrava d'un seul coup. Au matin, les cadavres avaient disparu, et Arthur aussi. Il avait déserté.

Cependant, son père, homme riche qui siégeait au Parlement, exerçait une certaine influence. À quoi servirait d'exé-

1. Littéralement : « Frappe-le dans le dos ». (*N.d.T.*)

2. Village établi sur le bord de la rivière Saskatchewan-Sud, où eut lieu l'ultime bataille de la rébellion du Nord-Ouest, dirigée par le métis Louis Riel. (*N.d.T.*)

cuter Arthur ? demanda-t-il. Il avait été un bon officier, un homme tranquille. En plus, un excellent tireur. D'ailleurs, il était difficile de trouver des recrues, de persuader de jeunes hommes de tout abandonner pour s'engager dans la police. Surtout dans un pays si sauvage et si désert qu'il était un mystère impénétrable pour quiconque n'y avait jamais mis les pieds. La police montée du Nord-Ouest toléra donc les fréquentes absences d'Arthur et le reprit chaque fois dans ses rangs.

La veuve se cala sur sa chaise. Ayant oublié son aversion initiale, elle rumina cette sombre chronique.

— Et donc vous disparaissez tout simplement ? Pour aller où ?

— Quelquefois, je viens rendre visite à Bonny. À d'autres moments, je… ne sais pas où je suis.

— Pourquoi ne pas rentrer chez vous, Arthur ? demanda-t-elle doucement.

Une famille si bonne, si aimante. Pour la veuve, il n'y avait rien de plus merveilleux. Les yeux d'Arthur effleurèrent les genoux de la jeune femme avant de s'éloigner vivement.

— On ne me reconnaîtrait plus.

Derrière Arthur, le révérend secoua la tête.

Et soudain, le cœur de Mary se serra. Il disait vrai, évidemment. On n'avait qu'à le regarder : un fantôme tourmenté. Arthur, comme elle, était incapable de rentrer chez lui.

Deux jours plus tard, par un après-midi radieux, Mary dévala les éboulis de la montagne. Au-dessus d'elle trônaient les pics durs et blancs où s'accrochaient des nuages de neige aux fioritures mouvantes. Elle tenait sa carabine bien haut et pataugeait dans les cailloux, comme si elle descendait une cascade. Des rochers gros comme des chevaux se dressaient parmi les pierres plus petites, mais, pour l'essentiel, c'étaient des rivières de gravier et de sable qui dégringolaient en sifflant. À chacun de ses pas, elle sentait la dissolution. Sa jambe guérissait bien, à présent, et elle s'était habituée à la raideur du muscle blessé. Elle se retourna et se dirigea vers les arbres. L'air était vif et sec, on voyait de la neige tout en haut et les rayons du soleil traversaient en dansant la brume froide, cristalline. Quelques fleurs d'été dressaient la tête au milieu des souches pourries, mais elle savait que, dès le passage des ombres du soir, leurs bords se couvriraient de filaments de glace. Au premier contact du soleil, le lendemain matin, les pétales, en fondant, formeraient un limon coloré.

Sur ses épaules, la lourde peau de bison pesait comme un joug. Elle l'enleva, l'accrocha à une branche et poussa un soupir. Reprenant la carabine, elle s'aventura sous les arbres, gravissant la pente tapissée d'aiguilles accumulées au fil des saisons. Elle avançait sans faire de bruit. Dans ses bottines trop grandes, ses pieds glissaient sans cesse. Heureusement, elles étaient lacées jusqu'aux mollets. Sinon, elle les aurait perdues. Devant elle, des oiseaux sautaient de branche en branche dans un bruissement d'ailes. Après avoir parcouru une courte distance, elle s'accroupit, les coudes sur les genoux, et tendit l'oreille, le bout du canon à ses pieds.

Son petit cheval ne lui aurait été d'aucune utilité, se dit-elle. Le terrain était trop accidenté. De toute façon, le révérend l'avait vendu.

— À qui ? s'était-elle exclamée en apprenant la nouvelle.

— À Henry, en fait. C'est-à-dire, euh..., ajouta-t-il en triturant ses boutons, je l'ai vendu pour rien. Henry vous a rendu un fier service, madame Boulton. Il vous a trouvée, puis il vous a conduite jusqu'à moi. Je me suis dit que nous lui devions quelque chose.

Après, elle avait longuement ressassé les propos du révérend. « Nous », avait-il dit.

Elle chassait donc à pied, comme elle aurait dû s'y résoudre de toute façon. Le matin, à son réveil, elle n'avait pas à faire manger et boire le cheval en plus du révérend. Il n'y avait pas que des inconvénients.

Elle avait lavé et raccommodé ses vêtements, repris les coutures de son pantalon bouffant, ourlé les bords effilochés. Ses premiers points de couture avaient été de lamentables ratages. Chez le révérend, assise dans la chaleur réconfortante du poêle, elle avait examiné, incrédule, la couture de l'entrejambe, plissée et gauchie, les trous inexplicables. C'était comme si quelqu'un d'autre avait fait le travail. Elle avait dit à la dame oiseau qu'elle n'était pas folle – mais peut-être l'avait-elle été. Elle se rappelait s'être assise sur un rocher, nue, occupée à transformer ses jupes en pantalon, résolue à s'habiller en homme, sirène prête à tout pour avoir des jambes. Se portait-elle mieux, à présent ? Elle contempla sa paume, ne lut rien dans les lignes de sa main – ni motifs, ni indices.

Le révérend, avec deux fous à sa charge, semblait satisfait de son sort. Tous les jours, Arthur le suivait jusqu'à l'église, et la veuve partait avec la carabine trouver de quoi les nourrir. Contre toute attente, la présence d'Arthur la rendait presque heureuse – il était indiciblement fou, épave humaine tremblante et jacassante, et en même temps inoffensif, fidèle à sa vraie nature. Incapable de dormir, il passait la nuit à arpenter le rez-de-chaussée en marmonnant et en faisant du rangement. Allongée à l'étage, la veuve tendait l'oreille, l'accompagnait en pensée dans ses déambulations, sa propre tête silencieuse pour l'essentiel, obnubilée par la curiosité que l'homme lui inspirait. À son réveil, le matin, elle le trouvait endormi sur une chaise, squelettique, la mâchoire pendante, comme un cadavre. Les « Merci » qu'il lui adressait à voix basse, l'aide qu'il tentait de lui apporter dans la cuisine, la terreur qu'elle éprouvait en le voyant soulever la hache pour couper du petit bois, malgré ses mains à moitié paralysées. Elle commençait à deviner ce que le révérend voyait en lui. Et elle se demanda ce qu'il pouvait bien voir en elle…

Une explosion sourde retentit. La veuve la sentit à travers les semelles de ses bottes. Et puis, de tous les côtés, le fracas des pierres délogées qui dégringolaient. Elle bondit, les yeux écarquillés, sûre que la montagne allait se dérober sous ses pieds. Mais au bout d'un moment, la paix redescendit sur le monde. Moins de trois mètres devant elle, un moineau perché sur une branche fine comme un fil gardait son équilibre en donnant de ridicules petits coups de queue. Indifférent au vacarme, il se pencha pour frotter son bec contre la branche. Après un moment d'hésitation, la veuve reprit sa carabine et se mit en route.

Au sommet d'un escarpement, elle tomba sur une petite porte creusée à flanc de montagne. Un accès à la mine. Comme tous ceux que la veuve avait vus, celui-ci, charpenté de main de maître, était étayé par des madriers équarris grossièrement. On avait dégagé à la main des masses d'éclats de rocher. Mais comment les hommes s'y prenaient-ils pour entrer là-dedans ? Un enfant aurait eu du mal à s'y introduire. Elle se pencha pour jeter un coup d'œil à l'intérieur. Le sol et les parois étaient inégaux et tranchants, taillés à la hâte. Très vite, le conduit basculait vers les profondeurs. Elle tendit l'oreille. Un appel d'air se faisait clairement entendre du côté du trou et, de plus près, elle sentit des mèches de ses cheveux lui effleurer les joues. C'était une bouche d'aération destinée à ventiler la mine. L'air qui y entrait était sans cesse aspiré vers le bas. Puis il y eut une nouvelle détonation et le conduit, comme secoué par une toux creuse, lui souffla au visage son haleine humide. Une fois de plus, de petits cailloux dévalèrent la pente. Elle recula un peu, de la poussière de pierre sur les lèvres. Les mineurs dynamitaient.

Récupérant à la hâte son manteau et le petit gibier qu'elle avait capturé, la veuve fit sortir un porc-épic de sa tanière fétide au creux d'une souche. Sur ses courtes pattes, qui lui faisaient une invraisemblable démarche chaloupée, l'animal détala vers le bas de la montagne dans un cliquètement de piquants. Elle n'avait encore jamais vu un porc-épic courir si vite. Dans les terres basses où son mari lui avait appris à chasser, ils se contentaient de se dandiner jusqu'à l'arbre le plus proche, l'air grincheux, y grimpaient jusqu'à une hauteur de trois mètres et restaient plantés là, puants. John ne s'était jamais donné la peine d'abattre une de ces bêtes. Mais la veuve s'élança sur les traces de celle-ci, s'arrêta pour la mettre en joue, perdit la cible de vue, repartit de plus belle. Elle dut se résigner à se dire qu'elle n'était pas très douée pour la chasse ; de plus, elle boitait. Quelle différence entre ce slalom au milieu des arbres et les coups de feu qu'elle tirait sur une souche tenue en otage près de la cabane, la carabine à l'épaule, son mari derrière elle pour corriger la position de l'arme ! Ou les promenades qu'elle faisait dans les herbes hautes en compagnie de son père, d'un garçon d'écurie et d'un chien pour débusquer les oiseaux qui s'envolaient comme des cibles dans un stand de tir. La veuve perdit la trace de sa proie au moment même où elle s'aperçut qu'elle avait aussi perdu son chemin. Le porc-épic était là, caché quelque part. La veuve s'arrêta, à bout de souffle.

La rumeur d'une chute, le vent dans les arbres. L'odeur de l'eau. Un peu plus loin, les arbres se raréfièrent avant de disparaître tout à fait dans une gorge profonde voilée par la brume, que traversait un objet bizarre, mystérieux à ses yeux. Elle s'approcha un peu pour mieux voir. On aurait dit un assemblage d'arbres, d'arbrisseaux et de cordes enjambant la gorge. D'une finesse exceptionnelle, la chose ondulait légèrement telle une colonne vertébrale. C'était, en fait, un pont suspendu fait de deux trembles abattus, l'un de chaque côté, qui se donnaient la main au-dessus du précipice, sans métal ni bois ouvré. Juste des arbres, des branches et de la corde. Il y avait quelque chose d'indien dans la construction, qui respirait la souplesse et l'efficacité. Son échine oscillait avec une élégance brute. Un raccourci pour les chasseurs, peut-être. Impossible de connaître l'âge de la chose ; impossible de dire qui l'avait construite. Elle y fit quelques pas et constata que, malgré sa délicatesse, la construction était solide, dotée d'une étrange force élastique. Elle s'aventura un peu plus loin, vit le bord du précipice, la rivière en contrebas, verte et brumeuse. Puis elle risqua deux ou trois bonds et, quelques instants plus tard, fut secouée par une inquiétante série de vagues, fluides et inégales, comme si, à l'autre bout, un être puissant cherchait à lui faire perdre pied. Prudemment, elle battit en retraite et regarda le pont se soulever et s'abaisser. Puis elle entreprit l'ascension de la colline pour aller récupérer son manteau.

Vingt minutes plus tard, elle déboucha au-dessus de la mine. Sous ses yeux se dressaient des monticules de résidus de bois, une multitude de sentiers creusés d'ornières profondes et, çà et là, des wagonnets, certains rouillés, d'autres renversés ou une roue en moins. À genoux, des mineurs silencieux, penchés sur un long chenal couvert de taches sombres, séparaient les bonnes pierres des mauvaises, leurs corps voûtés noir argenté, leurs bras s'agitant sans cesse. Quelques wagonnets s'alignaient au sommet de la côte, prêts à descendre, peut-être jusqu'au quai. À gauche de la veuve se profilait l'imposant chevalement, voilé par les arbres. Elle s'approcha du bord du surplomb étrangement plat sur lequel elle se tenait. En se penchant dangereusement, elle comprit qu'elle se trouvait juste au-dessus de la portion supérieure de la large entrée. La gueule béante de la mine – tous les sentiers qui cicatrisaient le sol aboutissaient là. Deux hommes mangeaient. Un gros, l'autre petit, le visage noir, le cou et le front blancs, portant le marquage caractéristique des mineurs. La veuve entendit leurs cuillères racler le fond de leurs assiettes en métal. Les voix des hommes s'élevèrent soudain, d'une parfaite netteté.

— T'aurais dû dire quelque chose, Ronnie.

— Hein ?

— T'aurais dû dire quelque chose à propos de ce foutu trou.

— Désolé, Jim.

— Désolé, mon cul.

Ils mangèrent un moment en silence.

— Il était pas là hier, dit l'un.

— J'suis au courant.

— La galerie nord est un foutu merdier. Tu veux savoir pourquoi ? Parce que rien la retient. Il faut être fou pour dynamiter là.

— C'est pas à toi de décider, ni à moi. Alors ferme-la.

— Le gros, là, tu sais bien, le… l'Italien ou je sais pas quoi ?

— Il est norvégien.

— Il a laissé tomber une allumette au bout de la galerie nord, à l'endroit où Flynn est tombé. T'aurais dû voir jusqu'où elle est descendue. Elle a flotté, et puis elle a rapetissé, rapetissé…

— Parle pas de ça, merde ! Et puis, prononce pas son nom, tu veux ? Ça va pas, la tête ?

— Pardon, Jim… Tu sens l'odeur ?

L'autre homme posa une main noircie sur son front et soupira. Il y eut un long silence.

— Ouais. C'est celle de l'eau.

— Elle est fraîche, à ton avis ?

— Sais pas.

— Ça vient de cette fissure.

Après une courte pause, le même homme reprit la parole :

— Tu crois qu'il est encore vivant ?

— Laisse tomber, Ronnie.

— Tu penses que c'est possible ?

— Non. Et si tu mentionnes le nom de cet homme dans la mine, t'auras qu'à te pencher pour ramasser tes dents. J'te jure, Ronnie, merde, t'es pire qu'une femme pour porter malheur.

— Doucement. C'est pas une raison pour…

— J'aurais pu tomber trente mètres avant de heurter quelque chose.

Les deux hommes gardèrent le silence pendant un moment.

— La prochaine fois, dit Jim, ouvre ta grande gueule et préviens-moi.

Le révérend et la veuve contemplaient l'objet déposé sur la table. Un énorme porc-épic tout ensanglanté, allongé sur le dos, ses dents brunes découvertes, ses pattes avant recourbées, comme s'il suppliait. Du bout du pouce et de l'index, le révérend en agita une, sentit qu'elle se raidissait. L'animal dégageait une odeur puissante.

Tremblant derrière eux, Arthur promenait son regard de l'animal aux humains.

— Ça se mange ? demanda-t-il.

— En théorie, oui, répondit le révérend.

— Je pourrais préparer un ragoût, déclara Mary en souriant. Peut-être même une tourte.

— Bonté divine.

— Manger du porc-épic, fit Arthur d'une voix songeuse. Je n'ai jamais entendu parler d'une chose pareille.

— Ou encore une soupe, réfléchit Mary à haute voix. À moins de fumer la viande et de la faire sécher ?

Malgré lui, le révérend avait commencé à s'éloigner à reculons, détournant les yeux du triste spectacle.

— Voici la meilleure façon de l'écorcher, Bonny, dit la veuve en désignant le ventre souple de la bête. Il faut commencer ici… et couper le long des pattes, comme ceci.

Lorsque la veuve retourna l'animal, les piquants de son dos, qui faisaient presque trente centimètres, s'aplatirent sèchement les uns sur les autres. Des piquants plus petits parcouraient ses côtés. Même entre les poils doux du ventre, on voyait des fibres d'une raideur suspecte. Le révérend respirait par la bouche.

— Eh bien, dit-elle enfin, vous allez l'écorcher, oui ou non ?

— Moi ? se récria-t-il.

— Oh, Bonny, protesta-t-elle affectueusement.

Puis elle partit chercher un couteau et la pierre à aiguiser.

Une semaine plus tard, Arthur attendait le train. Assis près du magasin de McEchern, une tasse de café fumant à la main, il scrutait d'un air plus calme les profondeurs de la forêt, où les arbres semblaient se perdre en verticales s'étirant à l'infini. Quelle que fût l'affection dont il souffrait – à ce sujet, le révérend refusait de se perdre en conjectures, même si personne d'autre ne s'en privait –, le moteur du mal s'était essoufflé, puis avait rendu l'âme. Arthur était désormais capable de manger, de rester tranquillement assis et même de sourire. Il n'en paraissait pas moins absent au monde, la joue longue et pâle, le regard fixe. Son sourire était macabre. Arthur était l'illustration vivante de la puissance transformatrice de la folie ; son visage était devenu un masque sur lequel l'effroi s'était posé si souvent qu'il avait fini par s'incruster.

Son cheval n'était pas aussi mal en point qu'on l'avait d'abord cru. Il souffrait surtout de peur et de déshydratation. Au bout d'une journée, ses jambes avaient cessé de trembler ; après deux, il avait retrouvé l'appétit. C'était un cheval d'une surprenante robustesse, imprudemment attaché à son propriétaire. Lorsque Arthur s'approcha du magasin, l'animal vint vers lui en dodelinant de la tête. Même de loin, la démarche d'Arthur semblait singulière – on aurait dit un pantin en bois dansant au bout de ses ficelles.

Ce matin-là, il arriva vêtu de son uniforme en loques, tenant un petit paquet dans lequel Mary avait mis un peu de nourriture. Elle avait posé sur son bras une main maternelle, même s'ils avaient en gros le même âge, et tapoté son maigre biceps.

— N'attends pas trop longtemps, Arthur, d'accord ? avait-elle recommandé. Sinon, ça risque de se gâter.

— D'accord, avait-il répondu.

Le révérend était derrière elle. Ils se faisaient du souci pour lui, tels les parents inquiets d'un enfant qui partait pour l'école.

Quelques mineurs étaient en train d'examiner le cheval. Ils se tournèrent ensuite vers Arthur. L'un d'eux lui prit son casque, dont le dessus était enfoncé, le métal arraché, comme si un monstrueux ouvre-boîte s'y était attaqué.

— Tu as eu un accident ?

— Non, c'est moi qui ai fait ça, dit Arthur à son café fumant.

Les hommes observèrent le fou avec un intérêt renouvelé, quelques-uns avec méfiance, d'autres avec affection – une bonne histoire n'est jamais à dédaigner.

— Pourquoi donc ? demanda un autre.

Mais le fou n'avait pas d'histoire en réserve pour eux. Levant lentement la main, il décrivit mollement des cercles autour de sa tête, comme un homme gesticulant pour éloigner les insectes qui lui bourdonnent autour des oreilles.

McEchern franchit la porte à rabats de son magasin, un sourire malin sur les lèvres.

— Parle-leur du vent, fit-il. Répète-leur ce que tu m'as dit.

Et Arthur, s'exécutant aussitôt, entreprit sa récitation à la manière d'un enfant qui raconte une blague, pressé et haletant.

— Le vent du nord est inoffensif. Il maintient tout en place. Même chose pour le vent d'ouest. Mais le vent du sud est mauvais. Si vous vous arrêtez, il vous taille en pièces. Il ne faut surtout pas rester immobile. C'est prouvé scientifiquement. Les pays où il y a des lépreux sont toujours balayés par un vent du sud. Il vous ralentit, vous rend malade. Tôt ou tard, tout tombe en morceaux.

— C'est scientifique, dit McEchern, campé derrière Arthur.

— Sans blague, murmura un barbu.

D'autres souriaient. Tristement, la veuve se tenait près d'Arthur, qui comprit un peu tard l'hilarité dont il était cause. Quand elle n'est pas menaçante, constata-t-elle, la folie est comique.

Loin dans la vallée, un sifflement long et lugubre se fit entendre : un train s'avançait dans le col. Arthur posa sa tasse, réunit ses affaires, saisit les rênes de son cheval et fit ses adieux, à la fois cérémonieux et distant. Puis le cheval et lui se retournèrent et s'éloignèrent.

*

Si le terrain le permettait, ils allaient à cheval. Quand la végétation se faisait trop dense, ils mettaient pied à terre sur l'ordre du pisteur et marchaient en file indienne, un homme, un cheval, un homme, un cheval, tirant les animaux par les rênes dans les passages accidentés. Des branches sèches s'agrippaient à leurs manches, à leurs genoux et aux étriers, les chevaux titubaient et glissaient sur des racines exposées. Le pisteur finit par s'arrêter en tapant du pied. Il lança un cri de frustration :

— Quelle merde !

Sous l'effet de la surprise, son cheval dressa la tête.

Il se tourna vers ses clients, le visage grimaçant, et lança en postillonnant :

— Restez… restez là. Je vais voir par où elle est sortie.

Rajustant son pantalon, il partit au petit trot sur ses jambes arquées, contourna les troncs. Son ciré foncé disparut dans la forêt.

Une seconde plus tard, sa voix retentit, répercutée par l'écho :

— Pas de feu, les gars. La forêt est trop dense par ici. Vous risqueriez de nous faire griller.

Les deux hommes hésitèrent, les rênes à la main, dans le silence infini. De minuscules oiseaux passèrent devant eux pour aller se poser sur les branches. Par petits bonds, ils firent le tour du tronc en gobant des insectes. Puis ils repartirent, un à la fois.

— Elle est vraiment passée par ici ? fit l'un, incrédule.

L'autre haussa les épaules.

— Il sait ce qu'il fait, au moins ?

Son frère réfléchit un moment.

— Oui, trancha-t-il.

Une douzaine d'heures plus tard, ils allaient dans une autre direction. C'était, expliqua le vieux, l'un des deux itinéraires possibles. Il avait simplement tiré au sort. Et presque aussitôt, il avait retrouvé la trace.

Au crépuscule, il les appela et désigna les arbres. Les trois hommes s'avancèrent vers un objet sombre et informe qui pendait au milieu des branches. C'était une selle anglaise – bizarre relique trempée par la pluie et parsemée de feuilles mortes. Le pisteur mit pied à terre et s'en approcha. Il la souleva, la débarrassa des débris, la renifla, à la recherche de signes de moisissure, et jeta un coup d'œil derrière les quartiers. Il l'apporta avec lui.

— Vous permettez que je la garde ? demanda-t-il aimablement en accrochant déjà l'objet derrière sa propre selle.

— Nom de Dieu. Elle est ici, oui ou non ?

— Non, mais elle est passée par ici.

Le vieil homme s'affaira à installer convenablement l'encombrant objet, et les frères attendirent, car il avait la manie de les entretenir de l'art de charger un cheval en répartissant le fardeau de façon judicieuse et équilibrée. En fait, c'était le seul sujet à propos duquel il daignait aligner plus de quelques mots. Il pouvait sur ce plan se montrer aussi casse-pieds qu'une maîtresse d'école.

— Jolie selle, dit-il en caressant le bord de cuir repoussé.

Les frères échangèrent un regard impuissant.

Enfin, il entreprit de déchiffrer les signes que la veuve avait laissés derrière elle. Il s'avança précautionneusement au milieu des fougères et trouva ce qu'il cherchait : les vestiges d'un petit feu, au centre desquels il découvrit des dépôts graisseux calcinés. Même les frères y virent clair. Il y avait aussi des brindilles autrefois vertes qu'elle avait utilisées pour faire rôtir de la viande. Des broussailles aplaties et de nombreuses empreintes… dont certaines montaient vers les sommets. En fait, le sentier avait été emprunté à quelques reprises, comme si la femme avait transporté son barda vers un endroit plus hospitalier et plus sec, à une altitude plus élevée. Le vieil homme contempla une empreinte profonde, et son visage prit peu à peu une expression aigrie et perplexe – on aurait dit que le sol lui racontait quelque chose de saugrenu, comme un enfant qui invente une histoire à dormir debout.

— Laissez les chevaux et suivez-moi, dit-il en amorçant l'ascension.

Dix minutes plus tard, ils étaient aux abords du campement abandonné par le Coureur des crêtes, qui y avait fait un bon travail de camouflage. Il avait dispersé les vestiges en les lançant au milieu des arbres et il avait recouvert de branches et d'aiguilles les trous laissés dans la terre. Cependant, les trois hommes distinguaient nettement le sol aplati, les innombrables empreintes et l'emplacement exact d'une tente dans les herbes mortes – à première vue une tente et non un tipi. Le vieil homme hocha la tête.

— Votre bonne femme a maintenant un petit ami.

Ses clients le dévisagèrent, prenant peu à peu conscience

de la nouvelle donne. Même pour eux, les signes étaient évidents.

— C'est du beau travail, dit le vieux. L'œuvre d'un type qui vit dans les bois, à première vue. Blanc, probablement. Ils ont mangé ensemble, la fille et lui. Toujours de ce côté-ci. Je dirais aussi qu'ils ont dormi ensemble. Dans les parages, les nuits sont fraîches.

Il se releva et hocha la tête pendant un moment. L'histoire se révélait à lui, dans les aiguilles de pin et les herbes mortes. L'homme et la femme avaient habité ensemble pendant un certain temps. Avant de se rencontrer par hasard, ils étaient étrangers l'un à l'autre. Le visage du vieil homme se fendit d'un sourire.

— Franchement, je ne m'attendais pas à ça, dit-il.

15

Le tonnerre parcourut les chaînes de montagnes en direction du matin. Dans son lit, la veuve veillait, les yeux clos, coiffée d'un bonnet de laine pour se protéger du gel. La tête lui démangeait et, soudain, elle eut chaud. Elle arracha son bonnet et resta là à transpirer. Sa jambe, qui lui avait pourtant fait moins mal depuis quelques jours, l'élançait terriblement. Elle palpa la cicatrice qui lui faisait comme une fossette ou une empreinte de pouce sur le mollet. Elle appuya fort, mais le muscle n'était ni plus ni moins sensible qu'avant. À l'ouest, un grondement résonna au-dessus des nuages et roula vers l'est. En se retournant, la veuve dégagea sa jambe des couvertures ; puis, ayant moins chaud, elle s'endormit et rêva d'une ville sillonnée de canaux. C'était un rêve terne qu'il lui sembla avoir déjà fait. On lui apportait des objets et, campée sur un quai, elle regardait les détritus dériver et finissait par faire pipi dans l'eau. Elle se réveilla subitement, la vessie douloureusement pleine.

Sans bruit, elle s'extirpa des couvertures et tira le pot de chambre qu'elle gardait sous le lit. Nue, elle s'accroupit sur le récipient en tentant de faire le moins de bruit possible. L'air s'était réchauffé depuis quelques jours. Soulagée, elle ferma les yeux. Au cours des dernières nuits, chaque fois que, réduite à la dernière extrémité, elle s'était tirée du lit, son haleine avait laissé sur la vitre des motifs rappelant les flocons de neige. L'urine fumait, tandis que, en équilibre au-dessus du récipient, elle claquait des dents. Quand, le matin venu, elle allait vider le pot de chambre dans les arbres, c'est un bloc de glace qui s'envolait et atterrissait en produisant un bruit mat. Aujourd'hui, cependant, l'air était plus doux, presque agréable. Dans la lumière blafarde que laissaient filtrer les rideaux, elle resta accroupie, repoussa le pot et s'essuya avec un petit bout de chiffon qu'elle gardait à portée de main à cette fin précise. Elle entendit la respiration saccadée du révérend, puis une sorte de tapotement, comme si quelqu'un tambourinait sur une table. Dans la pénombre, elle vit un petit écureuil roux qui l'observait. Il fit quelques pas, bien campé sur ses pattes, tel un ours miniature de couleur fauve. Ses yeux étaient noirs, bizarres et impassibles.

— Bonny, chuchota-t-elle.

Au son de sa voix, l'écureuil bondit et contourna vivement le lit de la veuve par la gauche.

— Bonny ! cria-t-elle en regagnant la sécurité de son lit.

— Quoi ? Qu'est-ce qui se passe ?

La voix du révérend passa de la confusion à l'inquiétude.

— Il y a un écureuil !

Elle entendit le bruissement du matelas, signe qu'il se retournait sous les couvertures, et le grattement sec de ses jointures contre sa mâchoire hérissée de poils. Il poussa un soupir.

— Rendormez-vous, Mary.

— Il me regarde.

— Non, non, elle est seulement désorientée. Rendormez-vous.

Assise dans son lit, la veuve fixa le rongeur à son tour. Il avait effectivement l'air désorienté. Il s'immobilisait, maladroit, tel un jouet, courait d'un coin à l'autre, puis s'assoyait tout droit, ses yeux noirs figés, comme perdu dans ses pensées.

— Comment savez-vous qu'il est désorienté ?

— Elle avait son nid dans la cheminée et je l'ai déplacé. Elle le cherche depuis des heures.

À contrecœur, la veuve se rallongea, à l'écoute du léger tapotement des pattes de l'animal.

— Et si elle ne le trouve pas ?

— Elle va le trouver.

L'écureuil suivit les planches, les pattes écartées, la tête basse, reniflant, puis il bondit sur le mur et y resta accroché, battant l'air de sa queue.

— Au fait, comment savez-vous que c'est une femelle ?

— Voulez-vous bien vous rendormir !

Les trois nuits suivantes, Mary fut incapable de trouver le sommeil. Assise, nue, sur son lit de reine, elle subit le supplice de la nuit. L'ironie, avec l'insomnie, se dit-elle, c'est que le sommeil vous visite brièvement, mais qu'il est invariablement interrompu – dans ce cas-ci par les jacasseries des ratons laveurs qui cherchaient à entrer dans la maison. Au moins, l'écureuil était parti. La veuve approcha son visage de la vitre et, en penchant la tête, vit les silhouettes voûtées tourner en rond et se dandiner en s'interpellant sur un ton irrité. Dos argentés. En vain, elle interrogea le ciel à la recherche des signes avant-coureurs de l'aube.

Elle s'allongea en soupirant. Comme elle avait chaud, elle repoussa les couvertures. Puis elle eut froid et elle se retourna, agacée, et remonta les couvertures jusqu'à son menton. Elle frotta ses pieds contre les draps de lin. Il fallait les laver encore. Qu'ils aillent au diable, eux et le poêle à bois aussi. Des griefs défilèrent dans sa tête, interrompus soudain par la voix du révérend.

— Qu'est-ce que vous faites ?

— Rien.

— Vous n'arrêtez pas de vous retourner et de grommeler.

— Je n'arrive pas à dormir.
— Moi, en tout cas, vous m'en empêchez.
— Désolée.
Mary l'entendit rectifier sa position sur sa paillasse et frotter ses mâchoires râpeuses comme il en avait l'habitude.
Le révérend bâilla et dit :
— Vous voulez que je vous raconte une histoire ? Ça vous aiderait à dormir ? Avec un peu de chance, je vous ennuierai au point de vous plonger dans un profond sommeil.
Elle rit.
— Possible, oui. Quelle histoire ?
Il resta silencieux pendant un long moment, un trop long moment, et Mary dit :
— Bonny ?
— Quoi ?
— Quelle histoire vouliez-vous me raconter ?
— Que diriez-vous de la mienne ?
— Vraiment ? s'exclama Mary, stupéfaite. Volontiers.
Elle se pelotonna au fond du lit et attendit.
Au bout d'un certain temps, la voix du révérend s'éleva.
Il avait passé son enfance au manoir familial, froid et trop grand et rempli de tableaux désassortis et d'*objets d'art*[1] étrangers, héritage non désiré. Si l'argent venait à manquer, son père sacrifiait tout simplement une peinture. La maison elle-même, invendable, constituait un véritable fardeau. La chambre d'enfant de Bonny était tapissée d'étagères qui s'étiraient sur plus de six mètres de hauteur, jusqu'au plafond filigrané. Elles étaient vides, sauf celles où trônait la douzaine de jouets mécaniques offerts par des tantes et des cousins. Ils étaient tous hors de sa portée – purement décoratifs.

Sa mère ne vivait pas avec eux, même s'il lui arrivait parfois de débarquer en compagnie d'une multitude de malles. On

1. En français dans le texte. (*N.d.T.*)

l'accueillait en invitée. Quand elle repartait, la maison était la même. Les servantes désapprouvaient ses toilettes. Lorsque le jeune garçon suivait ces filles dans leur chambre le soir, elles singeaient la coiffure et les manières de sa mère devant leur miroir et il riait.

Lorsqu'il eut douze ans, le père décida qu'il était temps que son fils découvrît le monde. Le Japon, l'Indonésie, l'Inde, l'Égypte. Peu habitué à la proximité de son géniteur, le garçon, à partir de ce jour, ne le quitta plus guère. À bord des paquebots, dans les halls d'hôtels étrangers, dans les voitures, dans les salles d'attente des gares, dans les temples, pendant que son père fumait. Au Caire, il s'était même blotti dans les bras de son père pour parcourir à dos de chameau les rues à l'odeur nauséabonde, le garçon raide de peur en entendant l'animal blatérer, tandis que des colporteurs et des racoleurs les suivaient en brandissant leurs marchandises – une cloche en laiton, des talismans faits de coquillages et de corne, des statuettes en argile de dieux et de démons inconnus. Un homme dont le visage globuleux se fendait d'un large sourire leur proposa des trésors anatomiques momifiés, volés dans des pyramides et des cryptes. Une main, une mâchoire, un pied humains, enveloppés dans des linges. Tous arrachés de leur source, cassés comme du petit bois, laissant les cavités des mâchoires vides, alors que les os, pipeaux secs, sifflaient. Le père d'Angus, particulièrement séduit par la main, en fit l'acquisition. Lorsque, de retour dans leur chambre d'hôtel, ils la déballèrent, le garçon eut un mouvement de recul. L'objet était si réaliste – les ongles parfaits et desséchés, de la couleur du café. Les jointures plissées, une paume dont les lignes étaient presque lisibles. Main dure et immatérielle. Son père la fit glisser sous sa manche et se mit à gesticuler : *Sois gentil, Angus, sinon*... Puis il tint délicatement la main dans la sienne et déclara : « Dire qu'un objet comme celui-là coûte moins cher qu'une chope de bière. »

Au Japon, Angus fit le pied de grue dans un nombre incalculable de jardins ornementaux, les mains dans les poches, attendant que son père en eût terminé avec les filles, observant les poissons moustachus endormis dans l'eau froide de l'hiver. Il lui restait des images de forêts grouillantes de singes, de cataractes, d'enceintes aux portes treillissées par où il voyait du linge mis à sécher.

Son père se targuait d'être un conteur hors pair, tandis qu'Angus le considérait comme un menteur. Aimable, mais vénal. Son père disait avoir vu un aigle incapable de voler à cause de son ombre empêtrée dans la boue et avoir lui-même, d'un coup de pied, libéré l'ombre. Même un enfant n'est pas dupe de tels mensonges. Mais son père, les yeux écarquillés d'émerveillement feint, racontait ces histoires à dormir debout à des inconnus, surtout des femmes qui, au grand dégoût du garçon, les jugeaient invariablement charmantes.

C'est au cours de ce voyage que son père prit l'habitude de fumer de l'opium. À bord du paquebot qui les ramenait à la maison, on le vit rarement dans la salle à manger ; il préférait rester dans sa cabine à rêver les yeux ouverts. Angus en fut réduit à bourrer les pipes de son père, car celui-ci, après la première, n'y arrivait plus. Dans son lit, il fulminait faiblement jusqu'à ce que le garçon cédât. De retour chez lui, son père épuisa vite ses énormes réserves. Il eut beau harceler tous les Chinois qu'il croisait, il ne réussit pas à se réapprovisionner. Il se fit distant et mélancolique. Bientôt, il réserva une place à bord d'un bateau en partance pour l'Indochine et envoya son fils dans une école d'officiers en lui recommandant de faire honneur à ses ancêtres.

L'établissement portait le nom ridicule d'Aspiration Academy, et c'est là qu'Angus rencontra Arthur Elwell. Il n'y avait pas de cours d'histoire, de stratégie militaire, ni même de mathématiques. Pas de bibliothèque. Au début de l'année, on confisquait les livres des garçons pour les leur rendre à la fin, tout cornés. Apparemment, les apprentis officiers avaient besoin d'un régime tout simple : des exercices physiques constants entrecoupés de services religieux. On leur enseignait à courir, à monter à cheval, à tirer et à boxer, et c'est d'ailleurs dans ce sport qu'Angus s'illustra. Souvent, on jumelait les élèves malingres aux plus forts – n'était-ce pas le sens même de l'histoire de David et Goliath ? Angus Bonnycastle, qui n'avait aucun goût pour la douleur, s'initia rapidement à l'art de l'esquive. Il apprit aussi à lire dans les yeux de ses adversaires. Il découvrit les tissus mous sous la cage thoracique ; s'il cognait assez dur, l'autre baissait sa garde, juste assez pour exposer un bout de menton. En moins d'un an, Bonny se hissa au rang de champion et devint en quelque sorte une vedette. Les garçons plus faibles s'agglutinaient autour de lui, de la même façon que, dans une tempête de grêle, on cherche le couvert d'un arbre.

Et c'est à ce moment-là que le directeur lui lança un défi. Erreur criante de la part de cet homme, et tout le monde le savait. S'il battait le jeune homme, il passerait pour un imbécile. En même temps, il ne pouvait absolument pas faire autrement. Sinon, qu'adviendrait-il de l'ordre naturel du monde ? Le combat fut long et douloureux, mais aussi très égal. À la fin, le directeur s'écroula au tapis, en caleçon. Le soir même, il convoqua Angus dans son bureau et le fouetta jusqu'au sang. Quelques jours plus tard, on annonça un match revanche.

— Je me souviens de l'annonce, faite à la fin d'un service. Un des professeurs, avec un grand sourire, a dit que Dieu défendrait le juste. « De Sa main il écrasera le Malin. » J'y ai réfléchi un moment. Je me suis dit qu'il avait raison.

Ce soir-là, quelques garçons, dont Arthur, entrèrent en douce dans la chambre d'Angus et l'implorèrent d'administrer une bonne raclée au vieux chnoque. Et, le lendemain matin, c'est ce qu'il fit.

Évidemment, il fut de nouveau fouetté. Un troisième match connut le même dénouement. Le directeur boitait dans le couloir, avec une tête violette et rageuse de babouin. Dans son lit aux draps tachés de sang, le garçon remerciait Dieu.

— Qu'est-ce qu'il avait, ce type, Bonny ? demanda la veuve à voix basse.

— La vraie question, me semble-t-il, Mary, c'est pourquoi je n'abandonnais pas simplement la partie.

Il eut un petit rire. Dans sa voix, la veuve décela de la fierté, mais pas le moindre regret.

— De toute façon, le semestre tirait à sa fin. Le vieux salaud m'a même serré la main en me disant au revoir. J'ai bouclé mes valises. À mon retour chez moi, j'étais officier. Vous ne le saviez pas, hein, que j'étais officier ?

— Non.

Ils se turent pendant un long moment, l'air si froid et si immobile que la veuve ferma les paupières.

— C'est drôle, la vie, dit le révérend en bâillant.

Sous la fenêtre, un raton laveur appela bruyamment sa compagne, puis partit en grognant vers le côté de la maison.

— Et ensuite ? demanda la veuve d'un ton endormi.

Mais il ne dit rien.

— Comment êtes-vous devenu pasteur ?

Elle attendit. Et bientôt elle sut à sa respiration qu'il dormait.

Cette nuit-là, contre toute attente, la veuve dormit. Elle rêva dans son lit, la bouche ouverte comme une enfant. Et dans son rêve, son père, plongé dans des eaux vives jusqu'à la taille, levait une canne à pêche au-dessus de sa tête. Les rayons du soleil tapaient sur la surface côtelée, dansaient comme des sous qu'on fait sauter sur une couverture. Elle vit son épaisse chemise noire, son col amidonné, luisant comme du métal, ses yeux rivés sur le cours d'eau. Il fit un pas, s'enfonça un peu plus profondément dans l'eau glacée, donna un petit coup sur la canne à pêche, puis un autre. Le poisson invisible résistait avec fureur. Sa vie ne tenait plus qu'à un fil, celui qui finissait dans la main du père de la veuve.

« Regarde, Mary ! Regarde ! » cria-t-il.

Au début, elle ne vit rien, puis, soudain, elle l'aperçut : c'était une longue ombre réfractaire luttant contre l'objet qui la retenait prisonnière. Son père donna un peu de mou, et le fil parcourut la surface de l'eau, librement, traçant une inoffensive toile d'araignée. Elle essaya de crier, mais sa voix était figée dans sa gorge. Son père ancra ses pieds dans le lit de la rivière et donna un seul coup sec, sauvage. Le fil chantant traversa la surface de l'eau, produisant un bruit de déchirement. Petit à petit, la ligne se distendit. Tombant à genoux, Mary se mit à pleurer. *Perdu. Tout est perdu.* Le vent charriait de petites gouttelettes, le chant d'un grand nombre de femmes. Lentement, l'eau commença à pleuvoir vers le ciel, comme la chevelure d'une femme soulevée par le vent. Un miroitement dans l'air. La veuve resta couchée sur le dos, rigide, les poings serrés le long du corps, les tempes parcourues de larmes, mais elle continua de rêver. Son père était dans l'eau qui montait, sa canne à pêche brandie comme une épée.

16

Près du poêle à bois, mais le plus loin possible du cadre en métal brûlant, la veuve remuait à l'aide d'une longue cuillère de bois les chiffons qu'elle avait mis à bouillir dans une marmite. Chaque bout de tissu avait été plié en un rectangle pouvant être fixé à une ceinture et glissé entre ses jambes. Pour la pureté, elle les faisait bouillir avec une poignée de sel, ingrédient rare et précieux. Elle n'avait pas encore besoin de ces linges. Ses « bons débarras », ainsi que sa grand-mère les appelait, n'étaient pas encore de retour, même si cela faisait déjà… Elle essaya de calculer combien de temps s'était écoulé depuis la dernière fois. Neuf mois, puis les dix jours de vie du bébé, puis le printemps et… Depuis combien de temps était-elle en fuite ? Depuis combien de temps vivait-elle ici, avec le révérend ?

Elle avait fouillé dans la malle glissée sous le lit du révérend et les boîtes rangées le long du mur, où elle avait enfin mis la main sur un petit sac fermé par un cordon et rempli de bouts de coton, certains taillés en losanges et d'autres en bandes aux motifs variés. De toute évidence, ils étaient destinés à la fabrication d'une courtepointe. Elle avait choisi les retailles les plus grandes, celles auxquelles elle pouvait donner la forme voulue, et les avait aplaties sur son genou. Elle examina attentivement le minuscule motif floral d'un échantillon, les marguerites roses, la vigne verte envahissante. Sur un autre, il y avait une urne dorée improbable, mal dessinée, et un galon torsadé – quelle robe monstrueuse en aurait-on tirée ? D'où venait ce tissu ? Qu'allait-elle en faire, cette femme ?

La veuve tint le chiffon dans sa main, vestige de la vie d'une autre, du trésor d'objets utiles constitué par une autre. Une mère ? Une sœur ? « Ça, c'est une autre histoire », le révérend s'était-il borné à dire. Mary approcha le tissu de son nez, mais elle ne sentit rien de plus personnel que le parfum vif du bois, de la forêt, de la pluie. Cette femme, qui qu'elle fût, avait bel et bien disparu. De la même façon que la veuve ne se séparait pas de sa petite bible, peut-être le révérend gardait-il ces objets non pas en raison de leur valeur, mais bien pour se souvenir de quelqu'un, d'une femme qu'il tenait à garder auprès de lui.

La veuve avait rangé les autres bouts de tissu en prenant garde de tout bien plier et ranger comme avant. Elle s'était même donné la peine d'enrouler le cordon autour du sac et d'en replier le bout vers le bas, exactement comme elle l'avait trouvé.

Une fois les chiffons prêts, elle fit chauffer de l'eau pour prendre un bain. Elle versa deux bassines d'eau de montagne glacée dans la marmite et vit de minuscules bulles se former sur les parois de métal. Un sifflement grêle mais sonore s'éleva et la veuve souffla sur la surface de l'eau pour voir les minces volutes de vapeur s'éloigner en dansant. Avec impatience, elle fit courir ses doigts dans ses cheveux en broussaille. Une fois l'eau en ébullition, elle se carra sur ses jambes, saisit la marmite par les poignées et versa le tout dans la baignoire. Puis elle aligna des chaises autour de la bassine et tendit des couvertures entre elles afin de créer une sorte de tente pourvue d'un rabat amovible par où elle pouvait passer pour ajouter de l'eau, au fur et à mesure qu'elle bouillait.

En sous-vêtements, chaussée de ses grosses bottes noires,

elle s'aventura dehors et se dirigea vers un buisson de thé des bois qui poussait derrière la maison. Elle arracha une poignée de petites feuilles vert foncé, les porta à son visage et respira à fond leur parfum vif, presque médicinal. Elle rentra en les froissant et en les roulant entre ses mains pour en libérer l'arôme avant de les laisser tomber dans la baignoire. Sa grand-mère avait toujours proclamé que le thé des bois prévenait la « consomption » et les troubles du cerveau. Le père de la veuve avait sur la question une opinion prévisible : « Ta grand-mère croit toutes les bêtises que colportent les annonces des journaux. Si on dit que la crotte de bique guérit le rachitisme, elle le répétera à qui veut l'entendre. Sinon, pourquoi en vendrait-on ? Telle est la malédiction d'un cœur généreux. »

Dans les mois suivant la phase la plus aiguë de sa crise de désespoir, le père de la veuve dormait dans la petite baignoire en porcelaine, le cou appuyé sur le rebord, la tête dans le vide, un drap le recouvrant des pieds à la poitrine – on évitait ainsi de scandaliser les servantes venues réchauffer l'eau. Elles repartaient avec leurs seaux vides en secouant la tête. C'était le genre de comportement qu'on attendait de la part des gens riches et dissolus. La grand-mère accusait le père de la veuve de flirter avec la contagion, car des bains trop fréquents, c'est connu, ont raison de la plus forte constitution. Elle-même suivait un régime expéditif : un gant de toilette et un broc d'eau, matin et soir. Elle se poudrait et dormait avec une résille sur la tête.

Ces souvenirs affleuraient à la mémoire de la veuve avec une impitoyable acuité. Elle se doutait bien que les efforts de sa grand-mère – auprès de son fils et de sa petite-fille – s'étaient révélés parfaitement insuffisants. Au moment où son enfant se décomposait sous ses yeux, la vieille femme ne trouvait qu'à rouspéter. Dépassée par les événements, encroûtée dans ses habitudes et obsédée par le qu'en-dira-t-on, elle critiquait et réprimandait sans fin son fils unique et se montrait insensible à la douleur de la petite malheureuse qu'elle abritait sous son toit. L'enfant n'était pas à elle et rien ne l'obligeait à s'en occuper, mais elle le faisait quand même, à sa manière. Puis on avait cédé Mary au premier homme qui avait voulu d'elle. Sur le quai de la gare, son père avait un air soucieux, comme s'il pressentait la suite.

La veuve soupira. Elle parcourut des yeux l'intérieur de la maison du révérend, son chez-elle, et le voile sombre se leva peu à peu. Elle avait affaire à un homme qui portait ses cicatrices au-dehors et avait le cœur joyeux. Attitude nettement préférable à son contraire.

La veuve versa dans la baignoire une succession de marmites d'eau bouillante. Finalement, elle se glissa nue sous les couvertures et immergea un pied, puis l'autre. Lentement, elle trempa ses fesses, puis elle tira le rabat et s'assit, immobile et bien droite, les genoux remontés sur la poitrine. L'eau lui arrivait à mi-hanche et couvrait ses chevilles, voilà tout. Avec précaution, elle plongea un récipient en métal dans l'eau et en versa un peu sur ses mollets. Elle dut attendre un moment avant de pouvoir s'adosser au métal brûlant de la baignoire, lancer la tête en arrière et soupirer d'aise.

Le parfum des feuilles vertes dans l'eau, la vapeur, sa respiration. Par une infime fente entre les couvertures, elle apercevait la lumière du soleil, les chevrons, les rangées de clous dans le bois, plantés par le révérend. Elle l'imagina juché sur une de ses échelles de guingois, tirant un clou de sa poche. Les lieux lui ressemblaient, portaient sa marque. La veuve s'enfonça dans la baignoire et laissa l'eau bouillante lui toucher le menton. Dans sa petite tente, tout était sombre et paisible. Des rais de lumière striaient la vapeur. La chaleur lui transperçait les épaules et elle sentit ses muscles se détendre.

Suis-je heureuse ? se demanda-t-elle. *Est-ce donc ça, le bonheur ?*

Cette question, elle avait l'habitude de se la poser lorsqu'elle était petite et que, dans son lit, elle songeait à l'avenir. Elle fermait les yeux et, au bord de l'extase, se disait : *Que je suis heureuse !* Puis elle laissait les mots flotter en elle, en éprouvait la véracité, jusqu'à ce que la sensation, lentement et inexorablement vidée de son sens, fût réduite à néant. Certes, elle avait souvent été heureuse – heureuse d'un cadeau de Noël, heureuse de voir son père rentrer à la maison ou de s'asseoir après une longue journée de travail. Sa vie avait-elle été heureuse, jusque-là ? Pas particulièrement. Même chose pour tout le monde, d'ailleurs. La question lui semblait à présent lointaine, comme un enseignement biblique, la voix de quelque maîtresse d'école demandant : « Et que firent les enfants en arrivant à Jérusalem ? Ils… *se réjouirent.* »

Elle fit courir sa main sur son ventre dans l'espoir de sentir quelque chose, un souvenir de souffrance ou de plénitude, de vie ou d'absence de vie, ou même un rappel de son propre sang, de son ancien moi, une sensation transmise de peau à peau, comme une voix étouffée. Mais il n'y avait rien. Elle était vide et inchangée, comme si rien ne s'était jamais produit. Elle posa une main sur son front, respira bruyamment dans l'air humide. Une larme brûlante coula vers son oreille. Elle éprouvait un soulagement tout simple. Dans la maison du révérend, elle avait trouvé une sorte d'amnistie. Rien à voir avec le bonheur, le fichu bonheur.

Le jour de ses noces, elle avait été convenablement heureuse. À bord du train, elle avait gaiement agité la main. Lorsque son mari était enfin venu la rejoindre au lit, elle lui avait tendu les bras. Heureuse, comme prévu. Puis : l'heureuse épouse trompée, l'heureuse ménagère inepte laissée à elle-même toute la journée, tandis que l'hiver rugissait à l'extérieur de la cabane et que des voix hurlaient à l'intérieur de sa tête. L'heureuse mère d'un bébé malade et mourant…

La sage-femme et ses compagnons avaient fait leur apparition bien après le coucher du soleil. John avait su qu'ils arrivaient lorsque les hiboux s'étaient tus. Ils étaient trois – la femme de l'ombre et deux hommes, tous à cheval. L'un des hommes tenait une lanterne. La vieille femme suivit John et sa chandelle dans la cabane, tandis que les deux hommes restaient en silence parmi les arbres en tenant les chevaux par les rênes. Dans l'air où voletait la neige, le pelage des animaux dégageait de la vapeur.

Mary gisait près du lit, à peine consciente, à côté d'une chandelle posée sur le sol. Entre ses jambes, le bébé tremblait faiblement. Sans savoir qui parlait, Mary entendit la voix de la femme :

— Mon Dieu, dit-elle de très loin, n'avez-vous ni l'un ni l'autre rien dans la tête ?

— Vous pouvez faire quelque chose ? demanda John.

— De la chaleur ! siffla la sage-femme. Allumez donc le poêle, pour l'amour du ciel. On gèle, ici.

Et Mary entendit une voix douce s'élever dans la pénombre :

— Pauvre petit chéri, mon pauvre petit chéri…

Elle comprit que c'était la sage-femme qui s'adressait au bébé.

Le matin arriva et tous les hommes avaient disparu, tous, John ayant choisi une compagnie plus amusante. La sage-femme était assise sur le lit, le visage dur, les bras croisés. Sous les couvertures, le bébé sur la poitrine, les bras mous le long de son corps, Mary faisait penser à une reine fanée. Elle souleva une paupière.

— Eh bien, dit la sage-femme.

Mary eut l'impression qu'elle attendait depuis un moment.

— Est-ce qu'il est… Est-ce que j'ai… ? croassa-t-elle.

— Oui.

La sage-femme tapa Mary sur la clavicule, près de la joue du bébé.

— Là.

La nouvelle mère baissa les yeux, en louchant presque, à la façon d'un ivrogne contemplant les boutons de son gilet. Elle vit le sommet d'une petite tête pâle, y porta instinctivement la main. Le bébé bougeait à peine, mais ses infimes halètements contre le sein de sa mère étaient féroces.

— Un garçon, dit la sage-femme avant de se lever et de quitter la pièce.

Mary resta allongée sur le dos. Elle serra le garçon, sentit sa tête chaude. À tâtons, elle chercha une main et en trouva une, aussi petite qu'une noix, immobile. Ils se tinrent là dans la lumière du matin. Mary tourna la tête pour la voir entrer, pour observer les brins de poussière qui planaient dans les rayons du soleil, en haut, en bas, dansant un étrange ballet de particules. Mais elle n'y prêtait guère attention, sa main refermée sur l'extraordinaire petit poing.

La sage-femme revint avec une tasse de neige fondue. Y plongeant les doigts, elle baptisa le bébé. « Au nom du Père, du Fils et du Saint-Esprit, amen. » La cérémonie terminée, elle essuya ses mains sur ses genoux en fixant la jeune mère.

— Il ne tiendra pas le coup, dit-elle.

Chaque jour, le bébé s'étiolait un peu plus. Mary murmurait à son oreille, l'encourageait à vivre comme on encourage un athlète dans une course. Elle lui donnait des noms, les essayait l'un après l'autre. Si elle se décidait enfin, sentait-elle, tout serait terminé, et il s'en irait. Au bout d'une semaine, il n'avait plus la force de téter. Sa bouche restait ouverte contre le sein, et il ne pleurait presque plus. Elle le couchait dans son lit et lui éventait le visage en s'efforçant de ne pas voir ses yeux calmes, presque indifférents. Pour entendre le battement d'oiseau, elle collait une oreille à la poitrine du bébé. Il était de moins en moins présent au monde, et les signes subtils de son détachement lui transperçaient le cœur. Privée de sommeil, affamée et saignant toujours, elle avait du mal à ne pas perdre conscience lorsqu'elle sortait du lit ou se levait d'une chaise, les mains sur les genoux, la tête baissée, prise de vertige. La cabane battait comme un cœur et les oreilles de Mary, pendant de brefs instants, étaient aussi creuses qu'une caverne. Quand le bébé dormait, de plus en plus lointain, elle s'obligeait à se lever, à marcher, à faire les cent pas. Elle n'osait pas dormir : il risquait de la quitter, de vivre seul ses derniers instants. Les jours ressemblaient aux nuits, sans distinction, une veille ininterrompue. Tout brûlait, elle était en feu. Elle glissait son index dans la menotte du bébé, mais il ne le serrait plus, et elle repliait délicatement les petits doigts. Sous ses yeux, ils s'ouvraient de nouveau. Un soleil rose et cruel se leva sur ce qui serait sûrement le dernier jour de l'enfant. Incapable de respirer, de cligner des yeux, impuissante, elle vit la pièce se saturer de lumière. Elle resta avec lui jusqu'à la fin et longtemps après.

Son mari ne revint pas avant une semaine. À son retour, son fils était mort, mais pas encore enterré, et sa femme était devenue folle.

John avait dû allumer un feu au-dessus de l'endroit choisi et l'entretenir pendant presque toute une journée avant de pouvoir planter une pelle dans la terre gelée et creuser une fosse peu profonde. De la vapeur se dégageait des côtés et des cendres se déposaient au fond. Mary ne gardait aucun souvenir de la mise en terre de son fils – un pan de sa mémoire avait été brutalement effacé –, mais elle se rappelait les bruits métalliques de la pelle de John, qui tapait la terre, et les volutes de fumée qui s'élevaient tout autour.

Le printemps avait pris la forme de flots d'eaux boueuses jaillissant entre les arbres nus. Des geais gris bondissaient de branche en branche, s'interpellaient d'une voix flûtée, et l'eau formait des bassins scintillants autour de la cabane. Mary, qui s'était alitée, ne bougeait presque plus. Elle regardait la lumière ramper sur les chevrons et marmonnait sans arrêt. Des pensées sans queue ni tête jaillissaient de sa bouche, se répétaient, se repliaient sur elles-mêmes.

La voix de John trouait l'air et, en tournant la tête, elle le trouvait planté devant elle.

— Tu ne pourrais pas te secouer, Mary ? Te lever, pour commencer ?

Au début, John, mari taciturne laissant dans son sillage une odeur de cuir et de bétail, était toujours dans la cabane. Elle ne savait pas ce qu'il faisait pour se nourrir, car elle ne cuisinait pas, ne pouvait rien avaler.

— Il faudrait une femme, ici, avait-il déclaré.

Elle mit un certain temps à comprendre qu'il voulait parler d'une femme qui s'occuperait d'elle et de lui. Debout devant la porte, il posait sur le monde un regard courroucé. Puis il s'assoyait au pied du lit. Parfois, elle avait l'impression d'entendre les hommes dans les champs – leurs voix, leurs rires –, mais elle ne savait pas si les bruits étaient réels ou non.

Puis, un après-midi, elle eut faim et elle s'assit, et son corps entreprit son ascension spectrale, s'éloignant de la mort. Elle recommença à marcher et reprit des forces. Chaque jour, John la laissait seule plus longtemps. Il était retourné au travail. Parfois, il effectuait le long voyage jusqu'en ville. Il s'absentait alors pendant toute une semaine.

Voilà. La mort n'avait pas voulu d'elle, après tout.

Elle se leva et arpenta la maison comme une étrangère, trouva la cuisine en désordre, les assiettes sales, le pain sec. Le sol était recouvert d'une toile plissée et crasseuse, et des feuilles mortes s'entassaient dans les coins. John avait vidé sa pipe dans la baignoire. Ses bottes neuves étaient posées sur la table et son chapeau était tombé du crochet. C'étaient des présages, de sombres augures qu'elle seule savait déchiffrer. Elle se penchait pour balayer, quelques minutes à la fois, puis s'assoyait sur le lit, chancelante, des larmes dans ses yeux irrités. Elle attendait, sans savoir quoi. Un arc-en-ciel apparaissait entre les arbres et une brume blanche saturait l'atmosphère. La nuit, elle entendait d'étranges explosions au loin, comme si le ciel lui-même émergeait d'un rêve plein de colère. Elle s'assoyait sur une chaise, ses mains tremblant sur ses genoux.

Un matin, elle vit un jeune ours sur la tombe où l'enfant était caché. Il avait déjà creusé un trou peu profond, sans rien trouver. Comme s'il n'y avait jamais rien eu à cet endroit, comme si le bébé n'avait été qu'un rêve. Les yeux de l'animal étaient petits et hésitants. Il se dandinait légèrement, émacié, affamé comme le sont les ours au printemps, sa peau pendant mollement sur son ventre. Elle le vit s'éloigner, attiré par une autre piste olfactive peut-être, des pousses vertes dressant la tête dans la neige qui persistait sous les ombres et dans les ravines. Elle sortit et, avec ses mains, remit délicatement la terre en place.

Pendant la journée, John travaillait aux champs. Des hommes et quelques garçons l'accompagnaient, des garçons engagés pour retourner la terre enfin dégelée, mais, lorsqu'ils arrivaient le matin ou rentraient à la brunante, ils restaient dehors, le chapeau à la main, comme s'ils sentaient que le fait de franchir ce seuil portait malheur. Ils repartaient sans café ni nourriture, car elle n'avait pas encore la force de cuisiner pour une telle armée. Après leur départ, elle enfouissait son visage dans ses mains, honteuse. La nuit, John se couchait près d'elle et dormait. Il la laissait se blottir contre son dos, le menton sur son échine. Il était tiède, presque chaud, extraordinairement vivant.

Debout dans la cour de leur petit domaine jonchée de débris, elle mettait les vêtements de John à sécher dans la bonne brise du début de l'été lorsque, levant les yeux, elle se vit elle-même. Dans l'ombre se tenait une fille si semblable à elle que Mary en resta bouche bée. L'autre s'avança sous le soleil, furtivement, à la façon d'un chat, évaluant froidement la situation. Elles s'observèrent l'une l'autre au milieu des tourbillons de brume qu'un chinook avait soufflés entre les arbres.

— Où est-il ? demanda la fille.

— Mon mari n'est pas à la maison…

La voix de Mary s'éteignit. Elle fixait la fille, fascinée par ses longs cheveux foncés, sa peau pâle, son ventre de femme enceinte.

— Pas lui. Où est le bébé ?

Frappée de stupeur, Mary était muette. La fille s'humecta les lèvres, embrassa la cabane et la cour d'un seul coup d'œil. Puis elle se retourna et se glissa à l'intérieur, effrontée comme une voleuse qui s'exécute en plein jour, ses chevilles dénudées et l'ourlet de sa jupe courte parsemé de brins d'herbe. Sur un dossier de chaise, elle prit un chapeau, le laissa tomber sur le siège. Dans la cuisine, elle fit courir un doigt sur la planche à pain. Elle alla dans la chambre et examina les photos alignées sur la commode, tandis que Mary rôdait près de la porte.

— Je voyais ça autrement, dit la fille. C'est plus p'tit. T'es pas très soigneuse, comme ménagère.

Mary se rendit compte que son cœur s'était emballé. Les moindres mouvements de la fille annonçaient une catastrophe, comme si, d'un geste, elle risquait d'enflammer la cabane. La fille posa la main sur son ventre rebondi, ni avec douceur ni avec sollicitude, comme les femmes en ont l'habitude. Elle donnait plutôt l'impression de vouloir le repousser, le rentrer. Son visage, jusque-là inamical, devint rageur. Elle s'élança et Mary s'écarta, se tassa contre le mur de la cuisine, sans quitter la visiteuse indésirable des yeux. La fille s'arrêta près de la table, pantelante à cause du fardeau qu'elle portait.

— T'as d'la chance, dit-elle amèrement en regardant tout, sauf Mary. Je donnerais cher pour être à ta place.

— Qui es-tu ?

— T'as qu'à lui demander. Mais tu sais pas où il est, pas vrai ?

Lentement, Mary porta la main à sa bouche. Ses yeux se gonflaient de larmes.

La fille lui décocha un sourire contrit en hochant la tête.

— Tu comprends, maintenant, fit-elle en sortant. Je sais pas où il est non plus. Et je m'en fous.

C'est alors que la fille aperçut la petite croix qui marquait l'emplacement de la tombe. Elle s'approcha et se tint devant elle un long moment, les bras ballants. Puis, du bout du pied, elle redressa la croix, qui s'inclina de nouveau. Enfin, elle tourna les talons et disparut entre les arbres.

De la suite des événements, Mary ne gardait que quelques souvenirs, à la fois ternes et fulgurants. Le clic que fit son alliance en heurtant le sol sablonneux – qu'elle avait lancée comme s'il se fût agi d'un caillou, d'une allumette consumée ou d'un autre objet sans importance. Son reflet d'or dans le trou noir – et les pelletées de terre qui l'ensevelirent. L'air humide, ses vêtements humides, des courants d'air tiède surgis d'entre les arbres. La croix penchée au-dessus de son trou. Marquant l'endroit, au-dessus de la tête du petit garçon. Marquant la mort de tout. Son alliance enterrée, comme si elle était déjà veuve et son mari déjà mort, l'horloge remontant le temps et avançant tout à la fois. On lui avait tout enlevé – son père, le lieu où elle était née, le peu d'argent qu'elle avait eu, sa bague de fiançailles, son unique enfant et à présent son mari. La fille n'avait rien regardé et elle avait tout vu.

17

La veuve, assise d'un côté de l'autel parsemé de feuilles mortes, regarda les hommes arriver. Quelques-uns avaient allumé la lampe de leur casque et les autres suivaient. Ils entrèrent par petits groupes, en échangeant des chuchotements amicaux ; d'autres gardaient le silence, comme si le rassemblement n'était que le fruit du hasard.

C'était le premier service tenu à l'église – la veuve avait compris qu'ils étaient de toute façon rares, improvisés. Elle n'aurait su dire avec certitude à quoi ils ressemblaient d'habitude. Mais comme les bancs étaient terminés et qu'on était dimanche, le révérend avait annoncé un service à l'aube, à la fin du poste de nuit. Une aube lente et bleuâtre givrait la cime des cèdres. Un tremble géant dressé près de la future porte de l'église dominait ses congénères et, dans la lumière grandissante, étendait ses feuilles en forme de disque. En bas, tout était noir. Lorsque les hommes se furent installés sur les bancs et eurent éteint leurs lampes, l'église sombra dans les ténèbres.

À cause des lampes à carbure, une vague odeur de soufre se répandit. L'assemblée attendait le révérend, qui était en retard. Autour de la veuve, des silhouettes mouvantes et leurs voix.

— … presque juste des prairies. Les clôtures servaient

plutôt à garder les vaches dehors. Aujourd'hui, on voit des clôtures partout. Comme si c'était une question de politesse.

— *Wo ist der ficken Pastor? Ich bin so müde,* dit une voix ensommeillée.

— C'est qui, cette fille ?

— Sais pas, j't'ai dit.

— … ils ressemblent à des serpents noirs, seulement ils ont… euh… pas vraiment des sonnettes… c'est plutôt des plaques, peut-être deux ou trois, d'une dizaine de centimètres de longueur. Et ils s'en servent pour te fouetter. S'ils te touchent, bonjour les dégâts. C'est comme si on te tailladait la jambe avec un couteau.

— Chut ! On parle pas de serpents à l'église.

— Tu veux parler des serpents fouets ? J'en ai vu, dans le sud. Ils sont pas si mal. Les serpents articulés, par contre… C'est pas le bon Dieu qui les a faits, ça c'est sûr. T'en frappes un et il se brise en morceaux, là, par terre, comme un glaçon, sans bouger… Et pendant la nuit…

— Ça, j'avoue que c'est dur à croire.

— … pendant la nuit, tous les bouts se remettent ensemble. Demande-lui, toi, si tu m'crois pas.

— Allez-vous fermer vos gueules ? On est à l'église, ici, et en plus il y a une dame.

— … mais là il a sauté sur le dos de ce type et il s'est mis à le cogner et moi je criais : « Lâche-le pas ! » J'avais trop peur pour faire quelque chose. Excusez-moi, mais c'est la vérité. Puis le gros me court après. « Qu'est-ce que tu dis ? » Alors moi je réponds : « Si t'es tellement curieux, va donc jeter un coup d'œil là-bas. »

— Ha ! ha !

— Jamais de la vie. Y a rien qui se répare comme ça.

— Et les vers de terre ?

— Je te jure, Ronnie. Tu crois tout ce qu'on te raconte.

— J'pensais que c'était vrai. Ça montre bien que j'suis ignorant.

— Arrête de m'poser la question. J'sais pas d'où elle sort. T'as qu'à aller lui demander.

Lentement, le soleil commença à pleuvoir entre les branches, à inonder l'église sans murs, et les silhouettes des hommes se précisèrent. Après une longue nuit de travail sous terre, ils s'étaient blottis les uns contre les autres. À la blague, le révérend avait dit à la veuve que c'était le seul moment où ils n'étaient ni ivres ni endormis – tout de suite après le boulot. Leur souffle était visible, et de la vapeur montait de leurs têtes nues, de leurs vêtements humides, de leurs bottes trempées. Ils attendirent tellement que, à la fin, certains finirent par céder au sommeil, appuyés l'un sur l'autre, la tête sur l'épaule du voisin. Ils avaient le visage noir et blanc, et c'était leur point commun – les yeux blancs, le front blanc, les tempes et le visage noirs. Leurs bouches plus noires que tout. Devant leurs visages fuligineux et théâtraux, leurs mains ravagées, leurs cous crasseux pareils à du velours côtelé et leurs yeux surnaturels, la veuve n'aurait su leur donner un âge, même approximatif. Elle remarqua qu'ils dégageaient une odeur étrange, mais pas entièrement désagréable. Eau de pluie, poudre à canon, sueur.

— Le voilà ! cria quelqu'un.

L'assemblée se leva d'un bloc.

Le révérend s'avança à grandes enjambées, se faufila parmi ceux qui avaient pris place sur le sol. Il tendit sa bible à la veuve et se tourna vers ses ouailles. Il portait son long manteau noir et tenait à la main son chapeau à large bord. Les mains sur les hanches, il faisait penser à un fier pirate sur le pont de son navire.

— Veuillez excuser mon retard, messieurs. Certains d'entre vous, fit-il en désignant d'un geste empreint de sollicitude un type affalé et flétri assis dans la première rangée, sont épuisés et ne demandent qu'à s'écraser sur leur lit de camp.

— Vous en faites pas, mon père. On est là.

La déclaration était venue de l'arrière.

— Devons-nous commencer, dans ce cas ? demanda le révérend.

— Allons-y ! répondirent quelques voix.

Les paroissiens, qui donnaient l'impression d'assister à une manifestation sportive, semblaient sincèrement emballés. Une expression de fierté traversa le visage du révérend.

La veuve était décontenancée. Son père ne commençait pas ses services de cette manière. Les autres pasteurs de sa connaissance non plus, d'ailleurs. Mais rien n'était plus comme avant, ni même familier. Depuis longtemps. Elle parcourut des yeux l'église inachevée, le plancher inégal, les feuilles mortes accumulées contre les bancs et, au-dessus des têtes, les arbres hauts et silencieux. Et il y avait la congrégation : que des hommes, certains armés de leur hache et de leur pelle, des hommes vannés au visage spectral, moisissant sur leur banc, comme si une force froide et humide était remontée des enfers pour voir à quoi jouait le révérend. Démons en vacances.

Mais le révérend avait l'air heureux. Mary se dit qu'il faisait de son mieux.

— L'homme juste, commença-t-il, ne craint rien. Il ne connaît ni l'inquiétude, ni la peur, ni l'incertitude, et ses jours sont remplis de lumière.

Les mineurs se tortillèrent et les bancs branlants du révérend craquèrent sous leur poids. La veuve n'aurait su dire à quoi ils pensaient, car ils attendaient, impassibles.

— L'homme juste est la plus sainte des créatures du bon Dieu parce qu'il fait sa propre place sur terre. Il la façonne avec ses mains et son cœur, à la sueur de son front. La résolution, dit-il en montrant ses poings serrés, est le moteur de la justice.

— Amen, lança quelqu'un.

— Qui a dit ça ?

Le révérend s'avança avec impatience, le cou tendu. Le silence régnait. La veuve n'aurait su dire pourquoi il était si déterminé à repérer celui qui avait ouvert la bouche. Parmi les sinistres visages noircis, dont bon nombre la fixaient, aucun suspect ne lui sautait aux yeux.

— La résolution est la clé toute simple du bonheur. Elle est en chaque homme, en chacun de vous, quelle que soit la corruption de votre cœur ou la noirceur de vos actions. Ce que vous avez fait, vous pourrez le défaire avec le temps – pour peu que votre cœur soit fort. On rencontre parfois des cas exceptionnels, sans espoir, c'est vrai. Certains hommes portent dans leur cœur une tare si noire que rien, pas même l'amour de Dieu, ne peut l'effacer. Je vais vous montrer.

Le révérend ôta son manteau et le posa sur l'autel. Scandalisée, la veuve s'en saisit et le drapa sur son bras.

— Merci, murmura le révérend.

Il avait à peine bougé les lèvres. Personne d'autre qu'elle ne sut qu'il avait parlé.

— Je vais vous faire voir l'œuvre d'un homme…, commença-t-il en déboutonnant sa chemise.

Au grand désarroi de la veuve, il l'enleva carrément.

— … qui se faisait passer pour un instituteur. Le mien et celui d'autres garçons.

Il déboutonna sa combinaison et se dénuda jusqu'à la taille. La veuve aurait dû détourner les yeux d'un homme à moitié nu dans une église, mais ce qu'elle vit la frappa de stupeur. C'était un homme normal, doté d'une constitution normale, aux bras et au torse solides. Mais sa poitrine était sillonnée de multiples marques diagonales, de cicatrices blanches en relief, et sur ses épaules, il y en avait des dizaines d'autres – signes profonds, indélébiles, laissés par une arme, un fouet ou un bâton. Il se tourna pour montrer son dos. D'autres marques, perpendiculaires et parallèles, empiétaient l'une sur l'autre, certaines profondes, d'autres légères, comme à la surface d'un billot de boucher.

La veuve mit la main sur sa bouche, mais elle ne cria pas. Les hommes restèrent silencieux et immobiles, mais elle comprit, sans savoir comment, que bon nombre d'entre eux n'en étaient pas à leur première expérience. Les ravages étaient incroyables, les marques précises et répétées. Aucune ne s'égarait sur ses flancs. Pas de demi-coupures en biais, rien sous les bras, rien près de la ceinture de son pantalon noir. La veuve eut la vision d'un garçon qui n'avait pas cherché à échapper à la morsure du fouet, qui avait refusé même de ciller.

— Nous sommes résolus à supporter le fardeau du monde, poursuivit le révérend dans le silence. Que pouvons-nous faire de plus ? Nous ne savons pas quelle main nous apportera le réconfort, quelle main nous imposera le châtiment. Dans ta vie, combien y a-t-il eu de surprises ? Et dans la tienne ? Pas moyen d'échapper aux blessures. La vie elle-même est faite de blessures, comme le pain est fait de farine. Nous pouvons seulement tenter de faire le bien, le cœur léger. Le salut se trouve dans l'effort. Évidemment, il n'y a pas d'effort sans erreurs ni défaillances. Mais abandonnez-vous aux vertus de la résolution. Du courage. Soyez des hommes ! Lequel d'entre vous souhaite compter parmi les âmes froides et timorées qui n'ont connu ni la victoire ni la défaite ?

Il y eut un murmure d'assentiment ponctué de hochements de tête.

— Bon, qui commence ? demanda le révérend en descendant de la plate-forme pour s'avancer au milieu des hommes.

Il y eut du mouvement vers l'arrière et quelques mains poussèrent un jeune homme dans l'allée centrale.

— Seulement Ricky aujourd'hui, mon père.

— C'est tout ? N'y a-t-il vraiment personne d'autre ?

— Vous nous avez tous battus, mon père, plaida un homme, au fond. Ricky est le dernier.

Quelques rires retentirent dans la première rangée. Le révérend réfléchit un moment.

— Eh bien, Ricky, dit-il enfin, je suppose que nous devrons nous contenter de toi.

Le garçon s'avança, les jambes tremblantes. Lentement, à son corps défendant, il retira ses manteaux, ses gilets et ses chandails. Puis il rabattit jusqu'à sa ceinture le haut de sa combinaison crasseuse. Il lança des regards honteux à la veuve en nouant les bras du vêtement autour de sa taille. Une fois paré, le garçon attendit, hésitant. C'est alors que la veuve se rendit compte qu'elle allait être témoin d'une nouvelle leçon biblique. Un combat… à l'église ! Elle serra contre sa poitrine les vêtements du révérend. Que faire ? Comment tout arrêter ?

— Serrez-vous la main, dit quelqu'un.

Les deux hommes à moitié nus obéirent. Puis ils reculèrent d'un pas, se concentrèrent et prirent position à la façon des boxeurs. Le garçon, musclé et nerveux à force de transporter des pierres, de balancer le marteau de forgeron et de pousser des wagonnets grinçants sur les rails de fer, était d'une taille monstrueuse. Il avait l'air d'un homme, et le révérend, par comparaison, d'un garçon. Même la veuve voyait bien que le combat serait inégal.

— Qui va compter trois minutes ? murmura une voix.

— Oublie ça. C'est un match à finir. Le premier qui tombe a perdu.

— Il faut compter. Il faut des rounds.

Les pugilistes, cependant, n'avaient pas attendu. Le garçon balança son bras long mais lent et reçut une violente riposte.

— Pas de rounds et pas de paris. C'est une église, nom de D… Et, de toute façon, on peut s'en passer.

— Pour sûr.

— Non, on peut pas.

— Et si c'est match nul ? Qu'est-ce qui arrive ?

— T'en fais pas pour ça. Ça risque pas.

— Personne gagne tout le temps. C'est vrai pour tout le monde. Penses-y un peu ! Une pièce tombe pas toujours du côté face, non ?

— Sauf si c'est le révérend qui est dessus !

La remarque déclencha un tonnerre de rires approbateurs parmi les hommes, qui s'étaient levés pour mieux suivre l'engagement. La veuve serrait les dents, les yeux rivés sur les combattants.

— Si la tête du révérend était sur la pièce, il flanquerait une raclée à la reine ! lança un jeune homme.

Les hommes s'esclaffèrent en tapant des pieds. Le roulement de tonnerre effraya la veuve, soudain convaincue que l'édifice allait lui tomber sur la tête.

— Assez ! aboya-t-elle.

Les hommes se rassirent, leurs sourires s'estompant sur leurs visages contrits.

— 'scusez, m'dame.

Il y eut un bruit sourd et Ricky laissa échapper un grognement. Le révérend dansait, un pas en arrière, un pas de côté, un pas en arrière, un pas de côté, esquivant les coups de Ricky. Puis les hommes s'emmêlèrent de façon inextricable, les planches ployant sous leur poids combiné, et échangèrent des coups à la nuque. Incapable de supporter plus longtemps ce spectacle, la veuve enfouit son visage dans le manteau du révérend.

— Vas-y, Ricky ! Cogne !

— Gaspille pas ta salive. Il a aucune chance de gagner.

— T'es malade ? Regarde-le ! Il est plus costaud que nous tous réunis ! Il est sûr de gagner, rapport à sa taille… Non ! Et merde…

— Hourra !

— Alors, qu'est-ce que t'en dis ?

— Aïe. J'peux pas voir ça.

— Le garçon est foutu. Son compte est bon.
— Mais non, donne-lui une seconde. Il va se relever.
— Il a pas une seconde. Le révérend arrive… Ouille !
— Cette fois, notre garçon est au tapis pour le compte. Regarde.
— J'te l'avais bien dit.
— Et merde.

La veuve se découvrit les yeux à temps pour voir un frémissement parcourir les jambes du garçon de la hanche aux pieds, comme si, debout sur un cheval au galop, il tentait de garder l'équilibre. De ses mains gourdes, il agrippa l'air, puis il leva les yeux au ciel, tel un homme qui, momentanément, se remémore le passé, peut-être avec affection. Puis il tomba à la renverse et heurta les planches en produisant un bruit mat, assourdissant. À peine conscient, il resta allongé aux pieds des camarades assis dans la première rangée.

Il y eut un long silence, uniquement rompu par la respiration du révérend.

— Dieu tout-puissant, s'écria un mineur. L'homme est invincible.
— Faut le voir pour le croire.
— La résolution, dit le révérend, à bout de souffle, est la voie du Seigneur. La voie… de la justice. Dieu favorise l'espérance… et l'homme juste. Ce sera… tout pour aujourd'hui.

Il étendit le manteau de Ricky sur sa silhouette endormie.

— Demain, Stan, garde un œil sur lui. Arrange-toi pour qu'il ne tombe pas dans un trou.

Cette nuit-là, la veuve fut réveillée par la voix de son père, proche, toute proche. La bouche de l'homme, collée sur son visage, hurlait – un cri de surprise ou de stupeur, muet et affreux. Elle s'assit bien droite, à bout de souffle, la terreur balayant tout son corps. Elle était seule dans la pièce, seule dans la maison sombre et silencieuse, mais son père, présence masculine furibonde, était là avec elle. Elle le sentait – son souffle, son cœur affolé. L'essence pure de son père sembla apparaître et se figer devant elle, tel un courant d'air froid dans l'air chaud. Elle ne voyait rien et pourtant elle tendit la main vers lui ; il n'y avait rien devant elle et pourtant elle savait qu'il avait ouvert sa terrible bouche. Tout était perdu. Il était au courant des crimes de sa fille, de sa folie. Un rugissement pareil à celui d'un lion la tira une nouvelle fois du sommeil, et la veuve s'assit dans son lit et vit la lumière de la lune. Elle entendait la respiration empêtrée du révérend. Le bruit en était si familier et si rythmique qu'elle ferma les yeux et ne pensa plus à autre chose. Elle eut de la reconnaissance pour le révérend, comme si c'était sa façon à lui de la réconforter.

Mais tout n'était pas rose, elle le savait très bien. Les frères de John étaient toujours à ses trousses. C'était inévitable. Réussiraient-ils à suivre sa trace le long du col – alors qu'elle-même n'aurait pas su dire par où elle était passée ?

Enfin, elle se rallongea et remonta les couvertures jusqu'à son menton.

18

Au moins trois fois par semaine, McEchern « tenait salon », comme il le disait d'un air faussement mondain. Le petit homme n'était pas dupe, mais il aimait s'amuser. L'objectif était de vendre du whisky et du rhum, et les hommes s'assoyaient avec lui devant le magasin et se plaignaient de la mine, discutaient de l'actualité, en particulier de la rébellion en Chine, parlaient des femmes comme s'ils en avaient une connaissance intime, tandis qu'un ou deux types malheureux et impopulaires que les autres supportaient en silence évoquaient Dieu. Même le révérend semblait peu enclin à invoquer le ciel en de telles occasions. Il préférait fumer tranquillement sa pipe.

Ces soirs-là, la veuve s'assoyait toujours près de lui, un peu en marge, loin des autres hommes. La femme d'Henry, Helen, avait dit : « Frank est une ville infâme. » À la vue de McEchern, fin soûl, et des autres brutes avinées réunies devant le magasin, on ne pouvait que lui donner raison. La veuve baissa son chapeau sur ses yeux et serra son châle sur ses épaules.

Quelques semaines auparavant, le révérend l'avait présentée comme sa « pupille », mais la ruse n'avait suscité que de la dérision.

— Considérez-la comme ma sœur bien-aimée, avait-il dit.

Les hommes avaient paru incapables d'une telle acrobatie mentale. En fin de compte, il leur avait simplement recommandé de ne pas penser à elle.

— Allons donc, mon père, avait dit un type. Après tout, si elle n'est pas à vous…

Le révérend avait promené son regard sur l'assemblée, le visage aussi froid que celui d'un juge. Il y eut un silence contraint.

— Messieurs, le premier d'entre vous qui oubliera ses manières le regrettera amèrement. Compris ?

Après, la veuve put s'asseoir auprès de son bienfaiteur dans une paix relative. Elle n'eut à subir que des regards incessants et, à l'occasion, quelques remarques.

— Vous laissez votre sœur bien-aimée fumer la pipe, mon père ? N'est-ce pas le chemin le plus sûr vers la perdition ?

— On voit bien que vous ne connaissez pas la marque qu'elle fume.

C'est par un soir comme celui-là, longtemps après le coucher du soleil, lorsque la tente exhalait une lourde odeur de pourriture et de peaux fumées et que de petits animaux s'agitaient discrètement dans les arbres, que l'assemblée entendit le bruit d'une bête de grande taille qui s'approchait. Rien à voir avec le craquement de brindilles ; c'étaient des branches tout entières qui se cassaient. Les fêtards se turent pour mieux entendre les lourds bruits de pas. Un ours ? Jamais un couguar ne ferait un boucan pareil. Enfin, après une collision suivie d'un grognement, un homme énorme surgit d'entre les arbres, tel un géant de montagne enveloppé de fumée. Un concert de voix enthousiastes s'éleva aussitôt.

— Giovanni !

— *Un saluto a tutti gli ignoranti !* lança le géant d'une voix grondante.

La veuve ouvrit la bouche toute grande, incrédule. Elle avait déjà aperçu cette créature. Un matin, des semaines auparavant, elle installait des pièges, seule, à genoux au milieu des racines et des genévriers alpins où se cachent les lapins, occupée à plier et à replier un bout de fil de fer pour le casser. Pendant qu'elle s'affairait ainsi, un bruit se fit entendre sur sa gauche. D'abord, la veuve crut être victime d'une chimère surgie de son esprit privé de sommeil. Planté au milieu des arbres, un bossu colossal, dont la lourde tête semblait écraser le cou, l'observait. Elle en eut le souffle coupé, et le visage narquois de l'homme, semblable à celui d'une chèvre, se fendit d'un large sourire. Il portait un manteau fait d'une multitude de peaux de chats tigrés ; cousues ensemble, elles formaient l'espèce de patchwork qui drapait ses invraisemblables épaules. Par endroits, la fourrure était pelée, révélant sur les peaux minces des motifs moirés. Un brin artiste, peut-être, l'homme avait mis un peu de roux à la hauteur des poignets. Il lui adressa la parole dans une langue qu'elle ne connaissait pas.

— *Poverina. Calmati, calmati.*

Figée sur le tapis d'aiguilles de cèdres, la veuve le considérait avec une méfiance non dissimulée. Pourtant, il semblait lui parler avec beaucoup de douceur. Pour un monstre, du moins. Elle faillit s'élancer dans l'espoir de le contourner, mais elle y renonça aussitôt. Elle était toute petite à côté de lui, même lorsqu'il s'inclina pour la laisser passer avec une galanterie grotesque. La bouche étrange de l'homme donnait l'impression de renfermer une surabondance de dents. Oui, la veuve en voyait décidément beaucoup trop. Elle fit un pas en arrière. Des histoires macabres issues de l'époque où elle dormait encore dans sa chambre d'enfant lui remontèrent en mémoire. Les bois regorgeaient d'ogres, de trolls et de loups qui, déguisés en hommes, se dressaient sur leurs pattes de derrière ; ils regorgeaient d'esprits qui jaillissaient des entrailles de la terre sous forme de neige, de fumée et d'odeurs immondes. Et cet homme sentait mauvais, très mauvais. Même de loin.

— *Stai tranquilla,* grogna-t-il en agitant la main comme s'il cherchait à l'attirer vers lui. *Basta così !*

La veuve, qui se croyait calomniée, avait laissé échapper un halètement de stupeur, tourné les talons et décampé, les pans sombres de ses vêtements flottant derrière elle. Et elle avait entendu le tonnerre bas du rire de l'homme.

Et voilà que cette créature s'introduisait en toute amitié au milieu des hommes. Au grand étonnement de la veuve, ils lui firent une place. Le géant posa sa masse sur une souche renversée, se tapa les cuisses – ses rotules étaient aussi larges que la tête d'un homme – et poussa un profond soupir.

— Merde, dit son compagnon le plus proche, il pue plus que jamais.

Un parfum lourd flottait dans l'air, l'odeur écœurante de la charogne, du charbon mouillé et d'un produit chimique aux relents âcres.

— *Mi dispiace,* dit l'écorcheur de chats, *puzzolente.*

Le révérend se tourna vers la veuve.

— Ce qu'il faut savoir à propos de Giovanni, c'est qu'il comprend tout ce que nous disons, tandis que nous ne comprenons rien à ce qu'il raconte.

— Faux, répliqua un homme. Il y a deux Italiens qui travaillent avec moi et ils lui parlent.

— Mais lui ne répond rien, commenta un autre mineur.

Giovanni rit.

— L'autre chose qu'il faut savoir, c'est qu'il fabrique du whisky, dit McEchern en se frottant les mains. Un nectar capable de décaper les locomotives. Hein, Giovanni ?

Le nain haussa la voix.

— Tu m'en apportes bientôt ?

— *Primo o poi.*

Le géant remua la main avec langueur, sans rien promettre.

— Vous avez compris, vous autres ?

De toute évidence, le nain craignait que le geste eût des

conséquences néfastes pour son approvisionnement en whisky. La tête de McEchern, coiffée de son éternel melon, n'arrivait même pas aux épaules de l'écorcheur de chat. On aurait dit un enfant devant les genoux de son père.

— Je pense qu'il te dit d'attendre, Mac. De toute façon, on n'est pas encore à la fin du mois. Il te livre toujours à la fin du mois.

— C'est vrai, concéda le nain en se calmant, c'est vrai.

Il tapota la manche miteuse du monstre, soulevant un nuage de poussière.

— Giovanni, c'est un chic type.

— Ouais, s'exclama un soûlard, et son whisky risque pas de geler, comme celui d'autres fournisseurs que je connais.

Le regard aigre et l'index accusateur, le nain allait mordre à l'hameçon quand le géant prit la parole.

— *Avete finiti con queste stronzate ? Voglio da bere.*

— Qu'est-ce qu'il a dit ?

— Qui sait ? Va plutôt lui chercher à boire.

Il se faisait tard, et quelques fêtards épuisés partirent se coucher. Ils dormiraient pendant quelques heures, dans une tente ou une baraque partagée avec d'autres hommes, puis ils se lèveraient avant l'aube et allumeraient la lampe de leur casque. D'un pas lourd, ils se dirigeraient vers la mine et s'engouffreraient dans des galeries et des tunnels inclinés, où l'air était raréfié et l'obscurité profonde, où des volutes de gaz montaient et où l'eau ruissellait, où ils travailleraient comme des âmes fragiles dans les ténèbres suffocantes.

Les jeunes, les malchanceux et les malavisés se porteraient volontaires pour entrer dans la minuscule cage en acier et descendre dans le vide jusqu'à une galerie plus profonde. Aux yeux de McEchern – qui ne se faisait jamais prier pour le répéter –, ces hommes étaient des fous accrochés par les couilles au-dessus des ténèbres. À son avis, le commerce en plein air était la voie à suivre. « Jésus lui-même s'est dépêché de sortir de la grotte, disait-il. Dieu sait ce qui se trouve là-dessous. »

— Dieu nous suit partout, affirma un ivrogne en sortant de sa torpeur. Il voit tout.

— Pas de ça ! Rendors-toi plutôt.

— En parlant de revenants, dit un type courbé et ratatiné, j'en ai vu en bas. Je les ai entendus aussi. C'est terrible.

— Tu dis n'importe quoi.

— Hier, j'ai vu – non, laisse-moi parler – quelque chose de lumineux flotter dans la galerie, pas très loin. On aurait dit des lucioles. Dix, douze lumières flottantes. Elles faisaient un bruit de craquement. Quand je me suis approché, elles ont reculé. On aurait dit qu'elles avaient peur de moi.

— Des fées.

— Des étincelles, assura une voix mûre et sobre. De la poussière de charbon qui s'enflamme.

— Souhaitons qu'il n'y ait pas d'étincelles là-dessous, intervint le révérend. Ça vaut mieux pour nous tous.

— Hum…

Un rire contraint se fit entendre.

— Il y a pire que ça, mon père.

— Ne l'écoutez pas. Il raconte des bêtises.

— C'est un crétin.

— Vos gueules. Les faits sont là. Il y a des secousses maintenant. La terre tremble. À peine si on a besoin de dynamiter. Elle se tasse et les pierres tombent.

— En fait, c'est plutôt commode, dit un jeune homme en riant. Des fois, on a juste à mettre la terre dans le wagonnet.

— C'est toujours comme ça, une fois qu'on creuse.

— T'es sûr ?

— Évidemment. C'est la mine qui se tasse. Elles passent toutes par là. C'est normal. Et toi, avec tes fées et autres bêtises…

Du haut de la plate-forme, le vieux cracha dans le noir.

— On dirait des bonnes femmes en train de parler chiffons.

Ils restèrent un moment silencieux en pensant au sol sous leurs pieds, à la terre tournant lentement sur elle-même dans son écrin nocturne.

— Une fois, j'ai vu un fantôme, dit un jeune mineur en montrant la veuve. Aussi bien que je la vois, elle.

— Moi, j'en ai jamais vu. Mais j'en ai entendu pas mal.

— Les fantômes n'existent pas. C'est juste un chien blanc qui passe, ou encore un effet du gaz ou…

— … du whisky.

— En tout cas, poursuivit le garçon en regardant la veuve d'un air grave, le fantôme que j'ai vu était tout blanc. Il marchait le long des rails. Au début, je n'ai pas fait attention. Je croyais que c'était un homme. J'allais seulement m'assurer que la porte de la gare était bien verrouillée. Mon père était le chef de gare, mais il… euh… il buvait beaucoup, alors je lui donnais un coup de main. De plus près, j'ai bien vu que ce n'était pas un homme. C'était une fille, habillée tout en blanc. Et elle ne marchait pas. Elle flottait au-dessus des rails.

— Elle avait peut-être des patins à roulettes.

— Foutez-lui la paix.

— … et puis elle a disparu. Tout d'un coup. Comme si vous étiez assise là, m'dame, puis plus rien. Je l'ai revue une fois. Elle est sortie de la nuit et elle est venue vers moi. Sans bouger les pieds. Et elle avait de longs cheveux. Elle a déployé ses bras et ouvert sa bouche comme pour crier. Et puis elle a disparu encore une fois. Je n'ai jamais trouvé d'explication, rien de sensé, en tout cas. Je n'en ai jamais parlé à personne. Même pas à ma mère. Je m'demande d'ailleurs pourquoi je vous ai raconté cette histoire.

— Nous aussi.

Des rires fusèrent.

— Bon, fit une voix bourrue, j'en ai une pour vous, moi aussi.

L'orateur était un moustachu dont la bouche s'arrondissait autour d'un cigare.

— Un type que je connais m'a parlé d'un homme qui possédait un arbre hanté.

— Un arbre ?

— *Ma, arresto.*

— Et ce type m'a dit que tous les soirs, vers minuit, il voyait un objet accroché dans l'arbre. Il n'aurait su dire de quoi il s'agissait. Il faisait sombre, c'était la nuit, mais ça ressemblait beaucoup à…

— Sa queue ?

— Il y a une femme parmi nous, crétin.

— … un pendu. On aurait dit un type pendu à un arbre. Toutes les nuits, c'était la même histoire. Un jour, il en parle à ses copains, mais ils ne le croient pas. C'étaient des crâneurs dans votre genre. Alors il leur dit : « Et si je vous la fais voir, cette chose terrifiante, spectrale, abominable, vous me croirez ? » Ils disent « Ouais » et, pour faire bonne mesure, ils promettent de lui payer à boire pendant une semaine, ce qui ne risque pas d'arriver, se disent-ils, vu que c'est impossible. Le lendemain soir, le type les attend.

— Quel type ?

— Le type au fantôme. Il attend, attend encore. Il est presque minuit. Toujours pas de revenant. Pas de pendu, raisonne-t-il, pas d'alcool. Sans compter qu'il va perdre la face. Alors, en garçon futé, il grimpe dans l'arbre et s'accroche.

— Il se pend ?

— Non, il… Est-ce que je sais, moi ? Il s'accroche, un point c'est tout ! Peu de temps après, ses copains arrivent. Ils s'arrêtent d'un coup. Ils sont tout blancs. Ils se mettent à trembler. « Eh ben, dit l'un, c'était donc vrai. Là, mon Dieu, le pendu est là. » « Ouais, confirme un autre, mais il a dit qu'il y en avait un et j'en vois deux. » Et, vrai comme je suis là, le type se retourne et il y a un pendu juste à côté de lui !

Des grognements retentirent à gauche et à droite.

— C'est une histoire vraie.

Le révérend tendit son verre de rhum à la veuve. Elle en prit une gorgée, toussa, en prit une autre. À la dame oiseau, elle avait dit qu'elle ne buvait pas, se souvint-elle brusquement. Elle rendit son verre au révérend et s'essuya les lèvres.

Après un long silence, McEchern s'agita sur sa chaise, ses petits pieds ballant dans le vide. Il se pencha et sourit au révérend.

— Une fois, j'ai vu un fantôme, dit-il.

— Tiens, vraiment ? répondit le révérend.

— Vraiment. Merci de poser la question.

— Tu racontes ?

— Je n'en avais pas l'intention. Mais puisque vous insistez tous tellement...

McEchern fit claquer ses lèvres et se cala sur sa chaise.

— Un soir, commença-t-il sur un ton solennel, je m'approche d'une ferme...

— Ah non, pitié, dit le crâneur, pas encore celle-là !

Le nain poursuivit sans se laisser démonter.

— ... et je cogne à la porte. Toc toc. La porte s'ouvre et le fermier est devant moi. « Bien le bonjour, dis-je. Il se fait tard et je suis loin de chez moi. Accepteriez-vous de venir en aide à un voyageur égaré ? » « Eh bien, répond le fermier, tout ce que j'ai, c'est la vieille baraque que vous voyez là-bas. Restez aussi longtemps que vous voudrez. Mais personne ne s'y attarde. Elle est hantée. » « Ah bon ? Sans blague ? » Étant d'un naturel robuste et courageux, je me dirige vers la maison et je m'y installe. J'allume un bon feu. Il y a de quoi manger dans la cuisine et une bibliothèque près de la porte. Je m'assois pour lire. Au bout d'un moment, j'entends un craquement à l'étage. Puis un gros chat angora descend lentement l'escalier.

— Un chat ?

— Le plus gros du monde, immense, avec d'énormes yeux verts. Il m'examine d'un regard fourbe, puis il se dirige vers le feu et, Dieu du ciel, il se lance dedans. Il sème des tisons à gauche et à droite. Imaginez ma surprise ! C'est la première fois que je vois un chat se lancer dans le feu. Mais bon, je me dis que le monde est plein de bizarreries. Une de plus, une de moins... Au moment où je commence à me faire à cette idée, le chat se lève et se met à me parler. « Je me demande si je devrais t'attaquer tout de suite. Je vais peut-être attendre Martin. » Vous êtes sceptique, m'dame, je le vois à votre visage, mais c'est la vérité vraie. Une seconde plus tard, j'entends de nouveau du bruit à l'étage et un autre chat angora descend l'escalier. Il est encore plus gros que le premier. Et il a les yeux rouges, mauvais. À son tour, il s'avance vers l'âtre. Mais au lieu d'entrer dans le feu, il fait un pas en arrière et pisse dessus. Seulement, ce qui sort, ce n'est pas de la pisse. C'est du feu.

— Il a pissé dans quoi ?

— Dans le foyer, dit une voix impatiente. Tais-toi et écoute.

— Bon, moi, j'essaie de tenir mon livre bien droit, mais c'est difficile. Le deuxième chat me jette un coup d'œil et dit : « On l'attaque tout de suite ou on attend Martin ? » Vous imaginez sans mal, messieurs, les effets de tels propos sur mon humble personne. Je laisse tomber le livre et je reste planté là, tremblant de peur. Sur ma tête, mon chapeau sautille comme le couvercle d'une marmite. Je me demande s'il faut rire ou pleurer. Mais alors, poursuivit le nain en balayant l'assemblée de ses yeux exorbités, j'entends à l'étage un bruyant remue-ménage. Il y a là-haut quelque chose de volumineux qui se dirige vers l'escalier. Un autre chat, résolu à s'en prendre à votre serviteur. « Messieurs, dis-je en fonçant vers la porte, je suis au regret de devoir partir. Quand Martin sera là, offrez-lui mon meilleur souvenir. »

— Ha ! ha ! hurla le crâneur. Elle est bien bonne, celle-là, Mac. Je pensais que tu allais encore sortir la vieille histoire de la porte de grange à trois trous. Celle-là, je peux plus l'entendre.

— Trois trous ? demanda le révérend dans l'espoir d'en savoir davantage.

Les fêtards se tortillèrent d'embarras.

— Pas en présence d'une dame, mon père, dit McEchern sur un ton sans appel. Ni devant un pasteur.

Soudain, la flamme d'une lanterne posée aux pieds du nain vacilla et crachota avant de s'éteindre tout à fait. La nuit tomba sur les hommes. Certains levèrent les yeux dans l'espoir de voir les étoiles se révéler une à une. Çà et là, on voyait le bout incandescent d'une cigarette. Deux pipes flottaient côte à côte. Celle de la veuve dégageait le parfum le plus aromatique. Du mouvement dans les broussailles, le tambourinement d'un oiseau de nuit. Sur la peau de la veuve, le voile humide de l'air des montagnes. Elle dormait presque lorsqu'une voix s'éleva.

— *Bene,* grommela l'écorcheur de chats, et tout le monde sursauta. *C'era une volta, una ragazza bella ce ha mangiato un'arachide velenosa…*

Et c'est ainsi que débuta un long et incompréhensible récit aux accents de conte de fées, un récit qui s'éleva joyeusement dans la nuit et que personne n'interrompit, pas une seule fois.

*

Le Coureur des crêtes se penchait sur un feu maigre et pâle. Au-dessus de lui, il n'y avait que des sommets dénudés. Il attendait comme le garde dans sa cabane panoptique. À ses pieds s'étendait la forêt. Il avait l'habitude de tourner le dos aux montagnes, d'en observer le flanc, vers la vallée. À présent, il n'y avait rien derrière lui, car il était au-dessus de tout.

Là où affleuraient les rayons de la lune, la clarté se répandait ; ailleurs, tout était noir, noyé dans le vide infini. Seul dans le froid cuisant, le Coureur des crêtes contemplait le rêve dansant du feu. L'altitude était si grande que les flammes comme l'homme avaient de la difficulté à respirer. Il avait froid jusque dans les os, et son souffle ne produisait plus de buée. Seule était chaude l'urine qui, fumant somptueusement, jaillissait de son corps.

Le Coureur des crêtes avait vu le jour glisser rapidement vers un lavis d'étoiles, des ténèbres hérissées. Depuis toujours, il avait l'habitude de se déplacer à la faveur de la nuit, de laisser les animaux le prévenir de la présence de rangers, de grizzlys ou d'autres intrus. Il lui arrivait souvent de dormir pendant les heures plus douces du milieu de la journée. À une telle altitude, cependant, le soleil ne dégageait aucune chaleur, et il était impossible de fermer l'œil. La forêt s'était clairsemée. Des rochers crevaient la terre comme l'os transperce une peau décomposée. De leurs membres gris, des conifères nains se cramponnaient à la pierre fissurée, leurs racines offertes à la vue, et les pommes de pin chétives avaient la couleur d'une allumette qu'on a grattée. L'homme grimpait en s'aidant de ses mains, s'immobilisait pendant de longs moments pour examiner la plaine vertigineuse en contrebas, emporté par ses propres montagnes russes. En appui sur des arbres, il soufflait, la respiration courte, creuse. Pour la première fois de sa vie, ses rares possessions lui pesaient. La tente humide était rarement dépliée et, faute de gibier, ses casseroles ne servaient à rien. Il n'y avait ni cerfs, ni lapins, ni souris. Même les insectes avaient presque disparu. L'air et la nourriture manquaient, les arbres étaient rabougris, et lui-même avançait à pas de tortue – le moteur de sa vie était sur le point de s'enrayer.

Il commença à crever de faim. La cause en était évidente et le remède l'était tout autant : descendre. Il continua plutôt à monter, à s'enfoncer plus profondément dans la solitude, ermite en fuite. Sur les versants éloignés, les chèvres de montagne, petites boules de coton, observaient sa lente progression, étonnées par l'apparition d'un homme. Un soleil froid baignait les surfaces inanimées. Parfois, il y avait des lichens pâles ; parfois, rien du tout. Que la pierre nette et l'air vide, un aigle planant au-dessus du néant. Le Coureur des crêtes trouva sur sa route des champs entiers de neige vierge, préhistorique et immaculée, aveuglante, recouverte d'une croûte de glace à l'aspect vitreux, si ancienne et si dense qu'il ne pouvait qu'y glisser en se traînant les pieds, comme s'il patinait. Il avait beau taper de ses lourdes bottes, il n'arrivait pas à la défoncer. Bientôt, d'étranges buissons bas tapissèrent les rochers à la manière de lis géants, leurs racines suivant des fourches veineuses jusqu'à des extrémités roussies. C'étaient désormais les seuls conifères. Il ne campait plus. Il s'arrêtait, faisait les cent pas, allumait un feu et le regardait se consumer. Il pliait ses affaires, les emballait et les remballait, tenait de petits objets à la main, apparemment incertain de leur fonction. Fouillait ses poches vides.

Et il était là, penché sur un feu, affamé. Là où affleuraient les rayons de la lune, il y avait de la clarté. Il tendit la main devant lui, étudia cet objet pâle et immatériel. Cette main posée sur le sein de la femme, la délicieuse terreur qui parcourait leurs corps, son visage à elle s'approchant du sien, ses cheveux foncés qui faisaient comme un rideau autour de lui.

Il l'avait simplement abandonnée, comme un homme qui quitte sa maison à cause d'un tout petit feu incontrôlé, certain que les flammes gagneront les rideaux, puis le plafond, consumeront jusqu'à la dernière poutre. Treize ans dans les bois, seul, et aucun changement, sinon la ronde des saisons. Et soudain, elle sur le sol, démente, affamée. Arrivée rugissante du changement. Son corps tiède dans la tente comme un rêve lubrique, sa voix magnifique, son regard troublant.

L'ermite avait couru jusqu'au toit du monde, ou presque. Au-dessus ne régnaient plus que le blizzard et la pierre. Des fissures voilées par une infime membrane de glace, des tablettes de neige charriée par le vent en porte-à-faux au-dessus des grottes d'air. Là, rien ne vivait. Sauf William Moreland, dont la flamme vacillait.

19

Les longs jours de fin d'été poussaient leurs doigts cléments jusque dans les froides montagnes. Pendant une semaine, les nuits furent fraîches, les journées douces, et les passages de l'une à l'autre semblaient se prolonger à l'infini – au lieu du crépuscule, on aurait plutôt dit une dérive brillante qui durait des heures. Les renards y entraient en clignant des yeux, furtifs comme des chats, créatures nocturnes qui, dans la lumière tenace, dressaient leur museau noirci pour humer le vent. Le matin, la veuve se levait tôt. Elle préparait le petit déjeuner du révérend : du porc, du pain aux pommes séchées, du café. La plupart du temps, il y avait du porc et, à défaut, du cerf. Dans les cas les plus extrêmes, on mangeait de l'ours. Il y avait de la viande séchée, mais elle-même n'en achetait pas souvent. En revanche, elle prenait de la farine de maïs chez McEchern, quand il y en avait, et aussi de la mélasse, de la chicorée et des haricots secs enfilés sur un bout de ficelle. Il y avait rarement du savon, et elle fabriquait le sien, ainsi que son mari le lui avait appris, brassait l'infâme bouillie pendant des heures, jusqu'à l'obtention de la texture voulue. Elle avait expliqué au révérend comment fabriquer une trémie pour les cendres, par où suinterait la chaux corrosive. Pendant qu'il confectionnait l'objet, elle l'avait surveillé et critiqué sans fin.

— Je suis parfaitement capable de construire une simple boîte, madame Boulton, dit-il.

Il utilisait toujours son nom officiel, comme si elle n'en avait pas d'autre.

— Vous m'en direz tant.

Elle inclina la tête, visiblement amusée, et montra du doigt la maison aux murs de guingois et aux fenêtres mal fermées, gauchies, les joints en pente abrupte où florissait la moisissure. C'était la fierté du révérend et aussi son acte d'accusation.

— Quoi ? protesta-t-il en s'efforçant de réprimer un sourire.

John n'avait pas fabriqué leur trémie. Il avait confié cette tâche à l'un de ses garçons – Mary n'avait jamais su lequel. L'objet, véritable chef-d'œuvre d'ébénisterie, leur avait été livré, solide, étanche, l'intérieur doublé de deux couches de lourde toile pour favoriser un écoulement lent, sans impuretés. En moins d'un an, la chaux l'avait rongée. La veuve savait que les trémies étaient destinées à se désintégrer ainsi. Il n'y avait pas de remède.

Trois pains de savon séchaient sur la table. Mary posa un doigt prudent sur l'un des blocs malodorants de couleur champignon, qui lui opposa une froide résistance.

Et puis elle la vit – sa main à elle.

Une cicatrice pâle courait le long d'une jointure, vestige d'un accident désormais oublié. La peau sèche, enflée, les jointures aussi déformées que celles d'un boxeur et parsemées de cals. Elle rapprocha sa main de son visage pour mieux l'examiner. Son pouce était de loin le plus mal en point : l'ongle était un objet blanc, inanimé, profondément enfoncé dans la chair. Elle contempla les signes de la ruine. Les séances de récurage, la chaux, les manches de hache rugueux, la couture, la crasse, le verre, un dé à coudre poisseux, les éclats de métal d'une baignoire en fer-blanc, les éclats de bois de tout ce qu'elle touchait, les éclats de porcelaine ramassés à main nue, les lames émoussées qui glissaient, les nombreuses bottes polies, les innombrables caleçons longs en laine essorés jusqu'au seuil de la douleur et la sombre gueule béante des fours. Tout cela avait laissé son empreinte. De quoi ses mains auraient-elles eu l'air si elle avait vécu une autre vie, si, au lieu d'épouser John, elle était restée chez son père ?

La vie écrite sur le corps. Et pourtant, William Moreland n'avait pas laissé de trace en portant cette main à sa bouche pour l'embrasser, en promenant ses lèvres sur son poignet. Parmi toutes les blessures de Mary, seule celle que William lui avait infligée était invisible. Elle croisa les mains derrière son dos et alla se planter près de la porte ouverte.

Comment était son visage ? Elle n'en était pas sûre. Elle ne s'était jamais regardée dans le miroir de rasage de William Moreland. Pendant toutes ces journées, il avait été accroché à l'arbre, et le soleil en s'y réfléchissant avait promené un éclat vif sur tout le campement. Il avait utilisé le miroir pour se raser ou s'inspecter en frottant sa moustache avec un orgueil peu commun. Elle-même n'y avait jamais jeté un coup d'œil.

Dans la maison de son père, les miroirs avaient longtemps été aveugles. Au cours des deux années suivant la mort de sa femme, il les avait recouverts de tissu noir. Il avait aussi accroché une couronne noire au-dessus de la porte et enfilé à son doigt une bague de deuil : sur la courbe polie de l'émail noir, les initiales de sa femme se répétaient à l'infini. Pendant deux ans, les lettres émanant de la maison avaient été écrites sur du papier couleur crème bordé d'un large liséré noir, solennel et traditionnel, marque de chagrin extravagante. La grand-mère de Mary entretenait une abondante correspondance avec des fournisseurs et avec son avocat, de même qu'avec ses amies, toujours sur ce papier morbide, mais son père n'écrivait jamais. Il parlait peu, errait de pièce en pièce en foudroyant du regard les objets qui attestaient sa défaite. De ses propres mains, il jeta le lit de la malade, mit sa coiffeuse en pièces, fracassa le miroir d'un coup de talon, puis demeura assis, la brosse de sa femme à la main, réduit aux larmes par la vue de quelques cheveux. La grand-mère de Mary s'encadra dans la porte, le visage blême. Son père se soûla et ne dessoûla plus. C'était un autoeffacement féroce, accompagné, dans la maison, d'un silence abrupt. Depuis quelque temps, il s'était montré discret ; désormais, il s'emmurait dans son mutisme. Un silence terrible et courroucé, qu'il portait comme un manteau de flammes.

À cette époque-là, Mary dormait encore moins qu'à l'accoutumée. Lorsqu'elle parvenait à se glisser dans le sommeil, il lui arrivait souvent, en ouvrant les yeux, de trouver les deux adultes à son chevet, le visage terrifié de sa grand-mère suspendu au-dessus d'elle. On lui faisait comprendre qu'elle avait hurlé, bruyamment donné voix au désastre du songe.

— Qu'est-ce que j'ai dit ? demandait-elle.

— Rien du tout, soupirait sa grand-mère. Tu ne dis jamais un traître mot. Tu cries seulement comme une damnée.

Enveloppé dans les miasmes de son chagrin, son père baissait les yeux sur elle.

— C'était elle ? Elle t'a parlé ?

Un soir, une vieille servante était entrée dans la chambre de Mary et avait touché son front d'une main sèche et légère. *Car elle met en toi sa confiance,* avait murmuré la femme, *et protège-la à jamais, sois pour elle un puissant appui en présence de son adversaire*… Éberluée, Mary avait levé les yeux sur la vieille femme qui, en quittant la chambre, avait posé un index sur ses lèvres.

En ce temps-là, le père de Mary souffrait lui aussi d'insomnie. En plus, il titubait. Sa boisson de prédilection était le rhum, et de doux relents le suivaient partout dans la maison, caramel brûlé mêlé de pisse. Il avait l'haleine fétide et passait parfois des jours sans répondre à qui que ce fût ; il évitait même le regard de sa fille, préférant regarder droit devant lui, d'un air morne, trop profondément enfoui dans les ruines fumantes de son cœur pour voir le monde. Puis, petit à petit, sa colère s'essouffla. Il gardait le lit, parfois pendant des jours, allongé dans ses vêtements fripés, et invectivait les servantes, n'accomplissait rien, car rien n'avait de sens. Sa mère sermonnait à gauche et à droite – lui, la cuisinière, les murs.

— Pense-t-il qu'elle serait fière de lui ? Croit-il que le monde s'est arrêté de tourner ? Quand cet homme jugera-t-il que ça suffit ?

Peu à peu, des signes de guérison apparurent. Le matin, il s'assoyait dans la cour et observait les moineaux, une bouteille de lait pressée contre la poitrine. Il mit la main sur un livre, *Les Vies des Césars,* truffé d'atrocités et d'intrigues, de comploteuses et d'armées perdues dans les ténèbres. À l'occasion d'un des anniversaires de Mary, il avait même souri au gâteau, charmé par ses petites bougies (peut-être y en avait-il eu dix, cette année-là). Mais lorsque ses yeux s'étaient posés sur sa fille, son sourire s'était estompé, et il n'était resté que son visage habituel – solennel, las, patient. Comme s'il attendait un événement qui tardait à se manifester.

Que tout cela lui semblait loin désormais ! Si elle avait espéré que la fin de la longue crise qu'avait été la vie de sa mère inciterait son père à se tourner vers elle, elle connaissait à présent la vérité – elle avait toujours été invisible aux yeux de ses parents. Pour son père, il n'y avait jamais eu qu'une seule femme. Et cette femme avait emporté dans la tombe les liens qu'il entretenait avec tout le reste. Il partit à la dérive. Il ne retira jamais son alliance. Elle était toujours à son doigt, Mary en était certaine, petit objet froid et vain tiédi par sa main. Veuf qui avait renoncé à couper la corde, même pour assurer son propre salut.

Mary aussi avait tout perdu, elle aussi était partie à la dérive. Mais sa situation n'était-elle pas encore plus catastrophique

que celle de son père ? N'était-il pas alors plus faible qu'elle ? Au moins, sa femme lui avait rendu son amour ; au moins, il avait une enfant en vie. Comment aurait-il réagi, à la place de sa fille ? Seule, indigente, trahie. À quelles extrémités son extravagant chagrin l'aurait-il conduit ? Aurait-il fait comme elle ?

Debout sur le seuil de la maison du révérend, elle regarda les arbres, éperdue de reconnaissance. Tout était comme avant et pourtant entièrement différent. Telle une femme qui, après une fièvre, émerge de ses draps moites, la veuve contempla la vie nouvelle qui s'offrait à elle.

Ne restait plus que son crime.

En entendant les pas de son mari, elle avait posé le tissu noir, puis elle y avait planté l'aiguille avant de se lever pour l'accueillir.

John franchit le seuil en secouant les mottes de terre accrochées à ses bottes. Comme à son habitude, il tendit sa carabine à sa femme et la regarda vérifier la culasse, retirer les deux cartouches, souffler sur les douilles en laiton, les remettre en place et refermer la culasse. Exactement comme il le lui avait enseigné et comme elle l'avait fait à chacun des retours de l'homme. Il lui avait presque tout appris. Il retira son chapeau. Dehors, un merle chantait, et John s'efforçait d'extirper son pied de sa botte. Elle le mit en joue et appuya sur la gâchette. Un trou apparut dans la cuisse de l'homme et l'os sortit par-derrière. Une sorte de bruine rose satura l'air. Soudain, elle était sourde. Elle vit John s'écrouler par terre, comme une poupée.

Veuve par sa faute – ou peut-être, étant donné qu'il se débattait sur le sol, bientôt veuve –, elle se rassit pour attendre. Elle finit même par recommencer à coudre.

Il avait plu toute la nuit. À l'intérieur, le calme régnait, même si la tête de la veuve de fraîche date résonnait d'une clameur continue. Cette fois, c'étaient des cris informes. Le matin venu, des flaques luisaient tout autour de la cabane, tandis que le soleil brillait gaiement. Au milieu de ces flaques, elle déambulait, nue, une pelle à la main. Son corps juvénile, pâle et tremblant, ressemblait à celui d'une nymphe. Elle se hâta vers un endroit précis, à l'abri des arbres. La tombe n'était rien de plus qu'un léger renflement, à peine visible en temps normal, à présent trahie par une large flaque et par la croix inclinée. À cet endroit elle avait enterré leur enfant… et le seul objet de valeur qu'il lui restait : la bague. Elle posa le tranchant de la pelle sur le sol, mais ne put se résoudre à appuyer. Les jointures blanchies sur la poignée, le visage sinistre, figé dans une imploration muette de l'eau immobile, de ce qui gisait sous la terre. Une fois de plus, elle s'arc-bouta, et la pelle s'enfonça dans la vase, qui n'offrit aucune résistance. Le vent secouait les branches et des gouttes atterrissaient sur son dos par petites vagues, comme si une main invisible tentait de la ramener à elle-même. Elle frissonna au milieu des arbres hérissés, puis elle laissa tomber la pelle et rentra dans la cabane.

Elle avait passé la soirée à coudre, à la lueur d'une chandelle. Parce que le tissu était noir, elle travaillait presque uniquement à tâtons. Le silence était sans limites, sauf quand elle coupait le fil ciré avec ses dents. Elle fit un nœud d'une seule main. Son mari lui avait appris beaucoup de choses, et c'était la seule qu'elle lui avait enseignée – faire un nœud d'une main. Peu avant l'aube, elle se leva et se mit en quête de quelque chose à manger. Elle ne trouva qu'une miche de pain humide envahie par une sorte de moisissure qui goûtait l'herbe. Elle l'approcha de son nez. Pas de parfum d'herbe pourtant. Elle la sentit de nouveau, puis huma l'air de la cabane. Elle décela une odeur de renfermé. Elle mangea le pain de toute façon, nue, ses longs cheveux lui parcourant le dos comme des mauvaises herbes. Elle avait froid, encore froid, alors elle enfila le manteau de John, accroché près de la porte, ce qui l'obligea à passer prudemment près… non plus de lui, mais de la chose.

Elle avait chaud, à présent. Elle se rassit, ses genoux blancs visibles sous le manteau, et mit la dernière main à sa robe de veuve.

Évidemment, elle reconnut aussitôt le bruit : le craquement des bottes. Des pas lents et réguliers sur le sol asséché depuis peu – ceux du garçon à qui les autres avaient ordonné d'aller chercher le patron, qui vivait à l'écart. Habillée de pied en cap, la veuve attendait, assise sur le lit, son châle sur les épaules, les mains sur les genoux. À distance respectueuse, le garçon cria en fixant la porte ouverte. Dans l'autre pièce, une mouche bourdonnait, à la recherche du sang qui l'avait attirée. En fait, la veuve se rendit compte qu'elle entendait la rumeur de l'insecte depuis le début – pendant la longue nuit et dans la clarté du matin. Elle voyait la jambe de son mari, bizarrement tordue sous le pantalon, le pied pointant dans la mauvaise direction.

Le garçon demeura planté là, perplexe. Ce n'était qu'une question de temps.

Elle ferma les yeux et eut une drôle d'intuition – elle et la mouche et l'air de la cabane et son contenu formaient un tout élémentaire, incorruptible, le fruit d'une impulsion, quelque chose de prévisible, une sorte de catalyseur qui, longtemps auparavant, les avait mis en mouvement, les précipitant vers l'aboutissement, c'est-à-dire la ruine.

Et la ruine était là.

Le garçon appela encore à quelques reprises. Puis il entra.

20

Dans la tente à la toile distendue, tachée par les intempéries, McEchern avait entassé d'une main experte les objets qu'il jugeait indispensables à la vie dans un campement minier. Ils étaient nombreux et extravagants. De la corde, des seaux en bois, des seaux et des baignoires en fer-blanc, du tabac, des couteaux rouillés et dangereux à des degrés divers, de la paraffine, des couvertures, des articles de couture, des boîtes de tabac à priser, deux carabines, une boîte de charnières de porte désassorties, de la graisse à chaussures, de la graisse tout court, de l'huile à lampe, du petit salé, de la farine, du café, des remèdes contre les poux, des raisins secs, des tuyaux de poêle, un pot de cornichons rempli de verres de lunettes, un Colt à la crosse en noyer qui donnait des échardes, de la farine de maïs, des cartouches de quatre calibres différents, de la poudre analgésique solidifiée par l'âge dont il détachait de petits blocs au besoin, des clous (tous usagés), des piquets, des marteaux et des pics, deux chapeaux melon (à vendre l'un et l'autre, même s'il les portait en alternance), un cheval jouet en fer-blanc (à remonter), des boutons stockés dans une boîte à cigarettes remplie à ras bord, des tonneaux de whisky, des cruches et des jarres de rhum, une trousse d'horloger assortie d'une loupe, de l'encre, des égoïnes, deux scies de bûcheron de trois mètres, des rabots et des limes, des assiettes en métal, des cuillères, des couteaux, des fourchettes, des tasses et quatre petits flacons de laudanum.

À la fin de l'automne, il proposa l'un de ces flacons à la veuve venue faire quelques emplettes. Elle était seule, affranchie des soins paternels du révérend. Le laudanum, dit-il, était exactement ce dont elle avait besoin pour guérir les maux qui l'affligeaient : les tribulations s'estomperaient et le chagrin ne chiffonnerait plus son front. Il brandit la petite bouteille et en agita le contenu. La veuve, sûre que le nain lui promettait la cessation des douleurs féminines (c'était vrai, en un sens), fut consternée par une telle effronterie et, en même temps, éblouie par les progrès de la médecine. Les joues en feu, elle sortit de son sac quelques-unes des pièces volées à Mme Cawthra-Elliot, jalousement conservées, et acheta un flacon du produit. Elle fit sauter le bouchon, respira un bon coup. L'odeur était piquante, saisissante, un peu comme celle d'un cataplasme. Elle rangea le flacon dans son sac et parcourut la tente pour finir ses achats.

Le petit homme la suivit des yeux sans se donner la peine de descendre de son tabouret. Dans l'ombre, la veuve réfléchit à l'énigme de Charlie McEchern. Étant donné son âge relativement peu avancé, il semblait improbable qu'il eût lui-même accumulé un tel ramassis d'articles dépareillés. L'enseigne rongée par les vers était sans doute plus vieille que lui. Même le poêle à bois qui chauffait l'établissement, orné d'une profusion de chérubins, faisait figure de curieuse antiquité. Il était là, le petit homme, le nain propriétaire, ses mains d'enfant à plat sur le comptoir, ses chaussures se balançant. On aurait dit qu'il s'était introduit par effraction dans le commerce abandonné d'un vrai marchand et que, à la vue des clients qui se pressaient à la porte, il avait décidé de se divertir en campant le rôle de ce dernier.

La porte de toile du magasin se souleva et deux mineurs à

l'odeur nauséabonde entrèrent. Avec leurs têtes de ratons laveurs, le casque accroché à la ceinture, ils s'avancèrent pesamment, gauches dès qu'ils s'aventuraient hors du monde minéral. Le plus petit des deux avait des yeux blancs remplis de quelque angoisse intime.

— Où est le petit homme ? demanda-t-il.

La veuve évalua sa taille d'un air ironique avant de faire un pas de côté pour dévoiler McEchern, assis derrière son comptoir, calme et menaçant.

— Mac, dit le mineur.

On aurait presque dit une question.

— Allez-y, les gars. Faites comme chez vous.

Le petit mineur se secoua le premier. Timides comme des paysans, les deux hommes commencèrent leurs emplettes. Le plus petit des deux avait les mains tremblantes. Ils prirent des allumettes, deux bâches, une hachette, douze piquets de tente en métal, des couvertures et une marmite. Lorsqu'ils s'avancèrent vers le comptoir d'un air gêné, McEchern les considéra avec affection et lassitude. Son visage disait : *Et quoi encore ?*

— Vous ne devriez pas être sous terre tous les deux, à cette heure-ci, Jim ?

Les deux hommes gardèrent le silence. Ils évitaient de croiser les yeux de McEchern. Leurs vêtements exhalaient les effluves porcins des êtres lointains qui ne se lavent pas.

— Vous allez quelque part ?

— Ouais, nous foutons le camp d'ici, répondit le gros.

— Bien sûr que non. Ta gueule, Ronnie !

— Tiens, tiens...

McEchern fit d'un large sourire.

— Faudrait savoir, les gars. Vous partez ou vous restez ?

Le visage crasseux des mineurs était cramoisi – Mary le voyait au rouge incandescent de leur front.

— Qu'allez-vous faire avec tout ce barda, Ronnie ? Vous quittez les montagnes ? Pour trouver du travail ailleurs ? Il paraît que le CP, le Canadien Pacifique, embauche des types capables de jouer du marteau.

Le gros homme avait tellement envie de parler que les yeux lui sortaient presque de la tête. Sa mâchoire s'activa en silence, mais Jim le prit de vitesse.

— Laisse tomber, Mac. Tu veux combien pour tout ça ?

— Combien je veux ? Cent dollars, à tout le moins. Mais je me contenterai de... quatre dollars quatre-vingt-cinq.

— Tu es fou ou quoi ?

— Bon, bon. Quatre dollars vingt, et ça comprend un cadeau d'adieu de ma part.

McEchern fouilla sous le comptoir et finit par en sortir une bouteille pleine d'une décoction trouble, fermée par un gros bouchon en bois. Eau-de-vie qui avait la consistance et la couleur de la salive. Sans doute le produit de l'alambic de Giovanni, songea la veuve. Ronnie, dont le visage respirait l'admiration et la surprise, tendit la main à la façon d'un petit enfant, mais McEchern mit la bouteille hors d'atteinte.

— Je sens que vous êtes d'humeur à partager, les gars.

Ils firent passer la bouteille de main en main. Sans manières, le petit homme avala sa part en déglutissant bruyamment, la tête renversée. Il tendit la bouteille et grimaça, exprimant sans mot dire une vive douleur, les veines de la gorge toutes noueuses.

La veuve fut la dernière à s'exécuter. Elle porta le goulot à ses lèvres et prit une gorgée avant de sentir l'odeur. Elle laissa échapper un halètement étouffé. L'alcool descendit lentement en griffant sa trachée, où il laissa une affreuse sensation de brûlure.

— Diabolique ! siffla gaiement McEchern.

Jim réunit les achats et fourra tout ce qu'il put dans la marmite en comptant et en recomptant les pièces de monnaie qu'il avait posées sur le comptoir. S'il en avait trop laissé, McEchern n'aurait sûrement rien dit.

La veuve déglutissait encore et encore, la main posée sur sa gorge en feu. Elle n'avait toujours pas retrouvé son souffle.

— Nous avons été renversés, dit soudain Ronnie.

Jim s'immobilisa. Sous ses vêtements puants et laqués de sueur, il donna l'impression de se tasser. Il y eut un moment de silence, uniquement troublé par le crépitement du feu dans le poêle à bois.

— Renversés ?

McEchern regarda tour à tour les deux hommes.

— Par quoi ?

— Un souffle d'air, dit Jim à voix basse, tel l'endeuillé qui, dans une chapelle, craint d'être entendu par le mort. Je me suis retrouvé au milieu du puits. Même Ronnie a été soulevé.

La veuve et le nain se tournèrent vers Ronnie, l'examinèrent de la tête aux pieds et se demandèrent quel souffle dément avait pu ne fût-ce que l'ébranler.

— Renversé, précisa le gros homme.

Maintenant qu'il avait ouvert la bouche, Jim semblait intarissable.

— C'est venu du puisard, Mac. Un gros boum, le pire bruit imaginable. Tout d'un coup, je suis sur le cul, à deux mètres de mon casque. Des saloperies pleuvaient sur nous, comme si quelqu'un avait dynamité juste au-dessus de nos têtes. Un peu plus loin dans la galerie, un type riait comme un bossu. La veine à laquelle il travaillait venait probablement de s'écrouler à ses pieds. Mais c'est pas drôle. Il y en a qui s'en foutent. Qui vous traitent de peureux et de je sais pas quoi. Ils se pensent immortels juste parce qu'ils sont pas encore morts. Moi, je sais reconnaître le mal et il s'en vient, je t'en fiche un papier. Depuis des semaines, on sentait l'eau fraîche. Sans la voir. Hier, évidemment, elle est arrivée. Elle a rempli le puisard. Dedans, il y avait des… choses.

— Des choses, répéta stupidement Ronnie.

— Comme quoi ? demanda le nain.

En guise de réponse, Jim secoua la tête.

— Je vais te dire, Mac. Pas question que je le laisse ici, ce garçon.

Il désigna Ronnie, assurément le garçon le plus gros du monde, puis il poursuivit :

— Juste parce que des crétins pensent que le bon Dieu leur a taillé des couilles en or ..

Il ne pria même pas la veuve de l'excuser.

— Non, nous on fout le camp d'ici.

Il prit ses achats et entraîna Ronnie en le tirant par la manche.

La veuve vacillait, son esprit bouillonnant sous l'effet de l'alcool. C'était en effet diabolique et, une fois qu'on y avait goûté, elle le sentait déjà, on s'en passait difficilement. Elle fixait des yeux le reste de la bouteille que le petit homme tenait encore à la main.

McEchern rigola en secouant la tête.

— Sacré Jim, dit-il. Il a toujours été un peu mollasson. Il croit aux sorcières. Vous imaginez ? Il pense qu'on peut guérir les verrues en enterrant des mèches de cheveux. Et il tourmente le pauvre Ronnie comme si c'était sa femme. Il y en a qui ne sont pas faits pour la mine. Moi, par exemple. Je me demande de quel genre de « choses » il voulait parler.

— Flynn, répondit Mary simplement.

— Ah bon ?

McEchern repoussa son chapeau à l'aide de son pouce minuscule.

— Je me demandais où il était passé, celui-là. On ne me dit jamais rien, à moi.

Le nain examina le visage de la veuve pendant un moment, et elle le laissa faire. L'occasion était belle de le scruter à son tour. Malgré le désordre de ses parties difformes, ses jambes abrégées, ses mains d'enfant et ses épaules protubérantes, McEchern possédait une étrange beauté. Son visage avait été préservé du désastre, et ses yeux bleus, inquisiteurs, à cause de l'écrin où ils étaient sertis, n'en étaient que plus humains.

— Jim a peut-être raison à propos du mal à venir, dit-il. Il suffit de chercher une chose pendant assez longtemps pour qu'elle vous trouve. Comme si on attirait le malheur sur soi. Moi, par exemple, j'ai peur des ours. Ils me donnent des cauchemars. Je ferais n'importe quoi pour éviter ces sales bêtes. Et vous seriez surprise de savoir combien j'en ai croisé sur ma route. J'en ai vu un au bord du sentier, dans le noir, pas loin d'ici, qui m'a soufflé en plein visage. Si près que j'ai senti mon col se soulever. Et puis il s'est retourné et s'est enfui au milieu des arbres en faisant un boucan de tous les diables. J'aurais pissé dans mon froc, mais j'avais trop peur. Il paraît qu'on sent leur odeur avant de les voir. Moi, pas. Je tombe sur des ours propres de leur personne, je suppose. Dites, vous m'avez l'air d'une fille futée. Vous voulez voir mon nouveau projet ?

— Whisky ? fit-elle.

— Non. Baignoires.

Il l'entraîna derrière le magasin, où il avait érigé une autre tente, plus petite – un simple rectangle de haute taille dans lequel auraient tenu huit lits de camp. La toile, que les éléments n'avaient pas encore attaquée, était impeccable, presque blanche. McEchern l'avait tendue à l'aide de haubans et il avait élégamment remonté les rabats de la porte, comme les rideaux de la fenêtre d'une dame. À l'intérieur, il y avait un poêle sur lequel faire bouillir de l'eau, quatre baignoires profondes en fer-blanc, des tables et des bancs de tailles diverses répartis çà et là pour permettre aux baigneurs de se déshabiller, et au pied de chacune, une patère taillée à la diable : pendant ses ablutions, le client pouvait ainsi surveiller ses poches. Étant donné l'état des deux mineurs qui avaient récemment pris congé, la veuve voyait sans mal l'intérêt d'une telle entreprise.

— À mon avis, dit McEchern, un homme paiera pour un bon bain à condition qu'on ne le ruine pas. Je m'en tiendrai à deux jours par semaine pour savoir quand allumer le poêle.

La veuve, qui le dominait d'une tête, avait attrapé le hoquet. Il attendit patiemment qu'elle eût terminé, car elle semblait avoir l'intention de lui demander quelque chose.

— Comment allez-vous faire pour apporter de l'eau jusqu'ici ? demanda-t-elle enfin en montrant un maigre ruisselet de montagne au milieu des arbres.

Elle désigna l'intérieur de la tente.

— Et si vous recevez trois clients en même temps ? Vous allez courir comme un fou.

— Bon, d'accord, il reste quelques détails à régler.

Le nain grimaça comme s'il avait mordu dans un citron.

— C'est simple, je vais… euh…

— Vous êtes barbier ?

— Pardon ?

— Vous savez raser les hommes, tailler les moustaches ?

— Non, pas vraiment. C'est moi qui taille la mienne. Comment la trouvez-vous ?

— Elle est superbe.

— Oui, n'est-ce pas ?

McEchern la caressa fièrement de sa main d'enfant. Il avait perdu le fil de la conversation, sous l'effet du whisky, peut-être.

— Si je pose la question, c'est parce que… moi, je sais.

— Quoi donc ?

— Raser, tailler, couper ! Je l'ai fait pour mon père et… un autre homme.

— Ah bon ?

Soudain, le visage du nain était d'un sérieux absolu, presque comique. D'une main, il tirait les longs poils de sa moustache, le front plissé par un profond effort de réflexion.

— En fait, dit-elle, je suis plutôt douée.

McEchern parcourut des yeux la petite enceinte, perdu dans une logistique complexe. Un bain. Un rasage. Qui refuserait de se départir de quelques pièces pour bénéficier d'un tel traitement ? Sans compter que le rasoir serait tenu non par une rombière au visage maquillé, pareille aux défuntes qu'on voit sur les photos mortuaires, mais par une jolie fille. Penchée sur vous d'un air concentré, la main sur votre visage…

— Vous savez, dit-elle, les hommes accepteraient peut-être de transporter leur propre eau en échange d'un verre offert par la maison.

McEchern resta bouche bée devant une idée aussi lumineuse. Et il posa sur la veuve un regard empreint d'une affection si profonde qu'elle ne put s'empêcher de sourire.

Quelques jours plus tard, les Américains débarquèrent. Ils venaient de l'ouest, ayant emprunté le long chemin qui passait par le territoire indien afin d'éviter les villes et la police. Ils gravirent le sentier qui montait vers la ville en poussant devant eux quatre chevaux volés qui soulevaient dans leur sillage un lent panache de poussière. Il y avait huit hommes, tous des frères issus d'une famille de voleurs de chevaux, brûlés par le soleil, presque endormis sur leur selle, leurs chapeaux croûtés par l'âge. On aurait dit qu'ils étaient faits de boue, car ils avaient la même teinte de néant tous les huit, la couleur mate du sol. Même leurs yeux paraissaient s'être effacés. Les maussades chevaux de selle qu'ils montaient n'avaient plus que la peau et les os, une croupe décharnée. Parmi les tentes et les maisons, ils semblaient nerveux comme des chats. Ils formaient un clan étroitement soudé, et les cavaliers donnaient l'impression de serrer les rangs, eux aussi, de vouloir se cacher dans leurs lourds manteaux. Les quatre quarterhorses captifs qui les précédaient, attachés les uns aux autres du licou à la queue, tirés par un homme qui ouvrait la marche, faisaient vivement contraste.

C'étaient des animaux robustes, à la robe lustrée malgré la poussière, qui levaient bien haut les genoux.

En les voyant venir, la veuve courut jusqu'à la maison en criant :

— Bonny !

Il sortit avec précipitation, la bouche pleine, s'essuya les mains sur son pantalon et salua les visiteurs avec enthousiasme.

L'aîné s'approcha en s'efforçant de calmer sa monture agitée. Des papillons tournoyaient autour de son chapeau. Il ouvrit la bouche, mais rien ne sortit. Il se racla la gorge.

— Il y avait longtemps, Bonny, croassa-t-il.

— Un an, Gerry. Ça va ?

L'homme avalait avec difficulté.

— Tu es malade, Gerry ?

— Je… je n'ai pas beaucoup parlé, ces derniers temps.

Le révérend jeta un coup d'œil aux sept frères regroupés derrière lui, sept hommes de vase montés sur leurs sept chevaux de vase.

— Et à eux, tu leur parles, non ?

— Pas besoin.

Gerry sourit. Puis il remarqua la veuve dans le cadre de la porte et écarquilla les yeux.

— Pardon, m'dame, dit-il en enlevant son chapeau.

Dessous, on aurait dit qu'il y avait un autre chapeau, blanc celui-là. Et tous les frères imitèrent leur aîné, sept chapeaux révélant des fronts aux teintes variables de blanc surmontés de bouquets de cheveux raides et emmêlés.

— M'dame, murmurèrent-ils d'une seule voix.

Mary fut ravie de cette vision saugrenue – on aurait dit des morts-vivants retirant leur couvre-chef pourri. Gerry se retourna pour montrer du doigt les quatre quarterhorses qui se mordillaient l'un l'autre comme des poulains.

— Nous vous avons emmené ces quatre-là. À titre

d'échantillon, disons. Les autres ne sont ni mieux ni pires. Nous en avons vingt-trois autres, cachés plus loin. Nous allons avoir besoin de fourrage. Et de sel. Nous avons manqué de sel.

— C'est vrai ?

— Quoi donc ?

— Vous avez vingt-sept chevaux ?

— En fait, nous en avions plus de trente. Nous en avons perdu quelques-uns en cours de route. Deux se sont enfuis et nous n'avons pas réussi à les rattraper. Un s'est noyé dans une rivière, grâce à Jamie.

À l'arrière, un garçon lança un regard noir en serrant les mâchoires. Manifestement, il ne se sentait pas responsable de la disparition de la bête.

— Bravo ! s'écria le révérend tout rayonnant. Du beau travail, les gars. Vous boirez bien quelque chose ? Nous avons à manger, madame Boulton ?

— Hum...

Mary réfléchit un moment.

— J'ai fait du pain. Nous avons du café. Et il y a tout ce ragoût. .

Elle sourit au révérend d'un air poli et entendu. Le visage de ce dernier s'affaissa, car elle faisait référence au ragoût de porc-épic. Chose incroyable, c'était la deuxième fois qu'elle en préparait. Car si la veuve était apparemment incapable de piéger un lapin, de tuer un oiseau ou d'abattre un cerf, elle avait sans mal capturé son deuxième porc-épic. Dans une marmite posée sur le poêle refroidi, un ragoût au parfum âcre était en train de figer. Ni l'un ni l'autre n'avait encore trouvé le courage d'y goûter. Les deux hôtes examinèrent les hommes dépenaillés, leurs joues creuses, leurs chevaux efflanqués. S'il le fallait, ces hommes-là mangeraient de l'herbe.

— Faites-le réchauffer, dit le révérend en s'efforçant de sourire. Et servez-le-leur bien fumant.

Le lendemain matin, derrière le magasin de McEchern, la veuve se penchait sur un des Américains, dont elle rasait la pomme d'Adam, terrain difficile entre tous. Comme il était nerveux, le garçon déglutissait sans arrêt, et l'objet montait et redescendait sans crier gare. Elle s'arrêta et souffla, exaspérée. Parmi toutes les parties du corps d'un homme, c'était, à ses yeux, la plus étrange et la plus inutile. La petite bosse au milieu et le petit creux juste au-dessus. Impossible à raser ! Elle saisit la mâchoire du garçon et pressa fermement sa tête contre son épaule à elle, et il se pétrifia de plaisir, terrorisé. On aurait dit qu'elle s'apprêtait à lui trancher la gorge. En revanche, il s'était appuyé contre son sein. Il ne savait pas s'il fallait se défendre ou s'évanouir.

McEchern allait et venait fièrement. Dans la tente, quelques frères se prélassaient dans les baignoires en fer-blanc, la tête sur le côté. Ils avaient tous quelques jointures à vif et ils fumaient le cigare. La plupart étaient encore soûls. Une fine pluie tombait, froide comme de la neige.

La veuve appela McEchern, le nain accourut et lui tendit un linge qui fumait abondamment, tiré de l'eau qui chauffait sur le poêle. Sans perdre un instant, elle en enveloppa le visage de son client. Un cri étouffé sortit du chiffon, et le garçon agita les bras et les jambes. Puis il s'immobilisa, cramponné à la chaise, la bouche ouverte en un O de douleur, son souffle soulevant un diaphragme de tissu.

— C'est terminé, Jamie, dit la veuve. Reste là encore une minute. C'est bien comme ça que tu t'appelles, non ?

Le garçon gémit et mâchouilla le linge comme une marionnette. À y regarder de plus près, la veuve se dit que la coupe n'était pas trop mal réussie. Le garçon avait réclamé des rouflaquettes, mode extravagante dont on voyait des exemples surtout sur la couverture des livres bon marché, et il tenait à ce que l'extrémité de ses cheveux touche son col de chemise. Elle fit courir sa main sur la tête de l'homme et tira sur les poils de sa nuque pour s'assurer qu'ils étaient tous de la même longueur, et lentement le garçon s'affaissa, se détendit, écartant les jambes. McEchern observait la veuve, un sourire narquois aux lèvres. Dans ses poches, des pièces tintaient. Dans le tablier de Mary aussi.

Les frères, qui répondaient au nom de Cregan, venaient de Bozeman, dans le Montana, même s'ils étaient partis depuis si longtemps que les plus jeunes ne gardaient aucun souvenir de la ville. Par une invraisemblable contravention aux lois de la probabilité, ils appartenaient à une famille de quinze garçons. La mère était morte d'épuisement lorsque le cadet avait deux ans – heureusement pour elle, voulait la sagesse familiale, sinon elle aurait continué à donner naissance à des garçons. Combien aurait-elle pu en avoir ? Comme dans toutes les familles de quatre enfants et plus, les aînés s'occupaient des cadets. La plupart d'entre eux savaient coudre et changer les couches, et ils étaient tous capables de faire la cuisine – mal, mais quand même.

Parmi les quinze, quelques-uns avaient commis l'erreur de rester à Bozeman et de devenir d'honnêtes citoyens. Ils avaient fait leur droit ou fondé des entreprises légitimes. Par la faute des huit autres, leur nom, à Bozeman du moins, demeurait entaché. Chaque fois qu'il était question de l'incompréhensible nature de l'esprit criminel ou de l'éternelle impuissance des lois, on invoquait les Cregan. Et les Cregan étaient incontestablement des malfaiteurs, des pilleurs de bétail, des voleurs de chevaux, des incendiaires, bien qu'on ne les eût jamais arrêtés et encore moins condamnés pour un motif sérieux. Ivresse publique et querelles d'ivrognes, pas plus, activités auxquelles ils semblaient prendre plaisir, de la même façon que certains hommes aiment le sport. Partout où ils allaient, ils entraient en troupeau et ressortaient de la même façon, souvent à reculons, en brandissant des pieds de chaise fracassés. Lorsqu'ils purgeaient une courte peine d'emprisonnement par suite d'un délit mineur, ils prenaient leurs repas ensemble, partageaient la même cellule (façon de réduire au minimum les risques de bagarre), parlaient entre eux un curieux idiolecte familial et n'adressaient la parole à personne d'autre. L'aîné se comportait en général d'une armée privée. Aussitôt libérés – bien nourris, reposés, voire revigorés –, ils se remettaient au travail. Ils se considéraient comme des hommes d'affaires, fournisseurs de bons produits offerts à des prix raisonnables – la seule différence, c'était que les produits en question, aux yeux de la loi, appartenaient à autrui.

Leurs chevaux, ceux qu'ils possédaient en propre et auxquels ils donnaient un nom, les suivaient comme des chiens de manchon. La veuve avait fait cette observation la veille lorsque les garçons les avaient dessellés ou s'étaient penchés pour détacher leurs sacs et leurs sacoches décolorés par la pluie. Les chevaux les avaient poussés de leur nez doux ou avaient jeté par-dessus leur épaule des regards curieux. Une fois lavées et étrillées, les bêtes ne faisaient d'ailleurs pas si mauvaise figure. Et on distinguait leurs types : bai, rouan et alezan clair. Des taches blanches sur les oreilles de l'un. Les jambes antérieures d'un autre de la couleur du lin. C'était le genre d'animaux qui, en hiver, deviennent non seulement poilus, mais carrément broussailleux. Ils avaient le cou musclé, une grosse tête sans beauté. Pendant que les hommes les lavaient, les animaux se penchèrent sur les seaux à leurs pieds et burent bruyamment, les lèvres desséchées. Sans façon, un hongre énorme, au pelage tacheté comme un cheval indien, était entré dans la maison du révérend. L'animal cherchait son maître qui, à table, avalait avec un plaisir manifeste une assiettée de l'infâme ragoût. Ils entendirent le martèlement doux de sabots non ferrés et le craquement des lattes du plancher.

Le garçon bondit en criant :

— Désolé !

Les bras autour du cou de la créature, l'épaule contre son poitrail, le garçon poussa l'animal à reculons vers la porte. Au passage, la tête du cheval heurta le linteau. Le garçon reprit sa place, et le hongre resta devant le seuil, hésitant. Puis il fit le tour de la maison et attendit près d'une fenêtre, telle une gouvernante jetant à l'occasion un coup d'œil dans la petite maison où jouent ses pupilles.

Dès que fut annoncée la nouvelle de l'arrivée des Cregan, quelques mineurs convergèrent vers la maison et, comme les chevaux, restèrent dehors, assis sur des souches ou accroupis. Ils fumaient en attendant de parler affaires avec le révérend. Plus tard, deux Indiens apparurent et, en exclus perpétuels, se tinrent à l'écart. La veuve se demandait s'ils étaient des Crows comme Henry – à leur habillement, elle n'aurait pu jurer de rien. Ils portaient un pantalon ordinaire retenu par une large ceinture, un manteau fait de couvertures et, dessous, une sorte de haut de pyjama.

Lorsqu'il se décida enfin à sortir de chez lui, le révérend fut accueilli par une cacophonie de prix sollicités et offerts. La foule se dirigea vers le magasin de McEchern, le révérend et les Indiens débattant fiévreusement à l'avant. Suivaient la masse compacte des mineurs et les huit frères, qui avaient la démarche raide de ceux qui passent leur vie à cheval. La veuve était restée à la maison, où il y avait de la boue partout et des marques d'éperons sur les pieds de la table. La marmite de ragoût avait été raclée jusqu'au fond.

Et voilà que, le lendemain, elle était là, la main sur l'épaule d'un Cregan, fraîchement rasé et somnolent sous un linge chaud. Elle l'examina. Il mesurait plus de un mètre quatre-vingts et n'avait probablement pas fini de grandir. Quinze garçons. Prise d'une sympathie muette pour la mère infortunée, elle frissonna. Bizarrement, ils avaient tous un air différent ; on ne les aurait pas pris pour des frères. Même que des questions de paternité se posaient inévitablement. Leurs visages n'étaient pas plus semblables que ceux des spectateurs dans une foire, et leurs tempéraments étaient tout aussi variés.

En revanche, comme le mari de la veuve et ses frères se ressemblaient ! Malgré leurs carnations différentes, les trois hommes avaient le même visage, comme si leurs traits avaient été frappés à partir du même moule vivant. Le père était l'original, à n'en pas douter. Dans la cabane, une photo de cet homme trônait sur la commode. Pas de photo de la mère, cependant – peut-être n'y en avait-il jamais eu. Devant un arrière-plan fantaisiste, le père se tenait, debout, seul, le visage si sévère et si dépourvu de joie qu'on avait presque pitié du photographe. Derrière la silhouette en noir, on voyait un petit pont pastoral, une large rivière qui s'écoulait tout doucement et une barque dans laquelle deux rameurs prenaient place. Décharné et impatient, l'homme condamnait de tout son être ce joli décor d'aquarelle. Tel était donc le géniteur, le beau-père, le Pater. Sans jamais l'avoir rencontré, la veuve le connaissait bien. L'hiver venu, lorsque les ténèbres fondirent sur elle – ou, plutôt, montèrent du fond d'elle-même –, elle avait été seule dans la cabane et elle avait eu sous les yeux ce visage figé et brutal plus souvent que celui de son mari. Lentement, la ressemblance avait fait son œuvre. D'abord, son mari lui apparut semblable à son père, puis les deux hommes se confondirent, et enfin John devint son père. Un jour, en regardant la photographie, elle vit John. Dans la cabane vide, elle n'avait jamais vu d'autres visages que les leurs.

La veuve se rendit compte qu'elle avait le cœur battant. Elle respira à fond. Laissa tomber ses épaules. Que les choses étaient différentes, à présent ! La vie avait repris ses droits. Le lit dans lequel elle dormait lui appartenait indiscutablement, le toit qu'elle avait sur la tête était plus sûr. Dans sa bonté et ses habitudes immuables, le révérend était pour elle une bénédiction imméritée.

Elle frotta ses joues moites. Au-dessus d'elle, les pins formaient une voûte naturelle qui la protégeait du crachin. Bientôt, McEchern devrait installer une toile pour la mettre à l'abri de la pluie et de la neige pendant qu'elle maniait le rasoir… Ou, à bien y penser, peut-être moins pour repousser la pluie, car, grâce au couvert des arbres, il en venait peu par les côtés, que pour marquer l'endroit où elle se tenait. Dans l'esprit de McEchern, elle le sentait, elle faisait désormais partie des meubles et lui appartenait au même titre que le poêle sur lequel chauffait l'eau et les baignoires où macéraient les clients. Comme pour tout ce qu'il possédait, il se faisait du souci pour elle et la protégeait. Il craignait, eût-on dit, que quelque filou ne vînt la lui prendre. À cette pensée, elle esquissa un sourire – c'était un petit homme étrangement attachant.

À ce moment même, McEchern déboucha du côté nord du magasin en traînant une brouette sur laquelle un tonneau de rhum d'une capacité de quinze litres roulait, résonnait et fuyait par tous les joints. Les deux poignées de la brouette reposaient sur les épaules du nain, qui la tirait comme un cheval de trait. Au bruit du tonneau, un des frères se retourna dans la baignoire, le cigare entre les lèvres, et étira le cou pour jeter un coup d'œil par l'entrebâillement de la tente. Ce frère-là, grand, les cheveux clairs, répondait au nom de Sean. Selon les estimations de la veuve, il devait être né quelque part au milieu de la meute. Il vit la veuve debout, une main sur l'épaule d'un de ses nombreux frères. McEchern passa devant lui dans un roulement de tonnerre, accueilli par des acclamations joyeuses, mais Sean ne détourna pas les yeux. Ils avaient tous fini par comprendre que Mary n'était pas la femme du révérend. Sean avait un beau visage de fauve, tanné par les intempéries, les yeux, par contraste, d'un blanc éclatant. Le visage en question se fendit d'un large sourire entendu. Il fit un clin d'œil à Mary.

*

Le Coureur des crêtes s'accroupit près de son petit feu, car il n'y avait pas un seul endroit où s'asseoir au sec. Lentement, il fit tourner les brochettes de viande au-dessus des flammes en salivant. La lune avait amorcé sa descente vers l'aube. Quatre petites branches ratatinées, trempées dans une flaque, dépassaient de sa main, pareilles à des doigts arthritiques. Au bout de chacune grillait une souris. Les queues et les pattes étaient calcinées, les têtes réduites à l'état de noyaux secs, mais il y avait au centre une bouchée de chair, et la viande exhalait un parfum délicieux.

Depuis combien de temps était-il là, sous ce surplomb rocheux, à observer la vallée, incapable de se résoudre à descendre et à suivre le cours de la rivière ? Une fois qu'il aurait trouvé ce courage, il pourrait chasser, constituer des provisions… se renseigner au sujet de Mary. Elle devait être là quelque part, chez les Indiens, probablement, ou plus loin, dans la petite ville minière. Il poussa un long soupir et ferma les yeux. La chaleur était pour lui un miracle, le crachin une consolation. S'il dénichait un abri au sec, un rocher escarpé ou un surplomb, il arriverait peut-être même à dormir.

Depuis des jours, il scrutait la vallée. Pendant de longues heures, il n'avait vu que la forêt, la rivière, les nuages. Une fois ou deux, il avait aperçu une silhouette pâle dans la rivière, des Indiens qui se baignaient en faisant voler des éclaboussures, si minuscules qu'ils auraient aussi bien pu être issus de son imagination. De loin en loin, un train traversait le lit de la vallée en une longue plainte joyeuse et vulgaire. Signe de vie.

À quoi ressemblait la ville ? Était-elle grande ? Il y avait peut-être des clôtures, des routes. Des écriteaux aussi, de simples planches sur lesquelles apparaissait un nom. Des propriétés privées. Il risquait d'empiéter sur les terres de quelqu'un – dans les fermes, on tombe invariablement sur une silhouette indignée qui vous observe de loin. Et dans une ville, un étranger comme lui ne pouvait pas, comme le faisaient tant d'autres, traîner sur les marches de l'épicerie. Un étranger devait rester en mouvement, montrer qu'il était inoffensif et temporaire. Des yeux curieux risquaient de le suivre à la trace. Pas moyen non plus de se retrancher dans les bars, au royaume des ivrognes, car c'est toujours le territoire de quelqu'un d'autre ; il y a le chapeau du propriétaire, son verre, l'invisible et ineffable tache laissée par la jouissance des lieux, qui se répand au fil du temps, sans parler de l'usage et de l'égoïsme et de l'instinct belliqueux… Les mains de William Moreland se poissèrent et il les essuya sur son pantalon.

C'est là qu'il s'apprêtait à aller. C'était l'abîme dans lequel il fallait se glisser pour la retrouver. L'idée qu'elle pût le repousser était tout simplement intolérable. Impossible aussi de faire marche arrière et de repartir. Il n'y avait qu'une seule issue. Descendre.

21

Il faisait encore noir lorsque la veuve s'assit abruptement, posa la main sur son front et poussa un gémissement de contrariété. La migraine s'était installée dans l'après-midi et s'accrochait. Elle finirait par passer, se dit la veuve, mais, d'ici là, le sommeil était exclu. Elle appuya sa joue contre la vitre froide et ferma les yeux. Son haleine laissa contre le carreau une fine buée qui persista longtemps après qu'elle se fut recouchée.

Avant l'aube, le révérend descendit les marches. Des grincements attestèrent ses piètres qualités de charpentier. Il trouva la cuisine déserte, la cafetière froide et vide, les portes encore fermées hermétiquement contre l'obscurité de la nuit. Il fut surpris par le vide de la pièce. L'absence de son invitée lui parut un affront. Et il faisait froid, comme avant l'arrivée de la veuve.

— J'ai cru que vous m'aviez quitté, lui avoua-t-il plus tard.

Il l'entendit alors se retourner dans son lit, à l'étage.

— Madame Boulton ?

Il se rendit au pied de l'escalier.

— Allez-vous vous lever, madame Boulton ?

Elle poussa un son curieux, entre le grognement irrité et le gémissement étouffé.

— Non.

Puis elle se retourna de nouveau dans son lit, manifestement contrariée. Silence. Il appela encore à plusieurs reprises, en pure perte. Pendant quelques minutes, il médita gravement sur ses fautes, car c'était forcément à cause de lui qu'elle avait décidé de faire la grève. S'était-il montré impoli ? injuste ? Il ne se souvenait d'aucun moment d'impolitesse, même involontaire. Aucun signe d'agacement n'avait traversé le visage de Mary, aucun râle de frustration n'avait franchi ses lèvres. En fait, c'était plutôt le contraire. Récemment, elle avait semblé heureuse – il se disait qu'elle était contente de lui comme lui l'était d'elle.

Tristement, il prépara son petit déjeuner. Du café amer, du porridge trop salé et brûlé. Il n'arriva pas à trouver les myrtilles séchées, car c'était désormais la cuisine de Mary, où lui-même était un intrus. Il sortit en maugréant et, cette fois, mit le cap non pas sur l'église, mais sur la mine. Il avait décidé de changer de tactique. À l'église, l'assiduité était presque réduite à néant. Peut-être parce qu'il n'y avait plus de volontaires pour les « leçons bibliques » et que les initiés ne tenaient pas du tout à revivre l'expérience. Le dimanche précédent, il avait attendu dans son église déserte. Plus tard, il avait raboté des planches destinées aux murs.

— Pourquoi ne pas aller à eux puisqu'ils ne viennent pas à vous ? avait demandé la veuve.

— Où donc ?

— À la mine, Bonny. Ils doivent bien se reposer de temps en temps. Ils déjeunent sûrement.

— Oui, je suppose.

— Et, avait-elle ajouté en ramassant nonchalamment dans sa paume quelques miettes de pain tombées sur la table, vous pourriez peut-être varier un peu vos sermons. Aborder un autre sujet…

— Varier ?

Au début, l'idée même l'avait plongé dans la perplexité,

mais il avait peu à peu saisi la justesse de l'argument. Qui a envie de voir le même spectacle à répétition ? Il irait vers eux, changerait son plan d'attaque. Ce matin-là, il sortit de chez lui, toujours triste, passa devant son église sans y entrer et se dirigea vers la mine.

Pendant ce temps, la veuve gisait dans les brumes épaisses du laudanum. Après des heures de battements incessants dans sa tête, elle s'était rappelé la potion de McEchern, toujours dissimulée dans le sac à main de la dame oiseau. Elle avait débouché le flacon, l'avait approché de ses lèvres, s'était souvenue qu'elle ne savait ni quelle quantité du produit avaler ni à quelle fréquence elle devait en prendre. En fin de compte, elle avait ingurgité quelques gouttes du sirop amer et pris la bouteille au lit avec elle. Au début, elle n'avait senti qu'une vague envie de dormir. Elle s'octroya donc une deuxième petite dose, puis une troisième. Après la quatrième, elle se rendit compte que la première s'épanouissait, splendide et gigantesque, l'effet à retardement commençant à se déchaîner dans son sang. Penser qu'une seule petite dose produisait un tel effet… Si elle en avait été capable, la veuve aurait paniqué, mais elle n'était plus capable de rien. La seule chose à faire, c'était fermer les yeux et attendre.

McEchern avait raison. Soudain, elle ne sentait plus la douleur, elle ne sentait plus rien du tout. La migraine avait disparu, les élancements chroniques dans sa jambe avaient cessé, ses pieds qui picotaient à cause du froid s'étaient réchauffés, les jointures de ses mains raidies par le dur labeur s'étaient assouplies, certes, mais ce n'était pas tout. En elle, le relâchement était total ; tout était parti, jusqu'au dernier de ses muscles, jusqu'à la dernière goutte de son sang. Sans opposer de résistance, elle se laissa glisser dans une sorte de nirvana. La voix du révérend, lorsqu'il appela, réussit à peine à pénétrer les premières couches de la couverture infinie qui l'enveloppait et la protégeait, sous laquelle elle dormait d'un sommeil de plomb.

Elle eut des visions. Pendant un certain temps, il y eut des cavalcades de sombres éclats de soleil, des disques de lumière parsemés d'inclusions, esquisses de visages au cœur des étoiles incandescentes. Son œil clos se voyait lui-même, halo brillant autour d'un trou béant, insondable. Plus tard, une silhouette vêtue de lambeaux traversa une masse indistincte de cadavres, tandis que le ciel rouge se fronçait. Des bras s'écartaient mollement pour la laisser passer. Le petit corps de la veuve s'empêtrait dans des draps et des couvertures. Pas d'inquiétude. Pas de douleur. Des silhouettes encombraient la pièce : enjôleuses, elles s'avançaient, vaines, inoffensives. Et elle fut aussi libérée de la peur.

Elle se retrouva devant le poêle, les yeux lourds de sommeil, en train de remuer une marmite remplie d'eau. En crevant la surface, la cuillère de bois produisait un bruit léger. Elle bâilla. Un rêve ? Non ?... D'accord, ce n'était pas un rêve. Elle baissa les yeux et vit ses cuisses, blêmes et coupées en deux par l'ourlet plissé d'une culotte bouffante. Elle était seulement à moitié vêtue.

Un signal d'alarme retentit en elle, un aboiement qui la secoua, et soudain elle fut beaucoup plus alerte. Suivit une succession de vérifications : le feu brûlait correctement dans le poêle ; il y avait de l'eau dans la marmite ; ses pieds étaient dans ses bottes ; elle avait effectivement les jambes nues ; le révérend n'était pas là pour la voir dans cette tenue, il ne se trouvait ni à l'étage ni dehors ; la cafetière était encore tiède sur le poêle ; elle était remplie d'un liquide si amer que seul le révérend avait pu le préparer ; et son bol vide était parsemé de porridge séché, dur comme de la chevrotine. Enfin, la veuve se dirigea vers la fenêtre et examina le soleil pour déterminer l'heure qu'il était. Son esprit dérivait alors qu'elle accomplissait ces taches austères, insouciant, tel le scarabée qui traverse une forêt d'herbes, le regard baissé.

Deux heures plus tard, elle était lavée et habillée. Son manteau en peau de bison sur le bras, elle s'engagea dans le sentier qui conduisait à l'église. Elle apportait au révérend son repas, comme d'habitude. Elle flottait, souriante, le flacon de laudanum dans la poche de son manteau, le goût amer une fois de plus sur la langue. Il fallait donner un nom au goût. Toute chose devrait avoir un nom, n'est-ce pas ? D'étranges réflexions traversaient son esprit léger et l'abandonnaient aussitôt : les arbres étaient peut-être amicaux, le total de ses pas représentait un chiffre important à retenir, son père pensait à elle en ce moment précis. Sur son passage, elle débusquait des écureuils fouisseurs qui bondissaient vers les branches supérieures et la foudroyaient du regard en jacassant. Elle croisa un Cregan – comment savoir lequel ? – et le gratifia d'un geste poli de la tête en dame bien élevée faisant ses courses. Mais quelque chose dans son air incita le garçon à se retourner pour la regarder s'éloigner. Un rythme mieux adapté à la salle de danse qu'aux boutiques, la tête coquettement inclinée sur le côté. Le balancement de ses hanches. Le garçon poursuivit sa route en lui jetant parfois un coup d'œil par-dessus son épaule.

L'église était presque achevée, du moins à en juger par la façade, qu'une toute nouvelle croix surmontait. Les planches gauchies du mur, violemment assemblées avec un sens purement instinctif de la verticalité, accentuaient la bizarrerie de la bâtisse. Des fissures laisseraient passer les intempéries. Le résultat était encore plus affligeant que celui de la maison, comme si le révérend régressait. Elle ouvrit la lourde porte sur l'espace désert. Bêtement, elle appela, puis s'assit sur un banc. Le mur du fond n'avait pas encore été érigé et, derrière l'autel, se dressait la palissade des troncs d'arbres. Un lent frémissement prit naissance dans l'esprit embrouillé de la veuve, le sentiment que quelque chose clochait. Elle lui avait suggéré d'aller quelque part, non ? Où donc ? Elle se leva et partit à sa recherche.

À son arrivée chez McEchern, elle avait oublié le motif de sa venue. Elle avait oublié ce qu'elle voulait au révérend. Ne restait que le vague désir de le retrouver. Cette étincelle de motivation déjà vacillante s'éteignit définitivement lorsqu'elle vit le nain gravir la côte à toute vitesse, le visage livide sous son chapeau melon. Malgré ses jambes réduites, il faisait de remarquables progrès.

— Où diable étiez-vous passée ? siffla-t-il.

La veuve lui sourit d'un air bienveillant.

— Moi ?

— Oui, vous, nom de Dieu ! J'en ai deux qui vous attendent et un autre dans une baignoire. Grouillez-vous.

— Deux quoi ?

McEchern grimaça dans l'espoir de reprendre patience et manifesta son irritation en poussant une sorte de bêlement. Sans un mot, il attrapa Mary par la manche et l'entraîna vers les tentes. Sur la plate-forme du magasin, deux hommes fumaient en balançant les pieds. Dans la plus petite des tentes, quelqu'un fredonnait en s'éclaboussant.

— Messieurs ! hurla le nain. Si vous n'aviez pas une barbe comme celle de Mathusalem en arrivant chez moi, vous l'avez sûrement à présent. Mais là, votre attente est terminée.

— Moi d'abord, dit un type à l'accent scandinave très prononcé.

D'une chiquenaude, il détacha le bout incandescent de sa cigarette et fourra le mégot dans sa poche. Puis il s'assit sur la chaise, dont le cadre en bois eut peine à tenir. L'homme se cala contre le dossier, qui laissa entendre un craquement sinistre, et attendit d'être rasé. Lentement, la veuve posa son manteau, retroussa ses manches et se mit au travail, aussi insouciante qu'un automate. Elle affila la lame sur la bande de cuir fixée à la chaise, observant ses propres gestes longs et lents, un air rêveur sur son visage détendu. Avec précaution, elle savonna le visage de l'homme, lui tapota les joues. Le rasoir allait et venait avec langueur, lourdement, grattait la peau tannée de l'homme, récoltait des poils blancs et noirs. La veuve examina les deux couleurs en plissant les yeux. D'un air béat, le Scandinave, le menton dans la main de Mary, regardait droit devant lui en louchant légèrement. Comme la veuve, il s'était retiré en un lieu connu de lui seul.

McEchern, en revanche, se rendit compte qu'il avait un problème sur les bras. De toute évidence, la veuve n'était pas dans son état normal. Par déduction, il avait même deviné la cause du mal. En tant que fournisseur du laudanum, raisonna-t-il, il risquait gros si la lame de la veuve entamait la jugulaire du Scandinave. Pis, l'autre mineur, ayant flairé quelque chose ou constaté l'éclosion de la panique dans le regard de McEchern, se contractait à vue d'œil.

— Je vous offre une petite goutte, jeune homme? demanda le nain.

— Non.

Émerveillés, ni l'un ni l'autre ne pouvaient détacher les yeux de la scène qui se jouait devant eux : la veuve étreignait presque le menton de son client, dont la gorge était dangereusement exposée.

En fin de compte, il n'y eut pas d'effusion de sang, même si le Scandinave fut rasé d'extrêmement près. Ensuite, on enveloppa son visage dans une serviette fumante sous laquelle le nez formait un pic semblable à une cuillerée de crème fouettée. La peau tannée de l'homme enregistra à peine la brûlure. Après, la veuve épousseta le pull élimé qui lui couvrait les épaules. Il se leva, se frotta les joues et soupira :

— *Åh, vad du är verkligen duktig!*

Le nain se hâta vers lui.

— Ce sera tout pour aujourd'hui, messieurs. Filez. Eh oui, c'est comme ça.

Le second mineur s'immobilisa à peine un instant avant de se laisser éconduire.

De petites volutes de vapeur s'échappaient par les ouvertures de la tente et s'élevaient dans l'air. Il y avait de la boue partout – sur les bottes de Mary, autour du pied de la chaise de coiffeur et aux abords de la tente, sans parler de la flaque profonde qui en marquait l'entrée. Certains matins, cette flaque était entièrement gelée, et les hommes qui sortaient tout juste de la baignoire, le visage rougeaud et luisant, patinaient sur une jambe, balançaient les bras et s'arrêtaient brusquement en posant le pied sur la terre croûtée, gelée. Aujourd'hui, elle était douce et lisse. En apparence bonne à manger. La veuve frotta le talon de sa botte dans la vase et en fit remonter un peu à la surface. Ici, dans les montagnes, la terre était presque rouge. Un brun-rouge foncé, comme une collerette de renard.

Soudain, une voix de soprano retentit dans l'oreille de la veuve.

— Combien en avez-vous pris ?

Elle s'aperçut qu'elle s'était affalée sur la chaise. McEchern était à côté d'elle, le visage tout près du sien, ses yeux bleu pâle pareils à ceux d'un loup.

— Combien ? répéta-t-il.

— Je ne sais pas.

— Une gorgée ? Deux ? Plus ?

— Cinq, peut-être.

— Bout de merde ! Il va me tuer ! Où est le flacon ? Donnez-le-moi.

— Non.

— Donnez-le-moi, merde !

— Pourquoi ne venez-vous pas le chercher vous-même, pour voir ?

Mary brandit le rasoir. Il planait entre eux. Le nain lui décocha un regard las et plein de ressentiment – expression qu'elle avait rencontrée chez quantité de vieilles femmes vexées. C'était plus fort qu'elle : elle fut prise de fou rire.

— Très drôle. Ha ! ha !

Inconsciemment, la veuve glissa la main dans la poche de son manteau en peau de bison, où le flacon était caché. Le geste n'échappa pas à la vigilance du nain. Leste comme un prestidigitateur, il lança sa petite main et s'en empara.

Tant bien que mal, la veuve s'extirpa du fauteuil et resta debout, vacillante.

— C'est à moi, Mac !

— Plus maintenant.

Il courut vers le magasin et sauta sur la plate-forme.

— Rendez-le-moi.

— Écoutez-moi bien, Mary, dit-il en se retournant pour la foudroyer du regard. Vous avez fini de vous droguer. Faites-vous une raison.

Le flacon disparut avec McEchern dans les ténèbres du magasin.

Docile, la veuve se rassit dans le fauteuil. Elle retournait lentement le problème dans sa tête, fixait son centre brûlant. *En veux plus. Ne peux en avoir plus. Si je vole le flacon, il s'en apercevra.* Dans l'état où elle se trouvait, elle oublia même que le nain ne l'avait pas remboursée.

Le chevalement s'accrochait au terrain en pente, sa petite gueule noire béante. Des rails essaimaient dans tous les sens, apparemment sans but, jusqu'à l'endroit où ils convergeaient et descendaient vers un quai de chargement aménagé le long de la voie ferrée. Une tache noire semblait prendre naissance dans l'embouchure de la mine et s'étendre sur le sol, s'évaser de plus en plus, comme les plaques calcinées autour de la porte d'un four. La veuve marchait ou plutôt titubait, en état de stupeur, et ses bottes soulevaient une lourde poussière grise qui retombait aussitôt. Elle la goûtait sur ses lèvres.

Dehors, elle vit un wagonnet rempli de scories.

— Il y a quelqu'un ?

Elle répéta la question. En vain. Sans interruption, le tunnel exhalait une brise fraîche. Elle s'attendait à tomber sur des mineurs aux visages de ratons laveurs qui l'aideraient à trouver le révérend, mais l'entrée était déserte.

Elle avait tenu compagnie à certains de ces hommes chez McEchern, leur avait coupé les cheveux, en avait rasé quelques-uns et s'était émerveillée des impressions que la crasse avait laissées sur leur visage ; les barbes dissimulaient la peau blême, mais là où la poussière noire s'était incrustée, la couleur était aussi profonde et permanente que celle du pelage d'une vache. Elle se souvenait du nom de tous les hommes à qui elle avait coupé la barbe. Elle les avait fait parler, connaissait leurs sympathies et leurs antipathies, leur âge et leur religion, leur propension au commérage, leurs vendettas personnelles. Elle était même au courant de certaines de leurs superstitions, qui étaient nombreuses. Ne jamais dire tout haut le nom d'un homme mort. Ne jamais se vanter d'avoir été épargné par les blessures. Ne jamais refuser d'aider un autre mineur, même si, en surface, vous risquiez de vous entretuer à la première occasion. À minuit, faire attention où on met les pieds, vu que la Terre est à l'envers. À chaque descente, dire une prière à sainte Barbe : *Éloignez-moi de Lui, car je ne souhaite pas Le rejoindre avant mon heure.* Autant de talismans contre le désastre, autant de façons d'éviter de provoquer la masse grouillante de vie qui vous entoure ou de l'irriter par vos fanfaronnades. La plus grande transgression d'entre toutes, cependant, c'était de laisser une femme entrer dans la mine. Tous étaient terrorisés par cette éventualité. Personne n'aurait su dire quel cataclysme risquait d'être déclenché, car aucun mineur ne se rappelait avoir vu une femme dans les parages – en raison, peut-être, de la superstition et de l'utilité que les femmes pouvaient avoir ailleurs.

Dans son état normal, un autre jour, la veuve s'en serait peut-être souvenue. Elle aurait peut-être attendu le révérend à l'extérieur ou elle aurait tourné les talons et serait rentrée. Ce jour-là, toutefois, son cerveau bouillonnant sous l'effet du laudanum, elle entra dans la mine, sans se soucier du danger dont elle était porteuse.

Le tunnel bas et large s'inclinait doucement vers le cœur de la montagne et s'éloignait de la lumière du jour avant de disparaître dans les ténèbres. À ses pieds, les rails étroits qu'empruntaient les wagonnets de minerai, pareils à deux veines jumelles, luisaient faiblement dans la lumière blafarde. Dans l'air humide flottait une odeur familière, celle de créatures vivantes. Peu à peu, en s'avançant, elle distingua les traces de quelque animal à sabots. Un seul d'abord, puis plusieurs. De petits sabots qui avaient laissé une empreinte profonde dans la poussière.

Des cerfs ? songea-t-elle stupidement. Elle s'arrêta, se pencha pour examiner le U des fers à cheval, tous cloutés. C'était donc cela, l'odeur familière – le parfum piquant et réconfortant des stalles. Puis la lumière se fit dans son cerveau : comme les hommes, des chevaux travaillaient dans la mine. Ils tiraient les lourds wagonnets le long des galeries inclinées, vivaient sous terre, vieillissaient et n'étaient libérés qu'une fois aveugles.

Un filet d'eau coulait le long de la paroi, près de l'épaule de la veuve. Pendant quelques pas, il l'accompagna avant de disparaître dans une fissure à ses pieds. Bientôt, elle distingua vaguement une cage en métal, la porte ouverte. On aurait dit une souricière qui l'invitait. Dans son manteau en peau de bison, la veuve serra la petite écuelle contre sa poitrine. Sous l'emprise de la stupeur induite par le laudanum, son esprit débattait. Descendre ou partir ? Elle entra dans la cage.

Sous le poids de la veuve, la cage s'enfonça et se balança légèrement au-dessus du vide. Ses bottes reposaient sur un treillis métallique, et l'haleine fétide de la mine soufflait sans interruption, agitant les jambes de son pantalon. Une voix résonnait, portée par l'air sourd, démultipliée par l'écho. La source monotone paraissait lointaine. La veuve se figea et tendit l'oreille. La voix du révérend, répercutée par les tunnels, montait jusqu'à elle. Impatiente, elle examina la cage dans l'espoir d'en comprendre le fonctionnement. Il y avait une chaîne faite de larges maillons plats. Un bout montait dans l'ombre, tandis que l'autre traversait le treillis sur lequel elle se tenait et plongeait dans le puits. La chaîne était fixée à un assemblage de poulies et de poids grâce auquel les mineurs pouvaient monter et descendre. Elle posa le bol en métal à ses pieds, étourdie par les oscillations de la cage, en état d'apesanteur. Pendant un moment, elle fut prise de vertige et regarda droit devant elle en retenant son souffle. Elle fixa les pierres inégales de la paroi, aux infinis tons de gris, marquées de brillantes inclusions de couleur noire. Il y avait aussi des taches blanches, semblables à des empreintes de doigt. La veuve passa du vertige à l'étude approfondie de la paroi rocheuse. Drôle de transition, semblable à celle de l'enfant qui cesse de pleurer à l'instant où on lui tend un jouet. Au bout d'une minute environ, elle se décida enfin à toucher la chaîne. Presque tiède. Un petit coup vers le bas, et la cage se souleva un peu. Un petit coup vers le haut, elle s'enfonça. Par secousses maladroites, la veuve se laissa descendre dans les profondeurs.

Le révérend se tenait debout devant une foule de mineurs, chacun assis sur son casque. Ils s'étaient réunis dans l'énorme chambre centrale, d'où, à la façon des rayons d'une roue, partaient plusieurs tunnels. Au-dessus de leurs têtes, on avait pratiqué deux bouches d'aération, des trous de la taille du tronc d'un homme qui montaient dans le roc jusqu'à une toute petite tache de lumière. De la voûte tombait une constante pluie de poussière. Le révérend Bonnycastle allait et venait devant les hommes, débitant un sermon chrétien conventionnel : il ne semblait pas réfractaire au changement. Au contraire de son habituelle prestation pugilistique, le sermon était truffé de récits bibliques, de citations lues à la lueur d'une lampe frontale empruntée, de questions posées, bien qu'aucune réponse ne fût nécessaire, tout convergeant vers une conclusion morale inéluctable et pour l'essentiel véridique. Le sujet du jour était l'unité.

— Là où un homme seul est renversé, deux résistent, et le fil triple ne rompt pas facilement.

La tournure des événements plaisait manifestement à quelques-uns, heureux d'assister à une cérémonie sans échange de coups de poing, tandis que d'autres semblaient un peu déçus. Un vieux type joua à l'accordéon les premières mesures d'un cantique. C'était un instrument antique et miteux, dont les grincements sifflants et cadencés rappelaient ceux d'un vieux lit accueillant des amoureux passionnés.

Et puis, soudain, la musique s'arrêta.

Au début, le révérend n'entendit pas les mineurs qui chuchotaient au fond. Il continua de parler, mais les murmures s'intensifièrent. Des hommes regardaient par-dessus leur épaule. L'agitation déferla sur l'assemblée. À leur tour, les mineurs assis près du révérend jetèrent un coup d'œil derrière eux.

— Qu'est-ce que c'est ?

Un type se leva et scruta les ténèbres en grimaçant. Son initiative provoqua quelques murmures contrariés de la part des collègues qui l'entouraient, lesquels lui signifiaient de se taire. Mais alors, montrant les ténèbres du doigt, il dit d'une voix aiguë :

— Qu'est-ce que c'est, au nom du ciel ?

Tous les hommes se retournèrent, certains la main en visière, comme pour se protéger des rayons que, dans cette chambre de résonance, aurait laissé tomber sur eux un soleil invisible. Devant eux se tenait ce qu'ils prirent d'abord pour un animal campé devant l'embouchure du tunnel, une bête velue et débile dressée sur ses pattes arrière, un ours humant l'air qui sentait le renfermé – mais jamais un animal, aussi fou ou rusé fût-il, n'aurait pu emprunter le monte-charge et descendre jusqu'à une telle profondeur. Le silence s'installa parmi les hommes. Dans la main du révérend, la bible s'abaissa lentement, s'arrêtant à la hauteur de sa cuisse. Son visage prit un air résigné, car il avait compris.

La créature chancela légèrement, à la manière d'un ivrogne, puis s'avança.

— Ne vous dérangez surtout pas pour moi, dit la veuve.

Chaos indescriptible.

22

La veuve avait sorti la table sous le soleil, où le révérend et elle jouaient au rami. Lui battait et rebattait les cartes, l'air mécontent, tandis qu'elle l'observait avec intérêt. À maints égards, la vie souriait au révérend, mais aux cartes, c'était tout autre chose. On aurait dit qu'une malédiction attirait de mauvaises cartes dans son jeu. Et si, d'aventure, il en avait de bonnes, il ne savait qu'en faire. Il en posa une sur la table.

— Là ! fit-il sur un ton triomphant.

La veuve se débarrassa d'une des siennes et prit celle de son adversaire, qui fronça les sourcils. Au-dessus de leur tête, la brise agitait les arbres, et de fines gouttelettes d'eau résineuse tombaient sur eux. L'odeur piquante des pins saturait l'atmosphère. La veuve se cala sur sa chaise et soupira d'aise. Le révérend faillit jeter une carte, se ravisa et la serra contre sa poitrine en dévisageant son adversaire d'un air méfiant. Il se décida enfin. C'était un huit. La veuve jeta un dix et s'empara de la carte du révérend. La partie se poursuivit ainsi jusqu'à la victoire de la veuve.

— Vous devez m'accorder ma revanche, dit-il.

— D'accord. À vous de battre les cartes.

Pendant qu'ils jouaient et que se préparait peu à peu une autre défaite du révérend, les arbres furent traversés de souffles tièdes, estivaux.

La veuve ôta une de ses bottes, y posa son pied, et entreprit de retirer l'autre.

— Dites, Bonny, vous croyez que je pourrais courir le risque d'aller au magasin ?

— Qu'est-ce qui vous en empêche ?

— Vous savez bien.

Elle se rappelait vaguement qu'un vieux mineur l'avait saisie par le col de son manteau et lui avait crié au visage. Elle ne savait pas non plus comment elle était sortie de la mine.

— Si vous voulez sortir, sortez.

— Mais si…

— Ils savent qu'ils auront affaire à moi. À vous de jouer.

Elle prit la carte qu'il avait jetée.

— En passant, où est la substance en question ?

— De quoi parlez-vous ?

— Du médicament que Mac vous a vendu.

Sous l'effet de la surprise, le cœur de la veuve bondit. Évidemment, elle aurait dû se douter qu'il comprendrait et qu'il saurait tout de suite où elle s'était procuré la drogue. Elle baissa la tête, incapable de le regarder dans les yeux.

— Il l'a repris.

— Vous n'en avez plus du tout ?

— Oh, Bonny, je suis désolée…

— Vous n'y êtes pour rien. Mais j'ai l'intention d'avoir une petite conversation avec Mac à ce sujet.

Elle rejeta un six.

Il se débarrassa d'un valet. Sa main plana un moment au-dessus de la carte, comme en proie à l'incrédulité, puis il prit les deux.

— Vous entendez des voix, n'est-ce pas ?

La veuve s'immobilisa. Elle laissa tomber ses cartes sur ses genoux, enfouit son visage dans ses mains.

— Il n'y a pas de honte, dit-il.

— Bien sûr que si.

— Pas à mes yeux à moi.

Il avait parlé d'un ton posé, ferme.

— J'ai dit quelque chose ? J'ai parlé à voix haute ?

— Non.

— Dans ce cas, souffla-t-elle, comment le savez-vous ?

— Je l'ai vu sur votre visage.

Lentement, elle récupéra ses cartes et les arrangea d'une main tremblante, car la surprise l'avait rendue maladroite. Elle n'arrivait pas à le croire – elle avait presque fini par se convaincre qu'elle était débarrassée de ces poisons, de ces terribles visites. Depuis si longtemps, elle était épargnée par les voix, les visions… Bon, d'accord, elle en avait eu une dans la cuisine. À peine une silhouette aperçue du coin de l'œil, et elle était raisonnablement certaine de ne pas avoir sursauté, de ne pas s'être retournée et de n'y avoir prêté aucune attention. Suivant la recommandation du Coureur des crêtes, elle feignait de les ignorer. Peut-être les visions n'avaient-elles pas disparu, en fait – seulement, elle les chassait de son esprit, préférant se concentrer, à force de patientes méditations, sur la réalité. Ou plutôt sur sa perception de la réalité. Comment savoir ? Comment s'en assurer ?

Le révérend tendit le bras et prit la main de Mary dans la sienne, chaude et ferme.

— Je ne suis pas folle, dit-elle.

— Je sais.

Durant la nuit, des coups de feu retentirent, petites détonations immédiatement reconnaissables dont l'écho allait et venait d'un bout à l'autre du col.

— Bonny ! grogna Mary. Qu'est-ce que c'est ?

— Rien.

— On dirait des coups de feu.

Le révérend se retourna brusquement sur sa paillasse et s'éclaircit la voix.

— C'est probablement un des garçons qui s'amuse à tirer sur un ours, dit-il.

— Quels garçons ?

Elle attendit une réponse. Puis ses yeux se fermèrent. Bientôt, elle dormait aussi profondément que lui.

Le lendemain matin, le révérend trouva son petit déjeuner sur la table ; la veuve, elle, avait une fois de plus disparu. Il sortit et jeta un coup d'œil aux environs. Rien. Il s'assit et toucha du doigt son assiette en métal – le porridge fumait toujours. Finalement, elle entra par la porte de derrière et le révérend réprima un élan de joie.

— Je suis juste allée vomir, annonça-t-elle.

— Pourquoi ? Qu'y a-t-il ?

— C'est très bizarre. Ça m'a prise tout d'un coup.

— Comment vous sentez-vous maintenant ?

— Bien, très bien.

Il sourit en secouant la tête.

— Quoi ? demanda-t-elle.

— Vous n'êtes pas du genre à vous plaindre, pas vrai ?

— Ah ! Vous n'avez pas idée, répondit-elle en souriant à son tour.

Mais elle était ravie. Elle n'avait rien entendu qui ressemblât à un compliment depuis… Elle prit un moment pour réfléchir. John lui avait un jour dit qu'elle avait les cheveux doux. Une servante s'était extasiée devant la qualité de ses travaux d'aiguille, mais cette fille s'émerveillait de tout, même des moineaux qui se posaient au bord de la fenêtre. Une voisine lui avait dit qu'elle était adorable dans sa robe de mariée. Pas un mot de son père à propos de la robe, du mariage ni du reste. Quant à sa grand-mère, son seul souci était d'éviter que sa petite-fille ne gâchât son rouge à lèvres. « Tu en as mis partout, ma chérie, dit la vieille femme en se penchant, un mouchoir mouillé à la main. On dirait un chien enragé. »

Disons qu'elle n'avait pas l'art de s'attirer les compliments.

Étonnée de la sensation délicieuse provoquée par celui du révérend, elle se dirigea vers le poêle, préleva un peu de porridge dans la casserole et le resservit.

Après avoir bu un café et fumé une pipe, ils mirent ensemble le cap sur la plaine qui s'ouvrait à l'ouest, large pré alpin bordé d'arbres et parsemé de fleurs mauves au milieu duquel était aménagé un petit enclos destiné aux chevaux. Des hommes se pressaient tout autour, certains juchés sur la clôture ; d'autres, penchés, admiraient entre les traverses la beauté qui, à l'intérieur, piaffait, secouait la tête et soufflait.

— Le voici ! s'écria l'un des hommes.

Le révérend souleva la main et se mêla à eux. Il y avait des Cregan partout. Quatre d'entre eux étaient dans le paddock, une corde à l'épaule. Dans la poussière tourbillonnante, ils allaient et venaient au milieu des chevaux, détachant avec maestria ceux que les acheteurs souhaitaient examiner de plus près. De nombreux chevaux portaient un hackamore, mais ils étaient gênés par les cordes, dont la présence semblait les indigner. En vérité, ces animaux étaient dressés de longue date, mais, libérés depuis peu et ayant couru en troupeau comme des chevaux sauvages, ils avaient éprouvé le frisson de la liberté qui avait fait d'eux des bêtes têtues.

La veuve grimpa sur la clôture et observa la pagaille. Les hommes et les chevaux se confondaient ; les chapeaux des Cregan, perdus parmi les épaules et les croupes ondulantes, ballottaient.

Elle n'avait encore jamais vu autant de chevaux réunis. Son père n'en avait jamais possédé plus de deux, même si l'écurie pouvait en accueillir davantage. Sa grand-mère se souvenait d'une époque où les six stalles étaient occupées et où les voitures étaient poussées à reculons et alignées dans la grange ; seuls les brancards de la dernière, dépassant des portes, étaient exposés aux éléments. Chacun avait son cheval, et les animaux portaient des noms comme Little Boy et Marathon.

Son arrière-grand-père haïssait les chevaux : il battait les siens et y prenait même plaisir. Sur son lit de mort, il dit à ses fils espérer qu'ils pourraient bientôt se passer des « satanés chevaux ». Moins de dix ans plus tard, son vœu fut exaucé. Certains animaux se perdirent dans un blizzard ; quelques-uns furent vendus ; d'autres encore contractèrent des maladies inconnues, déjouèrent les efforts des vétérinaires et moururent. Ces récits poussaient la petite Mary à la mélancolie, et elle arpentait l'écurie en proie à une morosité existentielle. Les brides des chevaux disparus moisissaient sur les murs en lattis, et les stalles étaient comme imprégnées d'absence.

Jusqu'à son mariage, elle n'avait jamais monté autre chose que des « chevaux pour fille » – des animaux doux, en général vieux et paresseux de nature. Après, elle fut initiée à des espèces tout à fait différentes : des monstres énormes et puissants, aux jambes antérieures velues et au dos large, des bêtes stupides et colériques. Personne ne se risquait jamais à passer derrière elles. Un de ces chevaux, irrité, avait sans crier gare rué et frappé le flanc d'une voiture, si fort que l'équipage tout entier avait été secoué. Des objets avaient volé à gauche et à droite. Les hommes avaient mis une journée à réparer l'essieu tordu.

— Celui-là, fit une voix.

C'était Sean Cregan, debout près d'elle.

— C'est le meilleur du lot.

Il montrait un quarterhorse à l'apparence quelconque patrouillant l'autre extrémité du paddock, qui marchait à petits pas, la tête basse, comme s'il cherchait à passer inaperçu. C'était une jument trapue, presque laide, qui semblait disparaître et réapparaître tour à tour. De tous les animaux réunis, c'était celui qu'on remarquait le moins.

— Regardez-la, dit-il. Observez-la.

Un des aînés Cregan fonçait sur un autre cheval, un splendide poulain marron qui sautait et se dérobait en se balançant de gauche à droite, apparaissant au gré des mouvements des autres. L'homme tenait la corde à la hauteur de ses épaules, prêt à lancer le lasso. Comme si elle obéissait à un signal, la petite jument s'élança, pratiquement invisible au milieu des têtes dressées et de la poussière et des sifflets des hommes. Elle fonça en diagonale ; les chevaux s'écartèrent comme s'ils ne formaient qu'un et, après son passage, resserrèrent les rangs. Ils ressemblaient à une pâte qu'on malaxe. La cible fit un pas en arrière et disparut derrière les autres. Le lasso se referma sur du vide. Irrité, l'homme enroula la corde. La jument s'était volatilisée.

— C'est un animal intelligent, trancha Sean. Il sera le dernier à partir, mais c'est le meilleur. Mettez-le de votre côté, et il vous rendra de fiers services.

— À qui l'avez-vous volé ? demanda la veuve.

— À Dieu.

— Vous êtes un petit malin, non ? demanda-t-elle en souriant.

— Je ne le fais pas exprès.

Tendant la main, il saisit deux des doigts de la veuve, les serra délicatement. Elle le laissa faire. La peau foncée de l'homme, les doigts effilés de la veuve disparaissant dans son poing, les plis, les cicatrices, les sillons, l'usure stupéfiante de cette main. Le geste, s'il n'avait rien de lubrique, n'était pas particulièrement tendre non plus. Il trahissait la convoitise. *Pourquoi est-ce que je le laisse faire ?* se demanda-t-elle. Elle examina le visage fauve de l'homme, vit la question qui s'y inscrivait, voilée mais effrontée, et éprouva un pincement de désir et de regret. Il monta en elle avec une âpreté désastreuse. Désastreuse parce qu'elle désirait non pas cet homme, mais un autre. Oh, embrasser son visage, trouver sa langue, lui tendre le sein et le regarder le caresser. Et le reste, la crispation, le plaisir douloureux. Aussi impuissant que l'eau devant la gravité, le cœur de la veuve s'élança vers William Moreland et se donna à lui, inutile, rejeté. La colère succéda ainsi au désir. Quelle folie d'accueillir un homme dans son cœur, de lui concéder un tel pouvoir…

Cregan vit ces émotions déferler sur le visage de la veuve, s'efforça d'en percer le mystère.

Derrière eux, une voix s'éleva au-dessus des autres, haut perchée, exaspérée. La veuve retira vivement sa main et se laissa descendre. L'instant d'après, le garçon se perdait parmi les chevaux.

— Pourquoi faut-il que je paie le prix fort, mais pas lui ? Au nom de quoi un Indien serait-il dispensé de payer ?

— Il va payer, ne t'en fais pas, dit le révérend.

— Regardez-le ! Avec quoi voulez-vous qu'il paie, merde ? Où est son argent ?

Le révérend gesticula en direction de l'intéressé.

— Dis-lui avec quoi tu vas me payer.

L'homme répondit dans sa langue.

— Voilà, trancha le révérend.

Quelques rires résonnèrent parmi la foule.

— En d'autres termes, fit une troisième voix, mêle-toi de ce qui te regarde.

— Mon cul, oui ! C'est mes affaires. Il a mon cheval, l'Indien !

De toute évidence, c'était une bonne bête.

— Choisis-en un autre.

— C'est celui-là que je veux.

— On continue ? Je n'ai pas que ça à faire, moi.

L'Indien se retourna et entraîna son cheval par les rênes, et les deux s'éloignèrent lentement vers le nord, la queue de l'animal battant les fleurs et le chapeau de l'homme pendant sur son dos, retenu par un bout de ficelle. Il n'avait effectivement pas l'air riche. Il portait un pantalon trop court et une chemise sans col, tous deux ternes et décolorés. On aurait dit qu'il ne possédait que ce cheval. Peut-être avait-il un campement quelque part, peut-être préférait-il ne pas s'encombrer. Son compétiteur aigri se leva, les mains sur les hanches, et regarda le cheval disparaître.

— Ça, c'est le bouquet… *Merde !* dit-il.

Ignorant ses récriminations, les autres hommes reprirent fiévreusement les négociations.

La plupart des chevaux furent vendus pour de l'argent, un joli paquet, en l'occurrence. En guise de paiement, d'autres acheteurs fourniraient le révérend en viande, en peaux, en médicaments et en munitions. Pas que des Indiens, d'ailleurs. Il y avait aussi des coureurs des bois, des solitaires qui vivaient dans les montagnes. La veuve avait elle-même été témoin des paiements en nature effectués par ces hommes. Ils s'échelonnaient parfois sur des années, avait dit le révérend ; les hommes passaient régulièrement et sans même le saluer. Un flanc de cerf gelé laissé près de la porte en hiver. Une substance à base d'herbes au fond d'une vieille bouteille en porcelaine – un remède contre Dieu sait quel mal. Dans la neige, des empreintes qui venaient en droite ligne jusqu'à la porte et repartaient dans l'autre sens. Seulement un ou deux de ces hommes s'attardaient le temps de fumer une pipe ou de chiquer. Les Indiens ne s'éternisaient pas à Frank. Selon la sagesse populaire, la montagne, qu'ils croyaient vivante, leur inspirait des superstitions – point de vue maintes fois tourné en dérision à Frank, comme presque tout le reste d'ailleurs.

Vers le milieu de l'après-midi, la moitié des chevaux avaient trouvé preneur, et les autres arpentaient le paddock, tranquilles et silencieux, les cordes de leur hackamore pendant sur leur cou. Un calme résigné s'était abattu sur eux, à moins qu'ils n'eussent été ahuris par la vitesse à laquelle le troupeau avait été démantelé. Leur bande avait été fractionnée, et ils n'étaient plus que des individus. La poussière s'était déposée et le vacarme avait cessé. Les Cregan sortirent du paddock, des boucles de corde bien serrées sur l'épaule. Dûment entravés, deux chevaux paissaient à présent en compagnie de ceux des Cregan. Le message était clair : ils appartenaient désormais aux frères, à moins qu'une offre particulièrement alléchante ne leur fût soumise. On alluma un feu sous le vent, par rapport au paddock, et les retardataires burent du café en causant de la pluie et du beau temps. Les Cregan érigèrent leurs tentes de manière à abriter le feu, mais, vers la fin de l'après-midi, au moment où s'allongeait l'ombre de la montagne, un vent froid fit claquer les toiles à répétition. Assise près du feu, la veuve supporta les tiraillements d'un estomac vide. Le monde s'enveloppa d'un voile nauséeux. Le révérend vint s'asseoir près d'elle, posa son chapeau sur ses genoux et s'entretint gaiement avec les autres hommes, plaisantant et bâillant.

À la tombée du jour, ils décidèrent de rentrer, et un chapelet désordonné de silhouettes humaines, dont celle du révérend vêtu de ses habits noirs, mit le cap sur la ville. Sans lumière, au milieu d'ombres s'étendant sur des centaines de mètres, ils traversèrent les prairies alpines, où chassait un hibou gris. Un à un, ils s'arrêtèrent pour observer l'oiseau, levant les yeux spontanément, comme les enfants regardent les étoiles. Le pantalon foncé de la veuve battait dans le vent.

Le grand hibou longea le flanc de la montagne et passa au-dessus d'eux en silence. Il chevaucha un courant, se laissa flotter, les ailes déployées, tourna sa sinistre tête, alerté par une présence dans les broussailles. Puis il obliqua vers la gauche, ses terribles serres brandies, et plongea dans les herbes hautes. Il ne réapparut pas, et il n'y eut aucun bruit, aucun cri avant la mise à mort. Au bout d'un moment, les spectateurs reprirent leur route, silencieux à présent.

*

Un feu crépitait joyeusement dans le noir. Le pisteur mangea de bon appétit, tandis que ses deux clients restaient penchés sur leur nourriture, en proie à une rage muette. Il y avait de quoi leur retourner l'estomac : du gibier fumé, du café bouilli infusé trois fois et un peu de pain au levain ramolli par l'humidité. Aussi bon pisteur fût-il, le vieux chnoque était un cuisinier lamentable, qui se préoccupait surtout de ses propres besoins. De plus, la proie pourchassée par ses clients avait sans doute disparu depuis longtemps, enlevée par quelque coureur des bois qui avait eu la chance de tomber sur elle et avait décidé de la garder. Bref, affirma-t-il, ils perdaient leur temps.

— Non. Nous vous avons engagé pour retrouver cette femme. Faites votre travail.

Le vieil homme ouvrit les mains, insensible à leur colère. Il ne les gratifia même pas d'un semblant d'excuse.

— Écoutez. Ce type sait ce qu'il fait. Je suis parfaitement capable de suivre une piste. Mais lui ne laisse rien. C'est terminé, les gars. Elle s'est volatilisée.

Son ton suffisant laissait entendre qu'il aurait pu poursuivre s'il l'avait voulu, traverser la chaîne de montagnes, découvrir les maigres indices que le couple avait laissés dans son sillage. Errer, chasser, manger, dormir... Toutes ces activités laissent des traces. Il y a toujours des pistes à suivre. Tout ce que pouvait l'autre coureur des bois, c'était cacher ce qui sautait aux yeux. Cela dit, si on trouve si facilement les œufs de Pâques, c'est parce qu'on les cherche. Le vieux pisteur aurait pu continuer, mais il commençait à en avoir assez de ses compagnons, qui le sentaient bien. Et pourtant, comment pouvaient-ils faire autrement ?

— Vous n'avez qu'à la chercher tout seuls, plaisanta-t-il. Mais je parie que vous ne savez pas où vous êtes, les garçons. Vrai ou faux ?

Il les avait laissés bouillir de rage, exiger qu'il obtempérât, puis tenter de le raisonner. Il les avait vus discuter à voix basse en lui lançant des regards assassins. Il n'y avait pas de solution, et ils commençaient à s'en rendre compte. Le vieux s'était engagé à les conduire à Frank, la petite ville minière voisine. Là, ils pourraient se réapprovisionner, s'installer à demeure ou prendre le train… À eux de décider.

Ils étaient donc là, penchés sur leur misérable pitance, leurs barbes rousses longues et fournies, leurs visages fermés, irrités par les bruits de succion du vieil homme, que son repas enchantait. La mort dans l'âme, ils dardèrent sur lui des yeux chagrinés.

— Nous vous avons parlé de ce qu'elle a fait ?

Le pisteur leva rapidement les yeux – c'était le second jumeau qui avait parlé.

— Ouais, dit-il.

— Et ça ne change rien pour vous ?

Sans lever les yeux, le vieil homme se perdit dans ses pensées. Il jeta le reste de son café froid dans un tapis de mousse molle et s'apprêta à répondre.

À ce moment précis, il y eut une détonation. Surgie des ténèbres, du côté nord, une explosion bien nette, comme le bruit d'un canon. Une carabine de gros calibre, peut-être celle d'un homme chassant à proximité. Mais le son, retentissant, était venu de trop loin. Il parcourut la chaîne de montagnes et rebondit, tel le tonnerre chevauchant l'atmosphère. Une seconde plus tard, ils sentirent la secousse sous leurs pieds. Comme un bruit de pas géant, juste à côté d'eux. Le pisteur consulta les ténèbres en grimaçant. L'extrémité de la chaîne de montagnes s'inclina devant lui, baignée par la lune. Une lueur pâle s'avançait… Non, c'était la montagne tout entière qui s'était mise en mouvement.

Il se leva, fit quelques pas dans le noir, puis se plaça dos au feu pour mieux voir. Il cligna des yeux, concentré. Les frères s'approchèrent de lui, curieux comme des chiens. Avec le vieux, ils furent donc les seuls à avoir été témoins du glissement de terrain, du début à la fin. Le versant nord de la montagne s'affaissa, pareil à un rideau agité par la brise. Rien à voir avec une banale avalanche : c'était tout le sommet de la montagne qui dégringolait vers la ville de Frank. Le vieil homme laissa échapper un cri d'angoisse impuissant.

Pendant une bonne minute, la montagne sembla onduler, puis s'écrouler au ralenti, faiblement éclairée de l'intérieur sous le simple effet de la friction. Des rochers immenses bondissaient et rebondissaient. La montagne se heurta alors à la limite des arbres. Par bandes et par traits, la barbe sombre de la forêt fut rasée, et l'avalanche prit la forme de longs doigts pâles qui descendaient, suivis d'une large paume effaçant tout sur son passage. Lorsque le doigt le plus long traversa la voie ferrée, entra dans le sillon de la rivière éclairé par la lune et s'y répandit, le glissement de terrain cessa tout simplement. Dans la vallée, un immense nuage de poussière épaisse s'éleva au-dessus de la rivière, forma une sorte de couronne et resta suspendu en roulant lentement. Beaucoup plus tard, bien après que le mouvement eut pris fin, le rugissement se tut.

Sur le versant désormais concave de la montagne, le vieil homme ne discernait aucun signe de vie. Il n'y avait plus que la lune, accrochée, haute et blanche, au-dessus du nouveau et terrible paysage. Et la rivière, telle une veine obturée et légèrement bombée. Les mains sur la tête, le vieil homme resta planté là dans une pose simiesque. Puis, lentement, il baissa les bras.

Plus question d'aller à Frank. Frank n'existait plus.

Troisième partie

Pour les siècles des siècles

23

Elle avait fait des rêves remplis de bruit, d'un vent sans voix, hurlant. Désormais, tout était calme. La veuve ouvrit les yeux et, après un moment, se redressa. Juste devant elle, il y avait un arbre à l'écorce sillonnée de mousse délicate. En se penchant, elle vit un autre arbre, puis d'autres encore, et ensuite rien de plus que la nuit. Une petite branche de cèdre, intacte, sortait de son avant bras. Comme rien de tout cela ne présentait le moindre intérêt pour elle, elle posa de nouveau sa tête sur le sol. De la terre dense montait un sifflement, un cliquètement lointain, celui de cailloux agités dans une poêle. Son cerveau tintait.

Un peu plus tard, beaucoup plus tard peut-être, elle entreprit de se lever. Tant bien que mal, elle réussit enfin à se mettre debout, vacillante. À ses pieds se trouvait un amoncellement de branches et de brindilles. Elle regarda l'arbre qui lui barrait la route. Dans la lumière blafarde du matin, elle vit sa cime fracassée s'appuyer sur un ciel gris. Sans savoir comment, elle comprit qu'elle était tombée de hauteurs vertigineuses. Elle voyait l'endroit où elle avait heurté l'arbre et où son corps avait déboulé comme un tonneau. Elle avait mal au bras, là où la petite branche s'était fichée. Alors elle tira dessus, extirpa de sa chair deux ou trois centimètres de bois gonflé ; ses doigts se raidirent, dansèrent, puis devinrent tout mous. D'un air inexpressif, elle contempla pendant un moment l'objet aux fibres imbibées de sang, puis elle le laissa tomber et, pieds nus, prit en titubant le chemin de la maison, même si elle n'avait aucune idée de sa position ni de la direction qu'elle empruntait.

Au début, elle eut l'impression que quelqu'un avait disposé des rochers blancs à gauche et à droite pour marquer l'emplacement de quelque objet mystérieux. Des pierres de bonne taille, toutes alignées dans le même sens, gisaient parmi les arbres à la façon de comètes mortes au bout de leur trajectoire destructrice. La veuve les contourna en boitant.

Le calme était surnaturel. Pas de vent. Pas un bruit d'animal. Elle entendait sa propre respiration, creuse et poussive. L'air avait un goût de poussière. Elle passa devant une pierre de la taille d'une remise posée sur des arbres entremêlés, comme sur une paillasse, et poursuivit sa route sans s'étonner. C'était un obstacle, sans plus.

L'air lui faisait une drôle d'impression – elle s'arrêta et tendit l'oreille. Au-dessus d'elle, les arbres remuaient sans bruit. Elle bougea ses pieds nus, n'entendit rien. *Ah,* se dit-elle, *je suis de nouveau sourde,* même si elle ne se rappelait pas avoir perdu l'ouïe une première fois. À ses pieds, il y avait une vieille marmite calcinée, posée à l'envers, sans couvercle. Elle la retourna du bout du pied. D'anciens résidus volcaniques parcouraient ses parois, aussi reconnaissables qu'un visage – c'était sa marmite, ou plutôt celle du révérend. Elle se pencha pour la toucher et tout devint noir.

Elle s'éveilla de nouveau, partit à la recherche du révérend. Elle cria son nom, mais l'effort la faisait sangloter. Alors elle continua en silence.

L'odeur de la fumée. Un appentis appuyé contre un petit amoncellement de pierres. Une demi-tente, au mur fait de madriers couleur cendre posés verticalement. Devant la porte, un vieux chnoque vêtu d'un caleçon long et d'un chapeau tisonnait un feu. Ses joues étaient pâles comme de la porcelaine neuve, le gris-bleu sous-jacent trahissant le choc.

— Bizarre, hein ? dit-il.

Elle l'entendit à peine. La voix du vieux était assourdie, comme s'il se trouvait de l'autre côté d'une porte épaisse contre laquelle elle aurait plaqué l'oreille.

— Quoi donc ? fit-elle en avalant sa salive.

— Comment, vous n'avez rien vu ?

— Je ne sais pas…

— Tout ça. Là-bas.

Son geste englobait le monde entier.

Puis l'homme pivota sur son tabouret et se tourna vers elle. Devant lui, le feu crépitait joyeusement. Il vit les pieds nus de la femme, le sang qui dégoulinait sur son bras, formait des filaments visqueux au bout de ses doigts. Il observa les lambeaux de vêtements noirs, sa hanche droite et ses jambes dénudées, son corsage à moitié déboutonné.

— Vous voulez pas vous asseoir ? demanda-t-il.

Elle ne répondit pas. Ne sembla pas l'avoir entendu. Elle avait le regard étrangement vague. Alors il détourna les yeux, en proie à un embarras soudain, honteux d'avoir surpris son intimité de femme blessée.

— J'étais ici, dit-il doucement d'un air contrit. Je dormais. C'est tout. Je faisais que dormir.

Lorsqu'il leva de nouveau les yeux, elle avait disparu.

La veuve s'avançait au milieu d'une forêt de cauchemar. Des débris s'empilaient partout. Des branches et des pierres. Des arbres penchés comme des ivrognes, cassés au milieu de leur long mât, leur tête follement inclinée. Une pâle poussière recouvrait toute chose, enveloppait la végétation vert foncé d'une sorte de lèpre. De petits corps colorés jonchaient le sol comme des œufs de Pâques, oiseaux au plumage vif tués par le premier souffle de vent chaud. Des pinsons, des mésanges, des geais gris à la poitrine de velours exposée. Plus loin, un jeune lynx gisait sur le flanc, ensanglanté, les yeux et la gueule encore humides, son pelage immobile recouvert d'une couche de poussière de plus en plus épaisse. Elle s'éloigna de la bête en zigzaguant. Il y avait des lambeaux de vêtements et des bouts de matelas et une bouilloire et des chaises fracassées. Une porte, bizarrement, se tenait debout ; propulsée dans les ténèbres comme une carte à jouer, elle avait atterri là. Un chapeau vacillait au bout d'une haute branche. Derrière le rideau que faisaient les arbres cassés, elle vit qu'elle s'approchait de quelque chose de vaste et de pâle.

Lorsqu'elle franchit la limite des arbres et entra dans le paysage lunaire, la veuve s'arrêta enfin, bouche bée. Elle cherchait un point de repère, un détail susceptible de l'orienter. Elle ne voyait rien de familier, et même la montagne avait changé de forme – une surface concave, livide et rasée, parsemée de débris, dont certains bougeaient encore, sous d'étranges nuages. La veuve enregistra ces détails comme dans un rêve. De l'information, rien de plus. De peine et de misère, elle poursuivit sa route sur les rochers, pieds nus. Elle n'avait qu'une seule idée en tête : rentrer chez elle.

Un soleil rouge et bouffi se hissa au-dessus des montagnes lointaines. Deux heures après l'avalanche, des pierres dégringolaient encore, projetaient des rayons rouges, ricochaient, heurtaient des rochers plus gros et se cassaient en mille morceaux.

La veuve se fraya un chemin au milieu des pierres aux arêtes pointues. Un énorme rocher bondit devant elle, un autre derrière, mais elle continua sur ses jambes chancelantes, sans les voir. Au loin, elle entendait un bruit, une voix humaine, aiguë, insistante, qui se rapprochait. Et puis McEchern, dont les cris d'enfant lui vrillaient les oreilles, la saisit par le poignet.

— Où tu vas comme ça, nom de Dieu ?

Puisqu'elle n'avançait pas assez vite, il courut derrière elle et, la poussant au derrière, la força à aller au trot. Les pieds nus de la veuve laissaient des traces de sang sur les pierres. Il cessa enfin de pousser. Soudain, tout était plus frais et plus calme. Côte à côte, ils s'immobilisèrent dans l'ombre d'un immense rocher, haut comme un immeuble de plusieurs étages. Il l'empoigna par son col ouvert et déchiré, l'obligea à le regarder en face.

— Reste ici, dit-il d'un air féroce en agitant un doigt boudiné sous le nez de la veuve. *Ne bouge pas.* C'est clair ?

Docilement, elle fit signe que oui. Puis il disparut, sautant d'une pierre à l'autre, agile comme une chèvre, une main sur son melon pour l'empêcher de tomber.

La veuve s'assit lourdement et entreprit l'inspection de ses pieds tachés de sang.

— En tout cas, je ne suis pas mort, c'est sûr, dit une voix à côté d'elle.

Levant les yeux, elle aperçut un garçon sale qu'elle n'avait encore jamais vu. Blond, il avait des traits de lapin, un sourire dément, tordu. Il regardait la dévastation autour de lui dans un état de quasi-jubilation. Son bras droit s'appuyait sur une pierre plate à côté de lui. Il avait la main enflée et bleuie. Une ligne sombre marquait l'endroit où s'étaient fracturés les deux os de son avant-bras. Lorsqu'il bougeait, la main et le bras accusaient un léger retard. Il avait les lèvres bleues.

— Vous non plus, dit-il d'une voix implorante. Hein ?

Elle vit sa bouche bouger, mais elle ne comprit pas ses paroles.

— Je vais vous dire un secret.

Il se pencha sur elle en claquant des dents, le poignet replié d'horrible manière.

— Walter est mort. Ça, au moins, c'est sûr.

— Qui ?

— Walter. Il est mort.

— Je ne vous connais pas, dit-elle.

— Aïe, croassa-t-il. On m'a déterré. J'étais sous… une couche de débris. À moitié dans la tente, empêtré dans la toile, un tronc d'arbre sur moi. Quand ils ont commencé à me tirer de là, j'ai senti quelque chose de mou sous moi. J'ai dit : « Hé, les gars, je pense qu'il y a quelqu'un d'autre là-dessous. »

Le garçon s'esclaffa.

— C'était Walter !

Le garçon riait si fort que son nez coulait. À la vue de ses doigts enflés et flasques, il s'arrêta aussitôt.

Une pluie de cailloux explosa contre le rocher derrière lequel ils s'abritaient et s'abattit sur eux. Après une hésitation, ils grimacèrent et rentrèrent la tête dans les épaules avec une lenteur comique, deux estropiés au ralenti.

Ils restèrent assis à écouter les craquements et les sifflements des pierres qui tombaient. Puis le garçon perdit connaissance. Il ouvrit la bouche, comme s'il s'apprêtait à dire quelque chose, sa tête roula de côté et il s'affala contre le rocher. La veuve se leva et le regarda de plus près. Le bras blessé, avec une articulation surnuméraire, pendait mollement, replié comme une saucisse. Le curieux spectacle la retint un moment. Puis elle recommença à descendre, cherchant toujours. Sa résolution était telle qu'elle ne remarquait pas les oiseaux brisés se soulever à ses pieds, sauter comme des puces sur les rochers fracassés.

La rivière de naguère était à présent un lac peu profond dont les eaux montaient le long des fissures et des rigoles sinueuses qui creusaient le flanc de la montagne. Une masse liquide, large et plane et boueuse tapissait le lit de la vallée. La poussière saturait l'atmosphère, effaçait l'autre rive ; la rivière gonflée s'étirait à l'infini, telle une mer perdue dans un nuage. Les particules s'abattaient sur les cèdres surchargés, balayaient les rails abandonnés et, au bord de l'eau, tourbillonnaient parmi des silhouettes aux mouvements extravagants. Le long du rivage nouvellement formé, un cheval affolé courait, éperdu, et des hommes blessés, couverts de sang, tentaient de l'arrêter. Ils avaient un mouchoir sur le visage pour se protéger de la poussière. L'animal criait et toussait.

L'un d'eux, un géant suédois, s'efforçait de confectionner un lasso lorsque la veuve arriva au sommet d'un amas de décombres. Palpant la corde qu'il tenait en boucles dans une main, il se dirigea vers le rivage, résolu à affronter le yearling noir galopant. Il avait attaché l'autre bout à un arbre.

— Non, non ! dit un homme en se hâtant vers le Suédois. Tu vas lui casser le cou, à cette pauvre bête.

Le yearling fonça, puis, se dérobant, les contourna pour s'élancer dans l'eau, soulevant des éclaboussures. Il courut, se cabra sauvagement, fou de terreur, et glissa, l'arrière-train d'abord ; la pierraille instable avait cédé sous ses sabots. Après quelques coups de reins futiles, l'animal eut de l'eau jusqu'au cou. Il s'éloigna du rivage, désorienté, fit un cercle complet sur lui-même, puis disparut, comme aspiré. Les hommes coururent jusqu'au bord de la rivière aux eaux opaques, de la couleur du thé au lait.

— Merde ! s'écria le Suédois.

Un bref silence succéda au bruit de succion avec lequel la rivière avait avalé l'animal, puis on entendit, venu des profondeurs, un bouillonnement tranquille, horrible. Des bulles affleurèrent à la surface, où elles formèrent une ligne courbe.

L'animal surgit alors comme un projectile en haletant et en toussant. Les yeux révulsés, il mit d'instinct le cap vers le rivage, où se tenaient les hommes. Il vit le Suédois qui faisait tourner le lasso dans sa main. Les sabots martelaient la surface, produisant des explosions jumelles, comme si le cheval courait au galop, et il piaffa dans la vase du rivage, ses longues jambes noires trouvant un appui et le perdant aussitôt. Il se redressait au prix d'efforts qui lui arrachaient des grognements profonds, puis retombait.

— Merde ! répéta le Suédois, il va se noyer.

Et en effet, cette issue semblait inévitable. Trop tard, les hommes s'éloignèrent du rivage, mais l'animal faiblissait et décrivait des cercles de plus en plus petits, effrayé désormais par le rivage, par ce qu'il y avait d'invisible et de glissant en dessous. Bientôt, seule sa tête surnageait, et les énormes naseaux ronds soufflaient une bruine beige sur la surface. Dans la lumière blafarde du matin, la surface de l'eau était lisse et immobile, sauf là où un jeune cheval étourdi faisait des remous. L'animal finit par trouver une pente plus accessible. Luisant et ruisselant comme un nouveau-né, il se hissa sur la rive d'un coup de reins et, piteusement, gagna la sécurité de la terre ferme. Épuisé, il se retourna pour faire face à ses poursuivants, toussant avec un bruit de soufflet, ses jambes se dérobant sous lui. Il fixa les deux hommes d'un air maussade et vaincu.

— Cette fois, je vais le chercher, dit le Suédois.

C'était plus une question qu'une affirmation.

— Bah, laisse-le aller, fit un homme maigre.

Le lasso oublié, ils se tenaient côte à côte.

La veuve s'assit et examina ses pieds abîmés : ils ne la faisaient pas trop souffrir et ne saignaient presque plus. Tournant la tête vers le sommet de la montagne, elle vit des rideaux de poussière suspendus au-dessus du glissement de terrain. Une sourde angoisse prenait forme en elle. Une sensation familière, comparable à la faim. Un sentiment d'urgence, lié de près au révérend. Elle se leva et reprit son ascension.

Le magasin de McEchern s'était effondré, le poteau central de la tente fracassé à mi-hauteur. À la manière d'une épée, le moignon déchiqueté traversait la lourde toile blanche, sous laquelle des articles se reconnaissaient à leur forme. Des renflements et des affaissements laissaient deviner la topographie de l'établissement. On aurait dit des dormeurs étendus sous une couverture. La veuve trouva les lieux grouillants de mineurs – dans cette ville pourtant remplie d'hommes, elle n'en avait encore jamais tant vu au même endroit. Quelques-uns, leurs plaies pansées à l'aide de chemises et de mouchoirs déchirés, étaient tranquillement assis sur la plate-forme. D'autres gémissaient en se tortillant. Des cadavres étaient alignés le long des planches, chaque paire de bottes formant un V un peu lâche. La veuve s'approcha et, à moitié évanouie, s'appuya contre un arbre. Au-dessus de sa tête, des battements d'ailes. Elle était absorbée, malgré elle, dans la contemplation de toutes ces bottes. Les orteils tournés vers le haut, elles formaient une palissade contre la vie. Au-delà, les visages des morts. On voyait une paire de pieds nus, les orteils crochus, immobiles, d'une blancheur profondément intime. Plus loin, sous un cèdre tentaculaire qui le dérobait presque à la vue, gisait un autre homme, ou plutôt ce qu'il en subsistait. Un pied et un mollet manquaient complètement à l'appel, et le reste était quasiment inhumain. Les viscères éclatés formaient une sorte de nœud bleuâtre et sirupeux. Sur les planches, il y avait une large tache rouge là où on avait traîné le mort, révélant le lieu de sa cachette. La veuve ouvrit la bouche toute grande devant une vision si irréelle que son esprit n'arrivait pas à lui donner un sens. Au bout d'un moment, elle tourna les talons et s'en fut tout simplement.

En compagnie d'un autre homme, le nain s'occupait d'un troisième qui semblait impatient de s'allonger et de dormir. Autour d'eux, plusieurs curieux multipliaient les suggestions. Faites-le s'asseoir. Aidez-le à s'étendre. Donnez-lui du whisky. Faites-lui respirer des sels. L'homme en question était le Scandinave, à présent tout rouge. Son visage était lacéré à une dizaine d'endroits, son cou et sa poitrine ruisselaient de sang, et sa chemise déchirée laissait voir un trou profond. Du sang imbibait la ceinture de son pantalon. Les mains et la chemise de McEchern et de l'autre homme étaient écarlates. Ensemble, ils obligèrent le blessé à s'asseoir et le secouèrent pour le garder éveillé. Le nain lui faisait boire de l'eau, qu'il dédaignait comme du poison. De sa main tremblante, gluante de sang, il repoussait la tasse en métal. Mais lorsqu'ils réussirent à l'approcher de ses lèvres, il but.

Les abords du magasin faisaient désormais fonction d'hôpital. Des hommes pressés allaient et venaient en trimballant des seaux d'eau chaude, des pelles et des cordes. D'autres transportaient des blessés sur des brancards improvisés à l'aide de couvertures, de branches ficelées, de pans de mur arrachés aux maisons écroulées. Il y avait des débris partout, et les hommes y cherchaient ce dont ils avaient besoin. On avait prélevé les lacets de bottes aplaties pour en faire des tourniquets. Des vêtements charriés par le vent gardaient les blessés au chaud. Au milieu de tout ce branle-bas, on voyait des hommes éberlués, dont certains erraient anxieusement, alors que d'autres attendaient simplement, parlant à voix basse ou ne disant rien du tout, roulant des cigarettes entre leurs doigts froids et tremblants.

— Où est-il ? demanda la veuve pour elle-même.

Pleurnichant comme une enfant, elle poursuivait sa quête au milieu de tous ces inconnus.

Au son de sa voix, McEchern leva les yeux, étonné.

— Viens ici, mon ange, dit-il tout doucement, comme s'il s'adressait à un oiseau apprivoisé.

Il lui fit signe de s'approcher.

— Viens. Je t'ai pourtant dit de rester là-bas.

La veuve ne bougea pas, les yeux rivés sur l'homme rouge qui perdait connaissance. Soudain, elle était en larmes.

— Toi ! fit le nain en tapant son compagnon sur l'épaule et en indiquant la veuve. Va la chercher.

Le gros homme posa la veuve sur une baignoire en fer-blanc renversée et inspecta ses blessures. Elle resta assise, incapable de s'arrêter de pleurer, les larmes dégoulinant sur son visage et son cou, glissant sous son col.

— Regardez-moi ça, les gars, dit l'homme avec une certaine admiration.

Il passa d'un pied à l'autre, promena ses pouces sur une énorme bosse derrière l'oreille de la veuve. Du sang s'était répandu dans sa chevelure, mais il avait fini par coaguler, et l'endroit que l'homme palpait était gluant et tiède, presque engourdi. La veuve subit ces manipulations à la manière d'une enfant qu'on lave. On avait enfin laissé le Scandinave s'endormir, à plat sur les planches de bois, les jambes pendantes. La veuve vit le gonflement de sa poitrine, les genoux déchirés de son pantalon, les bottes délacées au bout de ses jambes ballantes, dont l'une sautillait presque imperceptiblement, au rythme languissant du cœur du blessé. On aurait dit un homme heureux battant la mesure dans sa tête.

Vaguement, la veuve prit conscience d'une sorte de grincement près de son crâne. Le gros homme extirpait un objet de la blessure. Elle voulut y toucher, mais sa main fut repoussée d'une tape. Puis elle ressentit une douleur aiguë.

— Ça y est ! fit l'homme.

Son visage crasseux apparut devant elle, exultant. Entre le pouce et l'index, il tenait un petit objet de la taille et de la forme d'une dent. Un éclat de granit, peut-être. Il l'envoya valser au loin, puis tapota la joue de la veuve :

— Vous avez été assommée pour de vrai, dit-il.

La veuve fronça les sourcils et palpa la blessure, en propriétaire légitime. Elle sentit un filet de sang tiède lui parcourir l'omoplate, descendre dans son dos.

Sous la lourde toile de la tente, on voyait la courte silhouette de McEchern qui effectuait des fouilles, allait de bosse en bosse et, d'une voix assourdie, tenait pour lui seul des propos empreints de consternation. La veuve écouta le nain avec attention, suivit sa voix qui se mêlait aux voix, aux cris et aux gémissements des autres hommes, le suivit comme on traque un mouvement dans les broussailles ou un pépiement dans les arbres agités par le vent. La voix de McEchern avait sur elle un effet apaisant, et elle entra à son tour dans le vestibule, où, soudain, tout sembla très silencieux mais où tout était mouvement. Elle attendit, au bord de la conscience.

Le gros homme l'avait laissée seule. Elle chercha autour d'elle un visage familier, sous le camouflage que formaient le sang, la poussière et autre chose encore : une sorte de grimace commune aux victimes d'une catastrophe, un infantilisme causé par la surprise. Sur quelques visages se lisait une expression frôlant l'euphorie, la gratitude, l'orgueil. Qu'il est bon de ne pas être mort ! Que je suis malin d'avoir échappé à la Faucheuse !

Le pauvre Scandinave tout rouge gisait comme un fêtard assistant à l'un des « salons » de McEchern. Il était d'une immobilité surnaturelle. Son pied avait cessé de tressauter. Sous lui, l'urine s'infiltrait entre les planches, se perdait dans les ombres.

La veuve s'en souvenait à présent. Un bruit si fort et si vif qu'elle l'avait ressenti dans sa poitrine, comme si on avait tiré un coup de canon juste à côté d'elle. Un impact venu de nulle part en particulier, sinon de l'air lui-même. Encore engourdie de sommeil, elle avait sauté du lit et s'était habillée dans l'obscurité. Le clair de lune entrait par la fenêtre et elle voyait tout avec une parfaite netteté. Partout, un grondement lugubre, et le sol sur lequel elle sautillait et tentait d'enfiler ses vêtements dansait follement. Elle vit le révérend à moitié endormi sur sa paillasse, appuyé sur un coude, les cheveux en broussaille. Dans la lueur de la lune, elle distingua son visage argenté, l'éclat de ses yeux. Son expression apeurée disait tout – il avait compris. Il parlait, mais elle ne saisissait pas les mots. Un énorme objet blanc passa en coup de vent, fendit l'air et souleva les cheveux de la veuve. Pendant un moment, elle en eut le souffle coupé. Le rocher, étrange flamboiement dans le noir tonitruant, passa devant elle, presque invisible.

Elle ne saurait jamais ce qui l'avait poussée à courir derrière en perdant pied sur les planches qui bondissaient, tandis que le mur était criblé d'impacts, comme sous l'effet d'un feu nourri, mais elle avait suivi le rocher comme un chien jusqu'au trou inégal de la taille d'un poêle par où la chose s'était échappée, juste sous l'avant-toit. Elle était là, le révérend quelque part derrière elle dans le noir, lorsqu'une ombre avait voilé la lune et que le mur de pierre hurlant avait heurté le flanc de la maison. Celle-ci s'était aplatie comme un soufflet et avait propulsé la veuve loin dans la nuit. Elle se souvenait du vent et du froid, de son corps qui culbutait dans l'espace, un parmi de nombreux autres qui voyageaient ensemble.

Elle buvait au goulot d'une bouteille de whisky. Elle brandit la bouteille devant ses yeux, incertaine de sa provenance, puis la laissa retomber sur ses genoux.

— Encore un peu, dit McEchern, son visage solennel à trente centimètres du sien.

— Il est mort, dit-elle, incrédule.

— Je sais.

— Il n'a même pas bronché. Il est resté au lit.

— Personne n'a eu le temps de réagir. C'est arrivé trop vite. Bois.

— Mais, dit-elle en sanglotant, regarde-moi !

Les yeux du nain se détournèrent et parcoururent les environs au hasard. En effet, comment se faisait-il qu'elle fût là, vivante et indemne ? Il récupéra la bouteille, avala une gorgée, la garda dans sa main, essuya sa bouche de son poignet. Il avait le visage poussiéreux et blême, les yeux petits, épuisés, éteints, injectés de sang. Derrière lui, le tumulte de l'infirmerie de fortune, les cris des hommes. Il examina son magasin effondré, crevé comme un ballon, l'enseigne mangée aux vers qui pendait de guingois, les lettres recouvertes de poussière – on ne lisait plus que *« erns »*. Quelle ironie de penser que le magasin aplati du petit homme n'avait jamais été aussi populaire ! Après un moment de réflexion, tous les hommes en état de marcher avaient convergé vers lui.

— Le poteau que tu vois là-bas s'est cassé et a atterri à trente centimètres de ma tête. Puis la tente a suivi. Je sais reconnaître une avalanche. J'ai juste attendu la suite. Elle n'est pas venue. Regarde : là et puis là. C'est tombé des deux côtés. Mais le magasin a été complètement épargné.

Il secoua la tête :

— La chance nous sourit, à nous deux.

— Comment avoir la certitude qu'il est mort, Mac ? demanda-t-elle d'une voix sourde.

— Laisse tomber, Mary, dit-il.

— Comment ? insista-t-elle. Peut-être… peut-être qu'il s'en est sorti.

Elle-même avait échappé au désastre – pourquoi pas lui ? McEchern garda le silence pendant un long moment et elle patienta sans ciller, comme une femme qui attend les explications de son mari volage.

— Tout ce versant de la montagne a disparu, dit-il enfin.

Il avait les yeux moites et deux sillons livides se creusèrent sur ses joues.

— Le révérend a disparu, lui aussi. Sous une trentaine de mètres de rochers.

Il lui tint compagnie pendant encore un moment. Emmurés dans le silence, ils restèrent assis côte à côte sur la baignoire en fer-blanc, elle pieds nus, en haillons, lui la barbe incrustée de boue, le melon aplati. Ils ne bougèrent pas jusqu'à ce que McEchern, se secouant, hurlât en direction d'un vieux type qui s'introduisait sous les plis de la tente.

— Sors de là ! cria-t-il d'une voix flûtée en descendant de son siège. Sors de là, tu m'entends ?

Le mineur grommela et s'enfonça un peu plus. En s'approchant, le nain prit le vieux Colt dans la ceinture de son pantalon et tira un coup en l'air. Les hommes sursautèrent à l'unisson. Quelques blessés trouvèrent même la force de s'asseoir pour voir quelle nouvelle calamité s'abattait sur eux.

— Écoutez-moi bien, tous, dit McEchern, tandis que le mineur, sans cesser de marmonner, sortait à reculons des décombres de la tente. Personne d'autre que moi n'entre là-dessous. C'est clair ?

Il avait la voix brisée par l'émotion.

— Le premier salopard que je prends à se servir à l'œil va le regretter amèrement.

Ce soir-là, la nuit tomba de bonne heure, aussitôt que le soleil malingre et froid eut disparu dans l'air chargé de poussière. Dans la lumière déclinante, la veuve parcourait au hasard les lieux du désastre. Elle avait passé la journée à soigner les blessés et à habiller les morts, et ses mains étaient tachées de sang. Une cavalcade d'horreurs défilait devant ses yeux. Désormais, elle connaissait par cœur la couleur de l'os mis à nu, la gaine argentée des muscles, l'odeur des entrailles.

Toute la journée, elle s'était promenée pieds nus au milieu des bruits de basse-cour – gémissements, toux, supplications. Elle avait fait ce qu'elle avait pu et elle avait sur elle du sang séché provenant d'au moins une dizaine de sources différentes. Les hommes en proie à la terreur lui tenaient la main et la remerciaient de sa bonté ; certains l'appelaient par un nom autre que le sien.

Peu de temps après, cependant, un homme s'était dressé sur son séant et l'avait montrée du doigt en criant :

— C'est elle ! Tout est de sa faute !

Quelqu'un l'avait sommé de se taire. Il avait fini par obéir, mais un silence embarrassé s'était abattu sur eux, et depuis une sorte de vent amer avait suivi la veuve. Certains hommes retournaient la question dans leur tête, se demandaient si cette créature dépenaillée pouvait effectivement être responsable du désastre. Ces hommes, qui avaient trempé à parts égales dans la religion et dans la superstition, travaillaient au fond de mines sombres, où les ténèbres grouillaient de fantômes et où aucune femme ne mettait jamais les pieds. Et voilà qu'elle évoluait parmi eux, les vivants et les morts, pieds nus et en vêtements de sorcière, soulevant de petits nuages de poussière pâle comme si ses jupes exhalaient une fumée infernale.

Elle s'était occupée d'un jeune homme au visage lacéré et à la chevelure presque entièrement roussie par les flammes. Avec précaution, elle avait nettoyé la coupure qui zigzaguait sur sa mâchoire. Au fond, une artère intacte battait.

— Je ne vous tiens pour responsable de rien, dit-il. On ne peut pas reprocher une chose comme celle-là à une dame, peu importe ce qu'elle a fait.

Le chiffon humide avait tremblé dans la main de Mary.

Armée d'une aiguille et d'un bout de fil, elle s'était efforcée de calmer ses mains le temps de refermer les plaies du garçon, qui grimaçait et gémissait comme un chien. La peau se recroquevillait de répugnante façon, comme un ver au bout d'un hameçon, jusqu'au moment où l'aiguille à la pointe émoussée la perçait en faisant un petit bruit. Voilà à quoi m'auront servi mes leçons de broderie, se dit la veuve.

— La mine était instable, affirma une voix qui tremblait de colère. La pluie de pierres, c'était quoi à ton avis ? Une partie de plaisir ?

— Je ne dis pas que c'est la faute de la fille, seulement que c'est à cause d'elle.

Tout autour s'amorcèrent à voix basse des débats impromptus sur les phénomènes mystérieux dont la veuve semblait être l'épicentre. D'où vient le malheur ? Par qui nous est-il infligé ? Y a-t-il des méchants parmi nous ? Finiront-ils par être châtiés ? *Jonas fuit Dieu et se cache parmi les marins, mais le Seigneur le retrouve et les soumet tous à une terrible tempête.* McEchern se tenait à côté de Mary, l'air aigri, vigilant, menaçant. Le pistolet à la ceinture.

Au crépuscule, sur le versant retourné par le glissement de terrain, la veuve marqua une pause. Elle se frotta les yeux pour chasser les images de la journée et poursuivit péniblement son ascension. Difficile d'admettre que des hommes de la taille de fourmis fouisseuses eussent pu provoquer pareil bouleversement géologique. Les mineurs enfouis profondément sous la terre, leurs tombes déjà creusées. Les hommes qui dormaient sous la tente écrasés par des tonnes d'éboulis, aplatis, aussi peu sacrés qu'un arbre, qu'une motte de gazon ou qu'une prairie tout entière. Et les vaines occupations des vivants – tirer des cadavres de ce chaos, à seule fin de les identifier parfois, pour ensuite les inhumer de nouveau sous les mêmes pierres. Pas un son, même plus le carillon de cailloux qui dégringolent, pas un bruit d'animal, pas de vent. Le monde était vide et mort, aussi fermé et sépulcral que la mine. Pas de lune. La veuve grimpait dans la lumière déclinante, une peau de bison sur les épaules. Sa respiration sifflait dans l'air humide. Dans son esprit, elle marchait vers sa maison ensevelie.

Elle portait une paire de bottes appartenant à McEchern, encore un emprunt. Il avait d'abord cherché des bottes sur les pieds des morts, tournés vers le ciel, tirant l'une, puis l'autre, mais elles étaient toutes trop grandes. Finalement, il s'était résigné à lui prêter une paire des siennes. Elle glissa son pied dans la première et sourit. Elle lui allait à la perfection. C'était, lui sembla-t-il, une cruelle plaisanterie.

— Quoi ? avait-il demandé.

Son visage montrait qu'il savait. Le nain et la femme, de bienheureux mécréants, des fugitifs, des erreurs. Sans raison d'être, ils s'obstinaient à vivre.

Elle suivait un sentier plus imaginaire que conforme à ses souvenirs. Sans le savoir, elle parcourait le flanc de la montagne et se dirigeait vers la mine en s'éloignant de sa maison ensevelie. Elle tombait sur des éboulis, le long d'arbres fracassés, aux branches arrachées ou réunies en bouquets. Les silhouettes de leurs anciennes racines se dressaient devant elle, à la façon de présages. Leurs nœuds serrés et veineux avaient l'aspect de cervelles. Au milieu de la terre humide, des cailloux et des éclats de roche s'y accrochaient comme des boules de Noël. Bientôt, tout fut noir, et elle se pétrifia dans un lourd silence, incertaine de la direction à prendre. Alors elle se blottit contre une masse verticale et attendit, sans savoir pourquoi.

Elle revit le visage du révérend dans le clair de lune. Sa bouche remuait, preuve qu'il parlait, mais le rugissement de l'avalanche étouffait ses mots. Que disait-il ? Elle essaya de se remémorer la forme des mots. Mais c'était peine perdue. À ce moment-là, les planches gauchissaient sous ses pieds. Elle se rappela la touffe de cheveux dressée sur la tête du révérend, comme chaque matin, et une vague de tendresse lui transperça le cœur. Ce n'était pas de sa faute, mais c'était à cause d'elle. Sinon, de qui d'autre ? Elle enfouit son visage dans ses mains et, à force de pleurer, sombra dans un sommeil épuisé, enveloppée dans la rude peau d'hiver du bison, la joue contre un rocher froid. *Fatiguée, fatiguée, toujours fatiguée.* Même dans son sommeil, elle cherchait la voix du révérend, quelque part dans les profondeurs.

Elle rêva et ne rêva pas. Le bruit était semblable à celui d'une cuillère en fer-blanc résonnant contre une table. Elle le sentit dans ses dents. Le martèlement cadencé lui rappelait un détail important et, dans son demi-sommeil, elle suivit patiemment la leçon. Un cliquetis suivi d'un raclement. La rumeur de plusieurs voix, indistinctes, mais très proches. La veuve se redressa brusquement et laissa tomber la couverture de bison, soudain effrayée par l'obscurité absolue.

Au début, il y eut une faible lueur quelque part sur sa gauche. Comme si on avait laissé tomber dans une fissure une allumette dont la flamme vacillait. Elle entendit d'autres petits bruits secs, puis une pierre qu'une main humaine faisait rouler le long de la pente. À tâtons, la main, à la façon des serres d'un oiseau de proie, fit tomber quelques pierres dans la brèche illuminée. La veuve poussa un cri et porta les mains à sa bouche. En réponse lui parvinrent des cris étouffés, venus d'en bas. Suivirent des martèlements répétés, puis, sous les yeux de la veuve incrédule, un trou de la taille d'un moule à tarte s'ouvrit dans le sol et s'évasa rapidement. Quelques lampes étaient visibles à présent, vacillantes, tandis que, en dessous, la lutte invisible se poursuivait. Un mineur solitaire se hissa sur la surface, la tête et les épaules les premières, puis il s'assit, emmenant avec lui une bouffée d'air fétide et gazeux, comme un homme qui, par une trappe, grimpe au grenier. Il ne voyait pas la veuve, car elle s'était affalée dans le noir sans bouger. Tel un diable à peine né, il s'éloigna à plat ventre de la fissure infernale et se dressa sur ses jambes flageolantes. Retirant son casque, il leva les yeux au ciel et aspira une profonde bouffée d'air frais, comme en pâmoison.

— Merde alors ! s'écria-t-il en tombant de nouveau à quatre pattes.

Derrière lui, dans le trou lumineux, retentirent des acclamations et des sifflets, des voix d'hommes rauques et faibles et délirantes de joie.

24

Assise en tailleur sur une pile de peaux de bison, la veuve cousait, la langue sortie, profondément concentrée. Le magasin de McEchern avait désormais un nouveau mât central, un pin gris toujours recouvert de son écorce, mais presque entièrement ébranché. Comme le bois était vert et souple, le poteau oscillait sous le vent et la toile se gonflait et fléchissait, ce qui conférait à l'établissement un petit air nautique. Sur les genoux de la veuve étaient empilées quelques retailles de peau de daim. Elle tentait de reproduire les vêtements de la femme d'Henry, Helen – une tunique et un pantalon tout simples. La copie était parfaite.

La veuve avait en effet été une habile couturière, mais ce talent n'avait jamais impressionné que d'autres femmes. Son père avait un jour évoqué son « adresse manuelle », remarque qu'elle avait à juste titre interprétée comme une insulte déguisée. Comme beaucoup d'hommes, il ne prisait que les qualités intellectuelles. Il n'avait aucune idée du nombre d'heures de minutieux travail que coûtaient les draps dans lesquels il dormait, la chemise qu'il portait, la nappe sur laquelle il prenait son dîner – sans parler des robes recherchées que portaient les femmes de son entourage. Le moindre accident, la moindre tache risquait de causer un désastre indicible – tout dépendait du doigté de la couturière. Impossible de prédire si le vêtement, aussi coûteux fût-il, résisterait au lavage. Si on le faisait sécher au soleil, il se décolorerait forcément ; dans le cas contraire, il risquerait de moisir. Mary avait vu des femmes très âgées s'éloigner à une vitesse d'athlète d'un encrier ou d'une soupière sur le point de se renverser. Et toujours, en arrière-plan, le visage irrité, le dos courbé et les mains ravagées des lavandières. La puanteur de la chaux. Et, dans les caves, la lessive étendue en lignes impressionnantes et solennelles.

Normalement, la veuve se serait détendue en travaillant, comme une femme qui fait du petit point au coin du feu, une tasse de thé à portée de main. Mais la peau de daim n'a rien à voir avec le tissu. Extraordinairement spongieuse et élastique, elle se recroquevillait comme une créature vivante sous la pression de l'aiguille, et la veuve devait se pencher sur son ouvrage et se battre avec les coutures. C'était presque comme recoudre le visage d'un homme, la moiteur et les grimaces de douleur en moins.

La veuve soupira, aux prises avec le torticolis, et s'étira. Elle n'était pas précisément heureuse. Disons satisfaite. Trois jours plus tôt, elle était rentrée bredouille d'une expédition au cours de laquelle elle avait cherché sa maison et le révérend, les poches vides, dépossédée de tout, y compris de sa bible personnelle. Dans la tente, elle s'était allongée sur les peaux de bison, les yeux ouverts, le regard vide. Pendant trois jours, elle n'avait ni parlé ni mangé. Elle était restée couchée, comme morte. *Il n'est plus là, plus là.* Défaite et fripée dans ses vêtements loqueteux, elle était à l'image des autres marchandises réunies dans le magasin, insensible à son environnement, enlisée dans les horreurs noires et tourbillonnantes. Des larmes ruisselaient sur ses joues et finissaient leur course au milieu des peaux nauséabondes. À la faveur de brefs moments d'abandon, elle s'assoupissait, voyait fréquemment le Coureur des crêtes en rêve, sûre qu'il était mort, lui aussi, et qu'il la haïssait. D'une lenteur monstrueuse, les heures et les jours se traînaient, futiles. De temps à autre, le nain venait lui tapoter le poignet ou l'obliger à boire un peu d'eau.

Seule la faim pouvait pénétrer un tel brouillard. Au bout du compte, c'est la pensée de la cannelle qui avait ramené la veuve à la vie. Elle pourrait préparer du porridge et le saupoudrer de cannelle moulue… à condition de se lever. Elle avait vingt ans, et son cœur avait déjà été poussé deux fois aux limites de son endurance. En se mettant debout, elle s'était fait l'effet d'être une nouvelle femme, affreusement habituée à la perte. Dépouillée, elle avait simplement renoncé, renoncé à tout. Elle s'était levée et avait parcouru le magasin d'un pas pesant, examinant d'un air apathique les articles renversés un peu partout, jusqu'au moment où elle avait mis la main sur une casserole. Elle avait fait bouillir des flocons d'avoine, les avait saupoudrés de sucre et de cannelle, s'était assise à côté du poêle de McEchern et avait mangé, lentement. Puis elle avait refait le tour du magasin, à la recherche de ciseaux et d'une trousse de couture. Elle avait passé en revue les peaux empilées, retenu celles qui pouvaient lui être utiles. Et cela faisait toute une journée qu'elle était là, penchée sur son ouvrage.

Perché derrière son comptoir, McEchern dissertait intarissablement sur des questions d'actualité.

— J'ai beau multiplier les précautions, ils entrent quand même.

— Je sais, dit-elle d'une voix apaisante.

— Une mitrailleuse Gatling ne réussirait pas à les arrêter.

— En effet.

— Deux tonneaux, deux putain de tonneaux, Mary ! Volatilisés. Il nous reste en tout et pour tout trois bouteilles de whisky. Peux-tu le croire ?

— Oui.

— Tant mieux pour toi alors. Tu m'en vois ravi.

Le fil claqua entre les dents de la veuve et le nain frémit.

— C'est bien nécessaire ?

— Quoi donc ?

Il la vit mettre le bout du fil dans sa bouche, le serrer entre ses lèvres pour l'aplatir, l'enfiler dans le chas de l'aiguille.

— En plus, je sais qui a fait le coup. C'est ces deux garçons au visage bouffi. Dès que je les retrouve, je les descends.

— Ils sont loin, Mac. Les tonneaux aussi.

— Et la corde. Et tous les couteaux. Et mon chapeau de rechange !

— Bois quelque chose. Ça te calmera.

— Ne joue pas à la plus fine !

Pendant un moment, le nain fit tristement le bilan de la situation, puis, sans bruit, il grimpa sur le tabouret et s'appuya contre la vitrine fêlée, les mains sur les joues, incarnation de la déconfiture maussade.

— Salauds, dit-il. Enfants de pute.

Dans les jours suivant le glissement de terrain, presque tous les mineurs avaient quitté la ville. La grosse locomotive envoyée par le CP pour déblayer la voie remonta la vallée en ahanant et en crachant un torrent de fumée âcre, quelques wagons à sa remorque. Elle s'enfonça dans les eaux de la rivière en crue, les roues doubles laissant derrière elles d'innombrables ailes en forme de V qui déferlaient sur la surface lisse et brillante. À l'avant, le chasse-pierres soulevait une perpétuelle cascade d'eaux brunes où ballottaient et roulaient des animaux noyés. Dans la lumière blême du matin, le conducteur, à l'approche de la courbe, ralentit, presque au point de s'arrêter, et poursuivit avec lenteur, hésitant à pénétrer sur les lieux de la catastrophe. Le train s'avança donc tout doucement, haleta, brailla à répétition. Des hommes descendirent de la montagne en courant, affolés, agitant les bras d'un air désespéré, comme si, ayant senti cette réticence, ils craignaient que le train ne rebroussât chemin, ne les abandonnât dans la vallée.

Ils s'agglutinèrent autour du culbuteur et brandirent leurs chapeaux, à la façon d'hommes saluant l'arrivée d'un bateau. Quelques-uns pataugèrent le long des flancs métalliques des wagons, noirs et sinistres, tapèrent sur les portes qui sonnaient creux en souriant comme des déments. Le conducteur freina et le premier wagon s'arrêta à la hauteur du culbuteur, là où, en des temps meilleurs, les wagonnets de minerai vidaient leur chargement de charbon dans les wagons ouverts. Ce jour-là, des cadavres ligotés et enveloppés dans des toiles attendaient sur le quai. À l'aide de cordes, on les fit descendre dans des wagons fermés, puis on les compta avant de les aligner comme des cigares dans une boîte. Quarante cadavres – le quart des disparus. Dans les wagons et autour d'eux, les vivants gardaient le silence, ahuris par l'ampleur du désastre. Sans travail, sans espoir d'être payés puisque les contremaîtres et les directeurs étaient morts, et les caissiers disparus et ensevelis, les survivants s'entassèrent dans le train immobilisé, certains cramponnés au toit, préférant le grand air aux wagons transformés en charniers. Seuls quelques hommes, ceux qui donnaient l'impression d'avoir grandi dans la forêt sauvage, restèrent derrière.

Un journaliste était venu dans l'espoir de réaliser un reportage sur le glissement de terrain. Comme la plupart des hommes montaient dans le train, il demeura à bord et interviewa ceux qui parlaient anglais, tandis qu'un photographe sautait de rocher en rocher pour obtenir un bon cliché de la montagne affaissée. Il se pencha sur son volumineux appareil, ajusta le trépied articulé et chercha de nouvelles plaques dans son sac. Sur ses photos, on verrait des gens debout sur la plate-forme du culbuteur, d'autres qui allaient et venaient d'un air curieux, certains ignorant tout de la présence du photographe, d'autres ne sachant pas ce qu'il fabriquait ni à quoi pouvait bien servir la grosse boîte en bois. McEchern coiffé de son melon et la veuve vêtue de ses haillons de deuil étaient au milieu de la foule. Les doigts dans la bouche, le photographe siffla. Il leur demanda de se serrer un peu, la femme au milieu, s'il vous plaît, et, lentement, le groupe obéit. Il prit la photo, satisfait. Mais sur le cliché final, il constata un flou causé par le mouvement des hommes qui entouraient la femme. Ils avaient fait un pas en arrière ou détourné la tête ; bref, ils s'étaient éloignés d'elle. Au centre, en revanche, la veuve était d'une implacable netteté.

Elle se pencha, cassa le fil entre ses dents, fit un nœud d'une seule main. Elle brandit son nouveau costume, singulier mélange de styles – mi-petit salon, mi-forêt vierge. Si, à première vue, la robe était clairement à la mode indienne, la veuve y avait ajouté un col montant et une profusion de minuscules boutons retenus par des boucles de fil tortillé. Elle avait même tenté de froncer la robe à la hauteur de la poitrine, mais, comme la peau de daim était épaisse, le résultat manquait de raffinement. Elle mit le vêtement de côté et entreprit d'assembler les panneaux du pantalon. Elle sauta de la pile de peaux de bison et fit quelques pas dans le magasin en tenant l'objet contre elle pour vérifier la longueur des jambes.

Les rabats de la tente de McEchern se relevèrent et l'entrée s'assombrit. Plié en deux, Giovanni pénétra dans le magasin. À l'intérieur, l'écorcheur de chats semblait encore plus grand. Il avait peine à plier son cou douloureux pour éviter les diverses marchandises accrochées à des bouts de ficelle. Son corps donnait l'impression d'être replié comme un accordéon. Si d'aventure il se redressait, il serait vraiment imposant.

— *Salutare, nano,* grogna-t-il.

McEchern resta bouche bée un moment, puis descendit de son tabouret à la vitesse de l'éclair.

— Le grand homme en personne ! s'écria-t-il.

Ses jambes et ses bras volèrent dans tous les sens tandis qu'il se hâtait vers le géant, volubile et réjoui comme le fou du roi devant son souverain.

— *Dov'è il padre ?*

McEchern, croyant qu'il voulait parler de l'alcool de contrebande, hocha la tête en gesticulant :

— Si tu en as, je suis preneur. On peut dire que tu tombes à pic, toi !

Giovanni se pencha, l'air solennel, et posa les mains sur ses genoux, comme pour s'adresser à un enfant.

— *Eh, vive il padre ?*

Dans son coin obscur, la veuve se figea, car, tout d'un coup, elle avait compris.

— Giovanni…

Il pivota vers elle.

Elle secoua la tête.

Le géant s'affaissa en détournant les yeux et se laissa choir sur une caisse qui grinça sous son poids. Il promena une main à la peau salement roussie sur son visage sans grâce, comme un nageur au sortir de l'eau. Dans l'air confiné de la tente s'éleva un fumet familier : whisky brûlé, fourrure brûlée, peau brûlée. McEchern s'avança, prit l'énorme main blessée dans la sienne et la souleva comme une assiette. La veuve descendit de son perchoir. Tous les trois, ils inspectèrent les doigts brûlés et cloqués, les plis où s'était accumulé un liquide clair, luisant. De la peau noire et morte croûtait les paumes. De toute évidence, l'alambic de Giovanni avait pris feu et il avait tenté de combattre les flammes.

— Ça doit faire mal, dit McEchern.

Le géant haussa les épaules.

Vingt minutes plus tard, la veuve remuait un ragoût de lapin totalement dépourvu de légumes. Ils avaient de la viande en abondance, mais c'était à peu près tout. Les Cregan avaient parcouru les environs et ramassé les animaux morts, puis ils les avaient parés, avaient salé ou fumé la viande. Elle ne tiendrait pas encore longtemps, raisonnaient-ils. Encore une semaine, et plus rien ne serait comestible : toutes les carcasses commenceraient à se décomposer. En l'absence de charognards, elles risquaient de pourrir sur place. Tous les repas se composaient donc de ragoût. La veuve en cuisinait de grandes quantités qu'elle offrait à toute personne qui se présentait.

McEchern appliqua sur les mains du géant son remède personnel contre les brûlures, une boue gris-vert gluante qu'il prépara en faisant mijoter le contenu d'une bouteille en verre, pleine d'une sorte de terreau – des plantes séchées réduites en poudre. Enfin, il emmaillota les mains dans des linges qu'il eut soin de faire bouillir au préalable et en noua les bouts comme l'aurait fait un infirmier. Tout ce temps, il poursuivit gaiement une conversation à sens unique avec Giovanni, qui restait là, assis, pâle et silencieux dans son corps en forme de tonneau, la tête de côté, fixant le sol sans le voir.

La veuve les observait tout en s'occupant de son ragoût. Récemment, elle avait vu beaucoup de scènes de ce genre : des hommes se soignant l'un l'autre et, à l'occasion, des blessés se levant pour prêter main-forte à un camarade encore plus mal en point. Tout ce que vous faites au plus petit d'entre les miens…

McEchern fourra le pot de pommade sous le nez de Giovanni, que la puanteur tira de sa léthargie. Le nain éclata de rire.

— *Ma, che puzza !* dit le géant.

Le nain s'esclaffa :

— C'est une recette que j'ai apprise il y a quelques années. Je la tiens d'une Indienne qui se fait appeler Il Va. Drôle de nom pour une femme. Elle passe par ici, de temps en temps. Elle a des trucs plein son sac. Par exemple, elle arrive à guérir le mal de dents en soufflant sur la carie. C'est elle qui m'a montré comment soigner les brûlures.

Il roula sa manche pour exposer son petit biceps bien musclé.

— Vous voyez, ça ? Une lanterne est tombée et a mis le feu à ma manche. La peau a roussi avant que j'aie eu le temps d'enlever ma chemise. Je souffrais, c'était l'enfer. J'étais sûr d'y rester. Pour un peu, je me serais rongé le bras, comme une bête. Quelqu'un m'a envoyé l'Indienne. Regardez bien. Vous voyez la cicatrice ? Eh non. Pourquoi ? Parce qu'il n'y en a pas.

Le géant semblait ne pas entendre. Se secouant soudain, il demanda :

— Quand être prêt, le repas, m'dame ?

Ses compagnons le regardèrent d'un air éberlué, incapables de le comprendre, eût-on dit, maintenant qu'il leur avait parlé dans leur langue.

— Mary, dit enfin McEchern, cet homme a faim.

La veuve apporta un bol et le géant le posa sur ses genoux. Penché, il mettait l'espèce de boue dans sa bouche avec une délicatesse exagérée. Dans son énorme main, la cuillère faisait penser à celles d'une dînette de poupée. Il n'ajouta rien mais remplit d'air ses poumons d'ours. Jamais la veuve n'avait vu quelqu'un manger si lentement.

Après quelques minutes, elle retourna dans son coin, s'adossa contre la pile de peaux de bison, se hissa dessus et, les jambes croisées, recommença à coudre. De loin en loin, elle promenait les yeux autour d'elle. Un autre observateur aurait pu croire qu'il s'agissait d'un spectacle de foire : elle, presque indécente dans ses vêtements en lambeaux, le nain déambulant sans but, coiffé de son melon ridicule, bizarrement épargné par la dévastation qui l'entourait ; le géant avachi et somnolent près d'un bol vide, les mains bandées comme un lépreux, enveloppé dans son horrible manteau en patchwork. La veuve sentit monter en elle un élan d'allégresse. Soudain, elle était reconnaissante d'être encore en vie et – en ascète contente de son sort – soulagée par la simplicité de l'existence.

La lumière de l'après-midi entrait par le trou laissé au sommet de la tente et dorait les planches, se réfléchissait sur les lanternes et les casseroles et les poêlons. Ragaillardi par l'apparition du bouilleur de cru, McEchern faisait un brin de ménage au milieu de la poussière et des insectes. Un Cregan, le benjamin, peut-être, entra. Près du comptoir, McEchern et lui examinèrent une lanterne que le garçon avait rafistolée.

— Je crois que ça y est, dit le nain.

— Donne-moi l'autre.

McEchern fouilla sous le comptoir et sortit une seconde lanterne, celle-ci privée de fond et donc de réservoir pour l'huile. Le garçon l'emporta avec lui. Dehors, les Cregan avaient improvisé une sorte de forge et s'affairaient à retaper tout ce qui leur tombait sous la main. Ils avaient survécu tous les huit : leur campement était à l'extérieur de la ville, en retrait de la montagne. Bref, la prodigieuse chance de la famille tenait toujours. Leurs chevaux avaient été entravés pour la nuit. Pendant le glissement de terrain, les animaux n'avaient pas pris la fuite. Ils avaient rué, piaffé, puis ils étaient tombés dans l'herbe sans se blesser. En vitesse, les frères étaient sortis de leurs sacs de couchage et, sous le clair de lune, avaient titubé sur le sol secoué de toutes parts en s'interpellant bruyamment, tandis que leurs chevaux terrorisés hennissaient. En fin de compte, la clôture s'était effondrée ou avait été abattue à coups de sabots, et des centaines de dollars avaient fui au grand galop dans la nuit. Trois des onze fugitifs avaient survécu. Les frères en avaient retrouvé quelques-uns morts d'épuisement ; d'autres avaient succombé à leurs blessures ; d'autres encore flottaient sur la rivière, tout gonflés, tels d'obscènes radeaux.

À présent, les Cregan s'employaient à faire main basse sur tout ce qui pouvait être sauvé, leur énergie insufflant à l'ancienne petite ville une maigre dose d'entrain. Dans la cour résonnaient le son métallique du marteau et, à l'occasion, les jappements irrités d'un frère qui s'était cogné le pouce ou, à en juger par le ton, sur le pouce de qui on avait cogné. Au bout d'un moment, Giovanni se leva lentement et sortit leur donner un coup de main.

*

— Ils ne sont pas bavards, hein ? dit le vieux médecin.

— Jusqu'à maintenant, non, confirma son fils.

Depuis dix minutes, ils observaient les deux énormes rouquins assis à l'autre bout du restaurant de l'hôtel. C'était une jolie petite ville d'où l'on voyait les montagnes.

À quelques reprises, le médecin et son fils avaient entrevu ces hommes, qui ne passaient pas inaperçus. Inséparables, les deux frères semblaient fuir toute autre compagnie. Ils donnaient l'impression de n'avoir rien à faire, de n'avoir nulle part où aller, situation dont ils s'accommodaient difficilement.

La femme du docteur tira la manche de son fils.

— C'est mal élevé de regarder les gens fixement, mes amours.

— Excuse-moi, maman.

Les rouquins avaient causé une certaine commotion en entrant ensemble, deux hommes identiques qui remplissaient la porte. Les clients qui prenaient leur petit déjeuner se turent d'un coup. Suivirent d'innombrables commentaires, dont certains indiscrets. Et pourtant, les hommes avaient feint d'ignorer le tohu-bohu – ils donnaient l'impression d'être insensibles à l'agitation de leurs semblables, comme on est insensible à celle des pigeons.

Le serveur surmené s'était précipité pour leur assigner une place, mais il avait dû se contenter de les suivre, aussi invisible qu'un chien, jusqu'à la table qu'ils avaient eux-mêmes choisie.

— Du café, dit l'un en s'adressant à la nappe.

— Du pain et du bifteck, ajouta l'autre.

Les frères prirent leur repas sans un signe de tête à l'intention du serveur, sans un regard pour les autres clients. Ils ne jetèrent même pas un coup d'œil en direction de la fenêtre, derrière laquelle deux splendides jeunes femmes bavardaient en riant. Ils entendaient leurs éclats de rire, évidemment, mais sans manifester le moindre intérêt. Lorsqu'ils eurent terminé de manger, l'un sortit un journal et le sépara en deux, puis ils se mirent à lire.

Le journal du médecin reposait sur la table devant lui, mais il l'avait déjà lu. Et ni lui ni son fils n'arrivaient à détacher les yeux des deux inconnus.

— On dirait un léger gigantisme, non ? risqua le père.

— Hum… Ils sont plutôt bien proportionnés. Pas d'élongation du visage ou des membres, pas d'hypertrophie des os.

— Sans oublier les cheveux roux, ajouta le vieil homme.

— Ah bon ? Le phénomène n'est pourtant pas rare.

— Cheveux roux et teint pâle, malgré un hâle plutôt prononcé, mais je ne vois pas de taches de son. Et toi ?

— Ils sont trop loin, papa.

— Et, pendant que j'y pense, regarde un peu leurs vêtements. Tu vois le…

— Les garçons, franchement, chuchota la mère.

Les hommes se turent. Le vieux déplia son journal et se redressa sur sa chaise, mais son fils et lui poursuivirent leurs observations.

Le médecin vit distinctement la situation : des manières irréprochables chez deux hommes qui avaient de toute évidence passé beaucoup de temps au grand air. De belles bottes noires, articles de prix, désormais ruinées. Une existence privilégiée, à présent disparue ou peut-être abandonnée. Ils étaient si grands et si costauds que leurs vestons et leurs pantalons avaient dû être taillés sur mesure, et pourtant ces hommes avaient choisi une coupe délibérément simple, d'une modestie presque agressive. En fin de compte, leurs vêtements avaient l'inélégance propre aux vêtements surdimensionnés. De même, leurs manteaux étaient élimés et avaient grand besoin d'un bon raccommodage.

— Leur démarche est pesante. Ils doivent être très lourds.

— Je ne suis pas d'accord, papa. Ils sont presque gracieux. Et ils se tiennent très droit – autre indice qui contredit l'hypothèse du gigantisme.

La femme du docteur soupira en s'efforçant d'être patiente. Elle prit gaiement la parole.

— Eh bien, puisqu'il n'est question que de ça, j'ai un jour connu une jumelle. Comment s'appelait-elle, déjà ? Darby. Non… Darcy ? Darcy, c'était peut-être l'autre.

Les yeux du médecin dérivèrent vers le visage de sa femme et s'y attardèrent sans le voir pendant un moment, puis ils revinrent sur les deux géants.

— Elles ne pouvaient pas se sentir. C'est drôle, non ? Mais, vous savez, ça me paraît parfaitement compréhensible. Au nom de quoi faudrait-il aimer une copie conforme de soi-même ? Pourquoi tous les autres auraient-ils le droit d'être uniques, mais pas vous ?

Le serveur passa en coup de vent sans répondre à l'appel du vieux médecin.

— Zut, soupira celui-ci en contemplant tristement sa tasse vide.

Il reprit son journal et balaya machinalement des yeux les minuscules caractères gris : « Épidémie de diphtérie », « Retard dans les livraisons postales – pourquoi ne pas nous inspirer de l'exemple de la Grande-Bretagne ? » « Pire glissement de terrain de l'histoire de l'industrie minière – des mineurs superstitieux l'avaient prédit ».

Il soupira de nouveau et, dans les actualités locales, trouva un titre prometteur : « Combats de chiens organisés par un groupe religieux : un pasteur connu agissait comme bookmaker ». Il se mit à lire.

À la table des jumeaux, un rire sonore retentit. L'un des hommes se tortilla violemment sur sa chaise. Le médecin leva les yeux et le vit brandir sa moitié du journal, soigneusement pliée en quatre, sous les yeux de son frère. Du doigt, il montrait une photo : le glissement de terrain de Frank. Et la veuve, seule femme parmi les survivants.

25

La locomotive siffla en s'enfonçant dans la vallée. On avait fini par dégager la voie, et le premier train du service normal était arrivé et reparti. Poussés par la curiosité, des survivants étaient venus jeter un coup d'œil. Un seau à ses côtés, la veuve frottait le bois noirci de la plate-forme du magasin de McEchern. Reliquat d'une flaque de sang, une odeur de viande défraîchie, vaguement indécente, flottait dans l'air et remontait aux narines de la veuve.

— Dis donc, petite ! lança un vieux type au dos voûté.

Sans poser son torchon, la veuve tourna vers lui un visage empreint de lassitude.

— Le train t'a amené de la compagnie.

— C'est-à-dire ?

L'homme la gratifia d'un large sourire édenté.

— En ville, deux types posent des questions sur toi. C'est peut-être ton jour de chance.

Il rit et continua à grommeler.

Ils arrivèrent en haut de la montée, leur carabine dans le dos, suivant le tout nouveau sentier qui serpentait doucement au milieu des débris. On avait coupé le tronc des arbres renversés pour permettre à un homme de passer sans encombre, et dégagé le chemin en poussant des rochers sur les côtés. Sinon, les humains suivaient le relief naturel du terrain, désormais accidenté et blanc, pour l'essentiel immobile.

L'un des frères toucha l'épaule de l'autre.

— De la fumée, dit-il.

On leur avait dit de chercher le comptoir commercial, le seul endroit à tenir encore debout, le seul à posséder un poêle. Et, de fait, une fine colonne de fumée s'élevait dans le ciel. Mais alors ils en aperçurent une autre, puis deux, qui montaient de la terre elle-même. On aurait dit que le paysage brûlait à petit feu. Ils croisèrent un homme qui descendait à toute vitesse, un baril sur le dos.

— C'est le charbon qui brûle. Revenez dans vingt ans, et ça flambera encore.

Il passa son chemin.

Les frères furent si étonnés qu'ils se mirent à errer parmi les volutes de fumée, bouche bée devant le lieu sinistre où ils avaient abouti. D'où peut-être leur absence de réaction au premier coup de feu. Ils s'étaient contentés de regarder l'endroit où le projectile avait ricoché, laissant une marque pâle dans la roche calcaire. Ils entendirent le second, mais n'en comprirent pas davantage le sens. Le paysage en feu donnait l'impression de pétarader, comme une sorte d'infernal porridge métallique. Ce n'est qu'en levant les yeux qu'ils virent enfin la veuve debout sur la plate-forme d'une énorme tente qui penchait d'un côté. Malgré ses doigts tremblants, qui laissaient tomber des cartouches, elle s'efforçait de recharger une carabine. Ils se rendirent alors compte qu'ils étaient sous le feu de l'ennemie.

Immédiatement, ils se séparèrent et, pliés à la taille, filèrent, lestes comme des lapins, les yeux révulsés. En courant, ils s'efforçaient d'attraper leurs armes. Sur son perchoir, la veuve referma la chambre, cala la crosse contre sa mâchoire et choisit pour cible l'homme qui se trouvait le plus à gauche. Elle le mit en joue – visant un peu devant la silhouette qui fonçait en trébuchant –, serra l'arme de toutes ses forces et fit feu. La détonation et le recul l'aveuglèrent un instant. Lorsqu'elle se redressa, elle vit seulement les bras de l'homme battre l'air follement au moment où il plongeait, cul par-dessus tête. Il disparut ensuite derrière une grosse pierre. En jurant, la veuve se tourna à droite dans l'espoir de repérer l'autre, mais il s'était lui aussi caché. Derrière quel arbre, quel rocher ? Elle revint au côté gauche, balaya du regard tout l'espace entre les deux, à l'affût du moindre mouvement, du moindre son. La crosse de l'arme tremblait contre sa joue.

Elle les avait ratés tous les deux. Trois coups de feu et elle avait chaque fois fait chou blanc. Quel désastre ! Tout était silencieux, à l'exception d'une ou deux voix, un peu plus haut, des mineurs qui, alertés par les bruits inhabituels, s'interrogeaient. Elle demeura plantée là, devant le magasin, vulnérable, immobile, tandis que ses beaux-frères invisibles chargeaient leurs armes. Lui revint en mémoire le souvenir horrible et inopportun du jour où, par pure chance, elle avait abattu sa première pintade. Son mari l'avait félicitée : « En plein dans le mille ! » Son esprit s'enrayait ; elle ne savait que faire.

McEchern, pour sa part, était accroupi derrière le comptoir, la tête enfouie entre les mains. Après lui avoir tendu l'arme et les munitions, il avait rapidement battu en retraite, peu désireux d'assister au spectacle.

Le monde était d'une immobilité surnaturelle. Alors la veuve tourna les talons, fonça dans la tente et, évitant les marchandises et le comptoir en saillie, sortit par-derrière. Sans même ralentir, elle sauta de la plate-forme. Ses deux bottes touchèrent le sol en même temps, et elle se jeta avec fracas au milieu des arbres, clopinant de bizarre façon, comme à son habitude.

Elle descendit et, s'engageant dans une immense clairière, coupa à travers la langue la plus avancée du glissement de terrain, le dos raidi en prévision des coups de feu. Puis, de retour sous le couvert des arbres, elle allongea sa foulée, s'accrocha aux jeunes pousses de sa main libre. Ses bottes glissaient sur le gravier et creusaient de gros sillons dans les aiguilles de pin. Rien ne bougeait, sauf elle. Aucun bruit, sauf sa respiration. N'osant regarder derrière elle, elle courut jusqu'au moment où elle gravit une petite crête et s'élança de l'autre côté.

La voix sans émotion de son mari retentit dans ses oreilles : *Tu veux savoir comment débusquer et tuer un animal ? Laisse-le se montrer à contre-jour – attends qu'il passe sur une colline et vise la silhouette.* Une porte qu'on claque. Le rugissement du fusil. Une pluie de flèches sifflantes, une respiration laborieuse. Une détonation de canon dans le noir. Cauchemar sur cauchemar. La veuve haletait, et des sanglots impuissants lui déchiraient la poitrine. Elle était une créature voyante et bruyante claironnant sa position à l'intention de ses poursuivants, risquant à tout moment de hurler sous l'effet de la terreur. Elle laissait dans son sillage des cicatrices et des branches cassées, un sentier que seul un aveugle aurait pu rater.

En les voyant, elle avait eu de la difficulté à en croire ses yeux. Tout comme eux. Leurs visages blancs au regard fixe alors qu'elle les mettait en joue, les yeux par trop familiers, les mâchoires larges et dures. Lui, les mêmes mâchoires, le même visage, désormais multiplié par deux, son expression étonnée, et en elle, l'envie de le tuer une deuxième fois. Sa bouche à lui s'ouvrant sous l'effet de la surprise. Une brume rose dans l'air, son goût terne sur ses lèvres à elle, les gouttelettes sur ses mains, son menton, son front. La bouche béante mais muette de l'homme à l'instant où il était tombé. Sa bouche qui disait : « Tu pourras en faire un autre, tu sais. Ça naît, ça meurt, c'est comme les veaux. »

Elle courut de toutes ses forces, alors que de hauts cèdres défilaient, pareils aux piquets d'une clôture sans fin, des lignes droites partout, elle volait dans un monde sans profondeur, ses bottes martelaient le sol selon un rythme syncopé, et sa respiration s'était faite profonde et régulière. Elle arriva au sommet d'un monticule et, aussitôt, culbuta dans l'herbe, déboula dans le plus grand désordre, l'arme au bout de ses bras, puis s'écrasa dans un petit ruisseau au milieu d'une pluie d'éclaboussures. Elle se releva et, se retournant, suivit le cours d'eau vers l'aval, pareille à une bête. Les rochers parsemés de mousse et de fleurs blanches. Un peu plus loin, le murmure d'une chute.

Et soudain elle comprit qu'elle avait rejoint le pont des Indiens. Debout dans les jeunes pousses vertes, elle en eut le souffle coupé, cependant que, en hauteur, résonnaient des voix. Elle resta un moment immobile. Derrière elle, le pont, délicat, semblable à une toile d'araignée. Elle se figea, s'exhorta à desserrer les doigts pour laisser tomber la carabine. Mentalement, elle évaluait le pont qui s'affaissait au milieu, l'écorce humide et glissante qui attendait ses bottes, les cordages servant de main courante à moitié moisis. Les trembles tombés enjambaient le vide, et on voyait leurs racines dénudées. Le pont supporterait-il son poids ? Celui de ses poursuivants ? Elle comprit qu'elle n'atteindrait jamais l'autre côté la carabine à la main.

Alors elle les entendit, entendit leurs pas, les éclaboussures qu'ils faisaient en marchant. Elle laissa choir son arme.

Elle s'approcha du gouffre et, sans grande conviction, posa le pied sur le premier tremble accroché au-dessus du vide. Elle s'y lança en clopinant, les mains cramponnées aux cordages. Elle avait franchi près de deux mètres lorsqu'elle sentit le premier mouvement de balancier provoqué par le poids de son corps. Parcourue de secousses, la construction tout entière se soulevait, tanguait. La veuve geignit et s'accrocha, penchée, cherchant à stabiliser ses pieds sur le tablier, fait d'un seul tronc de tremble. Aux deux extrémités, le pont se terminait en pointe. Au milieu, une travée sans ancrage d'environ six mètres, retenue par des troncs de jeunes arbres et des cordes moisies, pendait mollement.

Un coup de feu déchira l'air. Elle vacilla et, poussant un cri, tomba en appui contre une main courante, puis se laissa glisser sur un genou. Sous elle, de quinze à vingt mètres de vide. De la vapeur montait des eaux invisibles, et elle resta suspendue, les yeux perdus dans le blanc sans fond. Le pont oscillait doucement, à la façon d'un hamac. La détonation résonnait encore à ses oreilles. Ses doigts se refermèrent autour de la corde rudimentaire. Elle entendit son cœur battre, s'entendit déglutir. Et lui sur ses talons. Il la suivait. Non, il était mort, incapable de pourchasser quiconque. Il n'était pas là. Un étrange calme s'empara d'elle. Elle se redressa vivement.

— Arrête, Mary ! fit une voix presque suppliante.

L'écho résonna dans l'air vide. Au lieu d'obéir, elle poursuivit avec précaution, consciencieusement, jusqu'à l'autre bout. En posant le pied sur la terre ferme, cependant, elle détala, s'engagea dans les virages en tête d'épingle qui escaladaient la paroi friable de la falaise, un bruit de canonnade retentissant derrière elle. Des troncs d'arbres se fracassèrent en couronnes d'éclats pâles. Un objet effleura sa tempe, roussit ses cheveux. La jambe de son pantalon fut tirée brusquement : un projectile l'avait traversée. Et pourtant, les chasseurs donnaient l'impression d'être d'aussi piètres tireurs qu'elle, car ils la rataient chaque fois, et elle continuait à courir, toujours vivante. Elle disparut dans les arbres, hors d'atteinte.

Elle courut jusqu'à la limite de ses forces sans prendre le temps de souffler ni de réfléchir, puis elle fila plus doucement sur ses jambes flageolantes, le sang battant dans ses veines, et se força à poursuivre jusqu'à l'épuisement. Elle se laissa enfin tomber sur le sol, désespérée, la tête vide. Elle avait soif, si soif. Tout éveillée, elle rêva d'un ruisseau de montagne auquel elle buvait à la manière des chevaux, lapant la surface, alors qu'un froid douloureux s'insinuait en elle.

Elle n'aurait su dire combien de temps elle demeura ainsi dans la clairière, immobile et vide comme une nonne perdue dans une patiente contemplation. Depuis son nid, un épervier l'observait. Comme un badaud, les pattes écartées, penché au-dessus du vide, il poussait une sorte de ronronnement bas. Bêtement, la veuve fixait les culottes de plumes, le jabot d'hermine. Les yeux noirs interrogateurs. À chaque petite secousse de la tête renfrognée, le cou paraissait fluide, inarticulé. Un moment, elle se demanda si cette créature était son protecteur, son ange gardien. Ce fut une pensée fugitive : la veuve savait bien que personne ne veillait sur elle.

Elle enfouit son visage dans ses mains et pleura sans larmes, tandis que la forêt protectrice soulevait vers le ciel sa masse verte et ondulante.

Dans la nuit profonde, la veuve se risqua à poursuivre, les bras tendus devant elle, aussi lente que la brume qui léchait le sol, ses yeux luttant contre une cécité à laquelle elle avait peine à croire. Le monde se révélait grâce aux seuls bruits de la nuit, les mouvements des petits animaux, le vent dans les arbres au-dessus d'elle et autre chose encore, certains indices révélant la topographie des lieux : une résonance sourde dans les ravins, cependant que, sur les crêtes, le son s'amplifiait. Elle s'arrêtait pendant de longues minutes, tendait l'oreille. D'en haut venaient de légers pépiements. Deux cèdres craquèrent à l'unisson. Et voilà qu'elle fuyait une fois de plus dans le noir, le cœur vidé, trop épuisée pour pleurer. Sauf que cette fois elle avait les mains vides aussi. Pas de petite jument grise, pas de manteau, pas de nourriture. Pas de carabine. Pas de William Moreland pour la tirer des griffes de la mort. Même sa petite bible avait disparu, emportée par le glissement de terrain. Et de toute façon, que lui apporterait-elle à présent ? Une bible pourrait-elle éclairer son chemin ? Lui garrotter un lapin ? Seule à nouveau, n'ayant plus que les vêtements qu'elle portait, elle resta debout au milieu des murmures. À une autre époque, elle aurait peut-être souhaité être de retour chez son père, l'écouter lui parler de la science et de la nature, mais cette vie-là était bel et bien révolue. Elle ne voyait plus avec précision le visage de son père.

Vers l'aube, elle détecta une puanteur, une odeur à la fois âcre et douceâtre et imprégnée de rosée, qui la mena jusqu'à une bande d'herbes roussies, semblable à un petit ruisseau noir. Un peu plus loin, elle en vit une autre qui, à cause du vent sans doute, allait dans le même sens. Elle les suivit jusqu'à ce qu'elles eussent entièrement disparu, puis elle revint sur ses pas. De petites langues noires léchaient le tronc des arbres – des marques de brûlure jusqu'à la hauteur des genoux. L'odeur était absurdement forte, bizarre. À l'approche de la clairière calcinée, la veuve comprit. Balayant les environs des yeux à la recherche de signes, elle vit l'alambic en ruine de Giovanni. Par hasard, elle était tombée sur le repaire secret de l'écorcheur de chats.

Devant la veuve, tout était immobile. Un chenal en bois surélevé, en forme de V, descendait ; au fond gargouillait un filet d'eau de la largeur d'un pouce. Après avoir enjambé l'obstacle, la veuve s'engagea dans la clairière. Tout y était noir ou gris. Des herbes calcinées gisaient à plat sur le sol, raides et incolores. La marmite en cuivre avait la taille et la forme du torse d'un homme bedonnant. Sans doute avait-elle été introduite jusqu'à son point le plus large dans la bouche d'un four bas en pierre, remplie de pâte bouillonnante lorsque, à cause des secousses, elle avait explosé et atterri six mètres plus loin, les rivets soufflés, le couvercle gauchi et la cheminée tournée vers le ciel. Le four était calciné et étêté, et son mortier avait blanchi sous l'effet de la chaleur. Un condensateur à serpentin pendu à un arbre faisait penser à quelque énorme ornement de Noël. Çà et là, on voyait de grosses bouteilles fracassées et, au milieu des restes de tonneaux calcinés, des cerceaux en métal gisaient dans l'herbe. À partir du four, épicentre du désastre, le feu s'était propagé sous le vent, suivant une trajectoire en ellipse. Autour de l'alambic, les arbres étaient dépourvus de feuilles, et des traînées noires parcouraient leurs troncs.

— Giovanni ? appela la veuve.

Elle regretta aussitôt. Qui d'autre risquait de l'avoir entendue ?

Aucun mouvement. Aucun bruissement dans les arbres.

Elle passa la matinée à fouiller les ruines à la recherche d'objets utiles, mais ne trouva presque rien : malgré son apparence déréglée, l'écorcheur de chats était un homme ordonné et frugal. Elle découvrit un couteau noirci avec une soie en laiton à la place du manche en bois, consumé par le feu. Quelques sacs de cuir durcis par la chaleur. Des tasses et des assiettes en fer-blanc, une casserole, une poêle en fonte, empilées proprement et striées de cendres. Giovanni avait fixé de petites peaux à des troncs pour les faire sécher. Un lapin, une martre, peut-être, désormais sans poils et noirs de fumée.

La veuve suivit le petit chenal et découvrit, bien au sec, une glacière au couvercle en métal construite sur une source naturelle. En été, la boîte gardait les aliments au frais ; en hiver, elle les empêchait de geler. La veuve l'ouvrit : l'air était froid et humide. Elle n'y trouva qu'une boîte de café moulu et un sac de farine taché. Suivant toujours le chenal vers l'amont, elle se pencha pour boire un peu d'eau dans sa main. En la secouant d'un geste brusque, elle décela un mouvement : une couverture servant de porte se balançait sous la brise. Elle avait découvert l'endroit où dormait Giovanni. Elle aurait aisément pu le manquer, car il était recouvert d'un épais camouflage et en partie creusé à flanc de colline. Le feu ne s'était pas étendu jusque-là – Giovanni avait assez de bon sens pour s'établir à une certaine distance de son alambic. Elle s'approcha de l'étrange construction à moitié ensevelie. C'était un appentis fermé par une porte faite de peaux épaisses et assez haute pour laisser passer un géant. L'intérieur était étonnamment spacieux. La veuve s'y aventura en murmurant le nom de Giovanni, mais il n'y avait personne.

Dans le silence surnaturel, une odeur humaine, profonde, intime et complexe, monta lentement à ses narines. Ses yeux finirent par s'habituer à la faible lumière qui baignait l'intérieur, et elle distingua le mobilier de Giovanni. Un lit, c'est-à-dire une grande plate-forme généreusement parsemée de couvertures et de peaux, sans oublier deux jolis oreillers douillets, occupait presque toute la pièce. Le long du mur s'alignaient des livres, tous en italien, lui sembla-t-il. Il y avait un petit foyer dont la cheminée dissimulée par les arbres débouchait sans doute plus haut dans la montagne. Sur le manteau, Giovanni avait disposé des crânes aux longs crocs. Dans la plupart des cas, estima la veuve, il s'agissait de chats, mais un renard et un raton laveur étaient aussi du nombre. Une rangée de grimaces cireuses. L'une des bêtes tenait une cigarette entre ses mâchoires desséchées. La veuve eut un rire bref.

Elle s'assit sur le lit, tendit l'oreille. Aucun pas, aucun souffle. À une certaine époque, se souvint-elle, elle avait compté sur son petit cheval pour la prévenir de la présence d'autres animaux. Désormais, elle ne devait se fier qu'à elle-même. Et que ferait-elle si quelqu'un s'approchait ? Sa seule défense serait de rester figée, comme un lapin tapi dans la végétation, n'écoutant que le murmure instinctif de son sang.

Elle s'éveilla en sursaut, sauta du lit et s'immobilisa. C'était le crépuscule et le silence régnait. La veuve ne se rappelait pas avoir cédé au sommeil et n'aurait su dire ce qui l'avait réveillée. Elle se dressa dans cette vaste et étrange habitation, le cœur battant. Une nausée familière montait en elle. La faim. Elle avait faim. Elle sortit et s'avança lentement vers la clairière. Le soleil s'était éteint, et elle vit un pâle ciel nocturne auquel s'accrochait un quartier de lune, tandis que, sous le couvert des arbres, triomphaient les ombres. C'était l'heure où les animaux quittent leur cachette.

Dans la lumière mourante, elle se dirigea vers la glacière et en préleva le contenu. La farine dégageait une odeur désagréable, mais elle était sèche et, à première vue, épargnée par les insectes. D'un pas pesant, la veuve revint vers la clairière déserte, s'approcha du fourneau, nettoya l'intérieur et prépara un feu. Elle eut de la difficulté à dénicher du bois qui n'eût pas brûlé. Elle s'assit devant le foyer bas et incandescent, mêla de l'eau et de la farine pour faire des biscuits de marin. En l'absence de levain, elle dut pétrir la pâte interminablement. Sur la partie supérieure du fourneau, elle avait posé la casserole en fer-blanc, dans laquelle bouillonnait du café. Le bol entre les jambes, elle appuyait sur la pâte des deux mains, regardait la substance blanchâtre, larvaire, rouler sous la pression de ses jointures.

Brusquement, elle se leva et, après quelques pas dans les fougères, fit des efforts pour vomir, les yeux pleins de larmes. Elle cracha, poussa un soupir. Plus haut dans la montagne, un tapage d'oiseaux. Puis elle se rassit devant son bol, souffla pour chasser quelques fourmis qui rampaient sur les bords et se remit au travail. Elle avait si faim.

Lorsque la nuit tomba pour de bon, elle observait le petit foyer brillant, perdue dans ses pensées, voûtée, éclairée d'un côté seulement, comme une créature primitive et infiniment vieille tournant vers les ténèbres son dos fatigué.

Elle se souvint d'une main froide qui, autrefois, avait tenu la sienne – celle d'une vieille paroissienne qui était sortie avec l'enfant misérable pour accorder un moment de répit à ses parents. La femme l'avait emmenée à la foire, au milieu d'une foule immense. Dans la lumière déclinante d'un après-midi d'automne, elles étaient passées devant une cacophonie de tentes et de petits kiosques, la fille étirant le cou pour voir défiler les animaux en peluche et les poupées au visage de cire. Elle s'empêtra dans ses chaussures. La main froide qui la tirait s'arrêta devant une vaste tente où des gens faisaient la queue. Un homme au ventre énorme, vêtu d'un gilet et d'un veston, un rouleau de billets à la main, baissa les yeux sur elles.

— La petite n'aimera pas le spectacle, dit-il. Et d'ailleurs elle est trop jeune.

— Elle a douze ans.

— Mon œil. Vous n'avez qu'à la laisser ici.

— Pas question.

Il baissa de nouveau les yeux, renifla, puis, avec lenteur, détacha deux billets.

— Ça ne lui plaira pas.

Elles entrèrent, suivirent un tunnel de toile tapissé d'affiches et de placards laissant voir des bêtes rugissantes et des femmes apeurées. Et elles débouchèrent dans une petite salle remplie de bancs où des gens s'entassaient – dans l'air, la petite détecta une odeur à mi-chemin entre la sciure de bois et la pourriture, comme celle d'une boucherie. Sur la scène, un bonimenteur vociférant à la diction démodée se pavanait en vantant les merveilles qu'il s'apprêtait à révéler. Arriva enfin un homme nu recouvert d'une immense forêt de poils broussailleux qui voilaient tout son corps jusqu'à son visage et ses pieds, et il poussa un hurlement en secouant un lapin sanguinolent dans l'intention d'effrayer les femmes assises dans la première rangée. Elles se contentèrent de retrousser le menton et de s'éventer. Mary n'avait pas peur du tout, car elle se disait que l'homme avait revêtu un costume ridicule et que tout n'était que faux-semblant. Elle resta donc assise parmi les autres en affichant, comme eux, une mine renfrognée.

Les perversions de la nature furent suivies des merveilles de la science, et le bonimenteur, les mains tendues devant lui, invitait les spectateurs à imaginer un avenir radieux dans lequel chaque maladie aurait son traitement. Il laissa même entendre que la mort serait un jour vaincue. « Attends de voir ça, Mary ! » chuchota la vieille femme en saisissant la main de la petite, qu'elle secoua, tout énervée, lorsque le cri grêle d'un bébé retentit. Par une porte donnant sur le côté droit de la scène entra une femme négligée d'âge moyen, habillée en infirmière, tablier et bonnet amidonné compris. Elle poussait devant elle une table sur laquelle reposait une singulière boîte en verre munie de tubes et de soufflets. Dedans, un bébé gigotait. Le bonimenteur courut derrière la femme, qu'il aida à soulever et à transporter une sorte de cordon ombilical fait de câbles recouverts d'une gaine isolante. Aussitôt, les badauds se pressèrent autour de l'objet. Mary fut elle aussi entraînée par le mouvement.

De la boîte émanait un drôle de bruit, une sorte de *teuf-teuf-teuf* mécanique, et les cris de colère du bébé semblaient curieusement assourdis. Mary posa son doigt contre le verre ; il était tiède et, à l'intérieur, une légère buée s'était formée sur les parois. Le bébé, d'une petitesse improbable, avait un teint malsain. Le baratin du bonimenteur se mua en révélations théâtrales. Malgré son aspect sinistre, chuchota-t-il, cet étrange objet de verre était aussi chaud et réconfortant que le corps de la mère : l'enfant mourrait à l'instant où il serait séparé de lui. Un grand calme s'abattit sur les curieux, qui baissèrent les yeux sur le bébé. À son tour, ce dernier, semblant renoncer à la lutte, desserra les poings. On aurait dit qu'il suivait les mouvements de la foule, le murmure des voix féminines de l'autre côté de la vitre. Et puis, brusquement, tout fut terminé. Le bonimenteur fondit sur les spectateurs et, en gesticulant, les invita à sortir, adieu, adieu, parlez-en à vos amis, parlez-en à vos voisins. Très vite, elles se trouvèrent devant la porte. Ensuite, Mary marcha à côté des jupes boueuses de la femme qui veillait sur elle. Déjà, la nuit tombait.

Elles s'assirent côte à côte dans une petite tente. Le serveur leur apporta des sodas sucrés, et la vieille femme commanda un petit gâteau à la crème qu'elle découpa en morceaux pour le partager avec Mary. Sans cesse, elle essuyait le visage et la robe de la petite, de crainte qu'elle fût toute crottée en rentrant chez elle. À quoi bon proposer son aide si, en fin de compte, on donnait à autrui un surcroît de travail ? La main délicate sur son visage, la voix caressante, les poignets nus qui dépassaient des manches noires froufroutantes : cette femme différait en tout de sa grand-mère. Pas de bracelets à breloques cliquetants, pas de réprimandes. Comment prolonger la visite ? Comment rester en compagnie de cette femme ? L'enfant contemplait son soda, comme si elle espérait trouver la réponse dans les traces de sucre au fond du verre – la cuillère tournant dans le sens des aiguilles d'une montre ou dans le sens contraire, le nombre de mouvements giratoires, l'utilisation de la main gauche ou de la main droite. Tout semblait chargé de signification.

— Eh bien, dit une voix derrière elles, je crois avoir été témoin d'un miracle.

— Mon œil ! répliqua une autre. Ils mettent un bébé malade dans une boîte et ils ont le culot d'invoquer la science. C'est de la fumisterie pure et simple.

Mary leva sur la vieille femme des yeux inquisiteurs et cette dernière lui retourna un regard empreint de la même curiosité.

— Je pense bien que c'était vrai, dit la vieille femme.

— Mais l'homme poilu, c'était un faux ?

— Un vrai, hélas. Résultat d'une quelconque maladie.

Le cœur de la petite lui disait pourtant le contraire. La supercherie était partout autour d'elles, dans les lanternes et les écriteaux peints à la main, la musique et les voix, le plaisir tapageur, les bonimenteurs poussiéreux et costumés, les misérables vendeurs ambulants au baratin machinal. Même chez cette charmante vieille femme. C'était un monde de faux-semblants et d'artifices qui, un instant, défiait le réel. Le long de la clôture qui délimitait la foire, des Shetlands épuisés, la crinière crasseuse, dormaient debout. On avait paré leurs encolures de guirlandes de fleurs en papier aux couleurs vives. Il y avait une lanterne accrochée à la clôture et une affiche que Mary n'arrivait pas à déchiffrer.

Ce fut sa dernière image de la foire, car bientôt la vieille femme la prit par la main. Elles rentrèrent à la maison, où les attendait une bonne. Vite, Mary fut mise au lit.

La veuve posa une main tannée sur sa joue et fixa le feu. Elle revoyait les chevaux patients et l'affiche indéchiffrable, dont le sens ne lui serait jamais dévoilé. Elle avait beau se creuser la tête, elle ne se rappelait plus les mots. Impossible également de se pencher sur la petite fille pour lui susurrer des mises en garde et des conseils, lui raconter la suite. Si elle l'avait pu, que serait-il arrivé ? Quel grand avantage aurait-elle tiré d'un tel prodige ? Le temps aurait suivi son cours, inexorablement, la nuit succédant au jour. Sur sa joue, sa main serait peut-être plus douce ; peut-être, en ce moment même, ne serait-elle pas dans la forêt. Elle n'aurait pas connu le révérend, qui n'en serait pas moins mort. Son petit garçon n'aurait pas existé, tout comme il n'existait plus maintenant.

Perdue dans ses pensées, la veuve ne prêta aucune attention aux bruits venus des arbres. Lorsqu'elle se réveilla enfin, il était trop tard. Soudain, les ténèbres furent remplies de bruits et de mouvements, qui tous convergeaient vers elle. Ils étaient là ! Ils l'avaient suivie ! Elle se leva, mais la volonté de courir l'avait quittée. Alors, debout, elle attendit. Elle ne se donna la peine ni de cligner des yeux, ni de respirer, ni de continuer à vivre – elle se prépara simplement au coup de feu. Il faisait si noir. Où étaient-ils ? Et puis l'un des jumeaux sortit de la nuit et s'avança vers elle, la carabine levée, lentement, comme le chien traquant un écureuil. Des rayons de lune sur son chapeau, ses longs bras, le long canon de son arme. Il était à quelques mètres. Elle sentait son odeur. Elle entendait sa respiration. Et alors ils furent ensemble, unis par la gueule froide de la carabine posée au-dessus de son œil gauche. Quelque part dans l'ombre, l'autre jumeau s'avançait lentement d'un pas trébuchant.

— Tire, dit-elle en forçant ses genoux à tenir bon.

Il se contenta de la regarder fixement, ses yeux balayant tranquillement les environs dans la lueur du feu.

*

Assis sur une souche près d'un énorme feu, le Coureur des crêtes, des boulettes de pain *bannock* à la main, s'efforçait de ne pas croiser le regard des chiens. Il y en avait au moins huit, et ils l'encerclaient comme des loups, la tête basse, en poussant de petits jappements secs. La femme était partie chercher des objets à troquer, et, quelques instants plus tard, les chiens avaient surgi de l'obscurité. Le Coureur des crêtes ne bougeait pas, mais il les épiait du coin de l'œil. Au besoin, il n'aurait qu'à leur lancer son pain. Stratagème inutile face à des loups, mais il donnerait peut-être de meilleurs résultats avec des chiens.

La femme, Helen, n'avait pas été en mesure de lui fournir de renseignements utiles. Elle n'avait jamais entendu parler de Mary Boulton et n'avait pas croisé de femme blanche depuis des mois. Des années, peut-être. En entendant ces mots, il avait failli s'effondrer. Sans les chiens, il aurait pris son sac et se serait de nouveau enfoncé dans la nuit. À quoi bon rester? Mais il était assiégé par une meute de chiens indiens, fuyants, efflanqués, qui ne le connaissaient pas et n'avaient aucune confiance en lui. Sans la moindre hésitation, ils l'auraient dépouillé de son pain.

Un chien se retourna et tous les autres s'immobilisèrent en

fixant les ténèbres. La femme était de retour. D'un air coupable, ils détalèrent en se chamaillant dans les hautes herbes.

— Voilà, soupira-t-elle en posant sur le sol une couverture dans laquelle divers objets étaient enveloppés.

Elle lui tendit un bol de ragoût d'où émergeait une cuillère en fer-blanc. Moreland regretta d'avoir accepté la nourriture, car, pour avoir déjà fréquenté des Indiens, il savait qu'il était impoli de manger sans rien acheter, et il connaissait déjà le contenu de la couverture – des munitions et des couteaux, surtout, peut-être des aiguilles et des boyaux pour le raccommodage, des victuailles, du tabac, des chapeaux, des chemises. Bref, des articles superflus. Il ne désirait qu'une chose. Et il ne la trouverait pas à cet endroit.

— Mangez, dit gentiment la femme.

Elle le regarda engloutir la viande. C'était ridiculement délicieux, riche et parfumé ; après un long séjour dans les hauteurs glaciales, Moreland était affamé. Il gratifia Helen d'un sourire de reconnaissance, trop pressé de s'empiffrer pour dire merci. Un homme s'approcha et vint s'asseoir près d'elle. Grand, il portait deux nattes, et son visage était ouvertement hostile. Au bout d'un long moment, il demanda :

— Qu'est-ce que tu lui veux, à cette femme ?

Le Coureur des crêtes s'arrêta brusquement de mâcher, car il avait détecté quelque chose dans les mots de l'homme – ce qu'il voulait savoir, c'était pourquoi Moreland suivait cette femme en particulier et non une femme quelconque.

— Je lui ai déjà dit que nous ne l'avions pas vue, dit doucement Helen.

— Pourquoi la cherches-tu ? demanda l'homme sans ménagement.

William Moreland avala et posa le bol devant lui. Il était blême, diminué. À la lueur du feu, il avait les yeux écarquillés et une expression de profond regret. Soudain, il donna l'impression d'être au bord des larmes. Henry posa sur sa femme un regard inquiet et, subrepticement, elle mit la main sur son bras.

— Vous êtes son mari ? demanda Helen.

— Non. Je… Il faut juste que je la voie. Parce que je lui dois des excuses.

La déclaration plongea Henry dans la perplexité. Mais Helen contempla tranquillement le visage de son invité pendant un long moment.

— Vous vous appelez William ? demanda-t-elle.

Le Coureur des crêtes fit signe que oui.

— Eh bien, William, jetez donc un coup d'œil aux objets que je vous ai apportés. Il y a là-dedans des articles de valeur. Et puis, quand vous aurez terminé, je vous dirai où Mary est partie.

26

À l'aube, la veuve chevauchait, à l'envers sur la selle, les poignets ligotés derrière elle par des cordes nouées au pommeau. Son corps tout entier n'était que douleur, et elle n'aurait su dire si sa souffrance était causée par de simples blessures ou par un chagrin de l'âme. Les deux hommes ne lui adressaient pas la parole, car elle n'était pour eux qu'une corvée inachevée, et ils ressemblaient à John, faisaient preuve de la même réserve. Avec une certaine incrédulité, elle s'était rendu compte qu'ils avaient acheté leurs chevaux aux Cregan. Elle-même était à califourchon sur la petite jument si futée dont Sean avait chanté les louanges. Ce constat la blessa plus qu'elle n'aurait voulu l'admettre, mais elle se reprocha son étonnement. Après tout, les huit garçons étaient des voleurs et des hommes d'affaires.

Au début, les jumeaux s'étaient séparés, l'un devant, l'autre fermant la marche pour l'avoir à l'œil. Elle faisait donc face à l'un d'eux. Jude ou Julian, elle n'aurait su dire lequel – il ressemblait tellement à John que le simple fait de le regarder la plongeait dans un trouble profond. Il avait le visage exsangue, de larges épaules arrondies au-dessus de la selle. Il la foudroyait du regard. Au sujet des jumeaux, elle se souvenait uniquement du conseil que lui avait donné son mari avant l'une de leurs rares visites : « Ne contredis jamais Julian. Il ne le supporte pas. » Une simple affirmation, mais, compte tenu du laconisme des membres de la famille, elle faisait figure de puissant avertissement.

Ils suivaient une piste qui serpentait au milieu des cèdres. Il n'y avait pas de broussailles et le sol, pâle comme une peau séchée, était lisse et tapissé de branches. La veuve se tortillait sur la selle, comme pour rectifier sa position, mais elle s'efforçait en réalité de défaire ses liens.

— Pas de ça, dit l'homme.

Elle décela une intonation particulière dans sa voix, une trace de douleur ou de morosité. Elle l'examina de plus près, vit les pans de son manteau s'ouvrir à chacun des pas du cheval et dévoiler la chemise fine, sur laquelle une tache sombre s'étalait. La même ombre marquait le bord de son long manteau, là où le sang, après avoir imbibé la doublure, maculait l'extérieur. Surprenant son regard, il referma le manteau. Elle comprit alors de qui il s'agissait – Jude, le moindre des deux jumeaux, qui subissait la douleur aussi patiemment qu'un chien.

— Ça fait mal ?

— Ta gueule.

Sous l'effet de la colère, les joues de la veuve s'empourprèrent. Elle ne cilla pas, ne détourna pas les yeux, car elle n'avait plus peur. Elle fut plutôt traversée par la fureur. Incapable de détacher les yeux de son beau-frère, elle avait repris son ascendant sur lui, au moins dans sa tête – elle, la proie, s'avançant, entravée, suivant le canon de la carabine, courant vers cet instant. Sans doute lut-il dans ses pensées, car il s'écria :

— Ce cauchemar, c'est ta faute. Tu es fière de toi ?

Il avait desserré les dents uniquement afin de se blinder contre le regard de la veuve. Elle comprit qu'il y avait en elle quelque chose qu'il n'avait pas soupçonné, ou qu'il avait oublié, et que la résolution de l'homme fondait comme neige au soleil.

— Non, répondit-elle. Je ne suis pas fière.

— Mais tu n'as pas de remords non plus, hein ? Regrettes-tu au moins ce que tu as fait ?

— Un peu.

— Tu es une abomination, dit-il.

— Et qu'est-ce que tu es, toi ? cracha-t-elle. Une moitié d'homme !

L'expression du rouquin se figea et, peu à peu, il retraita en lui-même. Une moitié d'homme dépérissant à vue d'œil. Il se contenta de resserrer les pans de son manteau, comme si la veuve n'avait rien dit. Au bout de quelques kilomètres, il aiguillonna son cheval et alla rejoindre son frère, abandonnant la prisonnière à ses pensées.

Dans le sens contraire de la marche, elle regarda sa maison s'éloigner, le regard éteint. Au fond, que lui restait-il, à présent que Bonny avait disparu ? Rien du tout. Comme le Coureur des crêtes, elle avait été poursuivie et finalement rattrapée par la fatalité.

Les arbres se clairsemèrent, tandis que les montagnes, en se flétrissant, perdaient leurs contours nets et dessinaient de simples ombres bleues. En tournant la tête, elle distinguait les premiers signes de champs cultivés, de prairies inclinées et ondulantes aux teintes blanches ou jaunes, entrecoupées d'arbres feuillus. Des terres agricoles. Elle examina les maisons, la fumée qui montait des cheminées. L'air était chaud et humide, et elle commença à transpirer dans ses vêtements en peau.

Ils traversèrent un bosquet de peupliers géants aux troncs courbés par le vent. La veuve leva les yeux. Chaque feuille était secouée furieusement sous l'effet d'un bouillonnement sans cause apparente. On aurait dit des applaudissements. Les chevaux s'avançaient au milieu des carottes sauvages qui leur frôlaient le ventre. Dans les longues herbes, leur sillage qui demeurait visible jusqu'à l'horizon. C'est le chemin de la vie, songea-t-elle tristement. Nous sommes emportés loin de nos origines, tels des enfants juchés sur une épaule qui, implacablement, les conduit vers le lit, et nous ne voyons que le passé à jamais évanoui.

— Vous resterez trois jours ici, dit l'homme. Jusqu'au passage du juge. Après, vous et ces deux-là allez me foutre le camp d'ici.

Il se tenait dans le couloir, juste de l'autre côté de la porte, faite de barreaux de métal.

— Quel est cet endroit ? demanda la veuve.

— Ici ? Rien du tout. C'est une ancienne banque. Nous en avons une toute nouvelle, faite en briques. Au bout de la rue.

— Non, je voulais parler de la ville.

— Ah bon. Vous êtes à Willow Cane.

Pendant un moment, il examina la prisonnière ; la pluie embuait le bord de la fenêtre à barreaux derrière elle. La veuve pouvait sentir cette odeur, celle de la poussière chaude et de l'eau. Parfum éventé mais vivant.

— Vous l'avez fait ? demanda-t-il.

Son ton était si désinvolte que la veuve, dans un premier temps, ne comprit pas. Enfin, elle saisit. Puisque sa culpabilité était si flagrante qu'elle faisait partie de l'air qu'elle respirait, elle n'avait pas songé qu'on risquait de lui poser la question. Et pourtant, l'homme voulait savoir, poussé par une curiosité apparemment sincère.

— Oui, répondit-elle. Je l'ai fait.

— Je ne l'aurais pas cru, vu que vous êtes une fille. Avec quoi ?

— Sa carabine.

— Sans blague ? Sa propre carabine ?

Il ôta son chapeau et le tint devant lui, comme s'il était en présence d'un supérieur.

— Où avez-vous tiré ? Dans la tête ?

Malgré elle, la veuve grimaça.

— Non.

— Où alors ? Pas dans le dos, tout de même ?

— Vous tenez vraiment à le savoir ?

— Pas vraiment. Je suis juste… euh… curieux.

La veuve s'assit sur sa paillasse en soupirant.

— Dans la jambe.

Elle posa la main sur sa cuisse, comme s'il s'agissait d'un hachoir. L'homme réfléchit un moment en faisant tourner son chapeau dans ses mains, à la manière d'une petite roue, tandis qu'il retournait l'énigme dans sa tête.

— Il a fallu beaucoup de temps ? demanda-t-il sur le ton de qui se renseigne à propos de la durée du trajet jusqu'à la ville voisine. Il faut sûrement pas mal de temps pour mourir au bout de son sang.

— Non, répondit-elle. Pas tellement.

— Il était méchant avec vous ?

Le visage inquisiteur et inexpressif de l'homme qui attendait de l'autre côté des barreaux était pareil à un écriteau brandi devant elle, chargé d'une signification muette et de la promesse d'un châtiment. Une sorte de panique monta dans la gorge de la veuve et sa tête se mit à battre sous l'effet d'un douloureux afflux de sang. Plus de réponses pour les simples curieux. Car ils ne lui apporteraient rien et il n'y aurait pas d'issue. Elle resta sur son lit sans rien dire.

— En tout cas, dit l'homme, pensif, c'est la première fois que je vois une meurtrière.

Au loin, on entendit un faible roulement de tonnerre. La pluie sifflait.

— Vous n'en avez pas l'air, proclama-t-il en s'éloignant.

Presque aussitôt, il était de retour et l'examinait entre les barreaux. Lorsqu'il reprit la parole, sa voix était aimable :

— À votre place, fit-il, je ne répéterais pas ce que vous venez de me dire. Contentez-vous de nier.

Il plut tout l'après-midi. Les gouttes sifflaient dans les arbres, formaient des flaques dans les herbes. Assise sur son lit, Mary faisait courir ses mains sur la peau de daim, le long de ses cuisses, vérifiant machinalement les coutures du bout de ses doigts agités. Malgré la lourdeur de l'air, elle détecta des odeurs de cuisson, celle d'un poulet en train de rôtir. Elle n'avait rien à faire. Ni cuisiner, ni laver du linge, ni couper du petit bois, ni attiser le feu dans le poêle, ni passer le balai, ni chasser, ni tenter de rester au chaud, ni planifier quoi que ce soit. Dans sa tête, une sorte de carillon résonnait – *fais quelque chose, fais quelque chose.* Seulement, sa survie ne dépendait plus d'elle. Elle n'avait plus qu'à attendre. De petites bouffées de terreur montaient en elle, puis redescendaient. Elle affrontait ces vagues, les supportait.

Elle poussa un soupir et se leva. À la fenêtre, il y avait des volets qui donnaient l'impression de n'avoir jamais servi. La rouille les avait soudés en position ouverte. En pressant son visage contre les barreaux, Mary apercevait un petit bout de la rue. De loin en loin, une forme voûtée y passait rapidement et disparaissait aussitôt.

La pluie cessa dans l'heure. Le soir tomba et les habitants des maisons voisines firent de la lumière, éclairant la cime des arbres. Puis retentirent des voix d'enfants. Le repas du soir était terminé. De l'autre côté de la rue montait un martèlement, métal contre métal. Debout près de la fenêtre, la veuve respira à fond l'air humide, sentit sur son visage la brise qui allait et venait à sa guise entre les barreaux, soufflant les petites éclaboussures des arbres au-dessus de son lit. Elle s'imagina le Coureur des crêtes faisant les cent pas dans la même cellule, des décennies plus tôt, rendu à moitié fou par l'enfermement, tandis que la porte à barreaux demeurait pour lui grande ouverte. Pourquoi cet homme si doué pour l'évasion n'avait-il pas fui la prison ? Il n'appartenait pas à ce monde, n'en ferait jamais partie. Pourquoi avait-il toléré la lenteur laborieuse de la justice ? La seule explication possible, c'était la curiosité – William Moreland, ermite suprême, incapable de supporter les contraintes de la civilisation, les clôtures, les routes et les règles, était curieux des autres. Différence de taille entre elle et lui.

Elle promena les yeux sur la cellule. Une lourde porte de métal à barreaux, un montant de porte en chêne bien solide et un verrou en laiton. Sur les murs, des marques plus pâles laissaient deviner la longue présence de meubles à présent disparus – un bureau, peut-être, ou encore une salle où on comptait l'argent, munie de façon peu judicieuse d'une fenêtre. La veuve mit la main sur un des barreaux et le secoua, juste pour voir. Le mortier émit un grincement sec, et de la poussière tomba le long du mur au plâtre inégal.

Il y eut un bruit derrière elle et elle se retourna, surprise. Une jeune femme se tenait derrière la porte, un plateau à la main. Au bout du couloir, l'homme que la veuve avait vu plus tôt fouillait bruyamment dans les tiroirs. L'attente semblait plonger la fille dans le malaise. Au bout d'un long moment, l'homme apparut et déverrouilla la porte. La fille fit un pas dans la cellule et s'arrêta aussitôt.

— Allez, l'encouragea-t-il. Elle ne va pas te manger, tout de même.

Le visage de la fille s'empourpra et, n'écoutant que son courage, elle s'approcha de la chaise fragile rangée contre le mur et y déposa le plateau. La nourriture dégageait un parfum familier, et la veuve se dit que la cuisinière habitait à proximité. Ensuite, la fille sortit en vitesse, si vite en fait qu'elle accrocha sa manche au cadre de la porte.

Amusé, l'homme la regarda sortir. En levant les yeux au ciel à l'intention de la veuve, il fit un pas en arrière et referma.

— On jurerait un écureuil, dit-il. Elle a peur de tout.

Il repartit dans le couloir, accompagné du tintement métallique des clés.

La veuve entendit le grincement d'un tiroir, puis le bruit sourd des clés heurtant le fond. Un tiroir vide. Elle tendit l'oreille, le regard vague. Quelques pas. Un petit coup. Puis un long silence. L'homme était-il rentré chez lui ? L'immeuble était-il donc désert ? N'avait-il d'autre fonction que de l'accueillir ? Elle appela, en vain. Un parfum suave filtra entre les barreaux, celui d'un arbre à la floraison tardive, avivé par la dernière pluie. Mêlé à celui du poulet qui refroidissait, ce parfum charriait un léger relent de putréfaction.

Elle se dirigea vers la table et jeta un coup d'œil au repas. Un verre de lait. Elle le prit, le but lentement, incapable de se souvenir de la dernière fois qu'elle avait connu le goût du lait. Des carottes, des patates douces et du poulet rôti, joliment présentés dans une assiette en porcelaine tendre ornée de minuscules roses or et vert formant un motif serré. Quelqu'un s'était donné la peine de mettre un peu de sauce dans ce qui avait l'apparence d'un pot à lait posé à côté de l'assiette. Dans un bol, il y avait une part de génoise recouverte de myrtilles bien mûres. La veuve se sentait comme une femme qui s'apprête à descendre dans une cave humide – mi-terrorisée, mi-résolue. Elle avait très envie de manger, mais craignait de vomir.

Elle jeta un coup d'œil sous le lit et vit un petit pot de chambre. En s'aidant du bout de sa botte, elle le tira vers elle, juste au cas où, puis elle s'assit, le plateau sur les genoux, saisit la fourchette et le couteau.

*

Le vieux médecin cessa de fouiller dans le trou creusé par le projectile, retira le forceps maculé de sang et examina la blessure de près. Son visage était à quelques centimètres de la poitrine du patient, et son souffle soulevait les poils roux. Jude se redressa sur la table, tandis que son frère le tenait par ses épaules nues. Sa poitrine tout entière était noir et bleu. Une lésion sombre près de la clavicule.

— Hum, grommela le docteur.

— Quoi ?

Le visage inquiet de Julian apparut au-dessus de l'épaule de son frère.

— Qu'est-ce qu'il y a ?

— Sais pas.

Doucement, le docteur réinséra le forceps dans la plaie et recommença ses fouilles, tandis que Jude retenait son souffle. Il y eut un son métallique à peine audible. Puis le docteur retira un minuscule éclat de balle, à peine plus gros qu'un plombage et tout aussi informe. Jude tendit la main et le médecin y laissa tomber l'objet. Les trois hommes le contemplèrent.

— C'est bien ce que je craignais, dit le docteur. Il y a un tas de petits morceaux là-dedans. Je doute de pouvoir tous les extraire.

À l'extérieur de la pièce, une voix appela :

— Papa ?

— Ici ! beugla l'homme.

Puis il se leva et se dirigea vers l'armoire pour prendre des tampons stériles. En cherchant, il tenait la sonde derrière son dos. Un jeune homme jeta un coup d'œil par la porte, puis, à la vue des frères, sursauta et se retira aussitôt.

Après le départ abrupt du médecin, le siège du tabouret tournait lentement. L'un soutenant l'autre, les frères ne bougèrent pas.

D'une voix douce, Julian demanda :

— Comment te sens-tu ?

Jude secoua la tête.

— Seulement à moitié mort.

27

Aux dernières lueurs du crépuscule, alors que la cellule de la veuve était plongée dans le noir et que le ciel rose et brumeux brillait entre les barreaux, s'éleva dans l'air chaud et humide la rumeur des chauves-souris, comme une pendule rouillée qu'on remonte. La veuve était allongée sur le dos. Du bout des doigts, elle jouait avec le sable qui s'accrochait à la couverture, la poussière de roche qu'elle avait soulevée en tentant vainement d'arracher les barreaux de la fenêtre. Elle ne pouvait s'empêcher de voir les objets réunis dans la cellule comme autant de clés de son évasion : une chaise, un lit de camp, un plateau, un pot de chambre. Elle les passa en revue, incapable de renoncer à chercher une solution qu'elle savait pourtant inexistante. De l'intérieur d'un lieu qui renvoyait l'écho, une grange ou une remise, un chien jappa avec indifférence. Aussitôt, d'autres chiens lui répondirent.

La veuve s'assit, remit le plateau sur ses genoux, se força à s'alimenter encore un peu. Elle avait mangé lentement la génoise. Elle était sèche, parfumée, aérienne. Elle s'attaqua aux morceaux de blanc de poulet, trempa chacun dans la sauce. Elle s'interrompait entre les bouchées. C'était délicieux. Lentement, la nausée s'atténua. Peut-être le malaise était-il imputable à l'absence de nourriture plutôt qu'à la nourriture elle-même.

Elle entendit des bruits. Une voix de femme. Un coup sourd.

Au bout du couloir, la lueur tremblante, de plus en plus vive. Deux voix. Puis le son d'un tiroir qu'on ouvre, une brève dispute entre un homme et une femme. Les clés sortirent du tiroir et la lueur s'avança vers la cellule. L'homme était de retour. Il déverrouilla la porte et s'éloigna. Une femme entra. Mince, grisonnante et vigoureuse, elle tenait une bougie à la main. Constatant que la veuve n'avait pas terminé, elle attendit un moment près de la porte, puis alla s'asseoir sur la petite chaise posée contre le mur. Un peu pincée, à la manière d'une institutrice, une femme aux mains et au visage longs, à la taille de guêpe.

— Ça ne vous plaît pas ?

La veuve détecta dans sa voix une note sous-jacente de stupéfaction à l'idée que ses grands efforts culinaires pussent ne pas être appréciés. Elle-même avait autrefois employé le même ton. Elle hocha vigoureusement la tête sans cesser de mâcher.

— C'est froid, maintenant, dit la femme, sceptique.

— Non, c'est très bon. C'est vous qui faites la cuisine ?

— Oui.

— Vous vivez tout près d'ici, dans ce cas.

La femme garda le silence pendant un moment, perplexe, ses yeux gris brillant dans la pénombre.

— Vous avez senti les odeurs de cuisson, évidemment !

La veuve picora les restes, finit les patates douces, posa l'assiette et mit le plateau de côté, s'essuya la bouche et poussa un soupir de contentement, malgré la présence de l'autre.

La femme se pencha par la porte restée ouverte.

— Tu viens chercher le plateau, Allan ? cria-t-elle.

Un juron étouffé retentit et l'homme s'avança dans le couloir. Il ramassa le plateau et fit mine de s'emparer de la bougie, mais la femme dit :

— Non, laisse.

— Sa Majesté désire autre chose ? fit-il.

Elle le foudroya du regard et il repartit en s'avançant avec mille précautions dans le couloir sombre, le plateau tintant légèrement, à la façon de cloches au son mat. Lorsqu'il fut sorti, la femme se pencha et dit :

— Vous savez qu'ils sont là, tous les deux ?

La veuve n'eut pas à demander de qui elle parlait.

— Où ça ?

— Sur le perron, assis sur des chaises. Carabine en main, par-dessus le marché. Si ce n'était pas si bizarre, on en rirait. Ces deux-là, je vous jure, ils me donnent froid dans le dos.

La femme jeta un coup d'œil par-dessus son épaule, comme si les jumeaux, dotés d'une ouïe superfine, risquaient d'entendre ses propos et de s'en offusquer.

— Ce sont vos frères ?

— Mes beaux-frères.

— Vos beaux-frères, répéta la femme, comme si cela changeait tout.

Elle sembla rassérénée par la révélation, heureuse de la compagnie de la veuve.

— Vous n'avez pas trop froid, ma chère ? Que diriez-vous d'une couverture supplémentaire ? Mon mari a quelques chandails qui pourraient aller par-dessus votre... votre habillement.

— Merci, ce n'est pas nécessaire.

— Un peu de lait pour la nuit ?

— Ne vous donnez pas cette peine, répondit la veuve.

La femme soupira et, les mains sur les cuisses, fit mine de se lever, mais elle était de toute évidence engagée dans un débat intérieur. Devant cette attitude hésitante et tendue, au seuil de la parole, la veuve comprit qu'elle avait sous les yeux la mère de la fille qui s'était enfuie plus tôt. Les mêmes longues joues, les mêmes paupières tombantes, simplement plus ridées. Elle finit par se lever. Quelles que fussent les réflexions qu'elle avait ruminées, elle les avait repoussées.

— Désolée, dit-elle en prenant la chandelle. Je vous la laisserais volontiers, mais vous risquez d'incendier la prison, à ce qu'il paraît. Je n'en crois pas un mot, mais on ne m'écoute jamais, moi.

Elle appela l'homme. Il arriva au bout d'un moment et, ensemble, ils refermèrent la porte, s'assurèrent qu'elle était bien verrouillée et s'éloignèrent avec la chandelle. La lumière s'estompa et, à la fin, il n'y eut plus que les ténèbres. Les mêmes sons – la dispute, le tiroir, les clés – se répétèrent dans l'ordre inverse. La veuve attendit le bruit sourd, qui survint immédiatement. Puis elle se recroquevilla sur le lit, à l'écoute du brouhaha qui entrait par la fenêtre, des cris d'animaux, des rafales dans les branches, des voix distantes. Elle tendit l'oreille dans l'espoir d'entendre les frères, mais elle savait que c'était inutile.

Elle enfouit son visage dans ses mains et se mit à rire d'un rire tranquille et profond, d'un rire qui confinait aux larmes, et quand elle eut terminé, ses mains restèrent là où elles étaient pour repousser les ténèbres, entretenir une fragile lumière intérieure.

L'homme et la femme revinrent peu après le lever du jour, annoncés par un accès de mauvaise humeur conjugale, et s'engagèrent dans le couloir sans cesser de se quereller. Ils apportaient un autre plateau. Ils trouvèrent la veuve debout dans son étrange costume de sauvage à côté de son lit, fait à la perfection comme si elle s'était préparée à subir une inspection. C'était la seule tâche domestique qu'il lui restait. L'homme et la femme entrèrent en se poussant comme deux chiens chamailleurs, secouant le plateau et bousculant la veuve, presque sur le point d'en venir aux coups, jusqu'à ce que la femme ordonnât sans détour à son mari de déguerpir. Il s'éloigna dans le couloir en maugréant.

— Seigneur, dit la femme d'une voix acerbe.

D'un air de défi, elle se laissa tomber lourdement sur la petite chaise. Il avait cédé, elle avait triomphé et elle s'installait. La veuve en conclut que sa présence constituait une sorte d'attraction. Comment aurait-il pu en être autrement ? Une meurtrière habillée en Indienne, ligotée, à l'envers sur la selle de sa monture, les chevaux défilant au milieu de visages à l'expression curieuse, quelques hommes, pour mieux voir, suivant le convoi sous les auvents qui surplombaient le trottoir, les enfants courant dans la boue pour toucher le cheval ou lui parler jusqu'à ce que leurs mères les rappellent d'une voix tonitruante. Et ensuite les deux rouquins qui, la carabine sur le dos, montaient une étrange garde à la porte de la banque désaffectée. Elle était un objet de curiosité, assurément, et cette femme était sans doute harcelée à mort de questions à son sujet. Pendant la nuit, la veuve avait entendu des chuchotements à la fenêtre au-dessus de son lit, des voix d'hommes jeunes : « Je ne la vois pas », dit l'une. « Pousse-toi un peu », fit l'autre. Elle était restée parfaitement immobile dans l'attente d'un coup de feu ou, avec un peu de chance, d'un objet répugnant qu'on laisserait tomber sur elle. Rien ne vint. Après un certain temps, elle eut la conviction qu'ils étaient partis pour de bon. Son cœur était pétrifié dans sa poitrine. Ils l'avaient appelée par son nom. « Mary Boulton. »

— Mangez, ma chère. Vous devez être affamée.

La femme avait la voix douce. La veuve s'assit sur le lit et, posant avec soin le plateau sur ses genoux, examina son repas. Des œufs servis sur deux épaisses tranches de jambon saisies à la poêle, du pain grillé et beurré, un verre de lait, du thé. Elle découpa un petit morceau de viande et le plongea dans le dôme fumant de l'œuf, crevant le jaune, et fit glisser la bouchée dégoulinante entre ses lèvres. Les moindres fibres de son corps tremblaient de gratitude.

La femme observait ce manège avec une attention hors du

commun. Au bout d'un moment, elle se rendit compte qu'elle fixait l'autre comme une mal élevée. Elle tira de sa poche une petite boule de dentelle et un crochet et se mit au travail avec application. Elle posa sur ses genoux la pelote de fil qui se dévidait et, avec une maîtrise absolue, la maintint en place malgré les à-coups et les soubresauts. Puis, comme en présence d'une amie intime, elle commença à raconter :

— Ils sont encore là tous les deux, assis comme des lions de pierre devant une porte. Pas moyen de leur arracher un sourire. C'est totalement absurde. Jamais une fille comme vous ne pourrait sortir d'ici par ses propres moyens. Et tenez-vous bien : ils ont finalement décidé de quitter leur poste pour aller se coucher à dix heures. Dix heures ! Allan est fasciné par eux. Il n'en dort pas la nuit. Moi non plus, d'ailleurs. Je n'ai jamais compris les hommes. Ils sont pour moi un mystère. Plus je vieillis, moins je les comprends, en fait. Petits, ils sont pourtant assez simples, non ? On voit tout de suite ce qui les préoccupe, c'est écrit en toutes lettres sur leurs visages. À se demander ce qui leur arrive quand ils grandissent.

La veuve avait connu quantité de femmes qui agissaient ainsi, discutaient énergiquement au-dessus de leur ouvrage, même si les défauts des autres femmes constituaient d'habitude leur principal sujet de conversation. « Des papotages », disait sa grand-mère. Parfois, c'était une façon d'écouler un trop-plein d'énergie, d'épuiser une colère persistante. Parfois, c'était un stratagème utilisé par des femmes accablées de travail pour rester éveillées lorsqu'elles avaient enfin un peu de temps libre. Elles parlaient comme on tape des pieds pour lutter contre le froid. Les commentaires n'appelaient pas de réponse. Un mari somnolent, un chat ou un chien ou même un bébé en train de jouer pouvait faire office de confident. Dans le cas présent, la veuve sentit qu'il y avait autre chose. La femme parlait dans l'espoir d'échapper à une inquiétude plus grande. De la pointe de son crochet, elle piquait d'un air anxieux la petite boule de dentelle couleur pomme de terre, en des gestes précipités. La veuve constata que la femme devait souvent s'arrêter, défaire un bout de dentelle et recommencer.

— Quel jour sommes-nous ? demanda Mary.

— Le mardi 8. Déjà mardi. Il vous reste deux jours avant l'arrivée du train.

En prononçant ces mots, la femme ne leva pas les yeux, mais ses longues joues se teintèrent de rouge. La pelote de fil de coton sautillait sur sa robe, coincée entre les monticules jumeaux de ses jambes chevalines.

La veuve, assise sur le lit à côté de son plateau vide, attendit la suite, un doigt fourré dans le petit trou qu'un projectile avait percé dans la jambe de son pantalon. Les bords étaient durs, racornis par le feu de la balle. Son doigt toucha la peau tiède de sa jambe. Elle se souvint du projectile qui lui avait frôlé la joue en sifflant, de l'odeur de ses cheveux roussis. Les frères de John avaient failli la tuer – et elle-même les avait ratés de peu. Peut-être, leurs échecs respectifs s'annulant, étaient-ils quittes désormais.

Un seul meurtre donc, le premier. L'explosion. Une bruine dans l'air. Le sang jaillissant de la jambe de l'homme, une flaque visqueuse se répandant comme du miel. La veuve retira vivement le doigt du trou de son pantalon. Elle se secoua.

Sa compagne l'observait d'un air pensif, son ouvrage oublié, le petit crochet tournant lentement entre ses doigts.

— Comment vous sentez-vous ? demanda-t-elle.

La question n'était pas de pure forme.

Le cœur de la veuve bondit. Avait-elle parlé tout haut ?

— Vous vous sentez très malade ?

— Malade ?

D'un geste de la tête, la femme désigna, à l'autre bout du lit, le pot de chambre dans lequel, un peu plus tôt, la veuve avait vomi. Dans une pièce aussi dénudée, pas de cachette possible.

— Vous êtes avancée ?

Il y eut un long silence. La veuve soupira. Certaines femmes ont le don de deviner ce genre de chose, comme si elles détectaient une odeur, comme si elles voyaient autour de vous une nuée de lucioles.

— Assez, répondit-elle.

Bien sûr, elle se doutait depuis un certain temps qu'elle était enceinte, sans en être absolument certaine. Elle avait reconnu les indices : les seins durs et douloureux, la fatigue insondable, l'infini contentement qui s'infiltrait par moments dans son esprit angoissé. Une lueur d'espoir prit naissance dans son cœur. Comme elle serait reconnaissante de savoir que c'était vrai ! D'un seul souffle, cette femme avait transformé le rêve en réalité.

— Oh, ma chère, fit sa compagne, soudain terrassée par l'émotion. Qu'allez-vous faire ?

Le chien du juge gravit les marches de l'hôtel de Willow Cane et entra en habitué par les portes ouvertes. Il fit le tour des fauteuils et des canapés, puis se dirigea vers le bureau du directeur, déjà bondé.

— Le voici ! s'écria le réceptionniste.

La veuve était assise devant, les poignets ligotés au dossier de la chaise, ses gardiens jumeaux postés derrière elle. Le chien circula aimablement parmi les nombreuses personnes présentes, renifla les jambes de tous les pantalons et agita la queue en signe de bonne volonté généralisée. Une ou deux mains lui flattèrent le dos.

Puis le juge arriva. Il gravit les marches d'un pas traînant, le nez plongé dans un mouchoir, une serviette en cuir sous le bras. C'était un petit homme qui portait des lunettes, un veston fripé et une écharpe tricotée plutôt laide. Il mit le cap sur le bureau, lui aussi, puis, se ravisant, se dirigea vers la réception.

— Du thé, s'il vous plaît. Très chaud et nature.

— Oui, monsieur.

À son entrée dans la petite pièce, de nombreuses personnes étaient déjà debout. Les autres, y compris la veuve, se levèrent. Avec précaution, il s'installa derrière le bureau du directeur, posa sa serviette par terre et dit :

— Viens.

La foule fut parcourue de remous, mais c'était le chien qu'il appelait. La bête s'approcha en agitant la queue, décrivit quelques cercles et s'allongea en grognant. Le silence se fit pendant que le juge reniflait. Il examina l'assistance de ses yeux chassieux, dont l'un était artificiel. D'une couleur mal assortie à celle de l'autre, il semblait rouler, vagabonder à sa guise.

— Bon, assoyez-vous, dit-il. L'audience est ouverte.

Des pieds et des chaises raclèrent le sol. Il examina longuement les papiers posés devant lui, lut une page, puis la plaqua contre sa poitrine pendant qu'il parcourait la suivante. Il s'attarda sur l'une d'elles, puis leva les yeux sur la veuve, et son regard se porta sur les liens qui lui entravaient les poignets et ensuite sur les deux grands gaillards, dont l'un au teint franchement vert, qui se tenaient derrière elle. Il revint à ses papiers, lut encore un peu, les empila et posa les coudes dessus.

— Juge Ulrich, pour vous servir, dit-il en manière de présentation. Je suis ce qu'on appelle un juge itinérant, ce qui signifie que je vais de ville en ville pour entendre des causes. Il ne s'agit pas d'un procès. Nous avons affaire à un acte d'accusation pour meurtre. Qu'avons-nous d'autre au menu, Allan ?

Allan, occupé à observer les jumeaux, fut pris au dépourvu. Il gesticula gauchement avant de bondir de son siège, et sa femme, furieuse, s'écarta de lui pour éviter d'être blessée.

— Ils… ils ne sont pas encore arrivés, Votre Honneur.

Nous avons un homme et une femme qui se querellent à propos de la clôture qui sépare leurs maisons. Ils refusent l'un et l'autre de céder. Elle veut lui faire un procès pour intrusion, négligence, tout ce qui lui passe par la tête. Le problème, c'est qu'ils étaient autrefois mari et femme.

— Une chicane de clôture ?

— Oui, monsieur.

— Je vois. Disons que nous allons entendre l'affaire de meurtre. Je repasserai la semaine prochaine pour la clôture. Qu'en pensez-vous ?

Son œil dériva vers le plafond et les spectateurs le regardèrent monter.

— Bien, très bien ! s'écria Allan avant de se rasseoir en se tordant les mains.

Le thé du juge arriva sur un plateau en argent. Il y eut un long intervalle au cours duquel chacun le vit prendre quelques gorgées et se moucher. La veuve observait cet homme avec un désespoir palpable.

— Vous comprenez, madame Boulton, commença-t-il enfin, qu'on vous accuse de meurtre ?

Elle hocha légèrement la tête.

— Avez-vous tué votre mari ?

Il attendit longuement, observa le visage fermé et désespéré devant lui, puis poursuivit :

— Je déduis de votre silence que vous plaidez non coupable. Laissez-moi noter…

Il se pencha sur une feuille et nota quelques mots d'une main rapide et gracieuse. Sans lever les yeux, il déclara :

— Que tout le monde quitte la pièce, à l'exception de madame Boulton.

Il y eut un bref moment d'hésitation, suivi du grincement des planches qui accompagna la sortie des spectateurs. Le chien leva la tête un instant avant de la laisser retomber et de fermer les yeux.

— Tout le monde, je vous prie, dit le juge.

Les jumeaux, qui n'avaient pas bronché, allèrent à contrecœur se planter dans le hall, juste à côté de la porte. La veuve entendait des murmures dans son dos et le grattement de la plume du juge sur le papier. Lorsqu'il eut terminé, il déposa l'instrument, se pencha au-dessus de la table et, à voix basse, s'adressa à la veuve.

— Une bonne âme m'a appris au moyen d'une lettre anonyme que vous étiez enceinte.

Il posa l'index sur l'un des nombreux papiers chiffonnés qui couvraient le bureau.

— Si tel est le cas, votre grossesse jouera peut-être en votre faveur. Cependant, je vais être franc avec vous. Les meurtriers sont automatiquement condamnés à la pendaison et, d'après le dossier, ces deux hommes n'auront aucune difficulté à vous faire déclarer coupable. En grande partie parce que vous avez tout avoué à Allan. Il est possible qu'un jury fasse preuve de clémence envers une femme enceinte. Ou pas. On ne peut pas savoir.

Il se pencha un peu plus et baissa encore la voix, ce qui obligea la veuve à s'incliner vers lui. Dans la pièce vide, ils avaient l'air de conspirateurs.

— Il se peut, dit-il, qu'on attende la naissance du bébé avant de vous exécuter.

La tête de la veuve se mit à tourner.

— Non, dit-elle faiblement.

— Dans ce cas, on vous l'enlèvera probablement dès sa naissance pour le confier à vos beaux-frères, qui sont vos plus proches parents. Vous ne poserez peut-être jamais les yeux sur votre enfant.

La pièce se mit à battre comme un cœur. La veuve contempla l'étrange tête du juge, dont l'œil était presque correctement fixé sur elle, et laissa échapper un court halètement, une monosyllabe angoissée.

— Je suis navré, dit-il en se redressant.

Puis il fit signe aux autres de revenir.

Cet après-midi-là, un subtil parfum de poussière entra dans la cellule de la veuve, et elle entendit des voix et la rumeur de nombreuses charrettes. Les voix montaient et descendaient, et puis, durant de longs intervalles, elle n'entendait ni voix, ni hennissements de chevaux, ni tintements de harnais, ni rires d'enfants à qui on intimait le silence. La veuve restait assise sur son lit ou faisait les cent pas, le visage absent, les yeux remplis de larmes. Pendant de longues minutes, aucune pensée ne lui venait, comme si une seule réalité noire et affreuse les avait toutes chassées. Elle seule persistait, elle seule comptait. *Vous ne poserez peut-être jamais les yeux sur votre enfant.*

Le jour était chaud et sec et clair, le soleil filtré par les arbres se répandait sur le sol par bribes prodigues. En pressant son visage contre les barreaux, la veuve apercevait des groupes de passants dans la rue. Les femmes portaient des paniers à provisions, leurs silhouettes étaient un peu floues dans le chatoiement du jour. Des voix se détachaient de la rumeur, nettes et pressantes, aussi intelligibles que si les mots s'étaient adressés à la veuve elle-même. « Jamais vu ça, et toi ? » Puis une autre voix qui sembla répondre à la première, même si c'était impossible : « Quatorze dollars ! » La veuve tendit l'oreille dans l'espoir de saisir un sens, mais rien n'en avait. Elle se rassit sur son lit. Au bout d'un moment, de la musique s'éleva dans l'air. Un orchestre, quelque part en ville.

Au cours des heures suivantes, les voix s'espacèrent, et la veuve eut l'impression qu'il y avait de moins en moins de gens dans la rue. Plus de chevaux, plus d'enfants. Puis le silence se fit, à l'exception de quelques grêles notes de musique qui résonnaient de façon intermittente, comme si la ville elle-même s'éloignait dans l'espace en tourbillonnant et que le vent emportait peu à peu la fête. Allongée sur son lit, Mary donnait l'impression de dormir, mais son cœur battait à se rompre et la panique glaçait et engourdissait ses mains. *Ils sont ses plus proches parents.*

À tâtons, elle se leva et se dirigea vers la lourde porte à barreaux, enroula ses doigts autour de l'un d'eux, poussa légèrement. Rien. Elle le saisit donc à deux mains et le secoua de toutes ses forces. Il était si solide qu'il ne vibra pas, ne fit aucun bruit. Le verrou fraîchement lubrifié sentait encore la graisse. Elle posa son visage contre les barreaux et scruta le couloir, mais il était sombre et apparemment sans fin. Au-delà, il n'y avait rien.

*

Dans le clair de lune, le Coureur des crêtes, les pouces glissés sous les courroies de son sac à dos, suivait l'arête inégale de l'éboulis en choisissant avec soin l'endroit où il posait les pieds. Il s'arrêta pour s'orienter. Il se tenait sur une sorte de barrage naturel causé par le glissement de terrain. Sur sa droite, un nouveau lac à la surface lisse réfléchissait les nuages du soir, d'un gris mat, irréel. Sur sa gauche s'étendait un champ de pierres et de rochers aux pointes hérissées, amas compact parcouru de ruisseaux et de rus. Par endroits, des jets d'eau jaillissaient au milieu de la pierraille. Au loin, il distinguait le lit originel de la rivière, à présent large, vide, luisant et jonché de débris. Au centre passait un maigre cours d'eau sans vie, à l'odeur nauséabonde. William Moreland continua son exploration des rochers d'un pas aussi assuré que celui d'une chèvre de montagne, suivi de son ombre qui plongeait dans les crevasses.

Bientôt, il remonta sur l'autre versant, où, après un virage, il longea le rivage jusqu'au culbuteur qui s'avançait au-dessus de l'eau à la manière d'un quai. Sous la surface réfléchissante de cette infinie masse d'eau s'étiraient des rails en métal, et le Coureur des crêtes les chercha des yeux, allant jusqu'à se pencher pour scruter les eaux sombres, qui ne lui rendirent que l'image de l'immense ciel argenté et des nuages en mouvement. Il dodelina de la tête dans l'espoir de reconnaître son propre reflet, mais il ne discerna que la silhouette sombre des montagnes, mystérieuses et désertes, et au-delà, le chatoiement de la lune et des nuages. Comme si le lac renfermait un monde plus grave d'où il était exclu. Le silence dépassait tout ce qu'il avait connu jusque-là. Il entendait presque battre son cœur. Soudain, il eut la ridicule impression que le lieu le rejetait, rejetait même son reflet. Le monde des humains effacé d'un seul geste brutal.

Un profond malaise envahit le Coureur des crêtes. En se retournant, il examina le versant de la montagne, effondré et désormais méconnaissable, suivit le paysage dévasté éclairé par la lune. Finalement, ses yeux perçants distinguèrent de faibles lumières en hauteur, des lueurs à peine, peut-être rien de plus que des lanternes. Des gens. Des vivants. Et peut-être Mary. Il remonta son sac sur son dos et entreprit l'ascension, voûté et prudent, ombre parmi les ombres.

Sur la plate-forme de McEchern, quelques fêtards, dont le nain lui-même, un verre d'alcool à la main, s'étaient mis à scruter les ténèbres avec appréhension. Fidèles à leur habitude, ils avaient raconté des bêtises, mais ils avaient brusquement sombré dans le silence à l'approche d'une créature silencieuse et agile qui, surgissant de la brume au milieu des arbres fracassés, s'avançait sur le sol accidenté en sautillant. Les hommes se penchèrent sur leur chaise ou descendirent de la plate-forme du magasin et firent quelques pas dans le noir pour mieux entendre – certains avec impatience, comme s'ils attendaient un ami. À force de fréquenter les morts de fraîche date, ils en étaient venus à craindre les surprises des ténèbres.

Moreland finit par surgir d'entre les arbres. Dans le clair de lune, il avait l'air terrifiant d'un revenant bossu. On aurait dit un fantôme ployant sous le poids de son existence, que la curiosité amenait à rechercher la compagnie des vivants.

Le nain se laissa lourdement tomber sur sa chaise.

— Sacré nom de merde, dit-il, une main pressée sur la poitrine en signe de soulagement. Vous m'avez flanqué une de ces frousses.

Constatant l'effet qu'il avait produit, Moreland eut un large sourire, puis il posa son sac par terre.

— Messieurs, dit-il, je cherche une fille.

28

C'était la dernière nuit de Mary, et minuit avait déjà sonné. Le train arriverait le matin. Debout à la fenêtre, elle examina ses mains blessées. Sous les rayons de la lune, le sang était noir. À côté d'elle, sur le lit, il y avait un couteau en argent qu'elle avait subtilisé et dont la femme qui lui apportait ses repas n'avait pas remarqué la disparition. Le couteau était tout sanglant, lui aussi, après les efforts frénétiques que la veuve avait déployés pour creuser et casser le mortier autour de la fenêtre. Elle serra les poings comme pour écraser la douleur. Le souffle coupé, elle réprimait une envie de sangloter. Plus que quelques heures. C'était tout ce qu'il lui restait. Cette femme maudite était venue deux fois et s'était attardée plus longtemps que d'habitude pour tenir compagnie à la condamnée, s'inquiéter à voix haute, aimable, mais impuissante. Elle ralentissait le travail de la veuve – qui consistait à détacher les barreaux de la fenêtre.

Pendant deux nuits consécutives, elle avait secoué et tordu le carré de métal dans ses assises en mortier et, au matin, nettoyé les traces de ses efforts. Et à présent elle avait le couteau. De petits éclats de pierre se détachaient en faisant des bruits mats et tombaient dans l'herbe, dehors, ou sur ses épaules. Debout sur le lit, elle inséra la lame dans une fissure et poussa de toutes ses forces. Le vieux couteau, dont le bout du manche était orné d'armoiries familiales pâlies par le temps, s'était déjà cassé deux fois. Des languettes d'argent avaient atterri sur la couverture et les points de fracture laissaient voir l'alliage de cuivre à l'intérieur. La veuve avait alors pu utiliser le côté tranchant, chercher des fissures et des fentes plus petites où glisser la lame. Le mortier, en cédant, avait fait de petits bruits décevants. À présent, il n'y en avait plus. Tout le mortier avait été enlevé, plus rien ne retenait les barreaux. Et pourtant, ils ne bougeaient pas. Faisant les cent pas dans sa cage hermétique, la veuve lança un regard haineux aux barreaux et serra contre sa poitrine ses mains ensanglantées. Que faire ? Que faire ?

Elle avait imaginé de multiples scénarios d'évasion, tous impossibles. À l'infini, on était venu la délivrer. Des inconnus. Des gens qu'elle connaissait. Dans un de ces fantasmes, elle avait imaginé William Moreland qui la regardait fixement, debout, à l'ombre d'un grand arbre. Dans ce rêve éveillé, il était venu jusqu'à la fenêtre d'un pas insouciant, la tête basse et les mains dans les poches, l'air d'un homme qui souhaitait simplement examiner les fissures des fondations. Tout était silencieux, et l'herbe assourdissait le bruit de ses pas. En passant devant la fenêtre, il avait murmuré : *Je reviens avec des chevaux pour arracher les barreaux. Prépare-toi.* Dans d'autres évasions de rêve, c'était la femme qui la libérait. Elle arrivait la nuit, sans bougie. Ombre parmi les ombres. Elle introduisait la clé dans la serrure, ouvrait la porte et entrait pieds nus dans la cellule, pressait la bouche contre l'oreille de la veuve et chuchotait ces mots brûlants, d'une force alarmante comme tous les chuchotements : *Je vous laisse filer.* Ensemble, elles s'engageaient dans le couloir d'un noir d'encre, la femme entraînant la veuve par le poignet, s'arrêtaient un moment, tendaient l'oreille et poursuivaient pas à pas. Puis retentissait un bruit familier, celui des clés heurtant le fond du tiroir. Le lent grincement que ce dernier produisait en se refermant. Enfin, la porte de devant s'ouvrait et elles sortaient dans le clair de lune étincelant, penchées et pressées l'une contre l'autre, aussi coupables que des voleuses…

Mais c'étaient des rêves, des fantaisies puériles nées des vestiges de son âme d'enfant. Personne ne viendrait la sauver. Et si, le matin venu, les deux frères la trouvaient encore dans sa cage, ce serait la fin de tout.

La veuve agrippa les barreaux de ses mains crispées par la douleur et se remit à la tâche. Elle tirait, poussait l'objet, le secouait follement, en avant, en arrière, les grincements et les grattements attestant l'existence de quelque lien invisible. Rien ne retenait les barreaux, et pourtant ils refusaient de céder ! Plus de mortier. Du métal, peut-être ? S'interrompant, elle jeta un coup d'œil sous le cadre métallique. L'obscurité était totale. Elle réfléchit un moment. Un détail curieux à propos du bruit : les barreaux étaient à la fois dégagés et coincés. Comme si le cadre en métal se prolongeait dans le mur. Alors elle grimpa sur le lit et, les deux mains en appui du côté gauche, poussa de toutes ses forces. Sans presque opposer de résistance, l'obstacle s'enfonça dans les ténèbres. Elle faillit même tomber dans le vide.

La veuve prit un peu de recul, éberluée. Par rapport au cadre de la fenêtre, les barreaux étaient tournés à angle droit comme des persiennes. Des deux côtés, il y avait un espace suffisant pour laisser passer un corps de petite taille.

Un poivrot balançait les pieds au bord du trottoir après avoir été expulsé d'un petit bar triste et malfamé au bout de la rue. Avec l'impatience d'une brute avinée, il attendait le ralentissement du tourbillon noir dans sa tête pour pouvoir rentrer chez lui en titubant. Sur sa gauche, les silhouettes sombres et immobiles de quatre chevaux qui sommeillaient à côté de leur unique compagnon humain, attachés à une vieille rampe et piétinant délicatement les monticules de merde qu'ils avaient eux-mêmes produits. L'ivrogne fredonnait en observant la rue d'un air méfiant, car il croyait fermement aux sorcières et aux fantômes. Dans le clair de lune, les immeubles fermés qui s'alignaient de l'autre côté de la rue, telles de patientes créatures dotées d'intelligence, avaient un air particulièrement sinistre. Car qui ne s'est pas demandé si tout, en ce bas monde, ne serait pas vivant ? Qu'ils soient en pierre, en bois ou en métal, les objets, en plus de la vie, ont peut-être des opinions et, pis encore, des ressentiments. Les planches équarries des trottoirs se rappellent-elles la morsure de la scie ? Ce souvenir persiste-t-il en elles ? Peut-être le feu de la forge sommeille-t-il dans chaque clou. Un immeuble rumine peut-être inlassablement ses blessures. L'ivrogne agita une main dédaigneuse en direction du fronton voilé de l'ancienne banque, face à lui.

— Ah, et puis merde, dit-il.

Et, revenant lâchement sur sa première impression, se voyant entouré d'ombres passives, il gratifia la nuit d'une grimace complice signifiant : *Après tout, nous sommes entre amis.* Il recommença à balancer ses jambes, les yeux plissés.

C'est alors qu'il vit la veuve surgir de l'ombre comme par magie, ses longs cheveux flottant sur ses épaules et les orbites des yeux creusées par la lueur de la lune. À sa vue, l'ivrogne écarquilla les siens de façon comique, sa tête oscillant sur son cou maigre. Il vit s'approcher le spectre – affublé d'un costume comme il n'en avait jamais vu. Mais c'était assurément une fille, son visage couvert d'une pâle poussière de mortier, tout comme le haut de son pantalon de daim. Pareille à une Indienne sur le sentier de la guerre, le visage barbouillé de symboles effrayants. Elle marchait d'un pas résolu, les yeux rivés sur le vieil homme dont la tête tournait. Lorsqu'elle fut plus près, il distingua ses halètements profonds et réguliers, semblables à ceux du coureur qui vient d'interrompre son effort.

— Aaah ! couina le vieil homme.

Elle le fit taire en posant l'index contre ses lèvres. Après un moment d'hésitation, il hocha la tête en signe d'assentiment, se tapota le nez conformément au langage commun à tous les vieux soûlards. Il continua de dodeliner sagement du chef et de cligner des yeux pendant qu'elle évaluait rapidement les chevaux.

Elle rabattit les étriers de celui qu'elle avait élu et décrocha les rênes de la barre d'attache. Puis elle s'arc-bouta contre le poitrail de l'animal pour l'obliger à reculer. C'était une bête calme, puissante, à la tête énorme ; elle avait bien choisi. Dans le cas contraire, l'autorité que lui conférait son urgent besoin de s'enfuir aurait suffi à infléchir la volonté de l'animal le plus indocile. Les trois autres chevaux piaffèrent et soufflèrent en balançant la tête pour mieux voir. La veuve enfourcha rapidement le cheval et tira sur les rênes, les paumes cuisantes à cause du sel laissé dans le cuir par d'autres mains. Elle brûlait du désir de s'évader au galop, de céder à la panique en détalant. Elle orienta plutôt le cheval vers l'ivrogne et baissa sur lui les yeux de fauve que lui faisait la terreur. Il soutint son regard sans mot dire. Se penchant, elle lui enleva prestement son chapeau et le posa sur sa tête. Il était poisseux et malodorant.

Trop tard, l'ivrogne plaqua la main sur son crâne et, sous l'effet de la surprise, gloussa en recommençant à balancer les pieds. Il vit la veuve s'engager dans la rue, au pas, en direction du sud.

— Ho ! Rends-moi mon chapeau !

Aussi soûl fût-il, elle espérait qu'il se souviendrait du chemin qu'elle avait pris, à supposer qu'on lui posât plus tard la question. Il montrerait peut-être l'endroit où elle avait disparu et dirait :

— Elle a pris mon chapeau.

Elle continua sa route avec une douloureuse lenteur. Le

cheval faisait rouler ses épaules et levait haut ses jambes, en signe d'impatience, et la veuve s'intima l'ordre de ne pas tourner la tête, de ne pas regarder derrière, où elle risquait de voir des poursuivants, des furies, des silhouettes jumelles dans le noir. Au bout du pâté de maisons, elle obligea le cheval à longer les bâtiments. Des lignes d'ombre qu'on aurait dites coupées au couteau tombaient sur elle, la forme des immeubles immense et gauchie sur la chaussée criblée de trous. Le dernier magasin était une épicerie; dans les vitrines étaient accrochés des sacs de haricots secs qui, dans le noir, faisaient penser à des guirlandes d'abats. Le cheval et la cavalière se fondirent dans les ombres longues de la bâtisse. Ils tournèrent et parcoururent un autre pâté de maisons aux longs murs de briques aveugles sur lesquels étaient peintes des réclames colorées pour des élixirs et des toniques, puis, tournant de nouveau, s'engagèrent dans une ruelle étroite et revinrent sur leurs pas. Ils se dirigeaient à présent dans le sens contraire, vers le nord, en direction de Frank.

Les sabots ferrés de l'animal risquaient de faire du bruit sur les graviers ou les pierres de la ruelle. La veuve suivit donc un itinéraire sinueux passant par les plaques d'herbes, contourna les citernes et les piles de planches, glissa devant des fenêtres sombres et des portes verrouillées, se pencha pour éviter les toits bas et les cordes à linge. Elle ôta le chapeau et l'accrocha au pommeau de la selle. Si elle le jetait dans une citerne, comme elle en mourait d'envie, on risquait de le retrouver et, du même coup, de découvrir son subterfuge. Son cœur battait si vite qu'elle craignait de défaillir et de tomber. Alors elle se pencha et, la joue pressée contre le cou de l'animal, lui chuchota des supplications. Une prière dans une oreille réelle, vivante.

Elle se rappela avoir posé ses lèvres sur la gorge de William Moreland et murmuré de la même manière. Elle se souvint des mains de l'homme sur ses épaules, tièdes dans l'air frisquet. Pendant un moment, elle eut le sentiment que c'était la seule vérité. Tout le reste n'était que bouffonneries et mensonges.

À la sortie de la ruelle, le cheval et elle suivirent une longue route de gravier bordée de clôtures inclinées. Elle se souvenait de l'avoir empruntée à l'arrivée. En fait, elle y avait fait face tout le long du parcours. Aucun bruit ne montait de la ville endormie. Aucun appel. Aucun cri. Pas même un jappement. Juste les claquements doux des sabots dans la poussière et ses propres murmures. Elle consulta le ciel – sans cesser de formuler des incantations muettes contre le désastre, suppliques adressées à l'air lui-même –, et le vif éclat de la lune lui sembla de bon augure. À chaque pas, elle était un peu plus libre ; à chaque bruit de sabot, elle se détendait, s'apaisait, laissait l'air gonfler ses poumons, et le ciel donnait l'impression de s'élever un peu. Elle suivait une vague piste qui la ramenait chez elle, chez McEchern, où elle trouverait des articles de première nécessité. Elle n'avait aucune idée de ce qu'elle ferait ensuite ni de l'endroit où elle irait. Elle sentit monter en elle une joie exquise, une fierté débordante, car, avec un peu de chance, sa vie lui appartenait désormais, et elle n'était plus à la merci de personne. Comme elle était fortunée !

Tous les morts qui avaient été avec elle… en elle. Tous les fantômes, les présages et les augures, le chagrin et les ténèbres rugissantes. *Lâche-les. Lâche-les tous,* se dit-elle. Elle s'accrocha plutôt à la vie, à la petite lueur d'espoir qui vacillait en elle.

Aux limites de la ville, une silhouette argentée passa devant elle en courant et se pétrifia – un petit renard gris. La bête et la femme s'observèrent amicalement pendant un moment. Puis l'animal se retourna et trotta le long de la route, ses petites hanches tremblantes, s'arrêtant parfois pour regarder par-dessus son épaule, comme s'il souhaitait lui indiquer la voie. Mais la veuve savait où elle allait.

*

À l'aube, les pas syncopés de deux individus s'approchèrent dans le couloir désert de l'hôtel et des coups sourds retentirent contre la porte. Derrière le placage mince, une voix de femme siffla :

— Ils ne peuvent rien faire à cette heure. Laisse-les dormir encore un peu !

Son interlocuteur, qui qu'il fût, ne se laissa pas fléchir et continua de cogner à la porte.

L'un des frères se redressa dans le lit, repoussa les couvertures et alla ouvrir. L'homme qui se trouvait derrière avait déjà commencé à parler, comme si la porte n'existait pas.

— … demandez pas comment, mais elle est partie !

— Quoi ?

— Elle s'est faufilée par la fenêtre et elle a décampé.

— Jude !

Le frère blessé tentait de se dépêtrer de ses draps moites, sa large et forte poitrine ceinte d'un bandage blanc tout frais, au bord duquel fleurissait une énorme meurtrissure.

— Comment diable a-t-elle…

— C'est ce que je me tue à vous dire. Elle est passée par la maudite fenêtre !

Derrière son mari, la femme irradiait une joie manifeste. Les deux rouquins coururent à droite et à gauche, saisirent leurs bottes et leurs vêtements, enfilèrent en vitesse leurs chemises blanches qui battaient comme des voiles de navire.

Le mari jacassait, intarissable.

— Elle a gratté tout le mortier, puis elle a ouvert les barreaux et elle a disparu ! Une fille toute petite… Moi qui ne la croyais pas capable de soulever un chat.

Ils sortirent tous de la chambre, dévalèrent les escaliers dans un bruit de tonnerre et débouchèrent dans la rue vide baignée par la lumière blafarde de l'aube. Ils se précipitèrent vers le côté de la banque, là où la fenêtre démolie était encore accrochée au châssis. L'un des jumeaux jeta un coup d'œil dans la cellule vide, puis, s'emparant des barreaux, les referma avec fracas. Ils regagnèrent la rue, où ils se positionnèrent en serre-livres, le premier regardant d'un côté, le second de l'autre, comme s'ils espéraient encore pouvoir l'attraper, la voir fuir. En manches de chemise et pantalons fripés, ils clignaient des yeux, leurs visages identiques en proie au désespoir. Et l'un d'eux ployait sous le poids de la douleur.

— Eh bien, demanda la femme d'un air triomphant, qu'allez-vous faire maintenant ?

Juchée sur le perron de l'hôtel, elle avait mis une main sur l'épaule de son mari pour le retenir, l'éloigner d'eux. Des cuisines de l'hôtel montaient des arômes matinaux, ceux du café, des œufs et du bacon. La vie suivait son cours. L'homme et la femme fixaient les deux frères, qui firent quelques pas vacillants. Désorientés, inquiets et fourbus. Leurs chemises étaient usées, leurs bottes égratignées et décolorées, leurs mains et leurs visages plissés. Dans leurs yeux naissait quelque chose de terrible, la conscience d'une force plus implacable que la leur. Le climat. La pluie. Les nuits glaciales. Les arbres à perte de vue, sans la moindre piste… Cette femme.

— Nous l'aurons, dit Julian.

Il semblait presque convaincu. Malgré tout, les frères restèrent là où ils étaient, au milieu de la rue déserte.

— Pourquoi ? demanda enfin Jude.

Son frère se tourna vers lui et le dévisagea d'un air incrédule.

— Parce qu'il le faut. Aurais-tu donc oublié ?

— Regarde-moi. Regarde-nous, dit-il tristement. Nous en avons assez fait, Julian.

Ainsi naquit un désaccord entre eux, nouveau et alarmant. Le suiveur avait cessé de suivre.

— Il ne voudra pas.

— Je me moque de ce qu'il veut. C'est fini.

Ils se dévisagèrent simplement, engagèrent une conversation féroce, muette, élémentaire, précipitée. Qu'en résulterait-il ? L'union ou la dissolution ? Observant la scène, la femme et l'homme retinrent leur souffle, comme au théâtre, chacun se demandant comment les acteurs réagiront, chacun espérant un dénouement différent.

— Et alors ? demanda l'homme depuis le perron. Qu'est-ce que vous allez faire ?

La question était légitime. Mais ni l'un ni l'autre des frères n'en savaient rien. Ils n'en avaient pas la moindre idée, même. Ils levèrent sur lui des regards identiques, si lourds de tristesse et d'humiliation qu'il baissa les yeux vers le sol, honteux.

29

Parmi les arbustes secoués par le vent, la veuve s'agenouilla et, immobile, attendit et observa à la manière d'un animal. Perchée au sommet d'une petite crête, juste derrière le magasin de McEchern, elle entendait la voix de soprano du nain, son incessant babillage entrecoupé de rires. Dans le ciel se déployait un coucher de soleil d'une beauté excessive, flamboiement tenace de rose et d'orange, dont les ondes chaudes, emprisonnées par les buissons frémissants, faisaient à la veuve comme une auréole vivante. Accroupie, elle attendit en silence. Plus jamais elle n'entrerait dans un lieu sans savoir ce qui l'y attendait. Les malades s'alitent, les prisonniers attendent et les fugitifs se terrent.

Pendant toute la journée, elle avait chevauché en songeant à ce moment précis. Après avoir galopé pendant quelques kilomètres, elle avait fait marcher son cheval au pas et s'était efforcée de ne regarder derrière elle qu'une fois toutes les dix minutes en se disant : « Lorsque je me retournerai, ils seront là et ils formeront un point noir à l'horizon. » Mais jamais ses craintes ne se matérialisèrent. Le vent s'était intensifié et l'air était pur. Elle dépassa la même palissade de trembles tapageurs, le voyage se rembobinant sur l'écheveau, identique. La veuve annulait le jour de quelque ineffable manière. Le cheval, portrait même de l'animal serein, s'accommodait platement d'elle ou peut-être de tout cavalier, tel le chien amical qui trahit son ancien maître.

Au milieu de la matinée, ils étaient montés à l'assaut des collines ; à midi, ils se trouvaient parmi les pins, là où l'air était vif et humide. De l'eau s'accumulait dans les moindres dépressions, et le cheval se penchait pour boire bruyamment, tandis qu'elle relâchait les rênes pour lui permettre d'étancher sa soif. Puis ils repartaient en suivant la vieille piste qui s'élevait au milieu des rochers escarpés et des fissures. La veuve, lasse et somnolente, faisait courir ses doigts dans la crinière rêche, car c'était le moment de la journée où sa grossesse, courant dans ses veines comme une drogue, pesait lourd et l'éblouissait.

Peu à peu, elle échafauda un plan. Du moins l'ébauche d'un plan. D'abord une tente. Du fil de métal pour les pièges. Des peaux pour se confectionner un manteau. Des poêles à frire, un couteau, une hache, de la farine, du lard, des tablettes de levure, des allumettes… Quoi d'autre ? Elle se pencha pour caresser le cou musclé de l'animal et lui chuchoter des mots doux. Pendant un moment, elle songea à le nommer, mais rien ne lui venait à l'esprit. Ainsi, ils restèrent anonymes l'un pour l'autre.

Ils traversèrent la prairie alpine où les Cregan avaient établi leur campement. Là gisaient les ruines du petit paddock, pareilles à des vestiges d'un autre millénaire, d'une civilisation perdue. La fin du monde et le recommencement. Elle passa près du foyer où ils allumaient leur feu : prises au piège, des feuilles mortes charriées par le vent tournoyaient dans le cercle de pierres froides. À partir de là, la piste s'estompait et se démultipliait, certains tributaires menant vers le haut, d'autres vers le bas. Elle sut que Frank était proche. Alors elle quitta la prairie, s'engagea au milieu des arbres et, en descendant, s'éloigna de la vaste étendue formée par le glissement de terrain. Elle mit pied à terre, attacha son cheval à un arbre et, à pied, se dirigea vers le magasin.

C'est là qu'elle attendait, accroupie sous le vent, parmi les buissons colorés. Elle n'entendait plus McEchern. La toile de la tente claquait et battait dans le vent, mais plus personne ne parlait. Elle avait besoin de manger. Plus moyen d'attendre. Elle devait simplement entrer dans la tente et accepter les conséquences. À ce moment précis, toutefois, le nain sortit sur la plate-forme. La petite silhouette sombre bondit avec agilité et, au milieu des buissons agités, se mit à pisser, le melon repoussé en arrière. McEchern sifflait. Lorsqu'il se retourna, la veuve se redressa et dévala le talus en glissant sur les aiguilles de pin. Elle s'immobilisa devant lui.

Il resta bouche bée pendant un moment, puis son visage pâle se décomposa sous l'effet d'un soulagement empreint d'irritation.

— Nom de Dieu de bordel de merde !

— Chut ! fit-elle en réprimant un rire.

— Je t'avais prise pour un couguar.

— Je suis désolée, Mac.

— D'abord lui, ensuite toi. On me saute dessus de tous les côtés !

Il poussa un long soupir, se remettant peu à peu de sa frayeur. Puis un sourire joyeux illumina son visage – soudain, il se rendait compte que la présence de la fille tenait du miracle. La veuve posa un genou par terre et il vint se blottir contre elle, et elle le serra dans ses bras comme on étreint un enfant, le visage pressé contre la tête solide et chaude, les petits bras qui se refermaient à leur tour.

— Je te croyais morte, dit-il dans son épaule.

— Moi aussi.

Puis il fit un pas en arrière. Elle distingua les fins poils blancs qui parsemaient sa moustache et vit sa propre silhouette pâle dans l'étang pur de ses yeux, une dans chacun, spectres jumeaux flottant dans un autre monde.

— Viens, dit-il. Il y a quelqu'un chez moi que tu dois voir.

La veuve s'éveilla à l'aube au son d'une respiration basse et profonde, d'un souffle qui, se dit-elle, était celui du Coureur des crêtes, allongé à ses côtés. Mais au bout d'un moment, elle se dit que c'était impossible. Le bruit était sans doute un produit de ses rêves. Elle s'assit et étudia le visage de l'homme. À son grand étonnement, il était encore plus beau que dans son imagination. Les yeux fermés, sereins, les lèvres entrouvertes, le front détendu, le visage sans méfiance, éblouissant. Elle résista à la tentation de l'embrasser comme la veille. À califourchon sur lui, elle l'avait laissé venir en elle. Comme les précautions étaient inutiles désormais, ils s'étaient jetés avec allégresse dans les bras l'un de l'autre avant de s'effondrer. Elle lui avait parlé de son état. Au début, il s'était surtout intéressé à l'échec de sa méthode prophylactique. Sinon, et en grande partie parce qu'ils pouvaient s'aimer aussi souvent qu'ils le voulaient, il avait accueilli la nouvelle avec légèreté, comme quand on ne pressent pas pleinement l'avenir. Aucune importance, se dit-elle. C'était la seule chose qu'ils avaient en commun : ne pas savoir.

Ne l'embrasse pas, s'ordonna-t-elle. À reculons, elle sortit sans bruit de la tente qu'ils partageaient, nue, ses vêtements en ballot dans les bras, et leva les yeux vers le sommet incliné de la tente de McEchern. Pas de fumée. Le nain dormait donc toujours.

Une heure plus tard, Charlie McEchern attisait le feu de son poêle. Dessus, une cafetière commençait à chauffer. En levant la tête, il vit la veuve debout derrière sa tente. Elle avait un drôle d'air. En ricanant, elle parcourut le magasin, comme une petite fille un peu écervelée, puis elle se dirigea vers la porte de devant pour s'assurer que Moreland dormait encore.

— Qu'est-ce qu'il y a ? demanda-t-il.

— Rien.

Elle regardait par la porte en souriant. Venu se poster près d'elle, McEchern la dévisagea d'un air grave.

— Tu t'en vas, hein ?

Sans doute l'avait-il vue seller le cheval et le charger, d'une main presque experte, de toutes les provisions qu'il lui avait données ou prêtées contre la promesse qu'elle le paierait plus tard, condition qui, ils le savaient tous les deux, ne serait jamais remplie. La veuve hocha la tête. Elle partait, en effet.

Le nain ne savait que penser du sourire en coin de la veuve. Renfrogné, il posa les mains sur ses hanches.

— Moi aussi, je pars, dit-il.

Elle laissa retomber le rabat en toile.

— Comment ça ? Pour quoi faire ?

— Pour quoi faire ? répéta-t-il. Les putain d'arbres n'achètent pas de whisky, Mary. Je n'ai plus rien à faire ici. Avec le départ des Cregan, la ville sera aussi déserte qu'une église. Franchement, j'en ai déjà froid dans le dos. Je me dis que le moment est venu de tirer ma révérence.

— Pour aller où ?

Elle avait l'air sincèrement affligée, ce qui sembla plaire au nain.

— Au Yukon, répondit-il. Là-haut, il y a du monde et des mines. En plus, ça boit ferme. Je me suis laissé dire qu'il y avait même une bibliothèque. J'avais l'intention de te proposer de m'accompagner…

Il rougit.

— Mais je suppose que Machinchouette, là, va s'occuper de toi.

— Je n'ai pas besoin qu'on s'occupe de moi, Mac.

Malgré son scepticisme évident, le nain tint sa langue. Il y eut un bref moment de silence, une petit courant d'air froid dans la chaleur ambiante.

— Où c'est, le Yukon ? demanda-t-elle enfin.

— Au nord. Loin au nord. Et à l'ouest.

— Il ne fait pas trop froid ?

— À peu près la même chose qu'ici en hiver, dit-il. Mais à longueur d'année.

Ils rirent.

— Je t'ai déjà dit merci ? demanda la veuve.

En frottant ses moustaches, le nain fit mine de réfléchir un moment.

— Non, répondit-il.

Elle hocha la tête.

— Intéressant, dit-elle.

Il grogna.

— Tu te crois drôle, hein ?

À moitié réveillé, le Coureur des crêtes constata que la lumière était haute et froide. Sur sa gauche, un écureuil jacassait, et le vent sifflait dans les arbres – autant d'indices que la journée était avancée. Il avait fait la grasse matinée ! Il se dressa au milieu d'un fouillis de couvertures et, en aveugle, chercha Mary à tâtons dans la tente vide, ses mains palpant les couvertures comme si elle avait pu rétrécir dans son sommeil et, réduite à la taille d'une noix, se cacher parmi elles. Puis il se gratta le dos et tâcha de mettre de l'ordre dans ses idées. Dans son esprit, ils étaient encore seuls dans les montagnes, et elle l'attendait sûrement dehors en fumant sa pipe. Il était endormi, désorienté. En soupirant, il passa sa main sur son visage. Était-il encore seul ? L'avait-il seulement imaginée ? Pourtant, son corps irradiait le contentement, la détente. Sans précipitation, son esprit repassa le fil des événements : la nuit, la tente, les couvertures et elle – défilèrent soudain des scènes salaces, d'une beauté ravageuse et… Il se frotta les yeux. Mais oui ! Il l'avait trouvée. Ou encore c'était elle qui l'avait trouvé. Il n'aurait pu jurer de rien.

Tout lui revint d'un coup.

McEchern lui disant : « Laisse tomber. Elle s'est envolée. Qui sait seulement qui ils étaient ? Qui sait où ils l'ont emmenée ? Et même si tu savais – le nain écarta les doigts de ses petites mains –, que pourrais-tu faire, au juste ? Tu te prends pour Sam Steele[1] ? » Les deux hommes burent pendant deux jours, jusqu'à ce que le Coureur des crêtes ne pût plus rien avaler. Il resta simplement assis en se tenant la tête. Puis il avait passé une longue et triste nuit à dessoûler. Pour conjurer le silence troublant de son compagnon, le nain avait bavardé sans arrêt et raconté une série d'histoires, toutes à propos d'elle. Les nébuleux détails de son passé, l'odeur du crime, ses sinistres poursuivants, l'incroyable culot avec lequel elle avait ouvert le feu sur eux. Des questions sans réponse, des questions auxquelles il serait toujours impossible de répondre. Ce fut une manière de veillée mortuaire. Eux les endeuillés, Mary la morte.

Et puis elle était réapparue. Habillée en Indienne. Elle était entrée et avait souri à William Moreland.

Avec emportement, il ramassa quelques affaires aux quatre coins de la tente, eut du mal avec le rabat de la porte. Elle avait semblé différente. Sa démarche, sa voix… ses yeux ? Il n'aurait su l'affirmer avec certitude. Mais c'était un signe familier, qu'il n'avait rencontré que chez certains hommes.

— Mary ! appela-t-il.

Il n'entendait que le vent dans les arbres. À ce moment, sa main tomba par hasard sur un objet chiffonné qui se pliait sous ses doigts. Un bout de papier. Le Coureur des crêtes l'approcha de ses yeux endormis et lut. Rien ne lui permettait de savoir que c'étaient les deux premiers mots écrits par la veuve.

Trouve-moi.

1. L'un des premiers et des plus célèbres membres de la police montée du Nord-Ouest, ancêtre de la Gendarmerie royale du Canada. (*N.d.T.*)

Remerciements

Je tiens à dire mon amour et ma reconnaissance à Kevin Connolly pour presque tout. Merci à mon éditrice, Lynn Henry, à Sarah MacLachlan, à Laura Repas et aux artisans de House of Anansi Press pour leur chaleur et leur incroyable énergie – ainsi qu'à Ken Babstock pour m'avoir conduite chez Anansi. Merci à Elyse Friedman pour sa gentillesse et son honnêteté – mélange en soi fort rare. Merci à Ingrid Paulson et à Heather Sangster pour avoir conféré à ce roman plus de beauté que je ne l'avais imaginé. Merci à Lori Saint-Martin et à Paul Gagné pour leur traduction française minutieuse et sensible. Merci à Carmine Starnino et à Alix Bortolotti, à Del Shinkopf et à Stuart von Wolff pour les passages du roman en italien, en allemand et en suédois respectivement. Merci à Jack Brink, directeur de l'archéologie au Musée royal de l'Alberta, pour les renseignements sur les Péganes en 1903. Je suis seule responsable d'éventuelles inexactitudes concernant la vie et les coutumes des Autochtones. Merci à Rauleigh Webb et à Sam Webb pour les renseignements concernant les lampes à carbure utilisées par les mineurs. Les coupures de journaux collectionnées par William Moreland ont été empruntées à *Wisconsin Death Trip,* mais le texte en a été modifié. Les entrées de son journal sont des versions légèrement différentes de celles qui figurent dans son véritable journal, cité dans *Idaho Loners* de Conley.

Les livres suivants ont joué un rôle de premier plan dans la composition du roman : J. Frank Dobie, *Cow People,* University of Texas Press, 1964 ; Michael Lesy, *Wisconsin Death Trip,* University of New Mexico Press, 1973 ; Eliot Wigginton, la série « Foxfire », Anchor Books, dates diverses ; Cort Conley, *Idaho Loners,* Backeddy Books, 1994 ; *The Book of Common Prayer,* 1662.

Je remercie le Conseil des arts de l'Ontario pour son soutien.

La Veuve est une œuvre de fiction. Même si je fais référence à des personnes et à des événements réels, je me suis efforcée d'en faire mes propres créations.

MISE EN PAGES ET TYPOGRAPHIE :
LES ÉDITIONS DU BORÉAL

Impression : CPI Firmin-Didot à Mesnil-sur-l'Estrée
Dépôt légal : avril 2009
N° d'édition : 1988 – N° d'impression : 94291
Imprimé en France